BERND FRANZINGER

Wolfsfalle

UNTER MORDVERDACHT In der Asche eines Krematoriums wird ein wertvoller Platinring gefunden. Er trägt die Gravur »In ewiger Liebe, deine Leonie«. Eine Frau gleichen Namens erscheint bei der Polizei und meldet ihren Freund als vermisst. Am Abend dieses schicksalhaften Hochsommertages erhält Wolfram Tannenberg eine SMS, in der ihm Leonie mitteilt, dass sie ihn dringend sprechen müsse.

Der Kriminalbeamte rast sofort zum Studentenwohnheim. Ein Alptraum beginnt: Als er nach tiefer Bewusstlosigkeit im Appartement der Studentin erwacht, ist Leonie tot – brutal ermordet. Die Indizien sprechen eine eindeutige Sprache: Tannenberg muss der Täter sein. Völlig verzweifelt entschließt er sich zur Flucht. Von der Polizei per internationalem Haftbefehl gesucht, von Profikillern gejagt, weiß er weder, wem er noch trauen kann, noch, wie er seine Unschuld beweisen soll.

Bernd Franzinger, Jahrgang 1956, lebt mit seiner Familie bei Kaiserslautern. Mit seinen überaus erfolgreichen »Tannenberg«-Krimis gehört er zu den bekanntesten Autoren der deutschen Krimiszene.

Bisherige Veröffentlichungen im Gmeiner-Verlag:
Familiengrab (2011)
Zehnkampf (2010)
Leidenstour (2009)
Kindspech (2008)
Jammerhalde (2007)
Bombenstimmung (2006)
Dinotod (2005)
Ohnmacht (2004)
Goldrausch (2004)
Pilzsaison (2003)

BERND FRANZINGER

Wolfsfalle

Tannenbergs fünfter Fall

GMEINER *Original*

Personen und Handlung sind frei erfunden.
Ähnlichkeiten mit lebenden oder toten Personen
sind rein zufällig und nicht beabsichtigt.

Besuchen Sie uns im Internet:
www.gmeiner-verlag.de

Im Ehnried 5, 88605 Meßkirch
Telefon 07575/2095-0
info@gmeiner-verlag.de

3. Auflage 2011

Lektorat: Isabell Michelberger, Meßkirch
Umschlaggestaltung: U.O.R.G. Lutz Eberle, Stuttgart
unter Verwendung eines Fotos von Irmela Nothdurft
Druck: Bercker Graphischer Betrieb GmbH & Co. KG, Kevelaer
Printed in Germany
ISBN 978-3-89977-650-8

›Homo homini lupus‹ *

T. Hobbes

* Der Mensch ist dem Menschen ein Wolf

1

»Edel geht die Welt zugrunde: Ein 1500 Euro teurer Platinring in der Asche einer Tierkörperbeseitigungsanlage«, murmelte Tannenberg kopfschüttelnd vor sich hin. »Sachen gibts.«

Der Lichtschein seiner Schreibtischlampe spiegelte sich in dem silberfarbenen Metall als kleiner, greller Leuchtpunkt wider. Er drehte den Ring, doch der gleißende Punkt verharrte unbeeindruckt an derselben Stelle. Schmunzelnd legte er den Platinring in die Kuhle seiner geöffneten linken Hand und ließ ihn darin ein paarmal herumhüpfen.

Nach mehreren erfolglosen Versuchen, das wertvolle Schmuckstück über den Knöchel seines linken Ringfingers zu drücken, steckte er trotzig den Ring an den kleinen Finger, wo dieser sich auch problemlos bis zum Handteller durchschieben ließ. Dann zog er ihn wieder ab und betrachtete die Innengravur. ›*In ewiger Liebe deine Leonie*‹ stand dort in das edle Metall eingefräst. Er drehte den Platinring im Urzeigersinn ein Stückchen weiter.

Aber wieso steht da kein Datum drin?, dachte er. In einen Ehering wird doch immer der Tag der Trauung eingraviert.

Nachdenklich brummte er auf. Da er diese Frage nur sich selbst gestellt hatte, erhielt er natürlich auch keine Antwort – dafür aber eine Inspiration: Plötzlich erinnerte er sich nämlich an ein Geschicklichkeitsspiel, mit dem er und sein älterer Bruder sich in ihrer Kindheit oft stundenlang die Zeit vertrieben hatten. Die einzigen Spielmaterialien, die sie dafür benötigten, war ein Trauring der Eltern und die mit einem Sekundenzeiger ausgestattete Küchenuhr.

In Windeseile hatte der Leiter der Kaiserslauterer Mordkommission Akten, die Schreibtischunterlage und diverse andere Utensilien zur Seite geschoben. Er zückte ein Taschentuch und polierte mit flinken Bewegungen die freigeräumte Resopalplatte. Dann stellte er den wertvollen Platinring auf die spiegelglatte Oberfläche, drehte ihn mit den Fingerkuppen seiner Daumen und Zeigefinger um 90 Grad, so dass er sich genau senkrecht zu seiner Körperachse positionierte.

Nach einer kurzen Konzentrationsphase schleuderte er beide Hände zeitgleich so geschickt nach außen, dass der Ring, von einem unglaublichen Rotationseffet angetrieben, als durchsichtiger Silberball über die Schreibtischplatte zu tänzeln begann. Fasziniert folgte Tannenbergs gedankenversunkener Blick dem funkelnden Kreisel, der sich wie von unsichtbaren Marionettenfäden geführt in elliptischen Bahnen über die Tischplatte hinwegbewegte.

Sieht irgendwie aus wie eine Flipperkugel, dachte er. Nur eben mit dem gravierenden Unterschied, dass man durch sie hindurchschauen kann.

Plötzlich schlug die silbrige Kugel einen Haken, schoss direkt auf seinen Bauchnabel zu und sprang über die Tischkante hinweg in seine reflexartig geöffnete Hand. Lächelnd schickte er den Ring erneut auf die Reise, diesmal allerdings mit einem anschließenden Blick auf die Armbanduhr.

Knapp vierzig Sekunden – gar nicht schlecht!, lobte er

sich selbst, nachdem sich der Platinring trudelnd auf die Seite gelegt hatte.

Er wiederholte das Kreiselspiel noch mehrere Male, schaffte es aber nicht, die im ersten der mitgestoppten Versuche erreichte Bestzeit zu übertreffen. Er nahm den Ring vom Tisch und betrachtete abermals die Innengravur. Bereits nach kurzer Zeit lösten sich jedoch seine Augen wieder von der geschwungenen Inschrift. Sein versonnener Blick durchdrang den Platinring und fiel auf einen roten Aktenordner.

Das ist genau der Song, der jetzt passt!, stellte er schmunzelnd fest. Er ließ den Ring noch einmal über den Tisch tanzen und sang dabei:

»I fell into a burning ring of fire
I went down, down, down
And the flames went higher
And it burns, burns, burns
The ring of fire, the ring of fire.«

»Vögelchen, die morgens singen, hat abends die Katze gefressen!«, erklang plötzlich die markante Stimme Dr. Schönthalers, der gerade Tannenbergs Büro betrat. »Sag mal, hast du etwa Drogen genommen?«

»Was? Warum?«, gab der Angesprochene konsterniert zurück.

»Na ja, Wolf.« Er blieb stehen und blickte auf seine Armbanduhr. »Es ist jetzt genau 8 Uhr 49. Und um diese Uhrzeit bist du elender Morgenmuffel doch sonst nie gut gelaunt. Außerdem ist auch noch Montag.«

Tannenberg reagierte mit einem kaum zu beschreibenden Geräusch, das nur schwerlich mit menschlichen Lautproduktionen in Verbindung zu bringen war.

Dr. Schönthaler bedachte ihn daraufhin mit einem herausfordernden Grinsen. »Da ist doch etwas faul, alter Junge, nicht wahr?«

»Quatsch!«

Der Rechtsmediziner hatte inzwischen Tannenbergs Schreibtisch erreicht. Mit seinen Adleraugen hatte er natürlich sofort erspäht, dass sein bester Freund, kurz nachdem er ihn bemerkt hatte, etwas in seiner Hand hatte verschwinden lassen.

»Komm, zeig mal dem lieben Onkel Doktor, was du da gerade vor ihm versteckt hast!«, forderte er mit kurzem, hartem Tonfall.

Tannenberg warf ihm einen irritierten Blick zu. Dann befolgte er die Anweisung und öffnete zögerlich seine rechte Hand. »Ach, nichts Besonderes, nur ein Ring«, sagte er eher beiläufig.

»Nichts Besonderes, nur ein Ring«, äffte ihn der Gerichtsmediziner nach, während er ihm gegenüber Platz nahm. Der schon etwas betagte Bürostuhl protestierte mit einem ächzenden Quietschen. Er schlug sich an die Stirn. »Ich Hornochse! Jetzt versteh ich endlich! Der Herr Hauptkommissar trägt sich mit Heiratsabsichten!«

»Heiratsabsichten?« Der Kriminalbeamte lachte schallend. »So ein Blödsinn!«

»Nein, nein. Mir ist nun auch klar, warum du eben das alte Johnny-Cash-Stück bemüht hast. Natürlich! Ich bin nur zu spät gekommen.«

»Wieso?«

»Na, wie lautet wohl die erste Strophe dieses legendären Country-Songs?«

Tannenberg hob die Schultern. »Keine Ahnung. Ich erinnere mich nur an den Text des Refrains.«

»Von wegen, du alter Schwerenöter! Du kennst ganz

genau den Inhalt der ersten Strophe«, behauptete Dr. Schönthaler und intonierte:

»Love is a burning thing
And it makes a fiery ring.
Bound by wild desire
I fell into a ring of fire.

Deswegen auch die frühmorgendliche Endorphinausschüttung.«

»Was für'n Ding?« Tannenbergs Stirn glich einer ungebügelten, zerknitterten Tischdecke.

»Endorphine sind körpereigene Drogen, die in besonders euphorischen Glücksmomenten ausgeschüttet …«

»Komm, Rainer, hör jetzt mal auf, hier wild herumzufantasieren!«, würgte Tannenberg den dozierenden Gerichtsmediziner ungehalten ab. »Was willst du überhaupt?«

»Och, eigentlich nichts Konkretes. Ich hatte nur Sehnsucht nach dir.«

Tannenberg sondierte sein Gegenüber mit einem verwunderten Gesichtsausdruck. »Aber wir haben uns doch erst gestern Abend getroffen.«

»So, haben wir das?«

»Ja, und zwar zum Schachspielen. Wenn ich dich daran erinnern dürfte: Ich hab dich zweimal hintereinander in geradezu genialer Manier mattgesetzt.« Tannenberg reckte stolz den Hals zur Zimmerdecke hin. Etwa zeitgleich legte er den Ring vor sich auf den Schreibtisch. Dann klatschte er seine Handflächen ein paarmal so aneinander, als wolle er sich demonstrativ selbst applaudieren. Gleich anschließend nahm er wieder den Platinring auf und ließ ihn abermals in seiner Hand verschwinden.

Dr. Schönthaler grinste. »Na, nun werd mal nicht gleich übermütig, du alter Angeber. Wollen wir doch mal ehrlich sein. Du hast doch nur deshalb gewonnen, weil du mich mal wieder mit deinem köstlichen Mirabellenschnaps vorsätzlich narkotisiert hast.«

»Von wegen!«

»Außerdem hab ich dich gewinnen lassen«, verkündete der Rechtsmediziner mit einem triumphalen Schmunzeln auf den Lippen. »Ich wollte es dir ja eigentlich gar nicht sagen, schließlich weiß ich ja aus Erfahrung, dass du nicht verlieren kannst. Bei der Zusammensetzung deiner genetischen Grundausstattung wurde damals nämlich die Abteilung ›Frustrationstoleranz‹ gänzlich vergessen.«

»Was? Sag mal, hast du heute deinen Fremdwörtertag?«

Nach dieser gelungenen Attacke schien Dr. Schönthaler plötzlich das Interesse an einer Fortsetzung der unter den Freunden häufig ausgetragenen Wort-Scharmützel verloren zu haben. Kommentarlos ergriff er Tannenbergs Hand, klappte die Finger nach außen und pflückte den Platinring heraus. Mit der anderen Hand zückte er seine Lesebrille, schob sie auf die Nase und begutachtete die Inschrift.

»In ewiger Liebe deine Leonie. Und wer ist das, diese Leonie?«, fragte er den Kriminalbeamten.

»Keine Ahnung. Ich hab den Ring doch auch erst vor einer halben Stunde von einem Kollegen aus Kusel überreicht bekommen.«

»Aus Kusel?«

»Ja. Dort gibt es anscheinend eine Tierkörperbeseitigungsanlage.«

Der Rechtsmediziner nickte eifrig. »Davon hab ich schon mal gehört.«

»Beim Filterwechseln hat jemand den Ring gefunden und ihn bei den Kollegen abgegeben. Und die haben eben gemeint, dass sie sicherheitshalber mal die zuständige Kripo davon in Kenntnis setzen sollten. Schließlich könnte ja vor der Einäscherung dieser Ring an einem Finger gesteckt haben, der wiederum zu einer Hand gehört hatte …«

»Die wiederum an einem menschlichen Arm angewachsen war und so weiter und so fort«, vollendete der Gerichtsmediziner.

»Genau!«

»Ja, aber so ganz abwegig ist das doch wohl auch nicht. Oder seh ich da etwas grundlegend falsch?«

»Rainer, das ist eine Tierkörperbeseitigungsanlage, kein Friedhofskrematorium.« Tannenberg raubte den Platinring aus Dr. Schönthalers Hand, hielt ihn demonstrativ in die Höhe. »Den hat garantiert ein reicher Metzger verloren, als er Schlachtabfälle in den Container geworfen hat. Oder er hat den Ehering aus lauter Wut weggeworfen. Vielleicht weil er gerade erfahren hat, dass seine liebe Leonie ihn betrügt.«

Den Rechtsmediziner schien diese Argumentation nicht sonderlich zu überzeugen. Nachdenklich presste er die Lippen aufeinander, wiegte den Kopf skeptisch hin und her.

»Wolf, ich weiß nicht«, begann er, legte aber sogleich eine kurze Denkpause ein.

Er drückte sich räuspernd von seinem Stuhl in die Höhe und ging ein paar Schritte im Raum umher. Dann blieb er unvermittelt stehen, fixierte Tannenberg mit einem stechenden Blick.

»Wenn ich mir's so recht überlege, wäre eine derartige Leichnamsentsorgung eigentlich der perfekte Mord.

Sofern es keine anderen Täterspuren oder Zeugen gibt. Denn ein Mord ohne Leiche …« Er brach ab, durchfurchte seine Haare mit den gespreizten Fingern. »Wolf, du weißt doch selbst am besten, wie ausgesprochen schwierig die Beweislage sich in solch einem Falle gestaltet.«

In Tannenbergs Bewusstsein tauchte die Erinnerung an ein bis heute ungeklärtes Tötungsdelikt vor vielen Jahren auf. Deshalb nickte er stumm.

»Das Fatale an einer Einäscherung, die ja bei über 1200 Grad stattfindet, ist nämlich, dass du nach dieser enormen Hitzeeinwirkung keinerlei DNA-Spuren mehr finden kannst. Das übersteht nur ein Ring.«

»Aber auch nur ein Platinring, mein lieber Rainer. Der hat nämlich einen Schmelzpunkt von fast 1800 Grad, Gold dagegen nur 1000 und ein paar Zerquetschte. Das haste wohl nicht gewusst, du alter Klugscheißer, oder?«

Dr. Schönthaler reagierte nicht auf die Frage. Er zog einen Bleistift vom Schreibtisch und ließ ihn gedankenversunken über seine Fingerkuppen rollen. Ein paar Sekunden verstrichen, bis er fortfuhr: »Das heißt, ein menschlicher Organismus verschwindet im Krematorium spurlos. Da bleibt nichts mehr von ihm übrig.«

»Außer ein bisschen Asche.« Erneut kehrte für einen Moment besinnliche Stille in Tannenbergs Dienstzimmer ein. »Trotzdem glaub ich nicht an eine Mordopferbeseitigung.«

»Aber warum denn nicht, Wolf?«

»Weil bei uns hier in der Gegend zur Zeit keine einzige männliche Person vermisst wird. Das haben die Kollegen aus Kusel schon abgeklärt. Und der Gravurtext spricht wohl eindeutig für einen Mann, oder etwa nicht?« Tannenberg schickte einen fragenden Blick hinüber zu seinem Freund.

»Doch, das sieht wohl ganz danach aus«, hatte Dr. Schönthaler zunächst kopfnickend bestätigt. Aber mit einem Mal warf er die Stirn in Falten und korrigierte sich: »Muss aber auch nicht sein.«

»Wieso?«

»Na, es könnte ja wohl auch eine Frau in Betracht kommen.«

Tannenbergs um diese Uhrzeit manchmal etwas vernebelter Geist wurde von einem grell aufflammenden Blitzlicht erleuchtet. »Ach so, verstehe, was du meinst: ein Lesbenpaar.«

»Ja, genau. Gibt es denn eine vermisste Frau?«

Der Leiter des K1 wühlte in den zur Seite geräumten Papieren herum, bis er schließlich fündig wurde. Er wedelte mit einem Ausdruck aus der Vermisstendatei.

»Die Kollegen haben mir nur das hier mitgebracht«, sagte er, während er sogleich den Text querzulesen begann. »Da steht, dass vor etwa zwei Monaten eine gewisse Frau Isolde Decker, wohnhaft in Idar-Oberstein, spurlos aus ihrem normalen Lebensumfeld verschwunden ist. – Aber das ist doch Quatsch!«

»Warum?«

»Rainer, die Frau wurde 1936 geboren. Ich kann mir nicht vorstellen, dass die eine Liebesbeziehung mit einer Leonie hatte. Das ist doch ein ganz moderner Name.«

Der Rechtsmediziner strich sich nachdenklich übers Kinn. Dann machte er eine wegwerfende Handbewegung. »Ist aber auch zunächst einmal egal. Viel wichtiger ist die Klärung der Frage, ob die Person, die diesen Platinring getragen hat, noch lebt oder ob sie in dieser Tierkörperbeseitigungsanlage auf Nimmerwiedersehen verschwunden ist.«

Tannenberg warf energisch seinen Kopf hin und her.

»Nein, nein, Rainer, das glaub ich einfach nicht. Mein Gefühl sagt mir, dass da nichts dran ist.«

»Du und deine Gefühle – welch ein weites Feld.« Augenrollend blickte Dr. Schönthaler zur Zimmerdecke empor. »Nun gut, wir werden sehen. Hoffentlich hast du mit deinem Optimismus recht, alter Junge!«

Anschließend schickte er einen einsilbigen Abschiedsgruß in Tannenbergs Richtung und begab sich schlurfend zur Bürotür. Als er sie erreicht hatte, wandte er sich jedoch noch einmal zu ihm um.

»Obwohl, wenn ich mir's recht überlege, wäre das bestimmt eine spannende Sache, so ein Mord ohne dazugehörige Leiche. Daran würdet ihr unfähigen Verkehrspolizisten euch garantiert die Zähne ausbeißen«, feixte der altgediente Gerichtsmediziner.

Tannenberg antwortete nicht auf die ungeschminkt vorgetragene Provokation. In Windeseile knüllte er einige Papierbälle zusammen und bewarf damit seinen besten Freund, der es augenblicklich vorzog, sich schnell aus dem Staube zu machen. Schließlich wusste er aus leidiger Erfahrung, dass mit einem erzürnten ehemaligen Regionalliga-Handballer in vielerlei Hinsicht nicht zu spaßen war.

Am Nachmittag erhielt Tannenberg einen Telefonanruf, der seine bisherige Tagesplanung urplötzlich völlig über den Haufen warf. Er ließ sofort alles stehen und liegen und eilte mit fliegenden Schritten an seiner verdutzt dreinblickenden Sekretärin vorbei aus dem Kommissariat. Auf Petra Flockerzies neugierige Frage nach dem Grund seines überhasteten Aufbruchs reagierte er lediglich mit einem kurz dahingeknurrten »privat«.

Marieke hatte ihm mit tränenerstickter Stimme mitgeteilt, dass sie große Probleme habe und ihn unbedingt so schnell wie möglich sprechen müsse. Da der kinderlose Leiter der Kaiserslauterer Mordkommission die beiden Sprösslinge seines Bruders abgöttisch liebte, hatte er nicht einen Augenblick gezögert, war umgehend zu seinem Auto gespurtet und traf bereits wenige Minuten später am vereinbarten Treffpunkt am Bremerhof ein.

Mit weit überhöhter Geschwindigkeit raste er in den unbelebten Parkplatz des am südlichen Stadtrand gelegenen Waldgasthofs hinein. Mit einer Vollbremsung stoppte er den Wagen. Hektisch blickte er sich um. Dann entdeckte er endlich Marieke: Seine Nichte saß in der rechten hinteren Ecke des weitläufigen Geländes wie ein Häuflein Elend zusammengesunken auf ihrem Scooter. Dieser Anblick verursachte ihm sogleich einen schmerzhaften Stich in der Magengrube. Reflexartig ging er von der Bremse, gab wieder Vollgas.

»Um Gottes willen, Kind, was ist denn passiert?«, rief er ihr, noch bevor sein betagtes BMW-Cabrio erneut zum Stillstand gekommen war, durch das geöffnete Seitenfenster entgegen.

Marieke gab ihm zunächst keine Antwort. Sie erhob sich mit hängenden Schultern von ihrem Motorroller. Wie in Trance bewegte sie sich langsam auf ihren Onkel zu. Tannenberg sprang aus seinem Auto, hastete ihr entgegen. Als die beiden zusammentrafen, schmiegte sie sich sogleich eng an ihn. Tannenberg schlug seine langen, kräftigen Arme um sie, zog sie behutsam zu sich heran, wiegte sie wie einen Säugling ein paar Mal sanft hin und her. Zärtlich streichte er ihr über die zu unzähligen kleiner Zöpfchen geflochtenen Haare.

»Aber was hast du denn, Marieke?«, fragte er, während er sie gleichzeitig ein wenig von seinem Körper wegdrückte. Sein sorgenvoller Blick wanderte über das verheulte Gesicht seiner inzwischen 19-jährigen, bildhübschen Nichte. Er fischte aus seiner linken Hosentasche ein noch vollständiges Päckchen Papiertaschentücher heraus, reichte es ihr.

Marieke bediente sich, tupfte kurz die Tränen ab und putzte sich anschließend die Nase. Allmählich schien sie die Kontrolle über ihre aufgeschäumten Emotionen zurückzugewinnen.

»Lass uns einen Kaffee trinken gehen«, sagte sie mit belegter Stimme, während sie nach Tannenbergs Hand tastete. »Dann erzähl ich dir alles.«

Vor einer guten Stunde hatte ein plötzlicher Gewitterregen die nach Feuchtigkeit lechzende Natur mit einem bilderbuchmäßigen Wolkenbruch geradezu ertränkt. Aber schon bald nach dieser erfrischenden Wetterkapriole hatte sich die Sonne zurückgemeldet und kraftstrotzend ihre Macht demonstriert. Die unglaubliche Wärmeenergie ihrer Strahlen hatte bereits einen Teil des Regenwassers in hellgrauen Dampf verwandelt. Milchige Dunstschleier waberten nun über die Wiesenlandschaft und krochen in den majestätischen Hochwald hinein, der von drei Seiten her das lichtungsähnliche Gelände begrenzte.

Die idyllische Gartenwirtschaft war nur spärlich besucht. Tannenberg führte seine Nichte zu einem etwas abseits unter einer mächtigen Trauerweide gelegenen Tisch, deren weit herabhängende Ästchen leicht im Wind baumelten. Er schaute sich um, konnte jedoch niemanden vom Servicepersonal entdecken. Deshalb schritt er selbst zur Tat und befreite den altertümlichen Metalltisch ebenso wie die schweren Stühle mit Hilfe einiger Papiertaschentücher von den dicken Wasserperlen, die wie halbierte Glasmurmeln aussahen.

»Wolf, ich hab einen Test machen lassen«, sagte Marieke plötzlich. »Er ist positiv.«

Tannenberg fuhr der Schreck in alle Glieder. Die schockierende Mitteilung ließ umgehend seine Gesichtszüge versteinern. Mit aufgesperrtem Mund und weit aufgerissenen Augen ließ er sich wie ein tatteriger Greis auf den Gartenstuhl niedersinken. Er wurde von Kälteschaudern durchgeschüttelt.

»Was? Was? Ein Test?«, stammelte er. Sofort hatte er an Aids gedacht. Paralysierende Angst erfasste ihn. »Ein positiver Aids-Test. Oh Gott!«

Tannenberg schlug die Hände vors Gesicht, sein Oberkörper begann zu beben.

»Ein Aids-Test?«, fragte Marieke mit verwundertem Mienenspiel. »Wie kommst du denn auf sowas? Nein, ganz so schlimm ist es nun auch wieder nicht.«

Wie aus einem Katapult schoss Tannenberg in die Höhe. Er stand nun wieder direkt vor Marieke. Er packte sie bei den Schultern.

»Ja, was denn dann, Kind? Los, sag schon!«, schrie er in einer derartigen Lautstärke, dass sich die anderen Biergartengäste sogleich neugierig zu ihm hinwandten.

Marieke antwortete nicht sofort. Sie presste ihre vollen Lippen zu einem dünnen Strich zusammen. Ihr Blick senkte sich zur Tischplatte hinab. Dann erhob sie ihn wieder, sog in tiefen Zügen die feuchte Luft ein.

»Du hast es doch eben gerade selbst gesagt.«

»Was hab ich?« Tannenbergs Verwunderung stand ihm nur allzu deutlich ins Gesicht geschrieben.

»Ja, du hast die Sache genau auf den Punkt gebracht.«

Tannenberg warf die Stirn in Falten, schüttelte heftig den Kopf. »Ich versteh im Moment nur Bahnhof.«

»Wolf, ich hab vorhin …« Sie brach ab, räusperte sich mehrmals, bevor sie mit flüsternder Stimme fortfuhr, »einen Schwangerschaftstest gemacht. Ich bekomme ein Kind.«

Erneut schossen Tränen in Mariekes Augen und machten sich gleich auf den Weg hinunter in Richtung ihres Mundes. Reflexartig versuchte sie mit ihren Handrücken die salzigen Perlen aufzufangen.

Tannenberg zog ihre Hände vom Gesicht weg, streichelte sie zärtlich. »Jetzt versteh ich endlich! Gott sei Dank! Ich dachte schon, es sei etwas Schlimmes. Tut mir übrigens leid, dass ich dich schon wieder ›Kind‹ genannt habe.«

»Macht doch nichts.«

Riesige Erleichterung machte sich in ihm breit. Er lachte kurz auf. »Doch, doch. Das muss ich mir endlich abgewöhnen. Schließlich hast du mir schon als kleines Mädchen gesagt, dass du kein Kind mehr bist.«

Mit einem versonnenen Gesichtsausdruck entließ Tannenberg die samtweichen Mädchenhände seiner Nichte wieder in die Freiheit, kramte aus seiner Leinenhose die letzten beiden Tempos hervor und überreichte sie ihr.

Marieke bedankte sich mit einem stummen Nicken.

Während sie versuchte, sich die Feuchtigkeit aus ihrem Gesicht zu tupfen, faltete er schmunzelnd die Hände im Nacken, dehnte seinen Oberkörper. »Sag mal, Marieke, das sind dann ja wohl hoffentlich Freudentränen, oder?«

Unwillkürlich begann Mariekes Kinn zu zittern, um ihre Mundwinkel herum zuckte es.

»Ich weiß ... noch nicht ... so recht«, stotterte sie wimmernd.

Von der einen zur anderen Sekunde verfinsterte sich nicht nur Tannenbergs Miene, sondern auch sein Bewusstsein. Diese Chance ließ sich der aufdringliche Quälgeist hinter seiner Schädeldecke natürlich nicht entgehen.

Du bist wirklich das unsensibelste Trampeltier, das auf der ganzen Welt herumläuft!, polterte seine innere Stimme sogleich los. Was ist denn, wenn Marieke das Kind überhaupt nicht haben will? Du bist vielleicht ein Hornochse! Du kannst sie doch nicht derart massiv unter Druck setzen.

»Wolf, was ist denn mit dir los?«, fragte Marieke besorgt. Sie kannte ihren Onkel nun schon so lange, dass ihr seine plötzliche Wesensveränderung nicht verborgen blieb. »Warum schaust du denn so traurig?«

»Ach, ich bin einfach ein Hornochse«, bediente sich Tannenberg der Wortwahl seines psychischen Korrektivs.

»Warum?«

»Weil ich einfach kein guter, neutraler Gesprächspartner bin, sondern immer gleich meinen Senf zu allem und jedem dazugeben muss.«

»Aber genau das mag ich doch so an dir. Weil man dir einfach immer direkt anmerkt, was du denkst und was du wirklich fühlst.«

Tannenbergs Gesicht leuchtete auf.

»Wolf, ich will das Baby ja haben. Ich freue mich eigentlich wie verrückt. Aber ich hab eben auch Angst ...«

»Wovor hast du Angst?«

Marieke hielt den Atem an, wollte augenscheinlich nicht weiterreden. Doch sie konnte dem Überdruck in ihrem Mund nur wenige Sekunden standhalten.

»Ich hab auch … ein bisschen Angst …, wie Max reagieren …«, kam es zögerlich über ihre Lippen.

»Ach, Max weiß noch gar nicht, dass er Vater wird?«, warf Tannenberg verwundert dazwischen.

»Nein. Ich weiß es doch selbst erst seit einer halben Stunde. Und ich seh Max ja erst wieder übermorgen. Er ist bei einem Kongress in München. – Am Telefon will ich ihm das nicht sagen.«

»Klar, versteh ich.«

»Ich hab auch Angst davor, wie Mama und Papa reagieren werden … und Oma und Opa. Und außerdem weiß ich nicht, wie ich das alles schaffen soll. In zehn Monaten will ich doch mein Abi machen.«

Tannenberg brummte verständnisvoll. Er nahm ihren Kopf in seine Hände, lächelte sie schweigend an. Dann strich er ein geflochtenes Haarstränchen aus ihrem ebenmäßigen Gesicht.

Marieke kniff die Augenlider zusammen. »Aber, egal, was die alle meinen und egal, wie viele Probleme es geben wird, ich kann doch diesen armen kleinen Wurm in mir nicht töten lassen, oder?«

Nun wurden auch Tannenbergs Augen feucht. Er schniefte, putzte sich die Nase. Ihrer beiden Blicke trafen sich.

»Marieke, es ist allein deine Entscheidung.« Er schöpfte tief Luft, seufzte. »Die kann dir niemand abnehmen. Ich kann dir nur versprechen, dass ich dir, egal wie du dich entscheiden wirst, helfen werde. Und um deine Eltern und Großeltern machst du dir am besten überhaupt keine Sorgen. Die wird natürlich zunächst der Schlag treffen. Aber wenn die erstmal alle ihren Schock überwunden haben, wirst du sehen, dass sie deine Entscheidung ebenfalls akzeptieren werden. Übrigens bin ich mir ganz sicher, dass dein Max, jedenfalls so wie ich ihn einschätze, vor Begeisterung total ausflippen wird.«

Marieke nickte stumm und bedachte ihren Onkel mit einem dankbaren Lächeln.

2

»Wolf, ich hab eben etwas reinbekommen, das zu unserem Ring passen könnte«, rief Michael Schauß durch die sperrangelweit geöffnete Tür seines Dienstzimmers.

Bereits kurz darauf stand der junge, athletische Kriminalbeamte vor Tannenberg. Er trug Jeans und ein dunkelblaues Polohemd, das seinen muskulösen Körper mehr als nur erahnen ließ. Er wedelte aufgeregt mit einem Fax, das er umgehend an seinen Vorgesetzten weiterreichte. Petra Flockerzie, die altgediente Sekretärin des K1, saß an ihrem Schreibtisch und präsentierte gerade Schauß' Ehefrau Sabrina wortreich ein in der Mittagspause erworbenes Diätbuch.

»So ein Shit!«, fasste Tannenberg seinen Unmut in prägnante Worte. »Da hat doch tatsächlich eine Studentin ihren Freund als vermisst gemeldet. Und was glaubt ihr wohl, wie die Frau heißt?«

»Leonie?«, fragte Sabrina reflexartig. Kaum einen Wimpernschlag später war ihr jedoch schon klar, dass sie sich die Antwort auf diese rhetorische Frage eigentlich hätte sparen können.

Tannenberg nickte zustimmend in ihre Richtung. »Ja, leider.«

»Ach, herrje, die Arme«, bemerkte Petra Flockerzie seufzend und klappte ihren neuen Diätratgeber zu.

»Michael, ruf mal die Kollegen an und frag nach, ob die Studentin noch bei ihnen auf der Wache ist!« Nach einer kurzen Besinnungspause ergänzte Tannenberg: »Und wenn nicht, lass dir genau erklären, wo sie wohnt!«

Der junge Kommissar verschwand in seinem Büro und telefonierte. Nur wenig später verkündete er von seinem Schreibtisch aus, dass die Studentin die Wache inzwischen verlassen habe und ins rote Wohnheim gefahren sei, wo sie im 10. Stock ein Appartement bewohne.

»Gut Michael, dann ruf sie mal an und sag ihr, dass wir gleich bei ihr aufkreuzen werden«, sagte Tannenberg und signalisierte Sabrina mit eindeutiger Gestik, dass sie ihn bei diesem unerfreulichen Dienstgang begleiten solle.

Das Studentenwohnheim befand sich in unmittelbarer Nähe der Technischen Universität. Der Gebäudekomplex setzte sich aus einem blauen und einem direkt daran angegliederten, roten Hochhaus zusammen.

Die beiden Kriminalbeamten stellten ihr Auto auf dem zu einem Supermarkt gehörenden Parkplatz ab. Als Tannenberg ausgestiegen war, ließ er seinen staunenden Blick die Plattenbau-Fassade hinaufwandern, die von kleinen Balkonen optisch aufgelockert wurde.

»Ganz schön hoch«, stellte er beeindruckt fest. »Das sieht von hier aus ja noch viel imposanter aus, als wenn man auf der Straße daran vorbeifährt. Was meinst du wohl, wie viele Studenten hier in diesem hässlichen Betonklotz wohnen?«

Sabrina schüttelte den Kopf. »Keine Ahnung, Wolf, absolut keine Ahnung. So was kann ich überhaupt nicht schätzen.«

»Ich auch nicht«, stimmte er schmunzelnd zu.

Nachdem sie schweigend eine kleine Grünanlage durchquert hatten, erreichten sie den überdachten Gebäudeeingang. Links neben der zweiflügeligen Glastür entdeckten sie die Klingelanlage.

»Wie hieß diese Leonie noch mal mit Nachnamen? Hab ich in der Hektik doch glatt vergessen.«

Sicherheitshalber zog die junge Kommissarin ihr Notizbuch zu Rate, das sie stets in ihrer Jacke bei sich trug. »Die Frau hieß nicht nur so, die heißt wahrscheinlich immer noch so: Leonie Kalkbrenner.«

Tannenbergs Augen begannen daraufhin von unten her die unzähligen Klingelschildchen abzuscannen.

»Wolf, was du da gerade machst, ist völlig überflüssig. Denn eigentlich brauchen wir doch nur im 10. Stock nachzuschauen«, warf Sabrina belehrend ein. Bereits einen Augenblick später präsentierte sie ihm mit Hilfe ihres rechten Zeigefingers einen Volltreffer: »Siehst du, hier ist es auch schon: Kalkbrenner/Steiner.«

»Ach, dann lebt die Studentin in einer Wohngemeinschaft«, sagte Tannenberg mehr zu sich selbst.

Sabrina schlug erneut ihr Notizbuch auf. »Ja, und zwar wahrscheinlich mit einem gewissen Lukas Steiner. Den hat sie nämlich als vermisst gemeldet.«

»Stimmt, den Namen hab ich ja vorhin selbst auf dem Fax gelesen.«

Sie betraten den hellen, farbenfrohen Eingangsbereich des Gebäudes, stellten sich wartend vor den Aufzug.

»Sag mal, Wolf, was ist denn los mit dir? Du bist heute gedanklich nicht so ganz bei der Sache, wie mir scheint, oder täusche ich mich da? Hast du vielleicht irgendwelche privaten Probleme?«

»Quatsch!«

Sabrina warf ihm einen kecken Blick zu. »Du weißt doch, mein liebes Wölfchen, dass du mir immer und überall dein Herz ausschütten kannst.«

Tannenberg reagierte mit einem breiten Grinsen. »Vielen Dank für das Angebot, mein liebes Sabrinalein. Nein, bei mir ist alles in Ordnung. Ich bin nur ziemlich verwundert darüber, dass an der Sache mit dem gefundenen Ring nun leider doch mehr dran ist, als ich gehofft hatte.«

»Als ›vorsätzliche Verdrängung‹ oder so was Ähnliches würde die Kollegin Kriminalpsychologin dein Verhalten jetzt wohl bezeichnen.«

»Wieso?«

»Na, weil du von vornherein nicht wahrhaben wolltest, dass da ein neuer Fall auf dich zukommt. Du hast diese Möglichkeit einfach verdrängt.«

Der Leiter des K1 antwortete nicht, sondern zuckte mit nach unten gezogenen Mundwinkeln die Achseln. Dabei presste er ein paarmal geräuschvoll Luft durch die Nase.

»Wie geht's ihr denn eigentlich?«

»Wem?«

»Der Frau Kriminalpsychologin. Hast du eigentlich noch was mit ihr?«

Tannenberg ignorierte die süffisante Bemerkung seiner jungen Kollegin. Während er einen halblauten Fluch ausstieß, drehte er sich auf dem Absatz um und flüchtete mit Verweis auf eine angebliche Fahrstuhl-Klaustrophobie ins Treppenhaus.

Nach einem etwa fünfminütigen, schweißtreibenden Anstieg traf er schnaubend im 10. Obergeschoss ein.

Höflich hielt ihm Sabrina die Tür auf. »Und wie geht's ihr nun?«

Tannenberg musste erst einmal einen Augenblick verschnaufen, bevor er antworten konnte.

»Hör doch endlich mal auf mit diesem albernen Blödsinn«, sagte er sichtlich genervt. »Sag mir lieber, ob du inzwischen die Wohnung der Studentin gefunden hast.«

»Ja, komm, es ist gleich da vorne um die Ecke.«

Da Sabrina inzwischen den Eindruck gewonnen hatte, mit ihren Provokationen ein wenig zu weit gegangen zu sein, hakte sie sich bei ihrem Vorgesetzten und väterlichen Freund unter. »Wolf, verzeih mir bitte. Ich glaub, ich habs gerade ein wenig übertrieben. Ich wollte dich wirklich nicht ärgern.«

»Schon gut.«

Sabrina läutete.

Die junge Frau, die nach ein paar Sekunden im Türrahmen erschien, erweckte sofort das Mitgefühl der beiden Ermittler. Man sah ihr deutlich an, dass die quälende Ungewissheit über den Verbleib ihres Freundes sie seelisch und körperlich stark in Mitleidenschaft gezogen hatte: Ihr hübsches, mädchenhaftes Gesicht hatte seine jugendliche Frische gänzlich verloren und war durch den gleichen gräulichen Farbton ersetzt worden, den man von dem verhärmten Antlitz alter Menschen her kennt. Die glasigen, geröteten Augen starrten an Sabrina vorbei auf die gegenüberliegende Flurwand.

Nachdem Tannenberg, mit bewusstem Verzicht auf die Angabe ihrer genauen Kommissariatszugehörigkeit, sich und seine Begleiterin vorgestellt hatte, drückte er kurz die ihm apathisch entgegengestreckte Hand. Sie war eiskalt und zitterte.

Allem Anschein nach hatte irgendjemand die Studentin bereits im Vorfeld über den genauen Ort des Ringfundes ins Bild gesetzt. Tannenbergs gewaltiger Unmut über das unsensible Verhalten eines seiner Kollegen war kaum zu zügeln. Trotzdem zwang er sich mit aller Macht, sich seinen Zorn nicht anmerken zu lassen.

»Ja, es stimmt«, versetzte er wahrheitsgemäß. »Irgendein Mitarbeiter dieser Anlage in Kusel hat den Ring beim Wechseln der Filter gefunden.« Dann schob er einen Beschwichtigungsversuch nach: »Aber zunächst einmal bedeutet das rein gar nichts. Sie sollten sich nicht allzu sehr beunruhigen. Zu diesem frühen Zeitpunkt kann aus kriminalpolizeilicher Sicht über den Verbleib ihres Freundes noch überhaupt nichts Definitives ausgesagt werden.«

»Sie haben gut reden«, entgegnete Leonie mit tränenerstickter Stimme. »Ihr Freund ist ja nicht spurlos verschwunden.«

In dem von grellem Neonlicht durchfluteten, schmalen Korridor öffnete sich plötzlich eine Appartementtür.

»Frau Kalkbrenner, sollten wir nicht besser in Ihre Wohnung gehen?«, fragte Tannenberg daraufhin. Allerdings eher pro forma, denn sein hünenhafter Körper hatte sich zwischenzeitlich bereits in Bewegung gesetzt und an Leonie vorbeigeschoben. Sabrina folgte ihm auf dem Fuß.

Die Studentin geleitete die beiden Kriminalbeamten durch einen engen Flur in ein sonniges Zimmer, das Tannenberg im Geiste spontan als das absolute Gegenteil dessen deklarierte, was er sich bislang unter einer so genannten ›Studentenbude‹ vorgestellt hatte: Der ca. 25 Quadratmeter große Raum war sehr modern eingerichtet und vor allem – was Tannenberg geradezu als Stilbruch empfand – vorbildlich aufgeräumt.

Nirgendwo lagen Bücher, Zeitschriften oder Kleider herum. Auch sahen seine verwunderten Augen weder irgendwelche Flaschen noch Gläser, nichts dergleichen. Selbst das Obst in der Glasschale auf dem Couchtisch war von makellosem Äußeren und zudem auf einem farblich exakt abgestimmten Deckchen perfekt arrangiert. Irgendwie hatte er den Eindruck, sich im Ausstellungsraum eines Designer-Möbelhauses zu befinden.

Leonie bot den Ermittlern höflich einen Platz auf einer der beiden schwarzen Zweisitzer-Ledersofas an, die, von besagtem Glastisch getrennt, einander direkt gegenüber positioniert waren. Dann setzte sie sich selbst.

»Wann haben Sie denn Ihren Freund zum letzten Mal gesehen?«, ergriff Sabrina sogleich die Initiative.

Die junge Studentin schlug ihre mit schwarzen Jeans bekleideten Beine übereinander, umschlang mit ihren gefalteten Händen das obenliegende Knie und antwortete seufzend: »Am letzten Donnerstag.«

»Aber das ist ja schon fünf Tage her. Warum haben Sie ihn denn dann erst heute als vermisst gemeldet?«, sprudelte es spontan aus Tannenberg heraus. Aber gleich nachdem er seine eigenen Worte vernommen hatte, kam ihm zu Bewusstsein, dass seine Frage einen unüberhörbaren Vorwurf enthielt. Deshalb ergänzte er geschwind: »Entschuldigen Sie, Sie werden wohl Ihre Gründe dafür gehabt haben.«

Leonie Kalkbrenner nickte stumm. Man merkte ihr deutlich an, wieviel Kraft es sie kostete, einigermaßen die Contenance zu wahren.

»Sie bewohnen dieses Appartement gemeinsam mit Herrn Steiner?«, versuchte Sabrina Schauß das Gespräch wieder in Gang zu bringen.

»Ja.«

»Studieren Sie beide hier an der Uni?«

»Ja.«

»Und was, wenn ich fragen darf?«, wollte Tannenberg wissen.

»Biologie.«

»Und Herr Steiner?«

»Informatik.« Leonie fasste sich mit der linken Hand an die Stirn, massierte sie kurz. Gleich anschließend erhob sie sich. »Entschuldigen Sie, ich muss mir ein Glas Wasser holen. Möchten Sie auch etwas trinken?«

»Nein, danke«, antworteten die beiden Kriminalbeamten wie aus einem Munde.

Anscheinend stand Tannenberg das Erstaunen über das unerwartet luxuriöse Ambiente der Studentenwohnung sehr deutlich ins Gesicht geschrieben. Denn während er sich kopfschüttelnd umblickte, flüsterte ihm Sabrina hinter vorgehaltener Hand zu: »Wunderst du dich auch so über das, was du hier gerade siehst?«

Tannenberg warf seiner Mitarbeiterin einen zustimmenden Blick zu.

Leonie kehrte mit einem dickbauchigen, halbgefüllten Wasserglas zurück. Sie nahm wieder auf der gleichen Stelle der Ledercouch Platz. Die Hände auf dem Schoß abgelegt, starrte sie mit leerem Blick vor sich auf den Boden.

Während Sabrina einige sozialstatistische Daten erhob und diese in ihr Notizbuch eintrug, taxierte Tannenberg sein Gegenüber etwas intensiver.

Eine wirklich sehr attraktive junge Frau, dachte er. So gepflegt und elegant gekleidet. Aber nicht aufdringlich, sondern dezent. Eigentlich gar nicht wie eine Studentin. Eher wie eine Bankangestellte oder sowas in der Art.

Tannenbergs Augen wanderten von dem mit einer blonden Lockenmähne eingerahmten, leichenblassen Modell-Gesicht über den V-Ausschnitt ihres caramelfarbenen Tops hinunter zu weißen Clogs, die den ehemaligen Leistungssportler deshalb so enorm faszinierten, weil diese Schuhe eigentlich genauso aussahen wie Tennisschuhe, nur eben mit dem gravierenden Unterschied, dass die Ferse offen war und somit dem Fuß kein Halt gegeben wurde.

Was für'n bescheuerter neumodischer Schnickschnack!, schimpfte er lautlos. Entweder ich entscheide mich für Clogs oder für Sportschuhe. Was soll dieser unsinnige Mischmischkram?

»Frau Kalkbrenner, was genau war in den Ring eingraviert?«

Obwohl eigentlich Sabrina die Frage nach dem genauen Wortlaut der Ringgravur gestellt hatte, richtete die Studentin ihre Antwort an Tannenberg: »›In ewiger Liebe ... deine Leonie‹ steht im Ring«, schniefte sie mit gebrochener Stimme.

Während sie dies sagte, hatte sie für einen Augenblick den Kopf gehoben. Nun sank er wieder matt zurück auf ihre Brust. Sie weinte bitterlich.

»Ach, jetzt machen Sie sich mal keine allzu großen Sorgen«, versuchte Tannenberg abermals die niedergeschlagene Frau zu trösten, obwohl seine Intuition eindeutige Signale in eine ganz andere Richtung aussandte. »Ihr Freund taucht garantiert bald wieder auf. Den Ring hat er bestimmt irgendwo verloren. Und dann ist er durch Zufall in einem dieser Abfallcontainer gelandet.«

Leonie reagierte nicht auf seinen erneuten Aufmunterungsversuch. Während sich ihr trauriger Blick in die Glasplatte über ihren Füßen hineinbohrte, spielte sie gedankenversunken mit ihrem Platinring, drehte ihn, schob ihn zum Fingerknöchel hin. Er sah genauso aus wie derjenige, den Tannenberg vorhin auf seinem Schreibtisch in einen funkelnden Kreisel verwandelt hatte, nur wies er eben einen kleineren Durchmesser auf.

Sie wiegte mit fest zusammengepressten Lippen monoton den Kopf hin und her. »Ich kann einfach nicht glauben, dass Lukas den Ring verloren hat. Und freiwillig hergegeben oder weggeworfen hat er ihn ganz bestimmt auch nicht. Warum um alles in der Welt sollte er denn unseren teuren Verlobungsring wegwerfen? Wir wollen doch noch vor Weihnachten heiraten.«

Betroffen schwiegen Tannenberg und seine Mitarbeiterin, denn sie hatten noch nicht einmal eine halbwegs plausible Erklärung für die von Leonie in den Raum geworfene Frage parat.

»Den hat ihm jemand abgenommen, da ...« Ihr Mund erstarrte plötzlich zur Regungslosigkeit. Sie warf den Kopf ins Genick. Anschließend fuhr sie sich mit schmerzverzerrtem Gesicht mit beiden Händen in ihre naturblonde Lockenpracht. »Oh Gott, nein.«

»Was ist denn, Frau Kalkbrenner?«, hakte Sabrina sofort nach.

»Wie haben die denn den Ring abgekriegt? Der hat so unheimlich fest ... an seinem Finger gesessen.«

Der Gedanke, der Tannenberg gerade wie eine Silvester-Rakete ins Hirn schoss, war so makaber, dass er ihn sogleich wieder verdrängte. Aus Rücksichtnahme sprach er ihn natürlich nicht aus, sondern schwenkte zu einem anderen Themenbereich über: »Sie haben Ihren Freund am vergangenen Donnerstag zum letzten Mal gesehen. Das ist doch richtig, oder?«

Stummes Kopfnicken.

»Wo?«

»Hier in unserer Wohnung. Ich bin dann nach Worms zu meinen Eltern gefahren, weil ich in Ruhe lernen wollte. Ich schreib nächste Woche Prüfungsklausuren.«

»Und Herr Steiner ist hier geblieben?«

»Ja. Er wollte übers verlängerte Wochenende mit seinen Freunden nach Holland zum Surfen fahren.«

»Sie haben auch nicht mehr miteinander telefoniert?«, fragte Sabrina.

»Nein. Ich hab …« Sie krauste die Stirn, schaute kurz an die Decke, »am Sonntag versucht, ihn auf seinem Handy anzurufen. Aber es ging niemand dran. Nur die Mailbox.«

»Haben Sie ihm etwas auf die Mailbox gesprochen?«

»Ja.«

»Und was?«

»Na, eben, dass er sich mal melden solle, entweder auf meinem Handy oder bei meinen Eltern.«

»Gut. Danke, Frau Kalkbrenner!«, sagte Tannenberg und erhob sich von der Ledercouch. »Seien Sie bitte noch so nett und geben Sie meiner Kollegin die Namen und Adressen der Freunde von Herrn Steiner, mit denen er wegfahren wollte. Dürfte ich mich in der Zwischenzeit hier ein wenig umsehen?«

»Ja, sicher.«

Zuerst trottete er an ein graphitfarbenes Highboard, das zwischen einem Breitbild-TV und einer mit zwei Glastüren versehenen, von innen beleuchteten Vitrine stand. Es war gekrönt von einer noblen Stereoanlage. Er wandte sich um, betrachtete sich das ungewöhnlich feudal eingerichtete Studenten-Appartement aus dieser anderen Perspektive.

»Entschuldigen Sie, Frau Kalkbrenner, wenn ich Sie so direkt darauf anspreche. Aber ich wundere mich ehrlich gesagt schon ein wenig über Ihre luxuriösen Lebensverhältnisse. Für Studenten sind die recht ungewöhnlich, wie ich finde. Hier sieht es irgendwie aus wie in der Penthouse-Wohnung eines erfolgreichen Jungmanagers, nicht wie in einer Studentenbude.«

Leonie schien über diese durchaus pointierte Aussage nicht sonderlich verwundert zu sein, allem Anschein nach war sie schon des Öfteren mit derartigen Nachfragen konfrontiert worden.

»Ich lege eben viel Wert auf ein gepflegtes Ambiente. Das hab ich wohl von meinem Elternhaus mitbekommen«, antwortete sie mit einer leicht arroganten Klangfärbung ihrer Stimme.

Davon ließ sich der Leiter des K1 jedoch nicht beeindrucken. »Aber wer hat denn nun diesen ganzen Luxus finanziert? Ihre Eltern?«

»Ja, unter anderem. Wir stammen beide aus ziemlich wohlhabenden Familien. Und da ist es eben nun mal üblich, dass man seine Kinder finanziell ausreichend unterstützt. Außerdem jobben wir beide neben unserem Studium.«

Tannenberg begnügte sich mit dieser Antwort. Er dachte einen Moment lang zurück an die Studienzeit seines älteren Bruders Heiner, der sich damals mit einem äußerst bescheidenen Lebensstandard arrangieren musste, obwohl auch er regelmäßig gearbeitet hatte.

Dann schlenderte er durch die gardinenlose Verandatür hinaus auf den Balkon. Er lehnte sich vorsichtig über die Brüstung des rot eingefärbten Betongeländers und ließ dabei seine Augen nach unten wandern. Plötzlich verspürte er ein leichtes Schwindelgefühl. Umgehend nahm er seinen Oberkörper wieder zurück und ging einen Schritt nach hinten.

Nachdem er in tiefen Zügen Atem geschöpft hatte, ließ er seinen Blick hinüber zu dem Gelände des ehemaligen Abstellbahnhofs schweifen, das seit etwa einem Jahr grundlegend umgestaltet wurde. Von der bis zu diesem Zeitpunkt nur noch als Eisenbahnfriedhof und wildem Lagerplatz genutzten Bundesbahnanlage war inzwischen absolut nichts mehr zu erkennen. Eine regelrechte

Armada von PS-gewaltigen Baustellenfahrzeugen hatte die stark verzweigten Gleisanlagen demontiert, großflächige Erdbewegungen durchgeführt und Straßen angelegt.

Als er den Kopf nach Süden wandte, schob sich in den linken Bereich seines Sichtfeldes der Rohbau eines Gebäudekomplexes, der gerade für das Fraunhofer-Institut errichtet wurde. Auch an anderen Stellen des weiträumigen Geländes zeugten Baukräne, Containersiedlungen und Betonmisch-Fahrzeuge von einer regen Bautätigkeit.

Eigentlich der ideale Ort zur Leichen-Beseitigung, sagte Tannenberg zu sich selbst, als sich sein Blick an einer gerade frisch gegossenen, dunkelgrauen Bodenplatte festhakte. Würde mich wirklich mal interessieren, wie viele Mordopfer bisher in solch einem Betongrab auf Nimmerwiedersehen verschwunden sind.

Nachdem er das Appartement wieder betreten hatte, kratzte er sich nachdenklich am Hals und fragte dabei an die attraktive Studentin gerichtet: »Also, Frau Kalkbrenner, ich verstehe da etwas nicht: Sie sagten doch vorhin, dass Ihr Freund Informatik studiert, oder erinnere ich mich da etwa falsch?«

Leonie bedachte ihn mit einem erstaunten Blick. »Nein, das stimmt.«

»Aber wo ist denn sein Computer? Ich seh gar keinen. Das gibts doch nicht, dass ein Informatik-Student keinen Computer hat.«

Die Studentin erhob sich langsam von der Couch. »Kommen Sie, ich zeig Ihnen mal was.« Sie geleitete die beiden verwunderten Kriminalbeamten aus dem Appartement hinaus in den Korridor und öffnete die gegenüberliegende Tür.

»Voilà: Das ist unser zweites Appartement. Meins

benutzen wir als Wohnzimmer und das von Lukas als Schlaf- und Arbeitszimmer.«

»Verstehe«, entgegnete Sabrina. »Deswegen auch nur das eine gemeinsame Klingelschild. Damit Sie beide in dem anderen Zimmer ihre Ruhe haben.«

»Ja, aber Ruhe zum Lernen hat man hier trotzdem nicht«, antwortete sie seufzend.

Tannenberg nickte verständnisvoll. »Deshalb waren Sie auch die letzten Tage bei Ihren Eltern.«

Dieses Appartement war zwar vom Grundriss her genauso geschnitten wie das andere, jedoch fehlte der Balkon. Zudem war ein kleinerer Teil des Raums mit Hilfe eines schweren, dunklen Vorhangs vom Rest abgetrennt. Rechts stand ein mattschwarzes Metall-Doppelbett. Unmittelbar vor dem Fenster ein großer Schreibtisch.

Neugierig schob Tannenberg den trägen Vorhang beiseite. Was er nun erblickte, erinnerte ihn unweigerlich an das Chaos-Zimmer seines Neffen Tobias. Denn in völligem Kontrast zu den beiden anderen, augenscheinlich von Leonie dominierten Räumlichkeiten, herrschte auf diesen wenigen Quadratmetern die blanke innenarchitektonische Anarchie: Links an der Wand stand ein halb geöffneter Kleiderschrank, in dem Jeans und Hemden wild durcheinander lagen oder hingen.

Zwei nebeneinander angeordnete Schubladen waren weit herausgezogen und gewährten einen neugierigen Blick auf stark dezimierte, ungeordnete Socken- und Unterwäschebestände. Rechts daneben ächzte ein Stuhl unter der Last zweier Winterjacken. Ein unmittelbar davor sich auftürmender kleiner Berg Schuhe rundete den optischen Eindruck einer Caritas-Altkleider-Sammelstelle ab.

Leonie schien Tannenbergs Rumpelkammer-Assoziationen zu erahnen, denn mit einem deutlich vernehmbaren Ausdruck der Scham in ihrer Stimme sagte sie: »Ich weiß, was Sie jetzt denken. Aber was soll ich denn machen? Lukas bestand von Anfang an darauf, einen eigenen Bereich in unserer Wohnung zu haben. Wir haben uns dann eben auf diese blöde Abtrennung geeinigt.«

»Verstehe«, bemerkte Tannenberg in mitleidigem Ton.

»Ich geh da eigentlich nie rein. Ich kann dieses heillose Durcheinander einfach nicht ertragen. Aber Lukas sagt, er braucht das für sein Studium und für seine Arbeit. Er nennt das immer ›konstruktives Chaos‹.« Sie seufzte tief auf. »So sind sie nun mal, diese verrückten Computerfreaks.«

»Und was ist das für eine Arbeit?«, hakte Sabrina sofort neugierig nach.

»Er jobbt im Wertstoffhof in der Pirmasenser Straße. Dort werden alle möglichen Elektrogeräte entsorgt, auch alte Computer.«

»Ja, ja, ich weiß, wo das ist«, warf Tannenberg ein. »Irgendwann war ich schon mal dort. Da kann man nämlich auch kaputte Waschmaschinen hinbringen.«

Leonie zeigte sich von dieser ziemlich überflüssigen Zwischenbemerkung völlig unbeeindruckt und führte derweil ihren Gedankengang zu Ende: »Bevor die Computer vernichtet werden, baut Lukas die noch funktionsfähigen Teile aus und montiert sie dann hier zu Hause mit gekauften Teilen wieder zu neuen Computern zusammen.«

»Ach, so, verstehe. Und die verkauft er dann«, entgegnete Tannenberg, der nun direkt vor einem mit mehreren

Computerbildschirmen und sonstiger Hardware beladenen, breiten Holzschreibtisch stand, der ihn aufgrund seiner beeindruckenden Größe unweigerlich an einen Tapeziertisch erinnerte.

Links neben dem Tisch türmte sich wie eine Miniatur-Schrotthalde ein wild zusammengeworfener Haufen aus Towergehäusen, Keyboards, Mäusen, Druckern und diversen Kabelschlangen auf. Unmittelbar darüber hing ein schiefes großformatiges Poster mit dem Spruch ›Nur die Kleingeistigen halten Ordnung – Genies durchblicken das Chaos‹.

»Will diese alten Kästen denn überhaupt irgendjemand haben?«, führte Tannenberg seinen noch nicht abgeschlossenen Gedankengang fort.

»Ja, natürlich. Diese getunten Dinger sind nämlich viel billiger als die im Geschäft, aber mindestens genauso gut. Behauptet jedenfalls Lukas. Ich kenne mich damit ja nicht aus.«

»Und wie läuft dieses Recycling-Geschäft?« Als er den verständnislosen Gesichtsausdruck Leonies registrierte, ergänzte er: »Ich mein: rentiert sich das finanziell? Der ganze Aufwand und so.«

»Ja, auf alle Fälle«, antwortete die Studentin nicht ohne Stolz. »Die Gewinnspanne ist beträchtlich.«

Tannenberg nahm auf dem Schreibtischstuhl Platz. »Leonie könnten Sie mal bitte den – oder vielmehr die Computer hochfahren?«

Leonie schüttelte den Kopf. »Das bringt nichts.«

»Wieso?«

»Weil Lukas alle Zugänge mit Passwörtern versehen hat. Und die weiß ich nicht.«

»Schade.«

»Ich interessiere mich sowieso nicht für diese kybernetischen Gebilde. Ich beschäftige mich lieber mit dem Lebendigen. – Nach was suchen Sie denn eigentlich?«

»Na ja, nach irgendeinem Anhaltspunkt eben, um zu klären, warum und wohin Ihr Freund so spurlos verschwunden ist.«

Leonie schien für ein paar Minuten dieses leidvolle Thema verdrängt zu haben. Aber durch Sabrinas Antwort wurde sie mit einem Male wieder zurück in den dunklen Kerker ihres Seelenschmerzes geworfen. Sie kämpfte mit den Tränen, senkte den Kopf, schlug die Hände vors Gesicht, ihr Körper begann zu beben.

Tannenberg entging diese gravierende Verhaltensänderung natürlich nicht. Er erhob sich, legte ihr im Vorübergehen kurz tröstend die Hand auf die Schulter. Dann blieb er unvermittelt stehen und wandte sich zu ihr um. »Entschuldigen Sie, Frau Kalkbrenner, dass wir Sie so lange belästigt haben. Wir lassen Sie jetzt in Ruhe.«

Leonie nickte wortlos. Tannenberg streckte ihr zum Abschied die Hand hin. Aber sie nahm diese Geste nicht wahr.

»Allerdings müssten sich die Kollegen der Spurensicherung Ihre beiden Appartements noch etwas genauer ansehen. Das kann eine Weile dauern. Könnten Sie in der Zeit vielleicht jemanden besuchen gehen?«

Die junge Studentin blickte kurz auf, nickte schluchzend. »Das hatte ich sowieso vor. Meine beste Freundin wohnt hier im roten Wohnheim, zwei Etagen tiefer. Ich kann jetzt nicht allein sein.«

»Natürlich.«

»Und dann werde ich zu meinen Eltern fahren.«

»Gut, dann geben Sie uns doch bitte Ihre Schlüssel, Ihre Handynummer und den Namen Ihrer Freundin. Wenn die Kollegen mit Ihrer Arbeit fertig sind, bekommen Sie selbstverständlich Ihre Schlüssel wieder zurück.«

Plötzlich fiel Tannenberg noch etwas sehr Wichtiges ein, etwas, das er fast vergessen hätte: »Frau Kalkbrenner, besitzen Sie oder Ihr Freund eigentlich ein eigenes Auto?«

»Ja, wir haben beide eins.«

»Wissen Sie, wo sich das Auto Ihres Freundes gegenwärtig befindet?«

»Natürlich. Es steht unten auf dem Parkplatz.« Wie wenn sie Tannenbergs nächste Frage vorausgeahnt hätte, ergänzte sie: »Und sein Autoschlüssel hängt drüben am Schlüsselboard.«

Sie gingen wieder hinüber in die andere Wohnung. Nachdem die Daten erhoben und die Schlüssel ausgehändigt worden waren, bat Tannenberg die Studentin noch um ein Foto des vermissten Lukas Steiner.

Abschließend stellte er die Frage, die er die ganze Zeit über wie einen unangenehmen Zahnarztbesuch vor sich hergeschoben hatte: »Frau Kalkbrenner, hatten Sie in letzter Zeit den Eindruck, dass sich Ihr Freund irgendwie verändert hat?«

Leonie schüttelte verneinend den wieder zu Boden gesenkten Lockenkopf.

»War er anders als sonst, zum Beispiel auffällig nervös? Oder hatte er Angst? Ist er von irgendjemandem bedroht worden?«

»Angst? … Drohungen? Nein.« Leonie hob den Kopf, fixierte ihn mit einem verzweifelten Blick. »Warum fragen Sie das alles?«

»Routine, Frau Kalkbrenner, nur Routine. Wir müssen diese Fragen stellen. Auch wenn wir von unseren Erfahrungswerten her wissen, dass in den allermeisten Fällen die gesuchten Personen nach ein paar Tagen wieder wohlbehalten bei Ihren Angehörigen auftauchen.«

Mit sich brechender Stimme schrie sie plötzlich los. »Sie lügen! Sie fragen das alles nur, weil Sie glauben, dass Lukas bereits tot ist.«

Es hing ein Gewitter in der Luft. In den letzten Minuten war der Wind spürbar aufgefrischt und wirbelte nun Staub und tanzende Papierfetzen über den flimmernden Asphalt. Es waren nur wenige Passanten auf den Straßen der Stadt unterwegs; die Menschen hatten sich vor der drückenden Schwüle in ihre kühleren, abgedunkelten Häuser geflüchtet.

Sabrina parkte den Mercedes in der Pirmasenser Straße schräg gegenüber des Wertstoffhofs. Als Tannenberg den klimatisierten Dienstwagen verließ, meinte er von der sich ihm entgegenstellenden Hitzewand erschlagen zu werden. Bereits nach wenigen Metern wischte er sich die regelrecht aus der Haut herausschießenden, perlenden Schweißtropfen von der Stirn.

Die beiden Kriminalbeamten betraten die Wertstoff-Sammelstelle durch den Haupteingang, ein breites graues Schwingtor, das oben mit silbernem Stacheldraht besetzt war. Direkt neben der Einfahrt stapelten sich auf der linken Seite mehrere kleine Türme aufeinandergeschichteter Holzpaletten. Versetzt dahinter fristeten gefüllte Kompostsäcke ein recht unscheinbares Dasein. Ganz in der Ecke in einem größeren Drahtkäfig lagerten Unmengen verschiedenfarbiger Mülltüten. Daran schlossen sich mehrere in Reih und Glied angeordnete, orangefarbene Großcontainer an, die in einer freitragenden Hallenkonstruktion auf zu entsorgende Gegenstände warteten.

Tannenberg und seine Begleiterin blickten sich suchend nach allen Seiten um. Sie konnten jedoch auf dem gesamten Gelände nicht ein einziges menschliches Wesen entdecken. Nur eine schwarze Katze aalte sich ein paar Schritte von ihnen entfernt in der prallen Sonne.

Plötzlich hörten sie ein lautes Klopfen, das von rechts kommend an ihre Ohren drang. Reflexartig drehten sie ihre Köpfe in Richtung der helltönenden Geräuschquelle. Etwa zehn Meter von ihrem Standort entfernt hämmerte jemand von innen an die Fensterscheibe eines buntbemalten ehemaligen Bauwagens.

Mit leicht zu entschlüsselnder Gestik forderte der Arm die Besucher zum Näherkommen auf. Dann erhob sich die dazugehörige Gestalt und war plötzlich nicht mehr zu sehen. Aber kaum einen Wimpernschlag später empfing ein jüngerer Mann die Ermittler an der Tür. Wort- und gestenreich forderte er sie auf, so schnell wie möglich in die kleine Hütte einzutreten.

Gleich nachdem Tannenberg auf der Holzbank Platz genommen hatte, war ihm der Grund für das merkwürdig hektische Gebaren des Mannes schlagartig klar, denn unmittelbar neben der Tür verrichtete eine leise vor sich hinsummende Klimaanlage monoton ihre anstrengende Arbeit – mit durchaus vorzeigbarem Ergebnis, herrschte doch in der kleinen Blechhütte ein unerwartetes, überaus angenehmes Raumklima.

Sabrina stellte zunächst ihren Chef und sich selbst kurz vor. Gleich anschließend kam sie zur Sache: »Kennen Sie einen gewissen Lukas Steiner?«

»Ja, natürlich kenn ich den Lukas«, antwortete der junge Mann wie aus der Pistole geschossen. »Wieso?«

»Beantworten Sie bitte unsere Fragen«, gab Sabrina forsch zurück.

»Ist ja schon gut. Nur keine Panik. Man wird ...«

»Los, machen Sie schon!«, warf Tannenberg scharf dazwischen. »Oder sollen wir Sie lieber gleich mit zu unserer Dienststelle nehmen?«

Abwehrend warf der Mann seine Hände vor den Oberkörper. »Ist ja schon gut. Also: wir jobben hier zusammen. Außerdem studieren wir an derselben Uni und haben eine Bude im selben Wohnheim.«

»Studieren Sie auch Informatik?«, fragte Tannenberg interessiert nach.

»Nein, das fehlte mir gerade noch! Ich und ein Informatikstudium?« Er lachte auf. »Nein, ich studiere Architektur.«

»Ach, so. – Wann haben Sie Herrn Steiner zum letzten Mal gesehen?«

Der Student krauste die Stirn, warf seinen Blick grübelnd empor zum gewölbten, blaugrauen Blechdach. »Ich glaub am Donnerstag ... Ja, das war am Donnerstag. Am Nachmittag. Freitag hat er sich freigenommen, weil er mit Kumpels irgendwohin zum Surfen wollte. Und morgen Früh will er wieder hier antanzen.«

»Und warum sind Sie nicht mitgefahren?«, stellte Tannenberg eine für die kriminalistische Ermittlungsarbeit nicht gerade sehr bedeutungsvolle Frage.

»Ach, wissen Sie, ich bin nicht so der sportliche Typ. Ich beschäftige mich lieber mit Gehirn- als mit Muskeltraining: Mein Faible ist die Philosophie.«

Dem sollte ich mal die Adresse des Herrn Rechtsmediziners geben, dachte Tannenberg, konzentrierte sich aber sogleich wieder auf die Befragung des jungen Mannes: »Was machen Sie beide hier denn eigentlich genau?«

Der Student warf eine Hand in Tannenbergs Richtung. »Ach, das ist wirklich nichts Spektakuläres. Die Leute bringen uns ihre alten Elektrogeräte und wir bauen sie auseinander. Und dann führen wir die einzelnen Komponenten der Rohstoffverwertung zu. Na ja, Sie wissen schon: Recycling-Kreislauf eben. Wird aber ganz gut bezahlt. Und wir können die Arbeitszeiten immer flexibel unserem Studienplan anpassen.«

»Nicht schlecht«, bemerkte Sabrina.

»Manchmal ist sogar überhaupt nichts los. So wie heute, wo es den Leuten einfach viel zu heiß ist, um ihre kaputte Waschmaschine hierher zu schleppen. Die warten, bis diese brütende Hitze vorbei ist. An solchen Tagen haben wir dann einen ganz besonders lockeren Job.«

Fette, trächtige Gewitterwolken hatten sich in den letzten Minuten vor die Sonne geschoben und die engen Häuserschluchten in schwarzgraues Dämmerlicht getaucht. Das bis vor kurzem noch ferne, dumpfe Donnergrollen hatte sich inzwischen näher an die Innenstadt herangeschoben und wechselte, begleitet von ersten, grellen Blitzen, in ein furchteinflösendes lautes Krachen. Erste dicke Regentropfen prasselten auf das Blechdach hernieder und erzeugte dabei eine stakkatoartige Melodie.

»Wie früher im Zelt«, warf Tannenberg schmunzelnd in die Runde.

Aus der völlig neutralen Reaktion der beiden jungen Leute schlussfolgerte er, dass ihn möglicherweise außer den mehr als zwanzig Lebensjahren auch noch die nicht vorhandene Campingurlaub-Erfahrung von den anderen Bauwagen-Insassen trennte.

Wahrscheinlich hätte ich besser ›Erinnert mich an die Fensterscheibe meiner letzten Ferienwohnung‹ sagen sollen, dachte er.

Kopfschüttelnd entschied er, dieses Thema besser nicht weiter zu vertiefen, sondern lieber die sich bietende Gelegenheit zur Informationsbeschaffung zu nutzen: »Seine Freundin hat uns erzählt, dass Herr Steiner oft Einzelteile aus alten Computern ausgebaut und mit nach Hause genommen hat. Was wissen Sie davon?«

Der Student warf die Stirn in Falten und zögerte einen Augenblick, bis er die Frage beantwortete: »Das stimmt, soweit ich weiß. Er hat immer irgendwelche Sachen in seinen Rucksack gepackt und nach Hause transportiert. Aber was da genau drin war, weiß ich wirklich nicht. Das hat mich nie interessiert.«

»Gut. Sie sagten vorhin, dass Sie Herrn Steiner am letzten Donnerstag noch einmal gesehen haben.«

»Ja, Herr Kommissar.«

»Hier im Wertstoffhof?«

»Ja.«

»Wann war das?«

»Das war kurz vor zwölf. Ich habe ihn abgelöst. Er hatte am Donnerstag Frühdienst. Und ich war mittags dran.«

»Ist Ihnen an Herrn Steiner an dem Tag irgendetwas Besonderes aufgefallen? Benahm er sich anders als sonst? Sagte er irgendwas Außergewöhnliches?«

Der junge Mann schob die Unter- über die Oberlippe, schüttelte den Kopf, zuckte mit den Schultern. »Nein. Es war alles wie sonst auch: Er hat mir wie immer zuerst die Sachen gezeigt, die morgens angeliefert wurden, und was noch auseinanderzubauen war. Dann haben wir noch einen Kaffee zusammen getrunken. Und danach hat er sich zu seinem Surftrip verabschiedet.« Er grübelte angestrengt nach, blähte dabei die Backen wie ein Kugelfisch auf. »Also, er war eher besonders gut drauf an dem Tag. Ich glaub, er hat sich sehr aufs Surfen gefreut.«

Tannenberg erhob sich, legte seine Visitenkarte auf den schmalen Holztisch. »Gut. Vielen Dank. Wenn Ihnen noch etwas einfallen sollte, melden Sie sich bitte bei uns.«

»Ja, klar«, antwortete der Student und schüttelte den beiden Beamten zum Abschied die Hände. Plötzlich fiel ihm noch etwas ein. »Warten Sie! Eine Sache war doch ganz anders an dem Tag.«

»Und welche?«, wollte Sabrina wissen.

»Als wir hier am Tisch saßen, hat mir Lukas beiläufig erzählt, dass um acht Uhr, als er das Tor aufgeschlossen hat, bereits ein PC davor gestanden habe.«

»Und was ist daran so außergewöhnlich?«, fragte Tannenberg mit zusammengekniffenen Brauen.

Der Student kratzte sich verlegen am Hals. »Sie haben recht. Das hat wirklich nichts Besonderes zu bedeuten. Denn es kommt schon ab und zu mal vor, dass uns irgendjemand außerhalb der Öffnungszeiten seinen alten Trockner oder eben auch andere Sachen vor die Tür stellt.«

3

Kurt hatte Blähungen.

Jeder, der schon einmal mit einem Hund in symbioseähnlichen Verhältnissen gelebt oder sich zumindest für einen gewissen Zeitraum in dessen unmittelbarer Nähe aufgehalten hat, weiß, dass diese sehr beliebten Haustiere nicht nur an Regentagen in der Lage sind, zuweilen einen recht unangenehmen Geruch zu verbreiten.

Besonders nach dem Verzehr von in Dosen abgepackter Tiernahrung zeigt sich ein interessantes olfaktorisches Phänomen, existiert doch ein eindeutiger geruchlicher Zusammenhang zwischen dem mit wenigen Bissen verschlungenen Doseninhalt und den einige Zeit nach den Verdauungsbemühungen des Hundekörpers in die Umwelt freigesetzten Duftstoffen.

Gelingt es dem Hundebesitzer im Freien noch recht leicht, sich dem direkten, ziemlich schnell im unmittelbaren Umfeld der festen Ausscheidungsprodukte sich bildenden Riechzellen-Bombardement zu entziehen, so sind er und seine bedauernswerten Leidensgenossen den gasförmigen Verdauungsprodukten in geschlossenen Räumen nahezu wehrlos ausgeliefert. Als besonders heimtückisch werden diese Attacken auch deshalb empfunden, weil sie stets ohne jegliche Vorwarnung erfolgen und zudem akustisch kaum wahrnehmbar sind.

Am brutalsten tritt dieser Schockeffekt dann zutage, wenn das Tier sich gemütlich unter dem gedeckten Mittagstisch abgelegt hat und sich inmitten eines schmackhaften Essens geräuschlos seiner auslassbegehrenden Darmgase entledigt.

Obwohl diese bei den Betroffenen sofortigen Atemstillstand auslösenden Gasangriffe schon viele menschliche Zusammenkünfte abrupt gesprengt haben, kann man den treuen, vierbeinigen Gesellen natürlich nicht ernstlich böse sein, geschieht ihr Handeln doch ohne Vorsatz.

Und wer jemals nach seinem gellenden Aufschrei des Entsetzens, der Abscheu und des Ekels über den verbreiteten bestialischen Gestank in die unschuldigen Augen eines verschüchterten Hundeantlitzes geblickt hat, wird dies gerne bestätigen.

Zu derart subtilen Denkprozessen war Tannenberg zu diesem Zeitpunkt allerdings nicht in der Lage, denn das, was ihm eben penetrant in die Nase gekrochen war und ihm fast den Atem geraubt hatte, war dermaßen unerträglich gewesen, dass er nur mit allergrößter Mühe gegen die von ihm Besitz ergreifende Übelkeit anzukämpfen vermochte.

Seine extreme Reaktion hing sicherlich auch damit zusammen, dass dieser unerträgliche Gestank eine frappierende Ähnlichkeit mit dem ›Vier-Sorten-Premium-Fleischmenü‹ aufwies, das er gestern Abend aus einer Magnumdose geschält und in Kurts Fressnapf aufgetürmt hatte. Und bei dieser Fütterungsprozedur hatte es ihm wieder einmal fast den Magen umgedreht. Aber der gerade sein Riechzentrum narkotisierende Geruch war noch weitaus unangenehmer, weil mit einer zusätzlichen, faulig-säuerlichen Komponente versetzt.

Kurt zeigte an diesem Mittag nicht den geringsten Anflug eines schlechten Gewissens, als sein Herr zutiefst angewidert auf ihn einzuschimpfen begann. Aber da Kurt ein von Natur aus sehr duldsames Lebewesen war, begegnete er dem Wutausbruch seines Herrn zwar mit Unverständnis, signalisierte jedoch sofort seine bedingungslose Zuneigung zu ihm, indem er sich gemächlich aufrichtete und brummend seinen schweren Kopf auf Tannenbergs rechtem Oberschenkel ablegte.

Während Margot Tannenberg flugs die Küche durchlüftete, hatte ihr Sohn dem vergötterten Familienhund bereits schon wieder seine Untat verziehen. Er kraulte zärtlich das zottelige Haupt des inzwischen ein knappes Jahr alten, äußerst gelungenen Genmixes aus Langhaarschäferhund und Leonberger. Kurt bedankte sich für die liebevollen Streicheleinheiten mit seiner etwas überdimensioniert wirkenden, rauen Zunge, die meist schlaff über den wild ausgefransten, schwarzen Lefzen hing.

Natürlich war Kurt noch immer weiblichen Geschlechts. Aber Tannenbergs, im letzten Frühsommer durch einen spontanen, trickreichen Willkürakt erfolgte Namensgebung wurde inzwischen von allen Mitgliedern der Großfamilie akzeptiert. Selbst Schwägerin Betty, die sich in den ersten Monaten noch vehement gegen diesen ›Vollrausch-Männer-Schwachsinn‹, wie sie es immer wörtlich nannte, gewehrt hatte, kapitulierte mit der Zeit und rief das bellende Familienmitglied nun auch mit diesem, für eine Hundedame zugegebenermaßen recht ungewöhnlichen Namen.

Besonders das Zusammentreffen mit anderen Hundebesitzern blieb verständlicherweise nicht frei von Irritationen. Denn im Gegensatz zu den von ihnen ausgeführten Vierbeinern, denen natürlich das wahre Geschlecht Kurts nicht lange verborgen blieb, bedurfte es doch einigen Erklärungsaufwandes, um den menschlichen Wesen am anderen Ende der Leine die etwas komplizierte Angelegenheit zu erläutern.

Tannenberg empfand diese Kontakte bereits nach kurzer Zeit als ausgesprochen lästig. Deshalb beschloss er, fortan seine Spaziergänge in einsame Waldgebiete zu verlegen. Lief ihm trotz dieser Vorsichtsmaßnahmen irgendjemand über den Weg, schlug er sofort einen Haken und wanderte querfeldein weiter – Kurzschlusshandlungen, die von den damit konfrontierten Zeitgenossen nicht selten mit verständnislosem Kopfschütteln bedacht wurden.

Ein neutraler Beobachter hätte sicherlich erstaunt festgestellt, dass Tannenbergs Verhältnis zu Hunden sich innerhalb eines einzigen Jahres radikal verändert hatte. Einem hinterlistigen Langhaardackel, dem in der elterlichen Wohnung über viele Monate hinweg das Gnadenbrot serviert wurde, war er mit tiefsitzender Aversion begegnet.

Bei Kurt dagegen verhielt es sich von Beginn an völlig anders: Es war damals wirklich Liebe auf den ersten Blick gewesen. Tannenberg war dem Charme dieses bärenartigen, tollpatschigen Welpen bereits von der ersten Sekunde an erlegen. Zwar hatte sich aus diesem unwiderstehlichen Wollknäuel innerhalb des letzten Dreivierteljahres ein ausgewachsenes, stattliches Hundewesen entwickelt, aber das tat der innigen Beziehung zwischen den beiden keinerlei Abbruch. Eher war das Gegenteil der Fall. Was natürlich auch auf Kurts Verhalten zurückzuführen war, denn er erkor den Leiter der Kaiserslauterer Mordkommission sehr schnell zu seiner zentralen menschlichen Bezugsperson.

Tannenberg wurde es immer ganz warm ums Herz, wenn ihm Kurt, wie just in diesem Moment, mit seinen dunklen Augen leise brummend entgegenblickte. Aber da er wusste, dass ein Hund zu seinem eigenen Wohl zwangsläufig erzogen werden musste, führte er sich deshalb regelmäßig einige diesbezügliche Ratgeber zu Gemüte. Und allgemeiner Tenor dieser Erziehungshilfen war nun mal eben, dass man den Vierbeiner ab und an mit Vehemenz in seine Schranken weisen sollte.

Ein solcher Anlass war nun gekommen, zumal Tannenberg immer noch Hunger hatte und deshalb umgehend sein Mittagsmahl fortzusetzen gedachte. Also riss er seine Augen aus der schwarzen Maske des Mischlingshundes und forderte ihn mit dem lautstark und energisch vorgetragenen Kommando ›Platz‹ auf, sich umgehend abzulegen.

Wie immer kam Kurt dem Befehl nicht sofort nach, sondern stellte sich sicherheitshalber erst einmal taub. Tannenberg nahm unter gleichzeitiger, mehrmaliger Wiederholung des Kommandos seinen rechten Arm zur Hilfe, schob den störrischen, schweren Hundekopf von seinem Oberschenkel und drückte ihn nach unten zum Fußboden hin. Kurt ließ diese Maßnahme zwar geduldig über sich ergehen, setzte ihr jedoch gemessenen Widerstand entgegen, so dass Wolfram Tannenberg gezwungen war, sich zu ihm hinunterzubeugen.

Er hatte gerade sein Ziel erreicht, als er plötzlich mit schmerzverzerrtem Gesicht aufschrie: »Au, au, au, tut das weh.« Reflexartig entfernte er seine Hand von Kurts Kopf und legte sie auf seinen rechten unteren Rückenbereich.

Margot Tannenberg erhob sich sogleich von ihrem Stuhl, während ihr Ehegatte anscheinend keinen Grund sah, ihr nachzueifern. Er warf lediglich einen emotionslosen Blick hinüber zu seinem jüngsten Sohn. Dann setzte er unbeeindruckt die Einnahme seines Mittagessens fort.

»Oh Gott, was ist denn, Wolfi? Was hast du denn?«

»Was wird er wohl haben, der alte Jammerlappen: einen kleinen Hexenschuss! Das sieht doch jedes Kind.«

Tannenberg konnte nicht auf die provokative Bemerkung seines Vaters reagieren. Er war völlig auf die höllischen Schmerzen fixiert, die aus seiner Lendenregion kommend bis in die Fußspitzen hinein ausstrahlten. Ächzend versuchte er seinen total verkrampften und grotesk zur Seite gekrümmten Oberkörper aufzurichten. Aber erst mit Hilfe seiner Mutter, die sich inzwischen hinter ihn gestellt hatte und vorsichtig an ihm zog, gelang es ihm.

Als er wieder einigermaßen aufrecht am Tisch saß, musste er jedoch feststellen, dass die barbarischen Schmerzen unvermindert fortdauerten.

»Wolfi, du musst sofort zum Arzt und dir eine Spritze geben lassen«, forderte die Seniorin. »Ich ruf Heiner an, der soll dich gleich hinfahren.«

Mühsam schleppte sich Tannenberg zum Sharan seines Bruders. Er hatte kaum darin Platz genommen, schon schickte sich Heiner an, ihn rücksichtslos mit seinen jüngsten schriftstellerischen Ergüssen zu belästigen.

»Du, Wolf, Zufälle gibts«, begann er kopfschüttelnd. »Ich arbeite gerade an einem neuen lyrischen Zyklus, der inhaltlich genau zu deiner Situation passt. Darf ich dir die ersten beiden Strophen an der nächsten Ampel mal vortragen?«

Natürlich handelte es sich bei dieser Frage um eine rein rhetorische, erwartete Heiner von seinem arg malträtierten Bruder doch keinerlei ernstzunehmende Gegenwehr.

Heiner Tannenberg hatte vor einem knappen Jahr mit einem schmalen Lyrik-Bändchen debütiert, dessen Inhalt der Autor als ›Kriminalpoesie‹ bezeichnete und das ihm neben einer vernichtenden Zeitungskritik noch überaus abschätzige Bemerkungen von Seiten seiner Lehrerkollegen eingebracht hatte. Aber von dieser negativen Resonanz hatte er sich nicht sonderlich beeindrucken lassen, sondern er bastelte weiter trotzig an seiner jungen Schriftstellerkarriere.

Als die beiden Tannenberg-Brüder die Ampel an der Marienkirche erreichten, sprang sie gerade auf Rot.

»Komm, jetzt lass dich mal nicht so hängen und hör mir mal zu!«, forderte Heiner. »Ist ja auch gleich vorbei.«

»Mach schon! Das tut wirklich saumäßig weh«, zischte Tannenberg durch die zusammengebissenen Zahnreihen.

Währenddessen kramte Heiner aus der rechten Gesäßtasche seiner Hose ein gefaltetes Blatt heraus und klappte es mit fahrigen Händen auseinander. Nach einem kurzen Räuspern legte er mit lauter Stimme los:

»Wenn du fühlst dich kerngesund,
Tu's ja keinem Mediziner kund.
Und plagen dich mal schlimmre Dinger,
Lass auch dann vom Arzt die Finger.
Denn nimmt er dich erstmal in Augenschein,
Wird dein Leben bald vorüber sein.

Sie spielen sich gerne auf als Menschenretter,
Doch meide die Tempel der weißen Götter.
Gedenke stets der nächsten Worte:
Oft geschehen dort perfekte Morde!
Manch eine segensreiche Spritzenkur,
Wird bei Bedarf geschwind zur Todestour.

Ist zwar noch die Rohfassung, und ich hab auch noch keinen Titel dafür. Aber klingt doch schon ganz gut, oder findest du etwa nicht?«

»Och, Heiner«, stöhnte Tannenberg, »lass mich doch in Ruhe mit diesem Kram. Ich hab für so was jetzt keinen Nerv. Das tut so verdammt weh!« Als er sah, dass die Ampel gerade ihre Farbe änderte, ergänzte er: »Fahr jetzt endlich los, es ist schon wieder Grün.«

»Seh ich auch, ich bin ja schließlich nicht blind«, entgegnete Heiner und brauste kopfschüttelnd los.

Als Tannenberg mit Hilfe von Notfall- und Schulkameradenbonus bereits wenige Minuten später wartend auf einer von Dr. Bohnhorsts Patientenpritschen lag, erinnerte er sich urplötzlich an Heiners Gedicht. Merkwürdigerweise war ihm besonders der Wortlaut der beiden letzten Zeilen in Erinnerung geblieben. Vielleicht deshalb, weil ihr Inhalt eine enge Verbindung zu seiner jetzigen Situation aufwies.

Jedenfalls verstärkte diese Gedichtpassage die diffusen Angstgefühle, die sich stets dann seiner bemächtigten, wenn sich ihm in absehbarer Zeit irgendein Arzt mit einer aufgezogenen Spritze zu nähern drohte. Er dachte in diesem Augenblick natürlich auch zurück an die schrecklichen Ereignisse in der Trippstadter Schlossklinik, die ihn damals unglaublich belastet hatten.

»Hallo, Tanne, was muss ich denn da hören?«, begrüßte ihn sein alter Klassenkamerad mit einem freundschaftlichen Klaps auf die Schulter. »Du hast einen Hexenschuss?«

»Ja, Kai. Das tut so sauweh!«, jammerte Tannenberg sogleich los.

»Du, hab ich dir nicht schon oft genug gesagt, du sollst dich nicht immer mit den Frauen anlegen. Die lassen sich heutzutage nämlich von uns nicht mehr alles gefallen. Die schießen scharf zurück.«

»Was? Was für Frauen?«

»Hexen! Tanne, das war ein Scherz!«

Tannenberg brummte nur kurz auf. Er brachte in seiner gegenwärtigen Lage nur wenig Verständnis für die humoristischen Eskapaden seines alten Schulfreundes auf.

»Aber warte. Das haben wir gleich!«

Die junge Arzthelferin, die gemeinsam mit Dr. Bohnhorst das kleine Behandlungszimmer betreten hatte, reichte ihrem Chef wortlos eine Spritze, die der Allgemeinmediziner sogleich mit schnellen, routinierten Handgriffen an mehreren Stellen in den oberen Bereich des tannenbergschen Gesäßes hineinjagte.

Der Leiter der Kaiserslauterer Mordkommission kommentierte jede einzelne Injektion mit einem wehleidigen, wimmernden Stöhnen. Dr. Bohnhorst konnte es sich natürlich nicht verkneifen, ihn daraufhin als ›Memme‹ zu bezeichnen.

»Was hast du mir denn da eigentlich gespritzt?«, fragte Tannenberg, mit einer ängstlichen Klangfärbung seiner Stimme.

Der Arzt machte eine wegwerfende Handbewegung. »Ach, Tanne, frag besser nicht so genau. Man muss nicht immer alles wissen.«

»Ich will's aber wissen. Los, sag schon!«

»Na ja, das war so'n richtig schöner Pharmacocktail. Hammerhart, aber eben das Einzige, was dich schnell und dauerhaft von deinen Schmerzen befreit. Und was vor allem auch diesen vermaledeiten Schmerz/Verkrampfung/Schmerz-Kreislauf durchbricht.«

Tannenberg ließ noch immer nicht locker: »*Was* für Zeug ist da drin?«

Dr. Bohnhorst stöhnte sichtlich genervt auf. »Also gut, alte Nervensäge: Da sind Entzündungshemmer,

Muskelrelaxanzien, Lokalanästhetika drin – reicht dir das? Ist doch auch egal. Die Hauptsache ist doch wohl, dass du so schnell wie möglich wieder körperlich topfit wirst. In deinem Job kann man schließlich von der einen zur anderen Sekunde in Extremsituationen kommen.«

Tannenberg rang sich ein gequältes Lächeln ab.

»Aber Kai, wir sind doch keine schießwütigen Rambos, die bis an die Zähne bewaffnete Schwerverbrecher durch die Großstadt-Ghettos jagen. Wenn's für solche Actionszenen tatsächlich mal Bedarf gibt, erledigen das die Kollegen vom SEK – also die vom Sondereinsatzkommando.«

»Nun, gut. Sag mal, hast du diese Probleme eigentlich schon öfter gehabt?«

»Welche Probleme?«

»Na, dreimal darfst du raten: Schmerzen an Gelenken, Knochen oder Ähnlichem.«

Tannenberg warf die Stirn in Falten, zuckte mit den Achseln. »Es zwickt schon mal ab und zu an verschiedenen Stellen.«

»Und wo, Tanne? Ein bisschen genauer, wenn ich bitten dürfte. Zum Beispiel am Ellenbogen?«

»Ach, du meinst den berühmten Tennisarm? Das kannst du getrost vergessen! Ich hab nie Tennis gespielt. Ich bin doch Handballer!«

»Ja, ja. Ich erinnere mich. Komm setz dich jetzt mal auf.«

»Glaubst du denn, das geht schon?«, fragte Tannenberg skeptisch.

»Sicher. Natürlich sind die Schmerzen noch nicht ganz weg, aber deutlich weniger müssten sie inzwischen schon geworden sein«, antwortete Dr. Bohnhorst, während er seinen alten Schulkameraden unter der Achsel packte und nach oben zog.

Als Tannenberg endlich mit merklich entspannterer Miene auf der schmalen Liege saß, drückte ihm der Allgemeinmediziner ohne jegliche Vorankündigung mit flinken Fingern in den rechten Ellenbogen hinein.

Tannenberg schrie sofort auf und rieb sich stöhnend die schmerzende Stelle.

»Au! Bist du denn verrückt geworden, Kai?«, schimpfte er ungehalten los.

»So viel zum Thema ›Tanne kann keinen Tennisarm haben, weil Tanne noch nie Tennis gespielt hat‹«, sagte der Arzt mit spöttischer Miene.

Mit einem zielgerichteten Daumendruck in Tannenbergs Kniegelenk löste Dr. Bohnhorst ein neuerliches, heftiges Schmerzgefühl aus, das sein alter Schulfreund umgehend mit einer weiteren scharfen Unmutsbekundung quittierte.

»Fibromyalgie«, verkündete daraufhin der Arzt nüchtern.

»Was?«

»Du hast eindeutige Fibromyalgie-Symptome.«

Tannenberg starrte seinen ehemaligen Klassenkameraden entsetzt an.

»Ja, und was ist das?«, fragte er mit ängstlichem Blick.

Der Arzt zog die Augenbrauen nach oben. »Mensch, Tanne, wir waren doch in der Oberstufe im selben Lateinkurs. Ich hoffe, du erinnerst dich noch daran.«

Als der Kriminalbeamte nicht reagierte, fuhr Kai Bohnhorst fort: »›Fibra‹ ist nämlich lateinisch und heißt ›Faser‹. Die anderen Wortteile dagegen sind altgriechischen Ursprungs: ›Mys‹ heißt Muskel, ›algos‹ heißt

Schmerz und ›ia‹ heißt Zustand. Ergo müsste die wörtliche Übersetzung von Fibromyalgie eigentlich ›Muskelfaserschmerzzustand‹ lauten. Aber dieser Begriff hat sich natürlich nicht durchgesetzt. Die meisten Leute sagen dazu ganz einfach ›Weichteilrheumatismus‹.«

»Rheuma – ach du Scheiße!«, kam es Tannenberg spontan über die Lippen. »Ist diese Fibro-Dingsbums eine sehr schlimme Krankheit?«

»Nee, eigentlich gar nicht. Es tut eben nur ziemlich weh.«

»Nur ziemlich weh«, wiederholte der Kriminalbeamte die Worte des Arztes, allerdings mit einem ziemlich resignierten Unterton. »Du hast vielleicht gut reden.«

»Stell dich nicht so an, Tanne. Es gibt wirklich weitaus Schlimmeres! Bei der Fibromyalgie gibts im Gegensatz zu anderen Rheumaformen nämlich zum Glück keinerlei Entzündungsprozesse oder Gelenkveränderungen.«

»Na, wenigstens das nicht«, murmelte Tannenberg vor sich hin. Seine Freude über diese Zusatzinformation hielt sich allerdings in engen Grenzen.

»Aber du solltest dich schon mal darauf einstellen, dass du an bestimmten, neuralgischen Punkten deines Körpers starke Schmerzen bekommst. Besonders betroffen sind die Bereiche deines Bewegungsapparats, die du früher stark beansprucht hast. Bei deiner sportlichen Vergangenheit dürften das wohl Wurfarm, Sprungbein …«

»Was? Starke Schmerzen?«, warf der Leiter des K1 dazwischen.

»Ja. Und zwar solche Schmerzen, die merkwürdigerweise häufig wie aus dem Nichts auftauchen und genauso plötzlich wieder verschwunden sind – oder aber auch für eine Zeit lang bei dir bleiben. Leidest du eigentlich auch unter Schlafstörungen, Depressionsschüben, Verdauungsproblemen?«

Tannenberg zuckte leicht mit den Schultern, blies die Backen auf. »Manchmal schon.«

»Hast du auch Genick- und Kopfschmerzen?«

»Ja, ziemlich häufig sogar.«

»Siehst du, passt doch alles wunderbar zusammen.«

Tannenberg sah sich nicht in der Lage, die Begeisterung seines medizinischen Beraters zu teilen. Dagegen stand ihm die Sorge vor einer ungewissen Zukunft deutlich auf der Stirn geschrieben.

»Und was kann man gegen diese verfluchte Krankheit machen?«, fragte er mit einer Mischung aus Angst und Zorn in der Stimme.

»Eigentlich nichts, außer sich damit abfinden. Wenn Patienten es wünschen, kann man ihnen natürlich starke Schmerzmittel verabreichen. Und manchmal helfen auch Psychopharmaka. Aber wie ich dich kenne, würdest du solche Medikamente sowieso nicht schlucken.«

Tannenbergs stummes Nicken bestätigte Dr. Bohnhorsts Vermutung.

Mit einem verschwörerischen Augenzwinkern beugte sich der Arzt hinunter zu seinem alten Schulkameraden und flüsterte ihm ins Ohr: »Ich verrate dir jetzt mal ein streng gehütetes Medizinergeheimnis: Stinknormaler Rotwein erfüllt genau denselben therapeutischen Zweck!«

Der Kriminalbeamte konnte sich nur mit Mühe ein gequältes Lächeln abringen.

Unvermittelt nahm Dr. Bohnhorst seinen Kopf zurück, hob die Augenbrauen an und ergänzte in bester Lehrer-Lämpel-Manier mit erhobenem Zeigefinger: »Aber, in Maßen, Tanne, in Maßen!«

Wolfram Tannenberg ließ sich von einem seiner Mitarbeiter in der Arztpraxis abholen. Nachdem er, unter bewusstem Verzicht auf die von Dr. Bohnhorst gestellte Rheuma-Diagnose, kurz von seinem Hexenschuss-Malheur und der durchgeführten medizinischen Maßnahme berichtet hatte, eröffnete er die außerplanmäßige Dienstbesprechung.

»So, Leute, dann lasst mal hören, was ihr in der Zwischenzeit herausgefunden habt. Was gibts Neues?«, fragte er in die Runde seiner versammelten Kollegen.

Da sich anscheinend niemand bei der Berichterstattung vordrängen wollte, sah sich Tannenberg nach einer angemessenen Wartezeit genötigt, sich seiner Amtsautorität zu bedienen. Aufs Geradewohl pickte er einen seiner Mitarbeiter heraus – und zwar den, der ihm am nächsten saß. Es war Kommissar Fouquet.

»Komm, Albert, dann fangen wir einfach mal mit dir an: Was ist denn mit den Freunden von Lukas Steiner? Also, ich meine die Jungs, mit denen er surfen gehen wollte.«

Zur Sicherheit warf Fouquet noch einen kurzen Blick in seinen Notizblock, bevor er antwortete: »Ich habe bereits mit allen gesprochen. Die sind seit Montag wieder da.«

Tannenberg schaute nachdenklich in Richtung der Fensterfront. »Die wollten am Donnerstag los, wenn ich mich richtig erinnere.«

»Ja, Wolf, das stimmt. Das haben die auch gemacht. Obwohl Lukas Steiner den Angaben zufolge nicht am Treffpunkt erschienen ist. Sie behaupten, dass sie über eine Stunde auf ihn gewartet hätten. Einer hat angeblich sogar ein paarmal versucht, ihn telefonisch zu erreichen. Und zwei der Jungs haben gesagt, dass sie zu ihm nach Hause gefahren sind. Dort hätte ihnen aber niemand geöffnet.

Also sind sie gegen 17 Uhr alleine nach Holland aufgebrochen.«

»Lukas Steiner hat sich auch nicht an den Tagen zuvor bei ihnen gemeldet?«, fragte Tannenberg stirnrunzelnd nach.

»Nein.«

»Und die haben sich keine Gedanken darüber gemacht, warum er nicht am vereinbarten Treffpunkt erschienen ist?«

»Nein, Wolf.«

»Das ist doch irgendwie merkwürdig, oder findet ihr nicht?«

Obwohl Tannenberg die Frage an alle gerichtet hatte, fühlte sich augenscheinlich nur Fouquet angesprochen.

»So merkwürdig ist das doch gar nicht. Seine Surfkumpels jedenfalls haben sich nicht sonderlich darüber gewundert, dass er nicht gekommen ist«, begann er zu erläutern. »Dieser Lukas Steiner scheint nämlich ein regelrechter Einzelgänger gewesen zu sein – und zwar einer von der chaotischen und unzuverlässigen Sorte. Der hat solche Sachen schon öfter gebracht. Aber trotzdem muss er ein begnadeter Surfer gewesen sein.«

»Was heißt'n hier trotzdem, wahrscheinlich gerade deswegen. Na ja, ist ja auch egal. Ich denke jedenfalls, dass wir da wohl im Moment nicht recht weiterkommen«, meinte Tannenberg und wandte sich an Kommissar Schauß: »Michael, wenn ich mich richtig entsinne, solltest du dich in dieser Tierkörperbeseitigungsanlage in Kusel ein wenig umschauen, stimmt's?«

»Ja, Wolf, richtig. Ich war auch gestern Nachmittag dort.«

Der junge Kommissar begann in seinem Notizblock herumzublättern. Dann erhob er seine tiefe Stimme und ließ, während er sprach, den Blick über die Köpfe seiner Kollegen hinwegschweben. »Leute, ihr müsst euch diese Anlage wie ein riesiges Krematorium vorstellen. Das ist ein richtiger Massenbetrieb. Die sind für ganz Rheinland-Pfalz und das Saarland zuständig. Dort werden pro Tag mehrere Tonnen ›Rohmaterial‹ – so nennen die das, also Schlachtabfälle und Tierkadaver, verbrannt.«

»Und wie sieht das in der Praxis aus?«, wollte Fouquet wissen.

»Was meinst du damit?«

»Ähm, ja.« Albert Fouquet schien von der schnellen Nachfrage seines Kollegen etwas übertölpelt worden zu sein. Aber seine Sprachlähmung währte nur kurz. »Na zum Beispiel ist doch die Frage von Belang, ob man dieses Rohmaterial nach der Anlieferung nochmals kontrolliert, bevor es verbrannt wird.«

Michael Schauß nagte auf seinen Lippen herum, nickte zustimmend. »Respekt, Albert, du hast genau den wunden Punkt an der ganzen Sache getroffen.«

»Wieso?«

Schauß blätterte erneut in seinem Notizblock. »Hier steht's. Ich hab mir's genau aufgeschrieben. Das ist ein wörtliches Zitat aus der maßgeblichen Verordnung: ›Wegen des nach dem BSE-Skandal verschärften Tierkörperbeseitigungsgesetzes sind die angelieferten Tierkörper und Schlachtnebenprodukte unverzüglich zu erfassen, zu desinfizieren und in speziellen Anlagen in einem geschlossenen Verwertungskreislauf zu behandeln.‹«

»Aber das bedeutet doch verdammt nochmal nichts anderes, als dass keiner mehr auch nur noch einen einzigen Blick auf das Zeug wirft, bevor es verbrannt wird«, schlussfolgerte Tannenberg kopfschüttelnd.

»Ja, genauso ist es, Wolf, leider. Wegen der so genannten ›seuchenhygienischen Risiken‹ wird der Inhalt der verschlossenen Container direkt nach der Anlieferung in einen vollautomatischen Verbrennungsablauf, wie es bei denen heißt, gebracht.«

»Das ist doch der blanke Wahnsinn!«, echauffierte sich der Leiter des K1. »Eine risikoärmere Mordopfer-Entsorgung gibt es doch überhaupt nicht!«

»Hoffentlich spricht sich das nicht rum. Dann aber gute Nacht!«, gab Kriminalhauptmeister Geiger seufzend einen seiner legendären Diskussionsbeiträge zum Besten, der allerdings wie so oft von seinen Kollegen gänzlich ignoriert wurde.

»Leider ist es wirklich so. Ich hab's ja auch nicht glauben wollen. Aber trotz dieses geschlossenen Verwertungskreislaufs stinkt's dort gewaltig, kann ich euch sagen.« Michael Schauß atmete tief durch, schüttelte angewidert den Kopf. »Mir wird jetzt noch schlecht, wenn ich daran denke.«

Tannenberg schien diese Äußerung ebenfalls als überflüssig zu bewerten, denn er entgegnete recht scharf: »Komm, solche Bemerkungen solltest du uns in Zukunft besser ersparen. Wir sind hier ja nicht im Kindergarten. Erzähl mir mal lieber, wo die Abfälle überall eingesammelt werden.«

»Entschuldige bitte meine Entgleisung. Soll nicht wieder vorkommen. Du hättest dir wohl besser vorhin noch einen Stimmungsaufheller spritzen lassen sollen«, parierte Schauß den Rüffel seines Vorgesetzten.

Sabrina trennte die beiden Streithähne, indem sie eine dienstliche Frage an ihren Mann richtete: »Michael, wo werden diese Schlachtabfälle denn nun eingesammelt?«

»Na, wo denn wohl?«, antwortete er ziemlich barsch. Aber gleich nachdem ihm seine überzogene Reaktion bewusst wurde, ergänzte er mit sich absenkender Stimme: »Entschuldige, Sabrina, dass ich dich eben so angepflaumt habe. Das Zeug wird in Schlachthöfen und Metzgereien eingesammelt. Aber natürlich auch in Zoos und Wildparks.«

»Kollege Schauß, du hast doch bestimmt auch den Mitarbeiter befragt, der den Ring gefunden hat«, mischte sich nun auch Karl Mertel, der Leiter der kriminaltechnischen Abteilung, fragend ein.

»Klar hab ich das. Und die anderen Leute, die in dieser Firma arbeiten, selbstverständlich auch.«

»Und die Fahrer?«

»Nur die zwei, die gerade angeliefert haben, als ich dort war. Aber von den anderen hab ich mir natürlich die Telefonnummern geben lassen.«

»Gut. Dann bleib da mal dran. Hoffentlich kommt dabei was raus«, murmelte Tannenberg vor sich hin. Dann wandte er sich an den berufserfahrenen Spurensicherer: »Karl, nehmen wir mal an, dieser Informatikstudent ist erschossen worden. Müssten sich dann nicht Projektile in der Asche oder in den Filtern finden lassen?«

Mertel schüttelte energisch den Kopf. »Nein, nein und nochmals nein. Bei den hohen Verbrennungstemperaturen kannst du das getrost vergessen. Das überlebt nur ein Platinring.«

Tannenbergs Miene verfinsterte sich, er seufzte tief auf.

»Chef, vielleicht hat der Student ja auch den Ring selbst in so einen Container hineingeworfen«, meldete sich Kriminalhauptmeister Geiger erneut zu Wort.

»Und warum sollte er das tun?«

»Ganz einfach, Chef: Vielleicht will er ja dadurch eine hohe Lebensversicherung kassieren.«

»Das wäre doch viel zu unsicher gewesen. Dass jemand den Ring gefunden hat, war doch blanker Zufall.«

Geiger lief zur Höchstform auf. »Oder er wollte untertauchen. Vielleicht musste er ja auch untertauchen.«

Tannenberg stülpte die Oberlippe vor, wiegte skeptisch den Kopf hin und her. »Kann ich mir irgendwie auch nicht vorstellen.«

»Warum denn nicht?« Geiger wischte sich den Schweiß von der geröteten Stirn. »Das ist doch möglich, Chef.«

»Möglich ist natürlich alles. Aber für solche Spekulationen gibt es im Augenblick keinerlei Anhaltspunkte.«

»Warum?«

»Weil wir uns strikt an die Fakten halten, Geiger. Und das sind noch mal folgende: Wir haben eine Vermisstenmeldung und den teuren Ring des gesuchten Studenten, aufgefunden in der Asche eines Krematoriums.«

»Aber, Chef, es …«

»Geiger, es reicht jetzt!«, drehte ihm sein genervter Vorgesetzter den Ton ab.

In weitaus moderaterem Tonfall wandte er sich anschließend wieder an die Runde seiner versammelten Mitarbeiter: »Ja, Leute, dann bleibt uns wohl nichts anderes übrig, als alle Sammelstellen nacheinander abzuklappern. Ich befürchte, das wird eine Heidenarbeit.«

Plötzlich wurde Tannenberg von einem Geistesblitz heimgesucht: »Karl, was ist denn eigentlich mit dem Genmaterial?«

Mertel kniff die Lippen frustriert zusammen, wiegte abermals den Kopf wild hin und her. »Nein, auch nichts. Die gesamte DNA eines Lebewesens wird bei solch einer großen Hitzeeinwirkung restlos vernichtet.«

»Klar, das hat mir ja auch schon der Doc gesagt«,

murmelte Tannenberg. »Dann ist wohl das Einzige, was wir bis jetzt haben, der ungefähre Todeszeitpunkt dieses armen Studenten. Und der liegt allem Anschein nach irgendwo zwischen Donnerstag, später Nachmittag und Montagfrüh, als der Ring gefunden wurde.«

»Na ja, dadurch können wir zumindest die Anlieferer ziemlich eingrenzen. Zumal am Wochenende der Betrieb geschlossen ist«, sagte Schauß eher beiläufig.

»Was, an den Wochenenden sind die Öfen dort aus?«, rief Tannenberg verwundert.

»Ja. Das hab ich selbst überprüft.«

»Super, Michael! Daran hab ich noch gar nicht gedacht. Für mich stand die ganze Zeit über irgendwie fest, dass so ein großes Unternehmen auch am Wochenende arbeitet. Dann geht's ja eigentlich nur noch um die Lieferungen am Freitag.«

»Genau. Ich ruf diese Leute gleich nachher an und mach ihnen anständig Druck, damit sie uns die Auflistung der Anlieferungen endlich zufaxen. Das hätten sie eigentlich schon längst tun sollen.«

»Ja, mach das mal. Hoffentlich sind das nicht so viele.« Tannenberg fuhr sich mit gespreizten Fingern durch seine Haare. »Das ist vielleicht ein erster, erfolgversprechender Anhaltspunkt für unsere Ermittlungen.«

»Aber, Chef, wir haben doch noch was«, warf Kriminalhauptmeister Geiger von der Seite her ein.

»Und was?«, fragte Tannenberg reflexartig, obwohl seine Gedanken noch an dem neuen, vielversprechenden Rechercheergebnis klebten.

»Na, den Ring eben.«

»Sehr gut, Geiger!«, lobte der Leiter des K1 vordergründig den Beitrag seines Kollegen, sandte aber gleichzeitig einen flehenden Blick an die Zimmerdecke.

Sabrina meldete sich zu Wort. »Ich hab bei den Eltern von Lukas Steiner mal angerufen. Hätte ja sein können, dass er übers Wochenende nach Hause gefahren ist. Aber dem war leider nicht so. Sie wissen auch nicht, wo ihr Sohn denn stecken könnte.«

»Wäre ja wohl auch zu schön gewesen«, meinte Tannenberg.

»Nach den Angaben seines Vaters hat Lukas Steiner sich seit mehr als einem Monat nicht mehr bei ihnen gemeldet.« Die junge Kommissarin schüttelte den Kopf, während sie gleichzeitig ihre mit farblosem Lack bepinselten Fingernägeln nervös auf der Tischplatte herumtrommeln ließ.

»Ist noch was, Sabrina?«, fragte Tannenberg, dem die Anspannung seiner Mitarbeiterin nicht verborgen geblieben war.

Sabrina faltete die Hände und blickte grübelnd zum Leiter des K1 hinüber. »Das war ein ziemlich merkwürdiges Telefongespräch.«

»Wieso denn?«

»Na ja, Wolf, diese Leonie hatte doch behauptet, dass Lukas' Eltern sehr wohlhabend seien.«

»Stimmt, daran erinnere ich mich.«

»Siehst du. Und deswegen habe ich irgendwie erwartet, dass sich bei meinem Anruf vornehme Leute melden würden, eben solche, denen man ihren Reichtum auch am Telefon anmerkt, oder den man vielleicht sogar durchs Telefon riecht.« Sie rekelte sich, wie wenn sie etwas von ihrer Schulter abschütteln wollte. »Ach, ich weiß nicht so recht, wie ich das ausdrücken soll. Aber ihr wisst, was ich meine, nicht wahr?«

»Klar, wissen wir, was du meinst«, verpackte Tannenberg das eindeutige Mienenspiel seiner Kollegen in zustimmende Worte. »Daraus folgt natürlich die Hypothese, dass uns seine Freundin möglicherweise angelogen hat.«

»Ja, vielleicht. Das ist aber halt nur so'n Gefühl von mir ... Jedenfalls hab ich daraufhin die Kollegen in Wuppertal mal gebeten, Erkundigungen über die Vermögensverhältnisse der Familie Steiner einzuholen. Das Gleiche hab ich übrigens auch bei den Kollegen in Worms veranlasst, dem Wohnort der Familie Kalkbrenner. Schließlich hat ja auch Leonie behauptet, dass ihre Eltern reich seien und sie finanziell stark unterstützen würden.«

»Sehr gut gemacht, Sabrina«, lobte Tannenberg. »Das ist vielleicht eine weitere interessante Spur. Denn wenn das mit den reichen Elternhäusern nicht stimmt, drängt sich doch die Frage auf, womit die beiden jungen Leute ihren luxuriösen Lebensstandard finanzieren.«

»Ach übrigens, Wolf«, sagte die junge Kommissarin. »Ich hab mich mal mit den Autos der beiden etwas eingehender beschäftigt. Lukas fährt einen zwei Jahre alten 3er-BMW. Den haben die Kollegen tatsächlich unten auf dem Parkplatz vor dem Wohnheim entdeckt. Er war verschlossen. Die Kriminaltechnik hat ...«

Sie schickte einen Hilfe suchenden Blick hinüber zum Vertreter der Kriminaltechnik, der ihren angefangenen Satz zu Ende führte: »... noch nichts Außergewöhnliches in diesem PKW entdeckt. Aber wir stehen ja erst am Anfang der Auswertungsarbeit.«

Sabrina bedankte sich mit einem freundlichen Kopfnicken bei Karl Mertel. »Seine Freundin besitzt ein nagelneues Smart-Cabrio.«

»Das sich die Kriminaltechnik auch noch irgendwann vornehmen wird«, ergänzte Mertel schmunzelnd.

»Woher haben denn zwei Studenten bloß so viel Geld?«, warf Michael Schauß verwundert ein.

»Na ja, gut: Leonie hat ja gesagt, dass die beiden jobben würden.« Tannenberg zog die Schultern nach oben. »Vielleicht wirft dieses Computer-Recycling-Geschäft, das Lukas Steiner betreibt, tatsächlich mehr ab, als wir uns vorstellen können.« Er wandte sich zu Mertel hin. »Apropos Computer: Karl, ich denke, es wird mal Zeit, dass du uns endlich über die bisherigen Ergebnisse der Spurensicherung informierst.«

»Mit Vergnügen, Herr Hauptkommissar. Die Sache mit dem PKW des vermissten Studenten hab ich ja eben schon angesprochen. Bevor ich nun zu diesem Chaos-Computerzimmer komme, erst noch ein paar andere Dinge: Wir haben an beiden Schlössern der Wohnungstüren keinerlei Einbruchsspuren gefunden. Aber wie immer jede Menge Fingerabdrücke an den Türen und auch sonst in der Wohnung. Deren Auswertung nimmt natürlich eine gewisse Zeit in Anspruch.«

»Wie immer«, warf Tannenberg seufzend ein.

Mertel ignorierte diese Bemerkung und fuhr fort: »Auf den ersten Blick haben wir nichts entdeckt, was auf eine Entführung oder einen Kampf hindeuten könnte. In den beiden Appartements sieht es eigentlich völlig normal aus. Bis auf ...« An dieser Stelle brach er plötzlich ab, blickte schmunzelnd in die Runde und wartete auf eine Reaktion, die sich dann auch wenig später prompt einstellte.

»Bis auf?«, übernahm Kommissar Fouquet den Part des neugierig Fragenden.

»Bis auf die Tatsache, dass ...« Mertel wollte sein Spiel anscheinend noch ein wenig ausdehnen.

»Sag mal, Wolf, du hast mir doch gestern gesagt, dass

es euch nicht möglich war, die Computer hochzufahren.«

»Ja. Aber wir haben das auch gar nicht erst ausprobiert. Weil wir die Passwörter doch nicht kennen.«

»Von wegen Passwörter! Die hätten euch auch nichts genutzt.«

»Wieso?«

»Weil das nicht der Grund dafür ...«

»Was denn sonst?«, warf Tannenberg ungeduldig dazwischen.

»Ganz einfach: Weil sich in keinem der Computer eine Festplatte befunden hat.«

»Was?«, platzte es aus Michael Schauß heraus.

»Das gibts doch nicht, Karl!«

»Doch, Wolf! Und zwar weder in den beiden auf dem Schreibtisch, noch in denen in diesem fürchterlichen Gerümpelberg.«

»Unglaublich!«

»Mein lieber Wolf, aber das ist immer noch nicht alles. Wir haben nämlich nicht eine einzige Diskette oder CD gefunden. Nirgends! Und ich kann guten Gewissens behaupten, dass wir beide Appartements sehr gründlich gefilzt haben.«

»Alles weg?«

»Ja, alles weg. Weißt du eigentlich, was das heißt?«

Tannenberg antwortete nicht. Ihm hatte es die Sprache verschlagen.

Mertel dagegen war in seinem Element. »Das heißt, keine einzige Datei, keine einzige E-Mail, nichts – absolut nichts! Und das wiederum bedeutet: Dieser Mensch hat, zumindest informationstechnologisch betrachtet, nie gelebt.«

»Ein Toter, der nie gelebt hat? Oh je!«, stöhnte der

Leiter der Kaiserslauterer Mordkommission. »Irgendwie werde ich das Gefühl nicht los, dass dieser Fall weitaus komplizierter ist, als ich zunächst angenommen hatte.«

4

Die dramatischen Ereignisse der nächsten Stunden sollten Tannenbergs Leben mit einer Radikalität verändern, wie er es selbst niemals für möglich gehalten hätte. Als Heiner kurz nach den 20-Uhr-Nachrichten mit zwei Flaschen Barbera d'Alba bewaffnet in seiner Wohnung erschien, konnte er natürlich nicht wissen, dass sein Höllenritt bereits unmittelbar bevorstand.

Marieke hatte kurz zuvor ihre Eltern beim Abendessen über die bestehende Schwangerschaft informiert und sie außerdem davon in Kenntnis gesetzt, dass sie noch vor der Geburt des Kindes ihren Freund Max zu heiraten gedenke.

Und als ob diese Mitteilungen nicht schon genügend Schockwirkungen verursacht hätten, eröffnete Marieke ihren biologischen Erzeugern auch gleich noch, dass sie hinsichtlich eines geeigneten Wohnraums für die zukünftige junge Familie bereits fündig geworden sei: Das im letzten Sommer ausgebaute und somit grundsätzlich bezugsfertige Dachgeschoss ihres Elternhauses, das Heiner seit dieser Zeit als Schriftsteller-Refugium nutzte.

Marieke hatte ihr strategisches Vorgehen perfekt geplant. Denn bevor sie mit Max bei ihren Eltern erschien, hatte sie ihrer Großmutter die frohe Kunde überbracht. Margot Tannenberg hatte sich wie ein kleines Kind über die Nachricht gefreut und sich natürlich sofort dazu bereiterklärt, sich so intensiv um das Baby zu kümmern, dass Marieke sich in aller Ruhe auf ihr Abitur vorbereiten könne.

Als Heiner seinem Bruder in der Küche mit hängendem Kopf gegenübersaß, merkte man ihm deutlich an, unter welch enormem Leidensdruck er stand. Während er sich seinen ganzen Kummer von der Seele redete, fragte sich Tannenberg ernsthaft, ob seinen Bruder der drohende Verlust des Rückzugsbereichs nicht weitaus mehr beunruhigte als die sicherlich nicht einfache, jedoch im Rahmen einer Großfamilien-Konstellation durchaus zu bewältigende Aufgabe der Betreuung des ungeplanten Familiennachwuchses.

Genau in dem Augenblick, als Tannenberg vorsichtig die zweite Flasche Barbera entkorkte, hatte er eine geniale Idee: Er empfahl Heiner, das über seiner eigenen Wohnung befindliche, ebenfalls ausgebaute, aber bislang nur als Abstellraum genutzte Dachgeschoss doch künftig als Arbeitszimmer zu verwenden.

Durch diesen Vorschlag veränderte sich Heiners psychische Befindlichkeit schlagartig. Und je mehr er darüber nachdachte und je mehr Rotwein er dabei konsumierte, umso verlockender erschien sie ihm. Schließlich beinhaltete dieser Ortswechsel in das andere Haus den nicht zu unterschätzenden Vorteil einer größeren räumlichen Distanz zu seiner Ehegattin, die in der Vergangenheit nur wenig Verständnis für das Ruhe- und Konzentrationsbedürfnis ihres schriftstellerisch tätigen Mannes aufbringen wollte.

Während die beiden Brüder sich ausgelassen zuprosteten, machte sich plötzlich Tannenbergs Handy mit einer schrillen Piepsmelodie bemerkbar. Er schnappte sich seine Lederjacke, legte sie auf seinen Schoß, fischte das Handy heraus und drückte die grüne Taste.

Aber es meldete sich niemand.

Verwundert betrachtete er das fahl erleuchtete, grünliche Display, auf dem ein stilisiertes Briefcouvert blinkte. Obwohl ihn nur äußerst selten eine SMS erreichte, wusste er jedoch genau, welche Tastenfolge er zu bedienen hatte, um die eingetroffene Nachricht abrufen zu können.

Mit gekrauster Stirn und weit aufgerissenen Augen las er zweimal hintereinander den Text:

›kommen sie schnell
in meine wohnung
aber allein
leonie‹

Ohne Heiner gegenüber auch nur ein einziges Wort über den Grund seines überhasteten Aufbruchs verlauten zu lassen und unter völliger Missachtung seiner alkoholbedingten Fahruntüchtigkeit, stürmte er zu seinem Auto und raste mit quietschenden Reifen zum roten Studentenwohnheim.

Die Eingangstür war verschlossen.

Er spürte das Pochen seines Herzschlages bis unter die Schädeldecke.

Sein zitternder Finger suchte das Klingelfeld. Er rutschte ab, versuchte es erneut. Aber es tat sich nichts. Niemand meldete sich. Dann schlug er mit der flachen Hand auf die Klingelanlage.

Als endlich jemand öffnete, hechtete er zum Aufzug. Aber der kam einfach nicht. Schier endlose Zeit verann.

Oben angekommen, sprang er aus der Liftkabine, spurtete durch den Flur. Er läutete Sturm. Nichts regte sich. Er legte sein Ohr vorsichtig aufs Türblatt.

Plötzlich gab die Appartementtür nach. Er drückte sie fest nach innen, schrie: »Leonie, wo sind Sie?«

Die Stimmen, die an sein Ohr drangen, waren unwirklich, gedämpft, mit leichtem Halleffekt versehen.

Er wusste weder, wo er sich befand, noch, ob er wach war, ob er schlief oder ob er alles vielleicht nur träumte.

Er versuchte, den Kopf anzuheben. Aber der war zu schwer. Nach wenigen Zentimetern sackte er wieder auf die Brust zurück. Er schluckte. Sein Mund war völlig ausgetrocknet. Ihm war übel, speiübel.

Das Stimmengewirr wurde lauter.

Plötzlich begann jemand an ihm herumzurütteln. Als dieser Jemand nun auch noch anfing, ihm die linke Wange zu tätscheln, hob er mit schmerzverzerrtem Gesicht den Kopf, öffnete blinzelnd die Augen.

Vor ihm auf dem Boden kniete Polizeihauptmeister Krummenacker, Tannenbergs Jacke fest mit beiden Händen gepackt.

»Was ist los mit dir, Wolf?«, rief er, während er ihn weiter durchschüttelte. »Komm endlich zur Besinnung!«

Tannenberg wollte sich aus dem unangenehmen, schraubstockartigen Griff befreien und schlug deshalb mit schlaffen, unkoordinierten Bewegungen seine Arme nach außen. Dabei blickte er an Krummenackers gerötetem, schweißglänzendem Gesicht vorbei an die Wand, mitten hinein in ein postergroßes Porträtfoto, auf dem ein glückliches Traumpaar abgebildet war: Lukas und Leonie.

»Was ist passiert?«

Krummenacker erhob sich. »Das fragst du mich? *Du* musst mir sagen, was passiert ist! *Du* bist schließlich hier in dem Raum gewesen, nicht ich!«

Tannenberg fröstelte, er begann am ganzen Körper zu zittern. »Hilf mir mal auf, mir ist so schlecht.«

Der altgediente Streifenpolizist und sein weitaus jüngerer Kollege, der die ganze Zeit über im Flur telefoniert hatte, packten Tannenberg auf beiden Seiten, schleppten ihn in die Toilette und ließen ihn direkt vor der Kloschüssel niedersinken, wo er sich auch sofort mehrmals erbrach. Von ihm abgewandt warteten die beiden Streifenpolizisten, bis Tannenberg sich geräuschvoll seines Mageninhaltes entledigt hatte. Dann richteten sie ihn wieder auf und führten ihn ans Waschbecken.

Gestützt von seinen beiden Kollegen betrat er mit zittrigen Knien anschließend wieder das Zimmer, in dem er vorhin auf dem Boden gesessen hatte. Dort wurde er plötzlich auf etwas aufmerksam, das ihm bislang völlig entgangen war: In diesem Raum musste ein Kampf stattgefunden haben. Zu diesem Schluss wäre auch jeder Nicht-Kriminalist unweigerlich gelangt. Beide Couchteile standen an einem anderen Platz, eines umgeworfen, so dass es wirkte wie ein hilfloser Mistkäfer auf dem Rücken. Der Glastisch war umgekippt. Die Obstschale lag ohne Inhalt, aber unversehrt auf der Seite. Bananen, Äpfel und Orangen verteilten sich über eine Fläche von etwa einem Quadratmeter.

»Was ist passiert?«, wiederholte Tannenberg nochmals dieselben Worte, die er vor kurzem schon einmal benutzt hatte.

»Mensch, Wolf, kannst du dich denn wirklich an überhaupt nichts mehr erinnern?«, fragte Krummenacker kopfschüttelnd.

»Nein, verdammt«, gab Tannenberg verzweifelt zurück. »Ich hab einen absoluten Filmriss.«

»Kein Wunder. Du bist ja auch total besoffen, Mann!«

»Quatsch! So viel habe ich gar nicht getrunken. Daran kann es nicht liegen!« Er kniff die Augen zusammen. Trotz starker Kopfschmerzen trommelte er mit seinen Fingern leicht auf der Stirn herum. »Da drinnen stecken die Informationen. Aber warum kann ich mich nicht erinnern?«

Krummenacker ging einen Schritt auf den Leiter des K1 zu, packte ihn bei den Schultern. »Los, Wolf, mach die Augen auf, versuch dich zu konzentrieren!«

Tannenberg gehorchte.

»Was hast du bloß in dieser Wohnung hier gewollt?«

»Leonie! Was ist mit Leonie?«, kam es gepresst aus Tannenbergs Mund.

»Was, du hast diese Frau auch noch gut gekannt? Ach du Scheiße!« Krummenacker schlug sich eine Hand vor den Mund, so als wolle er seine letzten Worte wieder hineinstopfen.

»Wieso ›gekannt‹? Ist sie etwa tot?«

Krummenacker zögerte, atmete tief durch, nickte stumm.

»Um Gottes willen. Wie ist das passiert?«

»Wolf, das wissen wir nicht. Wir sind von Anwohnern verständigt worden, weil eine Frau ...« Er brach ab, warf eine Hand in Richtung der geöffneten Balkontür, »unten vorm Hochhaus aufgefunden wurde.«

Tannenberg hatte sich bereits torkelnd in Bewegung gesetzt. Krummenacker und sein Kollege hechteten ihm sofort nach und hielten ihn von beiden Seiten her am Arm fest.

»Langsam, langsam, Wolf. Dort kannst du jetzt nicht hin. Da müssen zuerst mal die Kollegen von der Kriminaltechnik ran. Die müssten gleich eintreffen. Wir haben natürlich auch deine Kollegen vom K1 verständigt.«

»Außerdem den Leiter vom Dienst und die Staatsanwaltschaft«, ergänzte der junge Polizeibeamte pflichtbewusst.

Wolfram Tannenberg schleppte sich zu der zwar etwas verschobenen, aber immer noch auf ihren Füßen stehenden, zweiten Ledercouch und ließ sich matt auf die Polster niedersinken. Nach wie vor wurde er von Schwindel und Übelkeit gemartert. Die hämmernden Kopfschmerzen hatten sich in den letzten Sekunden sogar noch verstärkt. Er schloss die Augen, massierte sich die Schläfen.

»Mensch, Tannenberg, was ist denn hier passiert?«, erklang plötzlich die laute, herrische Stimme des Oberstaatsanwaltes, der in Begleitung von Kriminaldirektor Eberle, einer Notärztin und einem Sanitäter das Studenten-Appartement betrat.

Während die Ärztin sogleich zu Tannenberg ging und ihn zu untersuchen begann, bombardierten ihn die beiden Männer mit drängenden Fragen.

»Ich weiß es doch nicht«, jammerte Tannenberg mehrmals hintereinander monoton vor sich hin.

Nach einer Weile legte ihm die junge Ärztin tröstend die Hand auf die Schulter und verkündete mit lauter Stimme: »Meine Herren, das bringt jetzt überhaupt nichts. Ihr Kollege steht unter Schock. Außerdem leidet er unter Amnesie. Es wird wohl noch einige Zeit dauern, bis er sich wieder an die Geschehnisse erinnern kann. Er braucht jetzt erst einmal dringend seine Ruhe. Und deshalb nehmen wir ihn gleich mit in die Klinik.«

»Aber ich will nicht ins Krankenhaus. Ich will nach Hause«, versuchte Tannenberg zu protestieren, aber der Sanitäter und die Ärztin hatten ihn bereits unter den Axeln gepackt und vorsichtig auf die Füße gestellt.

»Nein, nein, Sie bleiben erstmal eine Weile unter ärztlicher Beobachtung. Können Sie die paar Meter bis zum Aufzug gehen?«, fragte die Notärztin. Sie sondierte ihren Patienten nochmals mit einem prüfenden Blick, bevor sie ergänzte: »Ich denke, das werden Sie schaffen, nicht wahr?«

Tannenberg nickte stumm und ließ sich widerstandslos aus der Wohnung führen.

Als er von seinen beiden Begleitern gestützt wie ein geistig umnachteter Greis aus dem roten Wohnheim hinaus ins Freie trat, empfing ihn eine kleine Gruppe Schaulustiger, die ihm hinter der Polizeiabsperrung leise murmelnd entgegengafften. Die Presse schien auch bereits Wind von der Sache bekommen zu haben, denn als Tannenberg auf den Zuruf seines Namens hin reflexartig in Richtung der Menge blickte, flammten kurz hintereinander mehrere Blitzlichter auf.

Während er an der sensationslüsternen Meute vorbei zum Notarztwagen geleitet wurde, passierte er die Stelle, an der Leonies zerschmetterter Körper unter einer silberfarbenen Plane lag. Die Studentin war nach ihrem Sturz aus dem 10. Obergeschoss in unmittelbarer Nähe des Eingangsbereichs auf dem betonharten Boden des Zufahrtsweges gelandet, direkt vor einer mit niedrigen Koniferen bepflanzten, dreieckigen Gartenanlage. In Richtung der Büsche verlief eine sprechblasenartige Blutlache, die sich markant von den mausgrauen Pflastersteinen abhob.

Tannenberg versuchte mit abgehackten, stammelnd vorgetragenen Satzbrocken die Notfallmedizinerin davon zu überzeugen, dass er aufgrund seiner Funktion als zuständiger Kriminalbeamter den Leichnam sofort in Augenschein nehmen müsse. Aber die junge Ärztin ließ sich davon nicht weiter beeindrucken, sondern schmetterte sein Begehren resolut mit der Bemerkung ab, dass er im Augenblick gar nichts müsse, außer ihren Anordnungen Folge zu leisten.

Verständlicherweise bekam Tannenberg in dieser gegen seinen Willen im Klinikum verbrachten Nacht kein Auge zu. Zum einen, weil ihn der verzweifelte Versuch, die Erinnerung an die nebulösen Geschehnisse in Leonies Wohnung zu reaktivieren, nicht zur Ruhe kommen ließ. Und zum anderen, weil er keine Örtlichkeit auf der ganzen Welt mehr verabscheute als die Innenräume eines Krankenhauses. Deshalb war es nicht weiter verwunderlich, dass er, sobald er sich ein wenig erholt hatte, bei der erstbesten sich bietenden Gelegenheit aus dem Klinikum flüchtete.

Als Petra Flockerzie kurz nach 7 Uhr 30 das Kommissariat betrat, wunderte sie sich sehr darüber, dass der Leiter des K1 zu diesem Zeitpunkt bereits anwesend war. Aber noch weit mehr erstaunte sie, dass ihr direkter Vorgesetzter an *ihrem* Schreibtisch hinter *ihrem* Computer saß – was er sonst nie tat. Sichtlich irritiert legte sie zunächst einmal ihre Tasche und Jacke ab. Dann stellte sie sich, demonstrativ die Arme auf ihre Hüftknochen gestützt, neben Tannenberg. Aber der machte trotzdem keinerlei Anstalten, ihren angestammten Arbeitsplatz freizugeben.

»Chef, warum haben Sie mich denn nicht angerufen und mir gesagt, dass wir eine neue Sekretärin haben. Dann hätte ich schließlich zu Hause bleiben können«, versuchte Petra die ungewohnte Situation humoristisch zu kommentieren.

Tannenberg reagierte weder sprachlich noch körperlich in dem von Petra Flockerzie gewünschten Sinne. Ohne auch nur einen Moment lang zu ihr aufzublicken, klebten seine Augen weiter auf dem mit vielen engen Textzeilen ausgefüllten Flachbildschirm.

»Flocke, komm sei so lieb und mach mir mal einen doppelten Espresso. Ich muss das hier noch schnell fertigmachen.«

»Aber was suchen Sie denn, Chef?«, fragte sie neugierig, während sie sich sogleich auf den Weg zum Espressoautomaten machte.

»Alles über Amnesie, was ich finden kann.«

Die Sekretärin warf die Stirn in Falten, blieb stehen und drehte sich zu Tannenberg um. »Worüber?«

»Amnesie. Das ist ein anderes Wort für ›Gedächtnisverlust‹.«

»Ach so. Ja, ja jetzt entsinne ich mich: Hab ich auch schon mal irgendwo gehört. Aber warum denn, Chef?«

Während Petra Flockerzie die Espressomaschine einschaltete, informierte Tannenberg seine völlig unwissende Sekretärin mit wenigen Sätzen über die dramatischen Geschehnisse der vergangenen Nacht.

»Oh Gott, Chef«, stöhnte Petra Flockerzie mit weinerlicher Stimme auf. »Wie lange kann das denn dauern? Ich meine, wann können Sie sich denn endlich wieder erinnern?«

»Hier steht's«, entgegnete Tannenberg, zeigte mit seinem rechten Zeigefinger auf die Glasscheibe und las vor: »Die Amnesie bezieht sich meist auf traumatische Ereignisse (z.B. Unfall oder Schock) und bedeutet, dass diese vergangenen traumatischen Erlebnisse trotz intensivster Bemühungen nicht mehr auf die Bewusstseinsebene zu bringen sind. Die Erinnerung an das Erlebte steht dem von Amnesie betroffenen Menschen einfach nicht mehr zur Verfügung. Oft dauert es einige Zeit, bis das Erlebte wieder erinnerungsfähig wird. Manches bleibt jedoch auch für längere Zeit nicht mehr erinnerbar.«

Tannenberg legte eine kurze Pause ein, während er die Tasse mit seinem erbetenen doppelten Espresso entgegennahm. Ohne daran zu schlürfen, stellte er ihn auf den Schreibtisch und setzte seine Fach-Lektüre fort:

»Die Amnesie ist ein unbewusster Schutzmechanismus des menschlichen Gehirns, der deshalb aktiviert wird, weil die Erinnerung an ein traumatisierendes Ereignis die aktuell zur Verfügung stehenden Verarbeitungs- und Bewältigungsmechanismen drastisch überfordern würde. Die Amnesie ist eine ohne jegliche Vorwarnzeichen einsetzende Störung aller Gedächtnisinhalte für einen Zeitraum von maximal 24 Stunden. Es wird über folgende unspezifische Begleitsymptome ...«

»Das heißt ja, dass Sie spätestens nach einem Tag wieder alles wissen«, unterbrach Petra Flockerzie erleichtert. »Dann brauchen Sie ja gar nichts anderes zu tun, als abzuwarten, bis ihre Erinnerungen von ganz alleine wiederkommen.«

»Stimmt.« Tannenberg kratzte sich nachdenklich am Hals, atmete geräuschvoll ein. Dann kniff er seine Lippen zu einem dünnen Strich zusammen und sagte kurz darauf mit belegter Stimme: »Nur Flocke, ich bin mir gar nicht so sicher, ob ich mich überhaupt erinnern will.«

»Aber warum denn, Chef?«

Tannenbergs Gesichtsausdruck sprach Bände. »Weil ich Angst davor habe, dass da vielleicht etwas Fürchterliches ans Tageslicht kommt.«

Petra Flockerzie riss entsetzt die Augen auf, warf dabei die Hand vor den Mund. »Um Gottes willen, Chef, Sie meinen damit doch nicht etwa ...«

»Ich hoffe natürlich, dass es nicht so ist. Aber ich weiß es eben nicht – verdammt nochmal! Weil ich mich nicht erinnern kann.«

Wer weiß, wie lange das Sekretariat des K1 noch von der anschließenden, überaus beklemmenden Stille beherrscht worden wäre, wenn nicht bereits Sekunden nach Tannenbergs angstgetränkter Aussage sein Mitarbeiter Adalbert Fouquet das Kommissariat betreten hätte.

»Gott sei Dank, Wolf, da bist du ja. Bin ich froh!«, begrüßte er ihn. »Die wollten dich doch tatsächlich vorhin schon zur Fahndung ausschreiben.«

Tannenberg reagierte mit entgeisterter Mimik. »Wer? Warum?«

»Hollerbach und Eberle. Die sind auf hundertachtzig! Wir haben nur eine Stunde bekommen, um dich zu suchen.«

»Aber warum machen die denn so eine Hektik? Ich renne denen doch nicht weg.«

Fouquet warf einen hektischen Blick auf seine Armbanduhr. »Die Zeit ist jetzt gleich um. Los, mach schon, beeil dich! Wir sollen dich sofort in Eberles Zimmer bringen.«

Tannenberg öffnete die Tür von Kriminaldirektor Eberles Büro. Seine stumm an einem Konferenztisch sitzenden Kollegen grüßte er mit einem kurzen Nicken.

»Guten Morgen, Herr …«

Weiter kam er nicht, denn Dr. Hollerbach hatte ihn kaum wahrgenommen, da begann er auch schon erregt auf ihn einzuschimpfen: »Sagen Sie mal, sind Sie denn wahnsinnig geworden?«

»Wieso?«

»Wie konnten Sie denn auf diese irrwitzige Idee kommen, heute Morgen aus dem Klinikum zu flüchten?«

»Aber …«

»Nichts aber!« Der Oberstaatsanwalt baute sich drohend vor Tannenberg auf. »Damit reiten Sie sich doch nur noch tiefer rein.«

»Wo rein?«

Dr. Hollerbachs Augen funkelten vor Zorn. Er hatte

große Mühe, seine aufwallenden Emotionen wenigstens einigermaßen unter Kontrolle zu halten.

»Während Sie im Krankenhaus Ihren Rausch ausgeschlafen haben, haben wir die ganze Nacht über kein Auge zugemacht.« Seine Stimme überschlug sich. »Weil wir mit Hochdruck daran gearbeitet haben, Sie von einem möglichen Tatverdacht zu befreien«, schmetterte der ranghöchste Vertreter der Kaiserslauterer Staatsanwaltschaft wütend in den Raum hinein.

Tannenberg wurde erneut von einem plötzlichen Schwindelgefühl befallen. Heftig nach Atem ringend ließ er sich auf dem nächsten erreichbaren Stuhl niedersinken.

»Tatverdacht?«, keuchte er.

»Ja, falls Sie es noch immer nicht kapiert haben: Sie stehen unter Tatverdacht! – Und wissen Sie, wie unser Zwischenergebnis lautet?« Der Oberstaatsanwalt schloss die Augen und ließ seinen Kopf wild hin- und herpendeln. »Wir haben nichts, aber auch gar nichts gefunden, was Sie von einem Tatverdacht befreien könnte. Nicht *ein* entlastendes Indiz, nicht eins. Dafür aber eine Menge be-las-ten-der Indizien!«

Fassungslos schüttelte Tannenberg den Kopf. »Ich versteh das alles nicht. Ich versteh's einfach nicht. Warum kann ich mich denn nicht erinnern?«

»Was ist denn das Letzte, an das Sie sich erinnern können, Herr Hauptkommissar?«, fragte Kriminaldirektor Eberle mit bedeutend ruhigerer Stimme als der erzürnte Oberstaatsanwalt.

»Ich weiß nur noch, dass ich eine SMS von Leonie bekommen habe und dann in diese verdammte Wohnung rein bin. Und von da an ist alles in mir dunkel. Das Nächste, an das ich mich erinnern kann, ist das Bild von Krummenacker, wie er vor mir kniet.«

»Und dazwischen nichts?«, fragte Eberle.

»Nein, nichts. Absolut nichts! Alles rabenschwarz!«

»Also, dann ziehen wir jetzt einmal ganz nüchtern eine objektive Zwischenbilanz«, verkündete Eberle, der allem Anschein nach versuchte, auf Dr. Hollerbachs grenzenlosen Unmut mäßigend einzuwirken. »In Ordnung, Tannenberg?«

Der Leiter des K1 bekundete mit einem stummen Kopfnicken sein Einverständnis.

»Gut. Zunächst einmal müssen wir Folgendes festhalten: Der vorläufige rechtsmedizinische Befund besagt, dass mit an Sicherheit grenzender Wahrscheinlichkeit die Studentin Leonie Kalkbrenner keinen Selbstmord begangen hat.«

Kriminaldirektor Eberle zog einen dünnen Ordner vom Tisch, las kurz darin und sagte anschließend: »Ja, da steht's: Hämatome an den Oberarmen und an einem der Oberschenkel, die keinesfalls Folge des Sturzes sind usw. – Mit anderen Worten, Tannenberg: Es liegt eindeutig Fremdeinwirkung vor.«

»Fragt sich nur von wem«, warf der Oberstaatsanwalt mit unverminderter Schärfe in der Stimme dazwischen.

»Richtig. Konzentrieren wir uns also auf die vorliegenden Fakten. Erstens: Es gibt keine Tatzeugen. Jedenfalls haben wir bis jetzt noch niemanden gefunden, der irgendetwas gesehen hätte.«

»Aber, Herr Kriminaldirektor …«

»Lassen Sie mich bitte ausreden, Tannenberg«, unterbrach Eberle. »Aber Sie waren in der Wohnung. Das steht nun mal fest, egal ob es uns allen nun passt oder nicht! Und das wiederum bedeutet natürlich: Nach Lage der Dinge müssen Sie etwas gesehen haben.«

Beschwörend streckte Tannenberg seine beiden Hände

Eberle entgegen. »Aber ich kann mich doch nicht erinnern!«

Der Kriminaldirektor war mit seinen Ausführungen noch nicht fertig: »Die wahrscheinlichste Variante ist doch wohl die, dass Sie in diesem Appartement irgendetwas Traumatisches erlebt haben, etwas, das Ihnen einen gewaltigen Schock versetzt hat. Deshalb können Sie sich wahrscheinlich nicht erinnern.«

»Ja, ja, ich hab eine Amnesie«, pflichtete Tannenberg seinem Vorgesetzten bei. »Das hat die Ärztin doch gestern schon in der Wohnung festgestellt. Aber die geht in ein paar Stunden vorüber. Und dann weiß ich endlich wieder, was passiert ist.«

»Gut, Tannenberg«, entgegnete Eberle mit sanfter Stimme. »Aber wir sollten trotzdem jetzt mal alle denkbaren Möglichkeiten ins Auge fassen. Sie bleiben bitte ganz ruhig, ja?«

»Ja.«

»Also: Es gibt mehrere Möglichkeiten, warum Sie sich nicht erinnern können. Die Erste, schon erwähnte: Sie haben etwas Schreckliches gesehen, zum Beispiel den Selbstmord der Frau, den Sie nicht verhindern konnten. Daher der Schock. Aber diese Variante scheidet ja wohl nach dem eindeutigen gerichtsmedizinischen Befund aus. Bis jetzt sind wir uns einig, Tannenberg, oder?«

Der Angesprochene nickte.

»Gut. Nun zur zweiten Möglichkeit: Sie wurden von dem Täter niedergeschlagen. Sie waren bewusstlos, während der Mörder sich die Frau geschnappt und über die Balkonbrüstung geworfen hat.«

»Daran hab ich natürlich heute Nacht auch schon gedacht, Chef«, entgegnete Tannenberg seufzend.

Demonstrativ begann er mit beiden Händen seinen Schädel abzutasten. »Aber dann müsste ich doch irgendwo eine Verletzung, eine Beule oder sonstwas haben. Aber ich hab nichts gefunden.«

Kriminaldirektor Eberle hob den Zeigefinger. »Sehen Sie, Tannenberg, genau das ist der springende Punkt: Wenn Sie nämlich niedergeschlagen worden wären, hätte man an Ihrem Kopf irgendeine Verletzung finden *müssen*, aus der man auf solch eine Fremdeinwirkung hätte schließen können, nicht wahr?«

»Ja, klar.«

»Aber die Ärzte im Krankenhaus haben nun mal nichts gefunden!«, zischte Dr. Hollerbach von der Seite her. »Die haben Sie von Kopf bis Fuß untersucht. Und man hat nichts Derartiges gefunden. Dafür aber leider etwas anderes.«

»Und was?«, fragte Tannenberg verblüfft.

»Kratzwunden auf ihrem Rücken!«, schrie der Oberstaatsanwalt mit zornesgerötetem Kopf.

»Kratzwunden auf meinem Rücken?«, wiederholte Tannenberg ungläubig. »Davon hat mir im Klinikum niemand etwas gesagt! So ein Quatsch, das müsste ich doch merken.«

Mit schnellen Handgriffen entledigte er sich seiner Lederjacke und seines T-Shirts, erhob sich und wandte seinen Kollegen demonstrativ den nackten Rücken zu. »Wo sind denn hier bitte Kratzspuren?«

Eberles betretenes Schweigen und sein ausweichender Blick ließen ihn noch im selben Moment zur Salzsäule erstarren.

»Ziehen Sie sich wieder an, Tannenberg«, sagte der Kriminaldirektor betroffen. »Sie können die Striemen zwar nicht sehen. Aber sie sind nun einmal sehr deutlich erkennbar vorhanden.«

»Und nicht nur das, diese Wunden weisen die typischen Striemenmuster auf, die dann entstehen, wenn man jemanden, der sich krampfhaft an einem festzuklammern versucht, brutal von sich wegdrückt«, wetterte der Oberstaatsanwalt.

»Kommen Sie, Tannenberg, setzen Sie sich wieder hin«, sagte Kriminaldirektor Eberle seufzend. »Wir müssen uns nun mit der dritten Möglichkeit beschäftigen. Auch wenn mir's wirklich nicht leichtfällt, das können Sie mir glauben. Aber genau diese Variante ist eben nach der derzeitigen Lage der Dinge leider nicht von der Hand zu weisen.«

Erneut riss Dr. Hollerbach das Wort an sich: »Und wissen Sie, wie die lautet, Herr Hauptkommissar? Na?« Nach einer kurzen Pause, in der er sich wie ein Chefankläger bei seinem abschließenden Plädoyer in Szene setzte, fuhr er mit theatralischer Miene fort: »Ganz einfach: Sie haben nicht etwas *gesehen*, was bei Ihnen eine Amnesie ausgelöst hat, sondern Sie haben etwas *getan*, was eine …«

»Was? *Ich* soll die Frau umgebracht haben? Seid ihr denn nun alle verrückt geworden?«

Tannenberg schnellte wie ein Springteufelchen aus seinem Sitz in die Höhe. Diese abrupte Bewegung war natürlich Gift für seinen lädierten Lendenwirbelbereich. Obwohl die Injektionen Dr. Bohnhorsts den starken Schmerzen die Spitze genommen hatten, machte sich sein Ischiasnerv mit einem messerstichartigen Schmerzreiz bemerkbar, der ihn wie ein Stockhieb traf und ihn laut aufstöhnen ließ.

»Verfluchter Hexenschuss!«, schimpfte er lauthals, während er sich in Zeitlupe vorsichtig zurück auf seinen Stuhl sinken ließ.

»Nein, wir sind nicht verrückt *geworden*«, giftete der Oberstaatsanwalt ohne Rücksicht auf Tannenbergs bemitleidenswerten körperlichen Zustand zurück. »Sie sind verrückt *gewesen*. Wie können Sie denn mitten in der Nacht mit 2,1 Promille Blutalkohol alleine zu einer jungen hübschen Frau in deren Wohnung fahren, die …«

»Aber sie hat mir doch diese verdammte SMS geschrieben«, warf Tannenberg verzweifelt ein.

»Welche SMS?«, hakte Dr. Hollerbach sofort nach.

»Wie welche SMS? Die natürlich, die ich gestern Abend zu Hause erhalten habe. Die, in der drinstand, dass ich so schnell wie möglich zu ihr kommen soll!«

»Mertel, geben Sie mir mal das Handy!«, forderte der Oberstaatsanwalt.

Der Kriminaltechniker kramte aus seiner Aktentasche ein in einer durchsichtigen Plastiktüte verstautes, dunkelblaues Mobiltelefon hervor und überreichte es Dr. Hollerbach, der es Tannenberg direkt vor die Nase hielt.

»Ist das Ihr Handy?«

Tannenberg warf einen kurzen Blick darauf. »Nehm ich mal an. Was soll das Affentheater? Karl, du hast doch bestimmt die Nummer überprüft, oder?«

Man sah deutlich, wie unangenehm Mertel die ganze Angelegenheit war. Nervös rutschte er auf seinem Stuhl herum, knetete dabei seine Hände. »Natürlich habe ich das. Es ist deins. Wolf, es tut mir leid, aber was soll ich denn machen?«

»Wo habt ihr das eigentlich her?«

»Das lag in Ihrem Auto«, entgegnete Kriminaldirektor Eberle. »Und darin war keine SMS zu finden, Tannenberg. Kein Eingang. Der SMS-Speicher ist völlig leer gewesen.«

»Dafür haben wir allerdings auf dem Handy der ermordeten Studentin eine SMS gefunden, die Sie ihr geschickt haben müssen«, ergänzte Dr. Hollerbach.

Tannenberg warf seinem Widersacher einen irritierten Blick zu. »Was? Ich hab ihr doch überhaupt keine geschickt.«

»Das ist aber mehr als komisch, Herr Hauptkommissar. Und wieso hat die Kriminaltechnik dann eine entdeckt? Mertel, lesen Sie mal den genauen Text vor.«

Der Angesprochene räusperte sich verlegen, dann zitierte er aus seiner Spurenakte: »Der Text lautet:

›leonie ich mache alles
was sie wollen
ich komme sofort
in ihre wohnung
tannenberg‹.«

»Ich verstehe überhaupt nichts mehr. Warum sollte ich denn dieser Studentin solch eine verrückte SMS schicken? Ich habe diese Frau doch erst ein einziges Mal in meinem Leben gesehen. Und zwar vorgestern, als ich sie wegen der Vermisstensache Lukas Steiner in ihrer Wohnung aufgesucht habe. Zusammen mit Kollegin Schauß, die Ihnen das gerne bestätigen wird.«

Hilflos nahm er Blickkontakt zu Sabrina auf, die seine Aussage umgehend mit einem energischen Kopfnicken quittierte.

»Das müssen Sie mir glauben!«

»Wir müssen Ihnen überhaupt nichts glauben, Tannenberg. *Sie* müssen uns Ihre Unschuld beweisen!«, entgegnete Dr. Hollerbach schonungslos. »Übrigens geht es nicht darum, ob wir hier im Raum Ihnen irgendetwas glauben, es geht um Fakten. Und um sonst gar nichts! Sie wissen doch selbst nur zu gut, zu welchen Schandtaten Menschen fähig sind, wenn sie im Vollrausch sind!«

Die beiden letzten Worte hatte er dermaßen laut in Eberles Büro hinausgeschmettert, dass Tannenberg unwillkürlich zusammenzuckte und mit gesenktem Kopf zerknirscht in seinem Stuhl versank. Er schlug die Hände vors Gesicht.

»Oh Gott, oh Gott«, jammerte er. »Was um alles in der Welt soll ich denn mit dieser jungen Studentin am Hut gehabt haben?«

»Woher sollen wir denn wissen, was Sie mit dieser Frau verbindet? Das müssten Sie doch wohl am besten wissen!« Dann überraschte der Oberstaatsanwalt Tannenberg mit einem plötzlichen Themenwechsel: »Haben Sie diese Sandalen gestern Abend in der Wohnung getragen?«

»Wie? … Was? Sandalen? Was für Sandalen?«

»Die an Ihren Füßen!«

Tannenberg warf an der Tischkante vorbei einen kurzen Blick hinunter zu seinen Schuhen. »Ja, ja … sicher«, stammelte er verwirrt.

»Ziehen Sie sofort die Sandalen aus und geben Sie sie Mertel!«, befahl Dr. Hollerbach.

Wie in Trance kam Tannenberg der Aufforderung nach.

Aufgrund seiner langjährigen Berufserfahrung benötigte der Spurenexperte kaum mehr als ein paar Sekunden, um das Sohlenprofil von Tannenbergs Sandalen mit den Fotos der auf dem Balkon sichergestellten Abdrücke zu vergleichen. Seufzend bestätigte Mertel die Übereinstimmung: »Ja, das ist genau dasselbe Profil.«

»Wahnsinn!«, bemerkte Kriminaldirektor Eberle kopfschüttelnd. »Tannenberg, es gibt außer diesen Abdruckspuren und denen des Opfers keine anderen auf dem Balkon.«

»Sehen Sie, Herr Hauptkommissar«, sagte Dr. Hollerbach mit einer Klangfärbung in der Stimme, wie wenn er gerade Kreide gefressen hätte. »Sie wissen es doch selbst nur zu gut: Der Tatort ist immer das Spiegelbild des Täters. Die Spuren, die er dort hinterlässt, lügen nicht. Sie sind stumme Zeugen, die eine ziemlich genaue Rekonstruktion des Tatgeschehens ermöglichen.«

»Das ist …, das ist …, das ist ja der reinste Albtraum«, stotterte der Leiter des K1.

Die moderate Tonlage des Oberstaatsanwaltes hielt jedoch nicht lange vor. Bedrohlich erhob er die Stimme: »Von wegen! Das ist leider kein Traum, das ist vielmehr die knallharte Welt der Realität, Herr Hauptkommissar! Sie haben uns mit Ihrem schwachsinnigen Verhalten in Teufels Küche gebracht! Der Leiter der Mordkommission unter Mordverdacht – so was gibts doch überhaupt nicht!«

»Warum vorverurteilen Sie …«

»Tannenberg«, würgte ihn Dr. Hollerbach gleich wieder ab. »Sie haben wirklich allen Grund, uns auch noch der Voreingenommenheit zu bezichtigen. Ich kann Ihnen jetzt schon sagen, dass Sie sich erst richtig wundern werden, wenn Sie erfahren, auf welche Ideen die Staatsanwaltschaft ansonsten noch so kommen wird.«

»Worauf?«

»Zum Beispiel könnte man Ihnen unterstellen, dass Sie auch deshalb in die Wohnung der jungen Frau zurückgekehrt sind, weil der Täter sehr oft an den Ort seiner Taten zurückkehrt.«

»Wie?«

»Ja, vielleicht haben Sie ja auch diesen Lukas Steiner in seiner Wohnung umgebracht …«

»Warum?«

»Aus Eifersucht, Herr Hauptkommissar.«

Tannenberg reagierte mit einem bitteren Lachen. »Aus Eifersucht.«

»Zum Beispiel. Und dann haben Sie ihn bei Nacht und Nebel aus dem Wohnheim geschafft und sich ihm in dieser Tierkörperbeseitigungsanlage entledigt. Das wäre ja auch fast ein perfekter Mord gewesen.«

»Was? Jetzt soll ich auch noch den Studenten umgebracht haben? Sind Sie jetzt völlig durchgedreht, Sie Idiot?«

»Meine Herren, meine Herren, so kommen wir doch nicht weiter. Wir sollten uns jetzt nicht gegenseitig zerfleischen. Wir müssen uns eine vernünftige Strategie für unser weiteres Vorgehen zurechtlegen«, versuchte Eberle einen konstruktiven Impuls zu geben. »Einverstanden?«

Inzwischen war jedem im Raum der Ernst der Lage in aller Deutlichkeit klar geworden. Die Stimmung war geprägt von apathischer Hilflosigkeit. Einige nickten stumm, andere kauerten weiter schweigend auf ihren Stühlen oder spielten nervös an irgendwelchen Dingen herum.

»Gut. Dann ziehen wir jetzt einmal die Konsequenzen aus den vorliegenden Fakten.«

Der Kriminaldirektor brach ab, ging ein paar Schritte durch sein geräumiges Büro, machte am Fenster wieder kehrt, postierte sich dann vor dem Besuchertisch und fuhr nach einem gewaltigen Stoßseufzer fort: »Aufgrund des begründeten Tatverdachts gegenüber dem Leiter des K1 gibt es wohl keine andere Möglichkeit, als Kollegen einer anderen Dienststelle mit den Ermittlungen zu betrauen.«

Ein Raunen ging durch die am Tisch versammelten Kriminalbeamten.

Aber Kriminaldirektor Eberle ließ sich von dieser dezenten Protestbekundung nicht sonderlich beeindrucken. »Ich habe bereits mit dem Polizeipräsidenten aus Pirmasens eine entsprechende Vereinbarung getroffen. Morgen früh werden die Kollegen mit ihrer Arbeit beginnen.«

»Meine Dame, meine Herren, das ist Vorschrift!«, mischte sich der Oberstaatsanwalt nun ein. »Und das bedeutet für Sie, dass Sie alle ab sofort vollkommen aus dem Spiel sind!« Er blickte herausfordernd durch die Runde. »Ist das jedem von Ihnen klar? Sie halten sich da raus, sonst verhackstückt uns die Presse!«

»Die Presse, die Presse. Das scheint wie immer Ihr Hauptproblem zu sein.«

»Halten Sie sich besser zurück, Tannenberg. Zu Ihnen kommen wir gleich!«

»Also noch mal: Ihnen ist ab sofort der Fall ›Leonie Kalkbrenner‹ und, weil wir einen direkten Zusammenhang damit vermuten, ebenso der Fall ›Lukas Steiner‹ entzogen. Das ist eine verbindliche dienstliche Anweisung. Haben wir uns verstanden?«

Während seine Mitarbeiter schweigend die strikte Anordnung entgegennahmen, rotteten sich, wie schon so oft in solch scheinbar ausweglosen Situationen, in Tannenbergs tiefsten Innern gewaltige, mit einem unbändigen Überlebenswillen ausgestattete Energiepotentiale zum Gegenangriff zusammen.

Mit Hochdruck bastelten sie an einer ›vernünftigen Strategie‹, wie es der Kriminaldirektor gerade eben ausgedrückt hatte. Allerdings liefen diese Problemlösungsbemühungen in ihrer Konsequenz so ziemlich genau auf das Gegenteil dessen hinaus, was Eberle mit diesem Begriff inhaltlich wohl gemeint hatte.

»Auch wenn Sie damit natürlich nicht einverstanden

sein werden, Herr Kollege Tannenberg, muss ich Ihnen jetzt leider mitteilen, dass wir keine andere Wahl haben, als Sie vom Dienst zu suspendieren …« Der Kriminaldirektor räusperte sich mehrmals.

Anschließend führte er die begonnenen Ausführungen fort: »Und Sie wegen dringenden Tatverdachts vorläufig festzunehmen. Es ist mir wirklich sehr unangenehm, aber ich muss es leider tun. Ich habe keine andere Wahl. Was meinen Sie wohl, was sonst die Presse mit uns veranstaltet? Dr. Hollerbachs Befürchtungen sind leider vollkommen berechtigt. Sie haben ja selbst gestern Nacht die Blitzlichter gesehen. Morgen Früh sind die Bilder von Ihnen garantiert ganz groß in allen Zeitungen.«

Tannenberg glänzte nun mit einer taktischen Meisterleistung, die zugleich Teil seines gerade ausgetüftelten Plans war: Entgegen der Erwartungen der Anwesenden reagierte er nämlich weder mit einem psychischen Zusammenbruch, noch mit einem verbalen Amoklauf, sondern mit etwas völlig Gegensätzlichem: Er gab sich nämlich sehr verständnisvoll und kooperativ.

Mit fester, lauter Stimme verkündete er: »Ich bin gerade zur Einsicht gelangt, dass ich an Ihrer Stelle auch nicht anders handeln würde. Sie können ja gar nicht anders handeln. Die Indizienlage spricht eine eindeutige Sprache. Ich habe keinerlei Zweifel, dass sich meine Unschuld schon sehr bald herausstellen wird. Deshalb werde ich mich nun auch ausgesprochen gelassen in die U-Haft begeben.«

Die grenzenlose Verwunderung über das, was Tannenberg gerade geäußert hatte, stand jedem deutlich erkennbar ins Gesicht geschrieben.

Dr. Hollerbach fand als Erster seine Sprachfähigkeit wieder. »Das freut mich aber sehr, Herr Hauptkommissar, dass Sie so vernünftig sind. Meinen ausdrücklichen Respekt! Und ich versichere Ihnen hiermit, dass wir alles in unserer Macht Stehende tun werden, um Sie so schnell wie möglich von diesem schrecklichen Verdacht zu befreien. Wenn es stimmt, was Sie behaupten, und Sie am Tod dieser beiden Studenten völlig unschuldig sind – was ich gerne glauben mag –, werden die Kollegen aus Pirmasens die Wahrheit sicher schon bald ans Tageslicht befördern.«

»Da bin ich ziemlich optimistisch, Herr Oberstaatsanwalt«, entgegnete Tannenberg betont gelassen. »Ich würde jetzt nur noch mal gerne nach Hause gehen, um zu duschen und mir ein paar frische Sachen anzuziehen. Der Geiger kann mich ja schnell hinfahren.«

»Aber selbstverständlich, Tannenberg. Lassen Sie sich ruhig Zeit damit. Nur keine Hektik«, zeigte sich der ranghöchste Vertreter der Kaiserslauterer Staatsanwaltschaft für seine Verhältnisse außergewöhnlich entgegenkommend.

Teil zwei des tannenbergschen Plans funktionierte genauso gut und reibungslos wie der Erste. Was sicherlich vor allem darauf zurückzuführen war, dass Kriminalhauptmeister Geiger noch nicht einmal im Entferntesten mit dem gerechnet hätte, was sich im Anschluss an die Dienstbesprechung im Hause seines Vorgesetzten abspielte.

Obwohl Geiger ja gezwungenermaßen einer der beiden Hauptbeteiligten an den folgenschweren Geschehnissen war, wohnte er den Ereignissen lediglich wie ein passiver Zuschauer bei. Willenlos ließ er alles über sich ergehen: Erst die erzwungene Aushändigung seiner Dienstwaffe, dann das Anketten mit seinen eigenen Handschellen an Tannenbergs Badezimmerradiator und schließlich das Überkleben seines Mundes mit Paketband.

»Aber, Chef, das können Sie doch nicht machen!«, war das Einzige, was Geiger vor der Stilllegung seiner Sprechwerkzeuge über die Lippen gekommen war – dies allerdings gleich mehrmals.

Während Tannenberg ihm das breite Klebeband über den mit kleinen Schweißperlen benetzten Mundbereich zog, hatte er lapidar geantwortet: »Geiger, merk dir mal folgenden Satz für dein weiteres Leben: Besondere Situationen erfordern eben nun mal besondere Maßnahmen!«

Die Tatsache, dass sein Mitarbeiter nun nicht mehr zur Gegenrede fähig war, nutzte der Leiter des K1 zu einem kurzen Grundsatz-Statement: »Geiger, du alte Pfeife, hast du denn wirklich geglaubt, ich lasse mir so einfach einen oder sogar zwei Morde anhängen und mich in U-Haft stecken? Ich sag dir nur eins: Ich kann mich zwar leider immer noch nicht an das erinnern, was in dieser verdammten Wohnung passiert ist …«

Er brach ab, blickte auf seine Armbanduhr. »Aber in maximal zwölf Stunden weiß ich wieder, was da los war. Nur etwas kann ich dir jetzt schon sagen: Ich weiß hundertprozentig, dass ich niemals vorsätzlich einen Menschen umbringen könnte. Mir ist zwar völlig unklar, was für ein mieses Spiel hier mit mir veranstaltet wird und wem ich das alles zu verdanken habe, aber ich werde es schon irgendwie rauskriegen. Das garantier ich dir – und wenn ich dabei draufgehen sollte!«

Nach diesen martialischen Worten verschloss Tannenberg die Badezimmertür und eilte in die Abstellkammer, wo sein großer Wanderrucksack normalerweise ein recht unbeachtetes Dasein fristete. Er packte einige für seine geplante Exkursion wichtige Dinge zusammen. Dabei entledigte er sich seiner schwarzen Lederjacke, die er die ganze Zeit über getragen hatte.

Als er sie von seinem Körper abstreifte, fühlte er plötzlich einen flachen Gegenstand, der in einer der Innentaschen steckte. Er zog den Reißverschluss auf und entdeckte ein gelbes Reclambändchen. Es trug den Titel ›Leviathan‹, Verfasser: ein gewisser Thomas Hobbes.

Natürlich war Tannenberg sehr verwundert über diesen mysteriösen Fund und stellte sich auch gleich die nicht gerade unwesentliche Frage, wie und wo dieses Büchlein wohl den Weg in seine Jacke gefunden haben mochte. Allerdings konnte er zum gegenwärtigen Zeitpunkt dieses interessante Thema nicht weiter vertiefen, schließlich war er ja seit ein paar Minuten auf der Flucht.

Und da zählte jede Sekunde Vorsprung, die er seinen Häschern abtrotzen konnte. Denn etwas war ihm sonnenklar: Durch den Mordverdacht und die Aktion mit Geiger war er urplötzlich zu einer der meistgesuchten Personen Deutschlands geworden.

Hätte ich nie gedacht, dass mir mal so was passieren könnte, sagte er kopfschüttelnd zu sich selbst, während er Geigers Dienstwaffe im Rucksack verstaute.

In den nächsten Minuten zog sich Tannenberg geschwind um und führte noch zwei wichtige Telefonate. Nachdem er sich kurz von seiner Familie und Kurt verabschiedet hatte, machte er sich mit Mariekes Motorroller auf den Weg in eine äußerst ungewisse Zukunft.

5

Nun bediente sich Tannenberg bereits zum zweiten Mal in einer existenzbedrohenden Notlage des Scooters seiner Nichte. Zwar war er damals, als er seinen zum Serientäter mutierten ehemaligen Klassenkameraden auf Mariekes Roller durch die engen Straßen des Musikerviertels verfolgt hatte, ebenfalls direkt betroffen gewesen, schließlich hatte der mehrfache Frauenmörder ein heimtückisches, lebensgefährliches Rätselspiel mit ihm veranstaltet.

Aber diesmal war die Ausgangssituation eine völlig entgegengesetzte, denn diesmal stand er auf der anderen Seite des Gesetzes. Er war nicht Opfer, sondern potentieller Täter, schließlich wurde er des zweifachen Mordes bezichtigt. Und vor allem: nicht er jagte, sondern er wurde gejagt.

Als Tannenberg die Stadt auf der B 40 in Richtung Alzey verließ, beschäftigten sich seine Gedanken mehr als ausgiebig mit der Frage, ob er vorhin bei seinem doch recht überhasteten Aufbruch wohl alles richtig gemacht hatte.

Bereits im Büro des Kriminaldirektors war sein Entschluss gereift, für die geplante Flucht weder sein eigenes Auto noch das seines Bruders zu benutzen. Die Variante mit Mariekes Scooter dagegen bot gleich mehrere Vorteile: Zum einen erschien es ihm eher unwahrscheinlich, dass irgendeiner seiner Kollegen überhaupt Kenntnis von der Existenz dieses Gefährts besaß.

Denn die peinlichen Ereignisse, mit denen diese dramatische Verfolgungsjagd damals einhergegangen war, hatte Tannenberg aus guten Gründen für sich behalten, sie auch nicht in irgendeinem Bericht erwähnt. Er selbst hatte den Scooter außer bei diesem einen Mal nie mehr benutzt. Auch Marieke hatte den Motorroller nach den schrecklichen Geschehnissen in der Trippstadter Schlossklinik, in die ihr Freund Max nach einem Motorradunfall eingeliefert worden war, nur noch selten angerührt. Seitdem stand er relativ unbeachtet in der Garage. Nur wenn Betty das Familienauto benötigte, griff Heiner manchmal auf den Roller zurück.

Und zum zweiten erlaubte ihm das Tragen von Heiners Integralhelm, sich quasi inkognito durch die Gegend zu bewegen.

Natürlich hatte die Gefahr bestanden, dass der im Badezimmer gefesselte Geiger möglicherweise etwas von der Wahl seines zweirädrigen Fluchtfahrzeuges mitbekommen konnte. Diesem Umstand war Tannenberg dadurch begegnet, dass er den Scooter in die Parkstraße geschoben und ihn erst dort gestartet hatte. Diese Maßnahme hatte ihm genügend Schallschutz gewährt, um sich von Geiger akustisch unbemerkt aus dem Staube machen zu können.

Tannenbergs Hoffnungen richteten sich darauf, dass seine Kollegen, nachdem sie seinen roten BMW in der Garage entdeckt hatten, entweder auf die Idee kommen würden, dass er zu Fuß geflüchtet und irgendwo in der Stadt untergetaucht sei oder dass er mit Hilfe der Deutschen Bahn das Weite gesucht habe – eine Hypothese, die sich seiner Meinung nach allein schon aufgrund der räumlichen Nähe seiner Wohnung zum Hauptbahnhof geradezu zwangsläufig aufdrängte.

Selbstverständlich war er vor dem Hintergrund seiner langjährigen kriminalistischen Berufstätigkeit in der Lage, sich sehr gut in die Denkstrukturen und Handlungsmuster der ermittelnden Beamten hineinzuversetzen. Folglich erschien es ihm auch ziemlich naheliegend, dass irgendjemand demnächst auf die Idee kommen würde, dass Tannenberg versuchen könnte, Kontakt zu Eva Glück-Mankowski aufzunehmen. Und zwar deshalb, weil sie ihm mit ihrer psychologischen Fachkompetenz unter anderem bei der Bewältigung seiner Amnesie hilfreich zur Seite stehen könnte.

Und genau aus diesem Grunde fuhr Tannenberg ja auch nach Mainz.

Da er eine solche Vorgehensweise seiner Kollegen als Möglichkeit in Betracht zog, hatte er mit seinem Bruder vereinbart, dass Heiner etwa zwei Stunden nach seinem Aufbruch Geiger ›zufällig‹ entdecken sollte. Diese Zeitspanne müsste ihm nach seinen Berechnungen ausreichen, um die Strecke bis nach Mainz-Lerchenberg mit dem getunten Scooter zurückzulegen. Angst, dass man Geiger bereits früher suchen würde, hatte er nicht, schließlich hatte der Oberstaatsanwalt im Beisein Kriminaldirektor Eberles höchstpersönlich Tannenberg ausreichend Zeit eingeräumt.

Wer außer den beiden, die zudem gegenwärtig genügend andere Probleme zu bewältigen hatten, sollte Geiger denn eigentlich vermissen? Die Kriminalbeamten des K1 zumindest waren aus dem Spiel. Und die mit den unangenehmen internen Ermittlungen betrauten Kollegen aus Pirmasens würden ihre Arbeit sowieso erst am nächsten Morgen aufnehmen.

Zudem hatte Tannenberg von vornherein nicht vorgehabt, sich sonderlich lange bei Eva aufzuhalten, schließlich lag sein eigentlicher Zielort ja wo ganz anders. Aber die zermürbende Ungewissheit angesichts der nach wie vor existierenden Amnesie belastete ihn derart stark, dass er unbedingt vorher Evas kriminalpsychologische Fachkompetenz in Anspruch nehmen musste.

Er fuhr gerade durch eine kleine Ortschaft namens ›Dreisen‹, als sich erneut die quälenden Gedanken an die brutal ermordete junge Studentin Zutritt zu seinem Bewusstsein verschafften.

»So ein Wahnsinn!«, brummelte er in seinen Helm hinein. »Ich und einen Menschen umbringen. Im Vollrausch. Vollrausch – nach einer Flasche Wein! Dass ich nicht lache. Jeder, der mich kennt, weiß doch ganz genau, dass ich noch nie aggressiv geworden bin, wenn ich etwas getrunken habe. Da werde ich doch immer sanft wie ein Lamm. Aber warum hat man sie umgebracht? Und warum will man mir die Sache in die Schuhe schieben? Wem bin ich denn auf die Füße getreten?«

Weiter kam er nicht, denn urplötzlich sah er ausgangs der Kurve einen auf der rechten Straßenseite vor einem Schnellimbiss geparkten Streifenwagen mit MZ-Kennzeichen. Vor Schreck hätte er fast die Kontrolle über den Scooter verloren.

Schnell wenden?, schoss es ihm blitzartig ins Hirn.

Aber für eine Entscheidung dieser Art war es bereits viel zu spät. Er befand sich fast auf Höhe der beiden, schwatzend vor der Imbissbude an einem Bistrotischchen stehenden Beamten. Entsetzt starrte er hinüber zu ihnen. Doch die uniformierten Kollegen würdigten ihn nicht eines einzigen Blickes.

Gott sei Dank, atmete er erleichtert auf. Gerade nochmal Glück gehabt.

Sein pochender Herzschlag beruhigte sich allmählich

wieder. Ohne sich in diesem Augenblick darüber im Klaren zu sein, dass er einen Helm auf dem Kopf trug, versuchte er sich den kalten Angstschweiß von der Stirn zu wischen. Erst die beim Kontakt der Fingerknöchel mit dem Integralhelm entstandenen Klopfgeräusche überzeugten ihn von der Unsinnigkeit seiner Handlung.

Je länger er in dieser verkrampften, ungewohnten Körperhaltung auf dem Motorroller saß, desto stärker machten sich seine Rückenschmerzen wieder bemerkbar. Kurz hinter Wörrstadt stoppte er auf einem Feldweg. Auf der Suche nach den eingepackten Schmerztabletten kramte er in seinem Rucksack herum. Dabei fiel sein Blick auf das gelbe Reclambändchen mit dem merkwürdigen Titel. Er nahm es in die Hand, ließ die Blätter einmal über seinen rechten Daumen hinweglaufen und steckte es anschließend kopfschüttelnd zurück in den Rucksack, direkt zwischen die beiden Dienstwaffen. Dann warf er zwei Tabletten ein und setzte seine Fahrt fort.

Nach einer weiteren halben Stunde traf er vor der mehrgeschossigen Wohnhausanlage in Mainz-Lerchenberg ein, in deren Tiefgarage die Kriminalpsychologin vor einiger Zeit Opfer eines brutalen Mordanschlags geworden war.

Tannenberg stellte den Motorroller neben den Fahrradständern ab und spurtete die Treppe hinauf zu der im dritten Obergeschoss befindlichen Wohnung. Eva erwartete ihn bereits. Nach einer flüchtigen Umarmung nahm sie ihn an der Hand und führte ihn in ihr Arbeitszimmer, wo sie ihm sogleich einen der beiden Schreibtischstühle anbot.

»Und, was hast du rausgekriegt?«, fragte er ungeduldig, während er sich auf den Stuhl niedersinken ließ.

»Also, Wolf: Gleich nachdem du angerufen hast, hab ich mich zur Sicherheit nochmal intensiv in meine Fachliteratur hineingestürzt. Mit Amnesie hab ich schließlich auch nicht jeden Tag zu tun. Du hast übrigens ganz schön Glück gehabt, dass ich heute zu Hause geblieben bin, um ein wichtiges Gutachten fertigzustellen.«

»Bitte, komm gleich zur Sache«, drängte Tannenberg ungeduldig. »Ich hab wirklich nicht viel Zeit.«

»Gut. Wenn ich dich vorhin am Telefon richtig verstanden habe, soll ich dir helfen, das zu verstehen, was dir in der letzten Nacht in dieser Studentenbude passiert ist. Gedächtnisverlust und so …«

»Natürlich, deswegen bin ich ja zu dir gekommen.«

»Nur deswegen?«, fragte Eva mit einem leicht provokativen Unterton.

Tannenberg verrollte die Augen.

Die Kriminalpsychologin warf mit der linken Hand ihre rötliche Lockenpracht über die Schultern, während sie mit der anderen ein Fachbuch ergriff, das mit mehreren gelben Klebezetteln gespickt auf ihrem Schreibtisch lag.

»Nach dem, was du mir erzählt hast, kann es sich eigentlich nur um eine proterograde Amnesie …«

»Eine was?«, unterbrach Tannenberg erneut.

Eva klappte das Buch auf und zitierte daraus: »Als proterograde Amnesie bezeichnet man eine Störung des so genannten Neugedächtnisses. Dieser Teil unseres Gedächtnisapparats ist für die dauerhafte Speicherung neuer Informationen zuständig. Ist dieses Neugedächtnis beeinträchtigt, beispielsweise durch einen Schock, erinnert sich der Betroffene ziemlich genau an alles, was vor dem kritischen Ereignis passiert ist …«

»Ja, genau, das weiß ich wirklich noch alles«, warf Tannenberg ein.

Ohne auf diese Bemerkung einzugehen, fuhr die Kriminalpsychologin mit ihrem kleinen Fachvortrag fort:

»Die Erinnerungen an die Zeit danach fehlen jedoch. Und das entweder ganz«, sie unterbrach ihre laute Lektüre, warf ihm einen aufmunternden Blick zu, »oder, wie's bei dir der Fall zu sein scheint, zeitweise.«

Tannenberg nickte zustimmend. »Ja, und was kann man dagegen tun? Ich meine: Welche Therapie gibts denn bei so was?«

»Du hast es doch bei deinem Anruf vorhin schon selbst ausgesprochen: Konzentriertes Abwarten – übrigens bei vielen Krankheitsbildern ist dies nicht selten die effektivste Therapie überhaupt.«

»Konzentriertes Abwarten? Du hast gut reden. Ich kann doch hier nicht einfach nur rumsitzen und warten.«

»Musst du aber wohl, mein liebes Wölfchen«, sagte Eva mit säuselndem Tonfall. Mit einer zärtlichen Geste versuchte sie Tannenbergs Wange zu streicheln.

Der aber sprang plötzlich wie von einer Tarantel gestochen auf und begann nervös im Zimmer herumzulaufen.

»Verdammt nochmal, warum kann ich mich denn noch immer nicht erinnern?« Dabei hämmerte er sich mit seinen Fingerkuppen auf dem Schädel herum. »Kein bisschen, nichts. Da drin ist alles weg. Nichts von dieser wichtigen Zeitspanne ist noch da, gar nichts. Noch nicht mal eine Sekunde!«

»Jetzt sei mal nicht gleich so ungeduldig. Diese kurzen amnestischen Episoden enden meistens genau so abrupt wie sie angefangen haben.« Sie schaute auf die Wanduhr links neben dem Fenster. »Diese Phasen dauern meistens weniger als 24 Stunden. Und die hast du doch schon bald um.«

»Ja, ich weiß, ich weiß. Aber allmählich müssten doch

wenigstens schon mal die ersten Bruchstücke davon auftauchen, oder?«, seufzte Tannenberg.

»Nein, das passiert meistens auf einmal. Das ist so, wie wenn du das Licht einschaltest.«

Während Eva sich in einem weiteren Fachbuch stöberte, nahm Tannenberg wieder Platz. Nachdem er ein paarmal geräuschvoll ein- und ausgeatmet hatte, entschloss er sich, seine Augen ein wenig durch die nähere Umgebung wandern zu lassen. Da er mit dem Rücken zur Tür saß, blickte er zuerst direkt auf eine hinter Eva sich auftürmende Bücherwand.

Dann schwenkte sein Blick nach rechts hinüber zu einer Pinwand, auf der er zwei Karten für ein Dire-Straits-Konzert entdeckte. Natürlich wusste er sofort etwas mit den grauen Pappkärtchen anzufangen: Sie waren eines von mehreren Überraschungs-Highlights gewesen, die er sich vor knapp zwei Jahren anlässlich eines Besuchs der Kriminalpsychologin in Kaiserslautern für sie ausgedacht hatte. Entgegen seiner Planungen war dieser Abend damals jedoch völlig anders verlaufen.

Sein Blick schwebte wieder ein Stück nach links und fixierte kurz Evas angestrengt in die Lektüre versunkenes Gesicht. Danach wanderte er ein paar Zentimeter weiter nach unten. An der rötlichen Strangulierungsnarbe, die sich quer an ihrem Hals abzeichnete, verhakten sich seine Augen.

Wir haben schon einiges gemeinsam durchgestanden, dachte er.

Eva fing seinen Blick auf. »Ach, die Narbe. Normalerweise schminke ich sie mir mit einem Abdeckstift weg. Aber dir gegenüber muss ich mich ja nicht schminken und verstellen, oder mein liebes Wölfchen?« Sie griff seine

Hände, streichelte sie zärtlich. »Du machst mir vielleicht Sachen.«

Tannenberg erhob sich abermals. »Also, Eva, diesmal kann ich wirklich nichts dafür.«

»Das wird sich alles bestimmt schon bald aufklären.«

»Aber was ist, wenn meine Erinnerungen zurückkehren …« Er sog in einem tiefen Zug die etwas abgestandene Raumluft ein, schluckte mehrmals. »Und ich wirklich die Frau den Balkon hinuntergeworfen habe?«

»Das kann ich mir aber nicht vorstellen, Wolf«, versuchte Eva zu trösten.

Er schniefte, putze sich schnell die Nase. Dann legte er seine Arme um Eva und zog sie ein wenig zu sich heran. Aber kaum einen Wimpernschlag später drückte er sie schon wieder von sich weg.

»Quatsch! Ich hab doch dieses gelbe Büchlein gefunden. Das hab ich ja völlig vergessen«, sagte er mit weit aufgerissenen Augen.

Eva krauste die Stirn. »Was denn für'n Buch?«

»Ich zeig dir's. Wo ist mein Rucksack?«

»Im Flur, glaub ich.«

Tannenberg hechtete in den schmalen Korridor, wo er vorhin direkt hinter der Tür Helm und Rucksack abgelegt hatte. Mit fahrigen Bewegungen zerrte er die Verschlüsse auseinander, entnahm das Reclambändchen und hielt es Eva, die ihm neugierig in den Flur gefolgt war, vor die Nase.

Während sie Titel und Verfasser las, kniff sie die Augenbrauen zusammen. »Leviathan. Von Thomas Hobbes.« Sie blickte an die Decke, schüttelte grübelnd den Kopf. »Hobbes, Hobbes? Wer war das nochmal?« Plötzlich schien sie etwas mit diesem Namen anfangen zu können. »War das nicht ein englischer Philosoph?«

»Ja, ja. Meine ich auch. Aber mehr weiß ich von ihm nicht.«

»Ich auch nicht. Nur, was ist denn eigentlich so Besonderes an diesem Büchlein?«

»Das Besondere daran ist, dass ich nicht weiß, wie es in meinen Besitz gekommen ist.«

»Wolf, du sprichst in Rätseln.« In Evas Mimik spiegelte sich nur allzu deutlich das, was sie gerade dachte.

»Eva, es gibt keine andere Erklärung dafür: Irgendjemand muss es mir in der Wohnung in die Jacke gesteckt haben.« Er kniff die Lippen fest aufeinander, knetete nachdenklich sein Kinn. »Und zwar in der Zeit, in der ich bewusstlos war.«

»Was? Wie kommst du denn auf solch eine verrückte Idee? Wer sollte denn so etwas tun? Und vor allem, warum?«

»Du hast ja völlig recht, Eva. Ich versteh's ja auch nicht!« Tannenberg schüttelte den Kopf, gestikulierte wild. »Ich weiß, es klingt verrückt, aber ich habe dieses Buch wirklich vorher noch nie in meinem Leben gesehen, geschweige denn besessen. Und als ich vorhin zu Hause meine Jacke ausgezogen habe, steckte es plötzlich in einer Innentasche.«

»Also, Wolf, wenn ich dich nicht so gut kennen würde, wie ich es nunmal tue, würde ich jetzt glauben, dass du unter ausgeprägtem Verfolgungswahn leidest. Komm, wir schauen mal im Internet nach, was wir da über diesen Hobbes und seinen Leviathan finden.«

Sie nahm ihn an der Hand, zog ihn in Richtung ihres Arbeitszimmers. »Vielleicht entdecken wir dabei ja auch irgendeinen Anhaltspunkt, der ein wenig Licht in diese höchst mysteriöse Angelegenheit bringt.«

Während Eva ihren PC hochfuhr, nahm Tannenberg die Abbildung auf der Vorderseite des Reclamheftchens ein wenig genauer unter die Lupe: Im Vordergrund des auf dem Einband abgebildeten und mit dem Jahre 1651 datierten Kupferstichs konnte man eine in eine hügelige Landschaft eingebettete Stadt erkennen, die optisch von einem kathedralenähnlichen Gebäude dominiert wurde.

Hinter den mit Burgen und Schlössern besetzten Bergen thronte eine männliche Riesengestalt, die eine Krone auf dem lockigen Haupte trug und die in der einen Hand ein Schwert, in der anderen einen zepterähnlichen Stock hielt. Das Ungewöhnlichste an diesem überdimensionalen Herrscherbildnis waren allerdings die ohne Lücke aneinander gezeichneten Miniaturmenschen, die den gesamten Körper wie großflächige Tätowierungen bedeckten.

Tannenberg drehte das Buch auf die Rückseite und las ein aufgedrucktes Zitat, dessen nebulöser Inhalt sich ihm allerdings auf den ersten Blick nicht erschließen wollte.

Eva war bei ihrer Recherche inzwischen fündig geworden.

»Da, ich hab was!«, rief sie freudig aus.

Tannenberg wandte sich zum Monitor hin und begann sogleich damit, sich selbst murmelnd vorzulesen: »Thomas Hobbes' berühmtester Ausspruch ist der Satz ›homo homini lupus‹ (›Der Mensch ist dem Menschen ein Wolf‹).«

»Lupus – der Wolf und dein gleichlautender Name. Da haben wir ja schon einen Zusammenhang mit dir!«, warf Eva mit schnell hervorgestoßenen Worten ein.

Ohne sich zu ihr umzublicken und die Bemerkung aufzugreifen, klebten Tannenbergs Augen weiter gebannt auf dem Bildschirm.

»Dieser Satz bringt sein Menschenbild prägnant auf den Punkt«, las er weiter vor: »Der Mensch ist kein gutmütiges, geselliges Wesen, sondern ein Raubtier voller

Bosheit und zerstörerischer Instinkte. In seiner grenzenlosen Machtgier lässt er sich von keinem Gesetz oder staatlichen Zwang aufhalten. Er betrachtet die anderen Menschen als seine natürlichen Feinde. Dieser destruktive Selbsterhaltungstrieb mündet zwangsläufig in einen Krieg aller gegen alle.«

»Krieg aller gegen alle«, sagte Eva mehr zu sich selbst.

»Ja, steht ja da«, blaffte Tannenberg zurück. »In diesem Kriegszustand muss jeder einzelne Mensch ständig die anderen Menschen fürchten. Das einzige Mittel, um diese für alle unbefriedigende Situation dauerhaft zu verändern, besteht in der Schaffung eines gemeinsamen Staates, der allerdings von einem mit grenzenloser Macht ausgestatteten Herrscher oder Rat regiert wird. Dieser Staat funktioniert nach dem Motto ›Ich übergebe mein Recht, mich selbst zu regieren, diesem Menschen oder dieser Versammlung unter der Bedingung, dass du ebenfalls dein Recht über dich ihm oder ihr abtretest‹. Dieses Gebilde nennt Hobbes Leviathan.«

An dieser Stelle brach Tannenberg ab, blickte verständnislos zu Eva hin. »Und was hat das alles verdammt nochmal mit mir zu tun? Außer diesem an den Haaren herbeigezogenen Wolf-Schwachsinn.«

Die Kriminalpsychologin antwortete nicht auf diese Spitze, sondern starrte weiter fasziniert auf den Bildschirm. Nun übernahm sie den Part der Vorleserin: »Der Name ›Leviathan‹ stammt aus dem Alten Testament. Er bezeichnet dort ein schreckliches Ungeheuer. Hobbes überträgt nun diese allmächtige, furchtlose biblische Figur auf die menschliche Gesellschaft. Nur ein starker Herrscher ist demnach in der Lage, die von Natur aus grausamen, habgierigen, egoistischen Menschen vor der drohenden Selbstzerstörung zu bewahren. Und zwar dadurch, dass er ganz alleine festlegt, was als Recht und Moral zu gelten hat. – Ganz schön starker Tobak, kann ich da nur sagen.«

»Aber warum steckt mir das jemand …« Tannenberg nagte nervös auf seinen Lippen herum, durchfurchte sich die Haare. »Was heißt hier jemand – der oder die Mörder – in die Jacke?«

»Na ja, wahrscheinlich um dir symbolisch seine grenzenlose Macht zu demonstrieren.«

»Aber warum?«

»Vielleicht bist du in der Vergangenheit irgendjemandem unglaublich auf die Füße getreten. Und der rächt sich jetzt auf diese Weise an dir. Eins scheint jedenfalls festzustehen: Die Sache mit dem Buch beweist, dass *du* diese Tat nicht begangen hast.«

Plötzlich läutete es dreimal kurz hintereinander.

Tannenberg fuhr der Schreck in alle Glieder.

»Erwartest du jemanden?«, flüsterte er.

Eva ergriff erneut seine schweißnassen Hände, drückte sie fest. Dabei blickte sie ihm tief in die Augen. »Wolf, versprich mir, dass du jetzt nicht gleich ausflippst, wenn ich dir sage, dass ich …«

Er riss sich los, packte sie fest an den Schultern.

»Was hast du? Hast du mich etwa verraten?«, zischte er entsetzt.

Die Psychologin blieb ganz ruhig. »Quatsch, Wolf, sowas würde ich doch nie tun. Das weißt du auch.«

»Was hast du getan?«

»Ich habe vorhin Friedrich angerufen und ihn gebeten, zu mir zu kommen. Er weiß weder, dass du bei mir bist, noch was passiert ist. Es sei denn, die lieben Kollegen hätten dich inzwischen bereits auf die Fahndungsliste gesetzt.«

»Und was soll er hier?«

Es läutete erneut.

»Dir helfen! Ich denke, dass du in deiner jetzigen Situation durchaus Hilfe benötigst. Und vor allem brauchst du jemanden, dem du auch wirklich vertrauen kannst. Und Friedrich können wir hundertprozentig vertrauen. Für ihn leg ich meine Hand ins Feuer.«

»Also gut. Wahrscheinlich hast du ja recht.«

»Schön, dass du so vernünftig bist.«

Die Kriminalpsychologin erhob sich. Tannenberg hielt sie fest. »Tut mit leid, Eva, was ich dir einen Moment lang unterstellt habe. Aber mir geht diese ganze Sache eben fürchterlich an die Nieren.«

Eva erhob sich, befreite sich sanft aus seiner Umklammerung. »Versteh ich doch, Wolf.«

Tannenberg bedankte sich mit einem stummen Kopfnicken. »Warte, Eva. Ist das der Friedrich …«

»Ja, genau der. Du hast ihn schon einmal getroffen. Weißt du noch?«

»Sicher.«

»Ihr habt mich doch damals nach dem Überfall gemeinsam im Krankenhaus besucht. Erinnerst du dich?«

»Klar. Ich erinnere mich an ihn.«

»Kann ich ihm jetzt öffnen?«

»Ja, aber schau vorher nach, ob er es auch wirklich ist. Und ob er alleine ist.«

»Natürlich«, antwortete Eva und ging mit schnellen Schritten zu ihrer Wohnungstür.

Die beiden Männer begrüßten sich mit einem kräftigen Handschlag. Tannenberg erzählte dem staunenden LKA-Beamten im Telegrammstil seine schier unglaubliche Geschichte.

Friedrich nahm mit der einen Hand seine silberne Brille

von der Nase und strich sich mit der anderen ein paarmal über seinen mächtigen Schnauzbart hinweg. Anschließend setzte er die Brille wieder auf.

»Wolf, das ist ja der absolute Albtraum, was diese Schweine da mit dir anstellen. Ich weiß gar nicht, was ich dazu sagen soll.« Friedrich schüttelte den Kopf, strich sich erneut über den buschigen Schnurrbart. »Aber das mit dem Schock und der Amnesie glaub ich irgendwie nicht.«

»Wieso?«, fragte Eva verwundert.

Friedrich antwortete nicht sofort. Erst nachdem er sich ausgiebig hinter dem Ohr gekratzt hatte, sagte er an seinen Kaiserslauterer Kollegen gerichtet: »Es gibt vielleicht eine andere Erklärung dafür, dass du dich nicht mehr an das erinnern kannst, was in dieser Wohnung passiert ist.«

»Und welche?«, wollte Tannenberg natürlich sofort wissen.

»Ganz einfach: du warst bewusstlos.«

»Na bravo, du Oberschlauer. Darauf bin ich natürlich auch schon gekommen. Nur haben die Ärzte bei mir keine einzige Verletzung festgestellt. Und 'ne Injektion mit einem Betäubungsmittel oder 'ner Droge können die mir auch nicht verpasst haben. Denn dann hätte ich wohl vorher einen Überfall bemerken müssen – und die im Krankenhaus hätten dann wohl auch eine oder mehrere Einstichstellen auf meinem Körper entdeckt.«

Friedrich wechselte plötzlich das Thema. »Ich weiß nicht, ob dir Eva irgendwann mal erzählt hat, dass ich im LKA in der Abteilung Organisierte Kriminalität arbeite.«

»Nein«, antwortet Tannenberg automatisch, ohne sich allerdings einen Reim auf diese Aussage machen zu können.

»Wir sind zur Zeit einer kriminellen Bande auf der Spur«, fuhr Friedrich fort, »die im großen Stil Überfälle auf Wohnwagen, Wohnmobile, Autos, LKWs usw. durchführt. Dabei leiten die Täter so genanntes KO-Gas mit einem Schlauch in das Wageninnere ein, um die darin befindlichen, schlafenden Personen zu betäuben und sie anschließend gefahrlos ausrauben zu können.«

Mit einem Male war Tannenberg der Grund für Friedrichs thematischen Schwenk klar. »Ach so, und du meinst ...«

»Wäre doch ’ne Möglichkeit. Vor allem, wenn du bedenkst, dass diese Typen logischerweise bei ihren Aktionen Gasmasken tragen müssen. Damit sie nicht selbst von diesem teuflischen Gas narkotisiert werden.«

»Natürlich! Das würde ja auch erklären, warum ich überhaupt nichts von einem Überfall bemerkt habe.« Tannenberg trommelte sich an die Stirn. »Klar, die Killer waren bereits in der Wohnung und haben dort das Gas ausströmen lassen. Und dann haben sie einfach gewartet, bis ich ahnungsloser Hornochse in ihre Falle getappt bin – in die Wolfsfalle!«

Nach einem kurzen, bitteren Lachen ergänzte er: »Ja, ich bin in eine mit Reisig und Blättern überdeckte Wolfgrube gefallen, aus der ich nun nicht mehr aus eigener Kraft herauskomme.«

»Mach dir jetzt bloß keine Vorwürfe, das hätte doch jedem von uns auch passieren können«, versuchte Friedrich zu beschwichtigen. »Schließlich ist dieses Teufelszeug völlig geruchlos und unsichtbar.« Er räusperte sich. »Ich habe sogar vor kurzem läuten hören, dass angeblich die Geheimdienste über eine KO-Gas-Variante verfügen, die im menschlichen Körper absolut nicht nachweisbar ist – weder im Blut, noch im Urin.«

»Wahnsinn«, brach es aus Tannenberg heraus. »Dann hat mir also so ein verdammter Mistkerl die Schuhe ausgezogen, ist selbst hineingeschlupft und hat dann die ebenfalls betäubte Leonie auf den Balkon getragen und sie hinuntergeworfen. Deshalb waren auch nur meine eigenen Schuhabdrücke dort zu finden! Und bevor der Kerl sich aus dem Staub gemacht hat, hat er mir noch dieses verdammte Buch in die Jacke gesteckt. Quasi als kleiner Abschiedsgruß. Irre!«

»Ja, das ist wirklich irre«, pflichtete Friedrich kopfschüttelnd bei. »Aber aus kriminalistischer Perspektive ist es die perfekte Arbeit eines Profikillers. Und zudem ein Mord, den aufgrund der von dir geschilderten, eindeutigen Indizienlage nur der Leiter der zuständigen Mordkommission begangen haben kann. Wer sonst?«

Friedrich hob die Schultern und breitete dabei die Arme wie bei einem Stoßgebet beschwörend auseinander. Für einen Augenblick kehrte betroffene Stille ein.

»Du, Wolf, ich denke, du solltest so schnell wie möglich mit diesen neuen Erkenntnissen zu Oberstaatsanwalt Dr. Hollerbach gehen«, sagte Eva. »Vor allem solltest du ihm dieses Buch zeigen. Das beweist doch wohl deine Unschuld.«

»Was beweist meine Unschuld?«, fragte Tannenberg.

»Na, das Buch. Das kannst du dir ja wohl schlecht selbst in die Jacke reingesteckt haben, während du bewusstlos warst.«

»Das natürlich nicht, Eva. Aber anschließend. Du glaubst doch nicht im Ernst, dass mir die Staatsanwaltschaft solch eine Geschichte abnimmt. Man wird mir einfach unterstellen, dass ich sie frei erfunden habe, um meinen Kopf aus der Schlinge zu ziehen. Einen Zeugen für unsere Vermutung hab ich ja leider nicht.«

»Und was ist mit Fingerabdrücken? Vielleicht sind ja welche auf dem Buch drauf.«

Friedrich rümpfte abschätzig die Nase, wiegte verneinend den Kopf hin und her, machte eine wegwerfende Handbewegung. »Von einem Profikiller?«

Eva seufzte auf. »Du hast recht. Blödsinn!«

»Außerdem kann ich unmöglich zur Staatsanwaltschaft gehen. Ich kann ja nicht mehr nach Kaiserslautern zurück. Wem soll ich denn da noch trauen? Wer weiß denn schon, wer wirklich hinter dieser ausgemachten Sauerei steckt? Ich jedenfalls nicht. Ich hab absolut keine Ahnung, wer das sein könnte.«

Wolfram Tannenberg unterbrach seine Rede. Er krauste die Stirn. »Irgendwie ist mir das alles viel zu perfekt arrangiert. Auch meine Fluchtmöglichkeit. Vielleicht gehört das ja ebenfalls zu ihrem Plan. Dieser verfluchte Plan scheint nichts anderes zum Ziel zu haben, als mich gnadenlos zu vernichten. Verdammte Scheiße!«

Seine glasigen Augen verengten sich, die schmalen Lippen begannen zu zucken.

»Und was willst du jetzt machen«, fragte Eva mit bekümmertem Gesichtsausdruck.

So als ob er gerade einen starken Stromschlag erhalten hätte, ging durch Tannenbergs Körper plötzlich ein gewaltiger Ruck. Er sprang auf, drückte Eva einen Kuss auf die Wange, bedachte Friedrich mit einem Klaps auf die Brust.

»Ich muss jetzt dringend weg, irgendwo eine Zeit lang untertauchen und mal in Ruhe über alles nachdenken. Ich melde mich dann bei euch«, sagte er hastig, schnappte sich Rucksack und Helm und verließ fliegenden Schrittes die Wohnung.

6

Wolfram Tannenbergs bereits vor einigen Jahren verstorbene Ehefrau Lea hatte Mitte der 70er-Jahre in Mainz mit ihrem Medizinstudium begonnen. So oft es sein Dienstplan ermöglichte, war er damals zu ihr gefahren und hatte sie in ihrer Wohngemeinschaft besucht. Nach den langen, mit endlosen Diskussionen verbrachten Nächten hatten sie zwecks dringend benötigter Regeneration im Verlauf des darauffolgenden Tages regelmäßige Streifzüge durch die nähere Umgebung unternommen.

Folglich fand sich Tannenberg hier in der Gegend noch immer sehr gut zurecht. Deshalb erreichte er auch ohne größere Orientierungsprobleme am späten Nachmittag dieses ereignisreichen Frühsommertags den vereinbarten Treffpunkt: die in den südöstlichen Ausläufern des Hunsrücks gelegene Stromburg.

Als er ein paar Stunden zuvor seine Familie über die dramatischen Ereignisse und seine kurz bevorstehende Flucht informierte, hielt sich zufällig auch Mariekes Freund Max in der Parterrewohnung der Senioren auf. Natürlich zeigte auch er sich zunächst fassungslos, als er von dem Tatverdacht gegenüber Tannenberg und dessen drohender Inhaftierung erfuhr. Aber im Gegensatz zur Familie des Kriminalbeamten, die verständlicherweise sehr emotional reagierte und psychisch völlig gelähmt schien, erholte sich Max recht schnell von seinem kurzzeitigen Schockzustand.

Seine Gedanken beschäftigten sich fortan mit der Frage, auf welche Weise er Tannenberg wohl am Besten helfen könnte. Für Max hatte diese uneingeschränkte Hilfsbereitschaft den Charakter einer regelrechten Zwangshandlung. Mit anderen Worten: er musste ihm einfach helfen. Nicht nur, weil Tannenberg vor zwei Jahren für ihn sein Leben riskiert und ihn quasi in letzter Minute aus den Händen einer skrupellosen Organmafia befreit hatte, nein, auch deshalb, weil er sich diesem ebenso kantigen wie liebenswerten Menschen inzwischen extrem zugetan fühlte.

Obwohl ihn seine Familie stark bedrängte, war Wolfram Tannenberg nicht bereit gewesen, ihnen von seinen konkreten Fluchtplänen zu erzählen. Aus Sicherheitsgründen, wie er sagte. Es dürfe niemand aus seinem direkten persönlichen Umfeld wissen, wohin ihn seine Reise führen würde.

Als altgedienter Kriminalbeamter wusste Tannenberg selbstverständlich, dass die gegen ihn ermittelnden Beamten schon sehr bald alle technischen Möglichkeiten zu seiner telefonischen Überwachung einsetzen würden. Damit existierte für ihn ein gewaltiges Kommunikationsproblem, was ihm zu diesem Zeitpunkt allerdings noch nicht bewusst war.

Maximilian Heidenreich dagegen hatte dieses Problem sofort intuitiv erkannt. Er musste nicht lange über dieses Thema nachgrübeln. Schon bald hatte er die Lösung parat – und auch sogleich in die Tat umgesetzt: Als Tannenberg nämlich Mariekes Scooter in die Parkstraße schob, eilte er ihm nach und überreichte ihm sein Handy. Er versprach Tannenberg, sich ein neues Handy zu kaufen und ihn damit anzurufen. Durch diese geniale Idee existierte nun zwischen den beiden Männern eine direkte, quasi abhörsichere Kontaktmöglichkeit – und vor allem eine, von der niemand etwas wusste.

Benny de Vries wartete bereits über eine Stunde. Er saß auf einem Campingstuhl neben seinem Reisemobil. Direkt hinter ihm ragte der helle Torturm der Stromburg wie ein überdimensionierter mahnender Zeigefinger in den strahlendblauen Sommerhimmel empor. Der holländische Kriminalbeamte trug hellgraue Bermudas und ein eng anliegendes, pinkfarbenes T-Shirt, das seinen durchtrainierten Oberkörper mehr als nur erahnen ließ.

Tannenberg hatte ihn morgens von Maximilians Handy aus angerufen, ihm seine existenzbedrohenden Probleme geschildert und gefragt, ob er zu ihm kommen und dort für eine Weile untertauchen dürfe. Als Benny hörte, in welch enormen Schwierigkeiten sein alter Freund steckte, hatte er ihm sofort seine uneingeschränkte Hilfsbereitschaft signalisiert und sich daraufhin umgehend bei seiner Dienststelle in Venlo aus dringenden familiären Gründen, wie er es genannt hatte, beurlauben lassen.

Der unter Mordverdacht geratene und suspendierte Leiter des K1 hatte die Stromburg als Treffpunkt vorgeschlagen. Er hatte Benny gesagt, dass dieser einfach auf der A 61 über Koblenz in Richtung Bingen fahren und die Autobahn an der Ausfahrt Stromberg verlassen solle. Von dort aus sei der Weg hoch zu der über der Stadt majestätisch thronenden Burg sehr gut ausgeschildert. Benny hatte darauf nur lapidar geantwortet, dass Tannenberg sich keine Gedanken zu machen brauche, schließlich hätte er damals ja auch problemlos nach Kaiserslautern gefunden.

Benny de Vries war für die grenzüberschreitende

Zusammenarbeit mit der deutschen Polizei zuständig. Er hatte Tannenberg im Zuge der Ermittlungen gegen die international agierende Organmafia kennen gelernt. Die beiden Männer waren sich sofort sympathisch gewesen, hatten sich angefreundet und auch in der Folgezeit in unregelmäßigen Abständen den Kontakt zueinander aufrechterhalten.

Auf dem direkt vor der Stromburg gelegenen Parkplatz herrschte bei Tannenbergs Eintreffen ein reges Treiben. Allem Anschein nach hatte sich in dem von einem Starkoch geleiteten Restaurant eine größere Hochzeitsgesellschaft eingefunden. Für Tannenbergs analytisch arbeitendes Gehirn eine naheliegende Schlussfolgerung angesichts der vielen, mit weißen Bändern und Blumen geschmückten Nobelkarossen und der festlich gekleideten Menschen, die sich rauchend und schwatzend in unmittelbarer Nähe ihrer abgestellten Autos aufhielten.

Als er von weitem Benny entdeckte, fuhr er gleich zu ihm hin, stellte sich mit laufendem Motor vor ihn. Dann klappte er das mit Mückendreck übersäte Visier nach oben. Um nicht erkannt zu werden, ließ er trotz der brütenden Hitze sicherheitshalber den Helm auf seinem Kopf. Mit kurzen, hastig vorgetragenen Worten forderte er Benny auf, ihm mit seinem Luxus-Campingbus zu folgen. Anschließend brauste er los.

Nach ein paar hundert Metern bog Tannenberg in einen staubigen Waldweg ein. Er blickte sich nervös um, sah aber keine Menschenseele, niemanden, der sich bei diesen hochsommerlichen Temperaturen zu einem Spaziergang hatte entschließen können. Kurze Zeit später erschien Benny und parkte sein Wohnmobil so, dass dieses einen Sichtschutz zur Straße hin bildete.

Nun stellte Tannenberg den Motor ab, schob den Roller auf den Ständer und entledigte sich stöhnend seines Helms. Die beiden, vom Äußeren sehr unterschiedlichen Männer umarmten sich.

»Schön, dass du gekommen bist«, sagte Tannenberg zu dem etwa einen Kopf kleineren, dunkelhäutigen Mann, dessen hellbraun gefärbte Rastazöpfchen bis zu den muskulösen Schultern herabreichten.

»Ist doch klar, Wolf, hättest du für mich doch auch getan! Schließlich sind wir Freunde.«

Vor Ergriffenheit schossen Tannenberg Tränen in die Augen. Er zückte sein Taschentuch, tupfte mit einer fahrigen Handbewegung die Nässe ab, wischte sich auch gleich den Schweiß von der Stirn. Er putzte sich die Nase, blickte dabei dankbar in Bennys freundliches Gesicht.

»Mann, Mann, ist das'n Ding! Das wird ja eine richtige Wolfsjagd!«, sagte der junge Holländer in seinem landestypischen, leicht krächzenden Akzent.

»Da hast du wohl leider recht.« Tannenberg seufzte auf. »Aber was soll ich denn machen? Wenn ich in U-Haft sitze, bin ich doch weg vom Fenster.«

»Genau das wollen die.« Benny de Vries schlenderte kopfschüttelnd zum Heck des Reisemobils, klappte ein speziell für den Transport von Motorrollern entwickeltes Trägersystem nach unten. »Bring mal den Scooter her.«

Wortlos gehorchte Tannenberg. Mit ein paar geschickten Handgriffen war der Roller auf die Aluminium-Plattform gehievt und mit Spanngurten befestigt. Benny zog ein Schweizer Taschenmesser hervor und schraubte damit das Nummernschild ab.

»Woher hast du denn diese kriminelle Energie?«

Benny antwortete mit einem unglaublich breiten Grinsen. »Gehört doch zu unserem Job.« Anschließend ging er zur Tür des Wohnmobils, öffnete sie und forderte Tannenberg mit einer Geste dazu auf, ihm ins Innere des geräumigen Reisemobils zu folgen.

Während Tannenberg sich die verklebten, schweißnassen Haare aus dem Gesicht strich, servierte ihm sein Freund eine gekühlte Flasche Mineralwasser.

»Oder willst du lieber ein Bier? Ich habe deutsches Bier. Extra noch vorhin an der Tankstelle für dich eingekauft.«

»Nein, jetzt besser nicht. Vielleicht nachher.«

Benny setzte sich auf die gepolsterte Sitzbank und schenkte beide Gläser voll. Tannenberg leerte seines in einem Zug, goss sich gleich wieder nach.

»Wolf, ich hab mir folgendes ausgedacht: Du bleibst hier drinnen. Wir fahren jetzt nach Nettetal. Dort haben wir ein Wochenendgrundstück. Da stelle ich meinen Camper hin. Du erholst dich erstmal in aller Ruhe. Essen und Trinken ist alles im Kühlschrank. Und wenn du wieder fit bist, machen wir einen Plan, wie's weitergeht. O. K.?«, sagte Benny de Vries, setzte sich ans Steuer und fuhr los.

Es dauerte nicht lange, bis das monotone Brummen des Dieselmotors Tannenberg in den Schlaf gesungen hatte. Als der Nobel-Campingbus jedoch die westlich der Grenzstadt Nettetal gelegene Ravensheide erreichte, war er mit einem Male wieder hellwach. Die unruhige Fahrt über einen unbefestigten Wirtschaftsweg hatte seinen Schlummerzustand abrupt beendet.

Benny weihte Tannenberg in einem Crashkurs in die Geheimnisse eines modernen Reisemobils ein. Während die beiden Männer noch ein Bier zusammen tranken, schilderte Tannenberg seinem holländischen Freund ausführlich die über ihn hereingebrochenen, dramatischen Ereignisse.

Kurz nachdem Benny, der nur etwa einen Kilometer von dem eingezäunten Grundstück entfernt im Elternhaus seiner deutschen Ehefrau wohnte, sich verabschiedet hatte, verließ auch Tannenberg sein fahrbares Luxusdomizil.

Es war mittlerweile stockfinster. Kein einziger Stern leuchtete am Himmel. Anscheinend zog gerade ein Gewitter auf. Vorboten, etwa in Form von Wetterleuchten oder fernem Donnergrollen, konnte er zwar am Firmament noch keine entdecken, aber er spürte bereits das Brodeln und Knistern der sich nähernden atmosphärischen Urgewalten.

Er setzte sich auf die Türschwelle, schloss die Augen. Andächtig lauschte er eine Weile dem Grillenkonzert, das in seiner unmittelbaren Umgebung gerade veranstaltet wurde. Von weitem hörte er den spitzen Schrei eines Raubvogels.

Plötzlich dachte er an den Leviathan. Er kletterte ins Wageninnere, nahm sich eine Dose Bier aus dem Kühlschrank, zog das gelbe Büchlein aus seinem Rucksack und vertiefte sich in die Lektüre.

Doch bereits nach einer guten halben Stunde gab er frustriert auf. Nicht etwa, weil er das, was er da eben gelesen hatte, inhaltlich nicht verstanden hätte. Nein, der Grund lag vielmehr darin, dass er einfach keine Verbindung zwischen dem Text und seiner aktuellen Situation herzustellen vermochte. Das Buch beinhaltete die staatstheoretischen Gedanken des englischen Philosophen Thomas Hobbes, Überlegungen, die ihm auf den ersten Blick recht antiquiert erschienen und mit denen er wenig anzufangen wusste.

Er besorgte sich eine weitere Dose Pils, blätterte erneut

im Leviathan. Doch nur wenig später knallte er das Büchlein auf den Tisch, ballte wütend die Fäuste.

»Verdammt, irgendwo in diesem Mistding ist der Schlüssel zu dem Ganzen verborgen! Das muss einfach so sein. Sonst macht das alles doch überhaupt keinen Sinn«, grummelte er vor sich hin. Er fletschte jähzornig die Zähne. »Oder wenigstens ein entscheidender Hinweis auf diese Drecksäcke, die diese Sauerei ausgeheckt haben. Warum sonst haben die mir dieses verfluchte Philosophenbuch in die Jacke gesteckt?«

Abermals nahm er den Leviathan in die Hände, ließ zur Abwechslung mal von hinten ein paar Blätter über seinen Daumen hinweglaufen. Als er dabei auf das Nachwort zum Buch stieß, begann er sogleich damit, es interessiert zu lesen. Nach einigen Angaben zum zeitgeschichtlichen Hintergrund, zur Biographie des Philosophen und zu seinen Veröffentlichungen bemerkte Tannenberg plötzlich an der Stelle, an der sich der Verfasser des Nachwortes mit Hobbes Menschenbild beschäftigte, dünne, auf den ersten Blick kaum wahrnehmbare Bleistiftstriche.

›Homo homini lupus‹, war die erste hervorgehobene Textstelle, die Tannenberg entdeckte. Auf eine weitere stieß er bereits in der übernächsten Zeile: ›Hobbes Menschenbild ist gekennzeichnet durch das allgegenwärtige Streben der in einem bestimmten abgegrenzten Gebiet lebenden Menschen nach Vormachtstellung. Der Kampf aller gegen alle bedient sich des Mordens als zentralem Mittel. Ziel dieses von Hass geprägten barbarischen Handelns ist die Einnahme der Position eines Alphawolfes und deren Festigung durch das hochwirksame Prinzip der Abschreckung.

Der Begriff ›Alphawolf‹ war doppelt unterstrichen.

Tannenberg hämmerte mit seinen Fingern auf diese besonders markierte Textstelle, sprach dabei das aus, was er gerade dachte:

»Hier steht sie eindeutig: die unverhohlene Drohung! Da signalisiert mir einer unmissverständlich: Junge, für uns beide ist in unserem Revier kein Platz. Es kann niemals zwei Alphatiere geben, immer nur eins. Du oder ich! Das ist die einfache und klare Botschaft – Basta! Das kapier ich ja auch, verdammt! Aber von wem ist sie? Vielleicht – oder sogar wahrscheinlich – von irgendeinem Provinzfürsten des organisierten Verbrechens. Aber warum? Wieso fühlt sich dieser Kerl so sehr von mir auf den Schlips getreten, dass er mich unbedingt vernichten will?«

Er ging kopfschüttelnd zum Kühlschrank, entnahm ihm eine weitere Bierdose. Im Stehen trank er einen tiefen Schluck. Dann zermarterte er sich weiter sein Hirn.

»Natürlich war da die Sache mit der Organmafia«, führte er murmelnd sein Selbstgespräch fort. »Aber das liegt doch schon fast zwei Jahre zurück … Und früher, als der alte Weilacher noch Leiter des K1 war? Na ja, da gab's schon mal den einen oder anderen Fall, in dem die Mafia ihre Finger im Spiel hatte. Aber da wurden wir doch immer gleich rausgekegelt. Diese Fälle hatte doch sofort das LKA an sich gezogen. Genau wie bei der Schlossklinik! – Verdammt, was haben nur die beiden armen Studenten mit dieser ganzen Sache zu tun?«

In dieser extrem schwülen, gewittrigen Sommernacht, in der er trotz intensiver Gerstensaftzufuhr kaum Schlaf fand, kreisten seine pulsierenden Gedanken immer und immer wieder um dieselben Fragen. Aber er kam zu keinem Ergebnis, jedenfalls zu keinem, das ihn entscheidend weiterbrachte. Er drehte sich gedanklich permanent im Kreise herum. Erst in den frühen Morgenstunden fiel er in einen tiefen Erschöpfungsschlaf, aus dem er allerdings bereits nach eineinhalb Stunden brutal herausgerissen wurde.

Es war ein lauter, heller Knall, explosionsartig wie ein Schuss.

Tannenberg schreckte hoch, warf sich in einer Reflexbewegung auf den Boden, robbte zu seinem Rucksack, schnappte sich seine Waffe, zog auch noch Geigers Pistole heraus. Während er liegend die Tür in Anschlag nahm, hörte er hinter sich ein weiteres, ähnliches Geräusch.

Er schnellte herum, lag nun auf dem Rücken.

Plötzlich hörte er ein anschwellendes Stimmengewirr, das sich langsam dem Reisemobil zu nähern schien.

Ein Steinchen traf auf das Kunststoffgehäuse des Wohnmobils.

»Komm raus! Sonst holen wir dich. Wir sind ganz viele. Und wir sind superstark«, riefen mehrere Kinder wild durcheinander.

Sofort ließ Tannenberg beide Waffen niedersinken. Erst jetzt spürte er seinen rasenden Herzschlag, der bis hinauf in seinen Hals pochte. Und er registrierte abermals die lästigen Schmerzen in seinem Lendenwirbelbereich. Seine Hände zitterten. Er atmete tief durch. Gleichzeitig grübelte er angestrengt darüber nach, woher die kleinen Störenfriede denn überhaupt wissen konnten, dass er sich in Bennys Luxus-Campingbus aufhielt.

»Verdoemte Lummelbende!«, hörte er mit einem Male die markante Stimme seines Freundes aus Richtung der Tür ertönen.

Benny schien direkt nach seiner holländischen Schimpfkanonade klar geworden zu sein, dass er sich gegenwärtig jenseits der Grenze befand und er es folglich mit deutschen Kindern zu tun hatte. Deswegen schob er schnell nach: »Verschwindet! Lasst euch hier ja nicht mehr blicken!«

Kurze Zeit später stand der Venloer Kriminalbeamte mit einer Tüte frischer Brötchen und einer Thermoskanne voll heißem Kaffee in den Händen vor seinem erschrocken dreinblickenden deutschen Kollegen.

»Woher wissen die denn, dass ich hier bin?«, bedrängte ihn Tannenberg sogleich.

»Wenn du heute Morgen noch nicht draußen warst oder die Vorhänge aufgezogen hast, haben die dich bestimmt nicht gesehen. Das sind nur ein paar harmlose Jungs, die manchmal auf dem Weg zur Schule hier vorbeikommen. Die haben uns auch schon ein paarmal geärgert, wenn ich mit meinen Kindern hier draußen übernachtet habe.«

»Glaubst du wirklich, dass die nicht wissen …?«, fragte Tannenberg, dem der Schreck immer noch deutlich erkennbar ins Gesicht geschrieben stand.

»Nein, Wolf, bestimmt nicht!«, unterbrach Benny und legte dabei seinem Freund tröstend die Hand auf die Schulter. »Erinnerst du dich inzwischen an das, was in dieser Wohnung passiert ist?«

»Nein. Überhaupt nicht. Das ist immer noch alles vollständig weg. Da ist nichts, absolut nichts, an das ich mich erinnern kann.«

»Dann hat dieser LKA-Freund von deiner Psychologin mit seiner KO-Gas-Theorie vielleicht doch recht.«

»Ja, scheint so.«

Benny de Vries stellte seine Mitbringsel auf den Klapptisch. »Du, ich muss jetzt leider los ins Kommissariat. Aber ich bin schon bald wieder bei dir. Und dann überlegen wir uns, wie du aus dieser doofen Sache heil herauskommst.«

Tannenberg schenkte gerade Kaffee ein, als sich ein

Handy mit unbekannter Klingelmelodie bemerkbar machte. Zunächst war er ziemlich irritiert. Dann aber kam ihm schlagartig zu Bewusstsein, dass das Handy, welches er in seinem Rucksack mit sich führte, ja eigentlich Max gehörte. Er zog es heraus. Es dauerte einen Augenblick, bis er die richtige Taste zur Entgegennahme des Gesprächs gefunden hatte.

»Ja. – Bevor du irgendetwas sagst, beantworte mir die Frage, ob dich jemand hören kann.«

»Nein, Wolf«, beschwichtigte Max die Ängste Tannenbergs. »Ich bin mit Kurt unterwegs und stehe gerade mitten im Wald auf einer Lichtung. Da ist weit und breit niemand. Mir ist auf dem Weg hierher auch niemand begegnet oder gefolgt.«

»Bist du da ganz sicher?«

»Ja.«

»Gut. Gott sei Dank rufst du endlich an. Ich sitze hier nämlich wie auf glühenden Kohlen.«

»Aber warum hast du dich denn nicht bei mir gemeldet, wenn's so dringend ist?«

»Weil ich deine Nummer nicht habe«, sagte Tannenberg mit jammerndem, aber auch durchaus vorwurfsvollem Unterton.

»Stimmt! Nur hättest du mich sowieso nicht früher auf meinem neuen Handy erreichen können. Die haben nämlich erst vor einer halben Stunde die Nummer freigeschaltet. Aber du hättest doch bei deinen Eltern oder bei Heiner anrufen …«

»Nein, nein, das geht doch nicht«, warf Tannenberg entsetzt dazwischen. »Max, die dürfen nichts davon mitbekommen. Versprichst du mir das?«

»Natürlich, Wolf.«

»Nun sag mir endlich, wie's bei euch aussieht.«

»Zuerst will ich wissen, wie's dir geht.«

Tannenberg seufzte, räusperte sich. »Na ja, wie sagt man immer so schön: den Umständen entsprechend gut. Und bei euch?«

Max schnaubte so laut, dass Tannenberg erschrocken das Handy ein paar Zentimeter von seinem Ohr entfernte.

»Wolf, du kannst dir überhaupt nicht vorstellen, was hier los ist. Die Hölle, sag ich dir. Marieke …«

»Was ist mit ihr?«, schrie Tannenberg geschockt dazwischen.

»Nichts Schlimmes, Wolf«, versuchte Max seinen väterlichen Freund zu beruhigen. »Wir waren gestern bis tief in die Nacht hinein im Krankenhaus. Marieke hatte plötzlich starke Unterleibsschmerzen bekommen.«

»Um Gottes willen!«

»Aber mit ihr und dem Baby ist alles O.K. Wir hatten einfach nur große Angst, dass sie wegen der Aufregung eine Fehlgeburt – oder wie das in diesem frühen Stadium richtig heißt …«

»Ist wirklich alles in Ordnung?«, unterbrach Tannenberg abermals mit zitternder Stimme.

»Ja, mach dir keine Sorgen. Es war eben nur ein bisschen zuviel Stress für uns alle gestern.«

»Warum? Was ist passiert?«

»Einiges, kann ich dir sagen: Nachdem deine Kollegen diesen Geiger oben in deiner Wohnung gefunden haben, haben sie hier bei uns gleich mal alles auf den Kopf gestellt. Auch bei deinen Eltern und im Haus von Heiner. Und dann mussten wir auch noch alle zum Verhör ins Präsidium. Deine Kollegen waren völlig aus dem Häuschen, kann ich dir sagen. Dieser Oberstaatsanwalt hat sich aufgeführt wie Rumpelstilzchen!«

»Es tut mir so unendlich leid, dass ich euch in diesen verdammten Schlamassel mit hineinziehe.« Tannenberg schluckte mehrmals, raufte sich dabei die Haare. »Vielleicht sollte ich mich besser sofort stellen. Dann habt wenigstens ihr eure Ruhe. Die arme Marieke …«

»Quark!«, würgte Max seinen Gesprächspartner energisch ab. »Wenn du im Knast sitzt, hast du doch nicht die geringste Chance, diesen oberfaulen Komplott aufzudecken. – Ach, übrigens: Dein Freund, der Gerichtsmediziner, springt vor lauter Aufregung im Dreieck. Er sucht dich überall. Soll ich ihm nicht sagen, dass …«

»Nein, Max, nein und nochmals nein. Unter keinen Umständen. Du musst mir wirklich hoch und heilig versprechen, niemandem von unseren Gesprächen und unserem Kontakt etwas zu erzählen. Im Moment weiß ich nämlich wirklich nicht mehr, wem ich außer dir überhaupt noch trauen kann. Versprichst du mir das?«

»Wolf, du wiederholst dich. Aber ich sag dir's gerne noch einmal: Du kannst dich hundertprozentig auf mich verlassen.«

»Danke, Max. Und gib Marieke einen Kuss von mir.«

Etwa zwei Stunden nach diesem Telefonat kehrte Benny de Vries zu seinem Reisemobil zurück.

»Ich habe mal meinen Dienst-Computer nach dir abgefragt«, verkündete der holländische Kriminalbeamte, gleich nachdem er Tannenberg erblickt hatte.

»Was? Um Himmels willen. Das ist doch viel zu gefährlich! Hast du wenigstens gleich danach deine Spuren verwischt?«

»Selbstverständlich, Wolf. Aber steigerst du dich nicht

gerade ganz schön in einen Verfolgungswahn hinein? Du siehst ja hinter jeder Ecke einen Verfolger, sogar bei der Nederlands-Politie.«

»Quatsch. Ich bin nur ziemlich mit den Nerven runter.«

»Versteh ich doch, Wolf. Also: Es läuft sogar eine Personenfahndung bei Interpol nach dir. Beschreibung: flüchtiger, gefährlicher Gewaltverbrecher, schwer bewaffnet, macht rücksichtslos von seiner Schusswaffe Gebrauch. Auf ausreichende Eigensicherung ist unbedingt zu achten. – Du weißt, was das heißt?«

Tannenberg fing kurz Bennys flackernden Blick auf, dann riss er seine Augen davon los, senkte sie mit einem Stoßseufzer zu Boden. Mit tiefen Zügen sog er die schwülwarme, abgestandene Luft ein. »Ja, das hört sich an wie ein verschlüsselter Schießbefehl für die Kollegen.«

Benny stimmte mit zusammengepressten Lippen nickend zu. »Aber vielleicht wäre das ja auch eine Idee!«

»Was wäre eine Idee?«, fragte Tannenberg verständnislos.

»Wenn wir diese internationale Fahndung für dich nutzen.«

»Ich versteh nicht, was du meinst.«

»Ganz einfach: Ich fahre zum Beispiel nach Frankreich und lege dort eine Spur aus. Dass man meint, du wärst dort gewesen.«

»Und was bringt uns das? Außer, dass sie auf diese Weise vielleicht einen Zusammenhang zwischen uns beiden herstellen können. Nein, nein, lass das mal lieber.«

»Du hast recht, Wolf. Sag mal, deine Kollegen haben doch bestimmt gleich eine Ringfahndung nach dir ausgelöst. Wie hast du es denn eigentlich geschafft, da durchzukommen?«

Tannenberg reagierte mit einem dünnen, traurigen Lächeln. Er neigte den Kopf ein wenig zur Seite, bevor er antwortete: »Ring-Fahndung. Der Ausdruck passt wirklich haargenau.«

Im ersten Moment vermochte Benny den Gedankengang seines deutschen Freundes nicht nachvollziehen. Aber bereits ein paar Sekunden später hatte er Tannenbergs Wortspielerei verstanden: »Ach so, du meinst diese komische Sache mit dem gefundenen Platinring, der dem Studenten gehört hat?«

Wolfram Tannenberg antwortete mit einem stummen Kopfnicken.

»Ich habe heute Nacht kaum geschlafen. Ich musste die ganze Zeit über an diese beiden ermordeten Studenten denken. Was haben die eigentlich damit zu tun? Verstehst du das?«, fragte Benny mit gekrauster Stirn.

»Nein. Also ich kann mir auch überhaupt keinen Reim darauf machen.«

Tannenberg streckte seinen eingerosteten Oberkörper ein wenig nach hinten. Umgehend machten sich seine Ischiasbeschwerden wieder bemerkbar. Aber er biss die Zähne zusammen, wollte Benny nicht auch noch mit seinen Schmerzen belästigen.

Der holländische Ermittler blickte derweil gedankenversunken in Richtung eines Fensters, hinter deren Gardine eine fette Schmeißfliege auf der Scheibe herumkletterte.

»Und dann auch noch das mit diesem komischen Buch«, bemerkte er kopfschüttelnd.

»Gut, dass du mich daran erinnerst, Benny. Ich habe nämlich heute Nacht etwas Interessantes gefunden, das ich dir unbedingt zeigen muss.«

Tannenberg nahm den aufgeschlagenen Leviathan von

der Ablage neben der kleinen Spüle und reichte ihn, mit einem Finger auf die entsprechende Stelle zeigend, an Benny weiter.

»Siehst du die dünnen Bleistiftstriche unter dem Text?«

Benny de Vries drehte das Büchlein schräg ins Licht und las murmelnd die hervorgehobenen Textpassagen. Dann sagte er: »Das stützt unsere Vermutung. Da steckt das organisierte Verbrechen dahinter.«

»Sehe ich auch so. Es handelt sich dabei wohl um eine offene Kampfansage an mich. Und bedeutet in seiner Konsequenz nichts anderes, als dass diese Leute mich vernichten wollen.«

»Ja, aber wer? Und vor allem, warum?«

Tannenberg schürzte die Lippen, wiegte seinen Kopf hin und her. »Keine Ahnung, Benny. Ich grübele die ganze Zeit darüber nach. Aber ich habe wirklich nicht den blassesten Schimmer. Weißt du, auch diese Sache vor zwei Jahren in der Schlossklinik. Da war doch hauptsächlich das LKA zugange. Ich war ja eigentlich gar nicht richtig dabei. Die hatten mich doch zeitweise von den Ermittlungen ausgeschlossen.«

»Ja, ja, ich weiß das noch sehr gut. Du hast damals sogar ein Dienstvergehen begangen, als du mich angerufen …«

»Stimmt, Benny«, warf Tannenberg ein.

»Vielleicht war dieser Alphawolf in der Organisation für den Organhandel zuständig. Und der hat nun seit dieser Zeit noch eine Rechnung mir dir offen. Du weißt selbst, die lassen sich nicht gerne von uns ihre lukrativen Geschäfte zerstören.«

»Ja, schon. Aber der Mafia hat dieser illegale Organhandel doch bestimmt nicht so viel eingebracht, oder?«

»Wenn du dich da mal nicht täuschst! Die wissen nämlich ganz genau, womit sie viel Geld verdienen können.«

»Ich weiß nicht. Die verfügen schließlich über weitaus einträglichere Geldquellen: Drogen, Prostitution, Schutzgelderpressung usw.«

»Das ist zwar richtig. Aber die sind auch immer auf der Suche nach neuen Bereichen. Die Russenmafia zum Beispiel betreibt seit einiger Zeit einen sehr lukrativen Sprengstoffhandel mit Terroristen. Und wir hier im europäischen Grenzbereich haben es auch mit Zigarettenschmuggel in großem Stil zu tun. Und mit Geldwäsche natürlich: Schwarzgeld-Bestände in DM oder Gulden, die in Euro umgetauscht werden. Mit satten Provisionen versteht sich.«

»Hast du es in deinem Job eigentlich oft mit der organisierten Kriminalität zu tun?«

»Nein, jetzt nicht mehr. Aber früher hab ich in der Abteilung gearbeitet. Und manchmal treffe ich eben noch einen alten Kollegen, der mich dann ein bisschen über die neuesten Dinge informiert.«

»Ich kriege davon immer nur am Rande etwas mit.« Tannenberg räusperte sich, streichelte seinen Stoppelbart. »Wie sind die eigentlich strukturiert? Ich meine …«

»Wolf, ich weiß schon, was du meinst«, signalisierte Benny seine Verständnisfähigkeit. »Jedes Syndikat ist streng hierarchisch gegliedert. Das heißt: Es gibt auf der obersten Ebene die Chefs der verschiedenen Clans oder Organisationen. Die haben untereinander genaue Revierverteilungs-Absprachen getroffen. Diese Reviere sind in einem globalen Machtkartell über die ganze Erde verteilt. Sie werden von Unterbossen geleitet, die alle Geschäfte überwachen und den Oberbossen treu ergeben sind. Diese Verbrecher sind perfekt getarnt und abgeschirmt. Oft sind es scheinbar ganz normale Geschäftsleute, sozial engagiert und gebildet.«

»Vor allem philosophisch«, ergänzte Tannenberg mit einem kurzen, stakkatoartigen Lachen, seinen Blick auf den Leviathan gerichtet.

»Ja, wie man sieht, auch das. Die leben oft schon lange in derselben Stadt und genießen dort meist ein hohes Ansehen. Auch deshalb, weil sie kulturell interessiert und spendabel sind. Natürlich machen die sich selbst nie die Hände schmutzig. Für so was gibt es dann spezielle Mitarbeiter …«

»Die alle anfallenden Dreckarbeiten erledigen und …«, führte Tannenberg den Satz weiter.

Benny vollendete ihn: »Zum Beispiel Studentinnen vom Balkon runterwerfen oder Studenten im Krematorium verschwinden lassen.«

Tannenberg nickte mit bekümmertem Mienenspiel. Wie aus dem Nichts tauchte in seinem Bewusstsein plötzlich die Erinnerung an Maximilians Anruf auf.

Daraufhin fasste er einen folgenreichen Entschluss, den er auch umgehend verkündete: »Benny ich muss so schnell es geht zurück.«

»Wie?«

»Ja, ich muss sofort zurück.«

»Wohin?«

»Wohin wohl? Natürlich nach Kaiserslautern. Hier oben bei dir kann ich mich zwar für einige Zeit verstecken. Aber ich bin total weg vom Fenster, kann überhaupt nichts tun. Und ich muss etwas tun, sonst werd ich noch wahnsinnig.«

Benny schüttelte fassungslos den Kopf. »Ich glaube,

du bist schon wahnsinnig geworden. Willst du tatsächlich zurück in die Höhle des Löwen?«

Ein bitteres Schmunzeln huschte über Tannenbergs Gesicht. »Na, wohl eher in die Hölle des Alphawolfes.«

7

In weiser Voraussicht hatte Benny de Vries beim morgendlichen Besuch seiner Dienststelle um unbezahlten Sonderurlaub gebeten. Da er zwingende familiäre Gründe angegeben hatte, war ihm dieser auch ohne größere Schwierigkeiten bewilligt worden.

Bevor die beiden Freunde nun auf die Reise in eine gefahrenträchtige, ungewisse Zukunft starteten, entwickelten sie einen vorläufigen Plan bezüglich ihres strategischen Vorgehens. Dabei debattierten sie eine Weile intensiv darüber, ob sie für ihren Aufenthalt im Pfälzer Wald besser einen Campingplatz anfahren oder sich lieber wechselnder Standorte bedienen sollten.

Nach der Diskussion einiger zentraler Aspekte waren sie sich jedoch ziemlich schnell dahingehend einig, dass es in ihrer Situation wohl sinnvoller sei, sich an keiner Örtlichkeit über einen längeren Zeitraum aufzuhalten. Schließlich musste unter allen Umständen verhindert werden, dass irgendjemand Verdacht schöpfen oder Tannenberg gar erkennen würde.

Zum ersten Etappenziel ihres waghalsigen Vorhabens hatte Tannenberg den großen Parkplatz eines Supermarktes am so genannten Kleeblatt, einem am westlichen Stadtrand gelegenen Autobahnzubringer, auserkoren.

Benny parkte sein Reisemobil im Randbereich des weitläufigen Geländes und ging, während Tannenberg in dem komfortablen Wohnmobil zurückblieb, zur nahegelegenen Bushaltestelle. Von dort aus fuhr er mit der Linie

1 an den Pfaffplatz, wo sich im Gebäude der Kriminalinspektion auch die Räume der Kaiserslauterer Mordkommission befanden.

Als Benny de Vries, sich augenscheinlich bester Stimmung erfreuend, das K1 betrat, traf er dort lediglich die Sekretärin an. Petra Flockerzie saß mit versteinerter Miene hinter ihrem Schreibtisch und klackerte geistesabwesend mit einem Bleistift auf der Tischplatte herum. Als sie Benny erblickte, richtete sie sich reflexartig auf und veränderte dabei kurzzeitig ihren deprimierten Gesichtsausdruck. Aber bereits Sekunden später fiel sie zurück in ihre lethargische Körper- und Geisteshaltung.

»Was ist denn hier los? Ist jemand von euch gestorben, oder was?«, kam es ihm betont locker über die Lippen.

Petra Flockerzie schossen Tränen in die Augen, sie schluchzte geräuschvoll auf. »Nein, aber …«

Sofort machte er sich gewaltige Vorwürfe, weil er eben den Begriff ›gestorben‹ verwendet hatte. Die gute Seele des K1 tat ihm unheimlich leid. Er hatte sie damals, als er sich im Zuge der gemeinsamen Ermittlungen häufig in diesen Räumen aufhielt, gleich ins Herz geschlossen. Da er sich jedoch zum strikten Stillschweigen verpflichtet hatte, konnte er ihr natürlich nicht einmal den kleinsten Hinweis zu Tannenbergs Aufenthaltsort oder Befinden geben. Tatenlos musste er mit ansehen, wie sie krampfhaft um ihre Selbstbeherrschung rang. Sie schaffte es jedoch nicht, ihre Emotionen waren einfach stärker.

»Aber der Chef …«, wimmerte sie mit tränenerstickter Stimme. Das war aber schon alles. Mehr konnte sie in ihrem angeschlagenen psychischen Zustand nicht sagen.

»Was ist mit Wolf?«, rief Benny mit lauter Stimme. Zum einen, weil er natürlich den völlig Unwissenden mimen musste, und zum anderen, weil er hinter den geschlossenen Büroräumen Tannenbergs Kollegen vermutete, die er auf diese Weise auf sich aufmerksam zu machen hoffte.

Nahezu gleichzeitig öffneten sich daraufhin zwei Türen, aus denen nacheinander alle Mitarbeiter des K1 in Petra Flockerzies Reich strömten.

»Ach, der Herr Kollege aus Holland«, sagte Michael Schauß eher beiläufig. »Was treibt denn dich hierher?«

Bevor er Antwort gab, begrüßte Benny de Vries jeden seiner deutschen Kollegen mit einem kräftigen Handschlag.

»Na, ich wollte einfach mal wieder unter meinen Landsleuten sein. Um diese Jahreszeit sind ja mehr Holländer hier bei euch in der schönen Pfalz als bei uns zu Hause, wo sie ja eigentlich hingehören«, flachste Benny munter drauf los.

Er rief damit jedoch lediglich betretenes Schweigen hervor.

»Aber nun mal im Ernst: Am Wochenende muss ich zu einer Interpol-Konferenz. Die findet in Straßburg statt. Und da hab ich mir am Dienstag Urlaub genommen und bin mit meinem Camper einfach mal drauflosgefahren – so wie die Holländer das eben so machen.«

Er lachte. Da immer noch niemand auf seine humoristischen Bemerkungen reagierte, ergänzte er sogleich: »Also, um ehrlich zu sein, hatte ich einfach mal wieder Sehnsucht nach meinem lieben Freund Wolf, diesem alten Trunkenbold.« Benny blickte sich suchend um. »Wo steckt der denn eigentlich?«

Nun fing auch Sabrina an zu weinen, Fouquet putzte sich die Nase. Michael Schauß räusperte sich ein paar Mal verlegen, während Geiger nervös auf seinem Kugelschreiber herumzukauen begann.

Petra Flockerzie wurde von einem explosionsartigen Energieschub übermannt. »Ja, wissen Sie etwa noch nicht, was passiert ist?«, stieß sie jammervolles Wehgeschrei aus.

»Nein, nein … Was, … was ist denn mit Wolf?«, stammelte Benny de Vries, dem in dieser Situation sicherlich zu Gute kam, dass er während seiner Schulzeit jahrelang in einer Theatergruppe mitgewirkt hatte.

»Hat er sich denn bei dir auch noch nicht gemeldet?«, fragte Fouquet. »Ihr seid doch sehr gut befreundet.«

»Nein, hat er nicht. – Aber was ist denn überhaupt los? Jetzt sag mir das doch endlich mal einer!«

Benny de Vries hörte nun aus der Perspektive der K1-Mitarbeiter das, was er schon aus dem Munde Tannenbergs erfahren hatte. Darüber hinaus erhielt er natürlich auch Informationen, die ihm und seinem deutschen Freund bislang noch nicht bekannt waren und wegen denen er ja hauptsächlich hierher gekommen war.

Erfreulicherweise stellte sich heraus, dass niemand auch nur die Spur einer Vorstellung davon zu haben schien, wo Tannenberg denn untergetaucht sein könnte. Auch Mariekes Scooter wurde mit keinem Wort erwähnt. Das mit diesem Fall betraute Ermittlerteam aus Pirmasens konzentrierte sich anscheinend nahezu ausschließlich auf die Variante mit der Flucht via Bundesbahn.

»Hast du diesen Widerling wirklich deswegen vorhin in der Cafeteria so plump anmachen müssen?«, schimpfte Michael Schauß ungehalten drauflos, als er von Sabrina erfuhr, woher sie ihre eben geäußerten, brandaktuellen Informationen erhalten hatte.

»Ach Gott, nun hab dich mal nicht gleich so. Ich habe doch nur ein bisschen mit ihm geflirtet. Nicht etwa, weil ich Spaß daran hätte, sondern weil ich herausbekommen wollte, was die lieben Kollegen aus Pirmasens schon alles wissen und was sie gerade im Schilde führen.«

Michael nuschelte irgendetwas Unverständliches vor sich hin.

Sabrina schmunzelte, während sie eine ihrer Lebensweisheiten zum Besten gab: »Ihr Männer seid ja so unglaublich primitiv gestrickt. Man kann euch ja derart einfach um den Finger wickeln.«

»Kein Wunder, wenn man so aussieht wie du«, murmelte Kriminalhauptmeister Geiger, verbunden mit einem leisen Stoßseufzer.

Da ihr Ehemann immer säuerlicher dreinblickte, wandte sie sich direkt an ihn: »Michael, was soll denn dieser alberne Eifersuchtanfall eigentlich? Das passt jetzt wohl überhaupt nicht hierher!«

»Eifersuchtsanfall. Was für'n Quatsch.«

Sabrina erhob vorwurfsvoll die Stimme. »Wir haben doch zur Zeit wahrlich andere Probleme. Versuch dich einfach mal in Wolfs Lage hineinzuversetzen. Was meinst du wohl, wie's dem armen Kerl jetzt geht? Hast du das etwa schon vergessen? Wir müssen ihm helfen.« Demonstrativ sprang ihr fordernder Blick nacheinander zu jedem der Anwesenden. »Wer denn sonst, wenn nicht wir?«

»Du hast ja recht.« Michael senkte schuldbewusst den Kopf zum Boden hin.

Währenddessen betrat Dr. Schönthaler den Raum. Er begrüßte die Anwesenden lediglich mit einem kurzen, stummen Nicken, reichte nur Benny flüchtig die Hand. Er erweckte einen ziemlich niedergeschlagenen Eindruck, schien in den letzten Tagen um Jahre gealtert. Aus seinem normalerweise sehr lebhaften Antlitz war sowohl die rosige Farbe als auch jegliche Jugendlichkeit gänzlich verschwunden, die Gesichtszüge waren noch tiefer eingeschnitten als gewöhnlich. Mit gramgebeugter Körperhaltung nahm er schweigend am Besuchertisch Platz.

»Sabrina, hast du sonst noch was Neues rausgekriegt?«, nahm Kommissar Fouquet den Gesprächsfaden wieder auf.

Die junge Kommissarin schüttelte wortlos den Kopf.

»Aber ich«, bemerkte der Gerichtsmediziner mit gebrochener Stimme. »Ich war eben bei der Staatsanwaltschaft und habe mich auf den aktuellen Ermittlungsstand bringen lassen.«

»Gut, dass sie dir gegenüber wenigstens was rauslassen. Uns haben die ja total kaltgestellt«, entgegnete Fouquet vorwurfsvoll.

»Es sieht überhaupt nicht gut aus.« Dr. Schönthaler war sichtlich verzweifelt. Er faltete die Hände, presste die Lippen zusammen, wiegte monoton seinen Kopf hin und her. »Wie ihr wisst, hat unser lieber Herr Oberstaatsanwalt verfügt, dass die tote Studentin in die Pathologie nach Mainz überstellt wurde.«

Er legte eine mehrere Sekunden dauernde Pause ein, schlug dabei die Hände vors Gesicht.

Die Anwesenden getrauten sich kaum zu atmen. Man hätte eine Nadel fallen hören können, so leise war es.

Dann fuhr er mit belegter Stimme fort: »Unter den Fingernägeln der Toten wurden Hautpartikel gefunden, die eindeutig von Wolf stammen.«

»Ach du Scheiße!«, verlautete es aus Geigers Mund.

»Und Faserspuren, die eindeutig von Wolfs Kleidung stammen.«

»Oh nein!«, jammerte Petra Flockerzie.

»Woher haben die denn das Vergleichsmaterial?«, fragte Michael Schauß mit gekrauster Stirn.

»Hollerbach hat gesagt, dass man Wolfs Wohnung auf

den Kopf gestellt habe. Da hat man natürlich genügend genetisches Material von ihm vorgefunden. Und den Faserabgleich konnten sie deshalb machen, weil er sich vor seiner Flucht anscheinend umgezogen und seine Sachen zurückgelassen hat.«

»Oh je, oh je«, seufzte Sabrina. »Das darf doch alles einfach nicht wahr sein.«

»Aber das ist leider immer noch nicht alles.« Wieder unterbrach der niedergeschlagene Rechtsmediziner seine Rede, schüttelte abermals den Kopf, räusperte sich, rang wie ein Asthmatiker nach Luft. »Man hat nämlich zu allem Übel auch noch auf Wolfs Girokonto eine Überweisung entdeckt.«

»Was für eine Überweisung?«, warf Fouquet ungläubig ein.

»Eine Überweisung in der stolzen Höhe von 5000 Euro. Und ihr werdet es nicht glauben: auf das Konto der ermordeten Studentin Leonie Kalkbrenner.«

Sabrina reagierte auf diese neuen Indizien völlig geschockt, genau wie alle anderen.

»Was? Das gibts doch gar nicht!«, sagte sie.

Danach verstummte sie mit weit offen stehendem Mund und stierem Blick.

Selbst Benny, der ja weit mehr wusste als seine deutschen Kollegen, war angesichts der unerwarteten, erdrückenden Beweislage vor Schreck erstarrt. Einen Moment lang zweifelte auch er an Tannenbergs Unschuld. Doch bereits wenige Sekunden später verwarf er diese Möglichkeit als total abwegig.

Dann ging er in die Offensive: »Und was ist, wenn man das alles manipuliert hat? Ich kann einfach nicht glauben, dass Wolf so was getan hat. Nein, das kann nicht sein!«

Michael Schauß stieß geräuschvoll seinen Atem in

den Raum, warf dabei beschwörend seine ausgebreiteten Arme nach oben zur Zimmerdecke hin. »Und was ist, wenn er es doch getan hat? Schließlich war er sternhagelvoll!«

Forsch ging er einen Schritt auf Benny zu und fixierte ihn dabei mit einem stechenden Blick. Dann richtete er seinen ausgestreckten Zeigefinger wie einen Pistolenlauf direkt auf die Brust des holländischen Kriminalbeamten: »Oder kannst *du* etwa in die Seele eines Menschen hinein schauen? Ich jedenfalls nicht! Was weiß denn ich, was sich in Wolfs Hirn abgespielt hat? Gerade im Suff! Vielleicht ist er ja krank!«

»Ich glaub eher, *du* bist krank!«, gab Benny scharf zurück.

Schauß ballte die Fäuste, baute sich bedrohlich vor ihm auf. Benny nahm sogleich Kampfstellung ein.

»Schlagt euch jetzt nur die Köpfe ein. Wolf wäre stolz auf euch!«, schmetterte Sabrina zornig den beiden Heißspornen entgegen.

In diesem Augenblick betraten zwei mit den internen Ermittlungen beauftragte Kriminalbeamte aus Pirmasens das Sekretariat. Einen Moment lang betrachteten sie staunend die jungen Kampfhähne.

Dann sagte der größere der beiden Männer an Benny de Vries gerichtet: »Wer sind Sie denn überhaupt?«

Bevor der Angesprochene selbst antworten konnte, entgegnete Petra Flockerzie in barschem Ton: »Das ist ein lieber Kollege aus Holland, ein sehr guter Freund von Hauptkommissar Tannenberg.«

»So«, meinte der andere einsilbig. »Trotzdem müssten wir Sie jetzt bitten, das Kommissariat zu verlassen. Denn wir haben noch ein paar wichtige Fragen an die Kollegen vom K1.«

»Ich wollte sowieso gerade gehen«, erklärte Benny.

»Hier drinnen ist nämlich plötzlich die Luft so schlecht geworden. Richtig dicker Beamtenmief.«

»Da kann ich mich nur anschließen«, stimmte Dr. Schönthaler spontan zu und folgte ihm.

Kurz vor der Glastür stoppte Benny, drehte sich noch einmal um. Er konnte sich einen Satz, der ihm schon die ganze Zeit über auf der Zunge gelegen hatte, nun nicht mehr länger verkneifen: »Wenn Wolf sich bei irgendeinem von euch meldet, sagt ihm ja, dass *ich* jedenfalls fest an seine Unschuld glaube und immer zu ihm stehen werde. Egal was passiert!«

Der Rüffel hatte gesessen. Während Benny durch den Türrahmen verschwand, herrschte im Sekretariat betretenes Schweigen.

Im Treppenhaus hielt der Rechtsmediziner Benny am Arm fest. »Ich glaub auch nicht, dass er es getan hat. Ich kenne Wolf schon so lange. So etwas würde er nie tun. Egal wie viel er getrunken hat. Und der verträgt einiges, kann ich dir flüstern.«

»Ich weiß. Gut. Dann sind wir ja schon mal zwei, auf die er sich hundertprozentig verlassen kann.«

Dr. Schönthaler machte eine wegwerfende Handbewegung. »Ach, Benny, die andern sind doch auch auf unserer Seite. Die sind jetzt nur total verwirrt wegen dieser neuen, scheinbar eindeutigen Faktenlage.«

»Ist ja auch wirklich kein Wunder – bei den Beweisen. Da haben sich einige ganz gewaltig angestrengt, um unseren armen Wolf so richtig in die Pfanne zu hauen.«

»Das kann man wohl sagen.«

»Aber warum?«

»Keine Ahnung.«

Der Gerichtsmediziner blickte Benny tief in die Augen. »Du hast auch noch nichts von ihm gehört?«

Benny hielt seinem bohrenden Blick stand. Nur für den Bruchteil einer Sekunde hatte er in Erwägung gezogen, dem Rechtsmediziner die Wahrheit zu sagen. Aber dann erinnerte er sich an das Versprechen, das er Tannenberg gegeben hatte und das da lautete, unter keinen Umständen irgendjemandem davon zu erzählen, dass er zurückgekehrt war und sich in Bennys Wohnmobil versteckte.

Folglich sah Benny sich zu einer Notlüge veranlasst: »Nein. Ich weiß auch nicht mehr als du.«

Dr. Schönthaler gab sich mit dieser Aussage anscheinend zufrieden. Er wandte sich einen Moment ab und beobachtete eine Taube, die sich gerade rucksend auf dem Fenstersims niedergelassen hatte. Plötzlich drehte er sich mit leuchtenden Augen wieder zu Benny hin. »Aber ich weiß mehr als du.«

»Und was?«, fragte Benny neugierig.

»Na, ich weiß zum Beispiel, dass Wolf in Mainz bei der Kriminalpsychologin aufgekreuzt ist. Kennst du Eva eigentlich?«

»Nicht persönlich. Wolf hat sie irgendwann mal erwähnt, aber eben nur so nebenbei.« Er warf die Stirn in Falten und ergänzte mit verunsicherter Miene: »Gab's nicht vor einiger Zeit einen Mordanschlag auf sie? Oder liege ich da falsch?«

»Nein, nein, du liegst schon richtig. Das ist bei dieser merkwürdigen Sache mit den beiden Walther-Brüdern passiert. War 'ne komische Geschichte – so ungefähr vor einem Jahr«, antwortete der Rechtsmediziner.

Plötzlich schien ihm einzufallen, dass er seinem Gegenüber eigentlich etwas ganz anderes hatte erzählen wollen. »Also, Wolf ist gestern nach seiner Flucht direkt zu ihr nach Mainz gefahren. Wegen seiner angeblichen Amnesie.«

»Was? Er hat eine Amnesie?«, spielte Benny wieder den Part des Unwissenden.

Dr. Schönthaler begann, nervös auf seinen farblosen Lippen herumzunagen. Er stützte sich mit seiner linken Hand am Treppengeländer ab. »Eigentlich darf ich dir das ja gar nicht sagen.«

»Warum?«

»Weil Eva mir das alles nur unter dem Siegel der strikten Verschwiegenheit mitgeteilt hat. Sie meint nämlich, dass es hier im Kommissariat vielleicht einen Verräter gibt. Deshalb wollte sie nur mich informieren. Aber was solls, dir kann ich ja wohl vertrauen. Du behältst das aber bitte für dich, ja?«

»Natürlich.«

»Er war übrigens nur kurz bei ihr und hat sich dann gleich wieder aus dem Staub gemacht. Mit unbekanntem Ziel.«

Benny brummte, enthielt sich aus guten Gründen aber jeglichen Kommentars. Er brachte es einfach nicht übers Herz, den gutgläubigen, treuen Freund Tannenbergs noch ein weiteres Mal zu belügen.

Der Gerichtsmediziner erzählte ihm anschließend noch einige weitere Details des Anrufs, den er gestern Abend von Dr. Eva Glück-Mankowski erhalten hatte. Es handelte sich dabei allerdings um Informationen, die sowohl Benny als auch Tannenberg bereits hinlänglich bekannt waren: die von dem LKA-Mitarbeiter Friedrich ins Spiel gebrachte KO-Gas-Theorie, seine Vermutung über die Täterschaft eines Profikillers usw.

Danach verabschiedeten sich die beiden Männer mit der gegenseitigen Zusage, sich sofort bei dem anderen zu melden, sobald einer von ihnen ein Lebenszeichen von ihrem gemeinsamen Freund erhalten würde.

An einem Kiosk am Pfaffplatz besorgte sich der holländische Kriminalbeamte noch die tagesaktuelle Ausgabe der *Pfälzischen Allgemeinen Zeitung*, deren vollständiger Name allerdings in der Region kaum jemand in den Mund nahm. Die Einheimischen nannten ihre Lokalzeitung schlicht und ergreifend ›*PALZ*‹.

Auf dem Weg zum Bus fiel Benny plötzlich ein, dass Tannenberg ein leidenschaftlicher Liebhaber italienischer Rotweine war. Um ihm eine kleine Freude zu machen, kaufte er deshalb in einem Supermarkt zwei Flaschen Barbera, ein Chiabatta und Käse ein. Dann fuhr er mit der Linie 1 zurück zur Bushaltestelle am Kleeblatt und erreichte nach einem kurzen Fußmarsch sein Wohnmobil.

Tannenberg erwartete ihn bereits sehnsüchtig. Aus der verkrampften Körperhaltung, mit der er seinem jungen Freund entgegentrat, konnte man nur allzu offensichtlich die extreme innere Anspannung herauslesen, unter der er seit nunmehr fast zwei Tagen litt.

»Was hast du im K1 rausgekriegt?«, bedrängte er ihn sofort.

Ohne zu antworten schob ihn Benny zur Sitzecke hin und drückte ihn mit sanfter Gewalt auf die Bank.

»Komm, Wolf, setzt dich erst mal hin. Du bist ja völlig fertig.« Er griff nach Tannenbergs zitternden Händen und drückte sie fest. »Du musst versuchen, dich zu beruhigen. Sonst drehst du mir noch durch. Und genau das können wir jetzt gar nicht gebrauchen. Wir müssen weiter versuchen, Informationen zusammenzutragen und uns in Ruhe zu überlegen, wie wir vorgehen wollen. Und dann werden wir bestimmt auch einen Ausweg finden.«

Der per internationalem Haftbefehl gesuchte Kaiserslauterer Kriminalbeamte befreite seine Hände ruckartig aus der Umklammerung, warf sie vors Gesicht. Kaum hörbar jammerte er schluchzend mehrmals »Aber wie nur?« vor sich hin. Ihm liefen kalte Schauer den Rücken hinunter. Er schüttelte sich wie ein nasser Hund.

Benny packte seinen Freund mit beiden Händen an den Schultern. »Wolf, wir schaffen das schon. Du hast so viele Verbündete hier in der Stadt. Die sind alle von deiner Unschuld überzeugt: deine Kollegen, dein Freund Rainer, deine Familie – und nicht zu vergessen: ich.«

Tannenberg zog die Hände ein wenig nach unten, bettete sein stacheliges Kinn auf die Kuhlen der Innenflächen und blickte Benny mit wässrigen Augen direkt ins Gesicht.

»Mann, jetzt schau mich doch nicht so traurig an. Diesen Dackelblick hält ja kein Mensch länger als ein paar Sekunden aus.«

Um die in ihm aufkeimende Ergriffenheit zu bändigen, erhob sich Benny geschwind und wechselte dabei das Thema. »Ich habe uns was Gutes eingekauft. Was hältst du davon, wenn wir jetzt von hier wegfahren und uns ein ruhiges Plätzchen irgendwo an einem Waldrand suchen. Es kann nämlich gut sein, dass die hier bald den Parkplatz absperren.«

Tannenberg wurde von Panik erfasst. »Ja, stimmt. Daran hab ich noch gar nicht gedacht. Dann säßen wir wirklich richtig in der Falle.«

Mit flinken Bewegungen kramte er aus seinem Rucksack eine Wanderkarte hervor. Zuerst suchte er ihren gegenwärtigen Standort und klopfte mit seinem rechten Zeigefinger kurz auf die entsprechende Stelle. Dann schickte er ihn schlängelnd auf die Reise zu dem von ihm spontan als geeigneten Rastplatz auserkorenen Punkt. Es handelte sich dabei um einen etwas versteckt gelegenen Waldparkplatz, von dem aus ein breiter Fahrweg zu dem südlich von Dansenberg gelegenen Jagdhausweiher führte.

Als er mit seinem Finger dort angekommen war, sagte er mit nervös zuckenden Mundwinkeln: »Benny, genau da fahren wir jetzt sofort hin.«

»O. K., Wolf, du dirigierst mich wieder von hier hinten aus«, meinte Benny und kletterte auf den Fahrersitz.

Tannenberg stimmte mit einem eifrigen Kopfnicken zu, während er seinen flackernden Blick zu dem schweren, braunen Vorhang hinwandte, der das Führerhaus vom Wohnbereich abtrennte. Der Vorhang war nicht vollständig geschlossen, sondern wie's einen etwa zwanzig Zentimeter breiten Schlitz auf, durch den er sich mit Benny während der Fahrt sehr gut verständigen konnte. Zwar war die Sicht von dieser Sitzposition aus etwas eingeschränkt, aber da Tannenberg sich in seiner Heimatstadt sehr gut auskannte, reichte ihm diese Perspektive völlig aus, um seinem Freund den richtigen Weg zu zeigen.

»Zu dir in die Fahrerkabine kann ich mich ja leider nicht setzen«, stellte Tannenberg mit Bedauern fest.

»Nein, denn dann wäre unser Versteckspiel wohl ziemlich schnell zu Ende. Du bist ja hier in der Stadt bekannt wie ein –« Der farbige Holländer brach ab, weil ihm allem Anschein nach nicht der richtige Begriff einfiel.

»Bunter Hund«, sprang ihm sein Freund hilfreich zur Seite. »Und wenn wir dort sind, erzählst du mir endlich, was du im K1 erfahren hast.«

»Mach ich. Aber nicht während der Fahrt. Ich muss mich konzentrieren. Sonst baue ich noch einen Unfall.«

Gleich nachdem Benny das Wohnmobil nur ein paar Meter von der Landesstraße entfernt unter einem weit über den Weg herabhängenden Blätterdach abgeparkt hatte, kletterte er zurück ins Wageninnere und informierte Tannenberg nun endlich ausführlich über das, was er von dessen Kollegen erfahren hatte.

»Faserspuren *meiner* Kleidung und *meine* Hautpartikel unter ihren Fingernägeln. Und dann auch noch eine 5000-Euro-Überweisung von *meinem* Konto auf das dieser Leonie.« Tannenberg warf seinen Kopf in den Nacken, stieß dabei ein geradezu diabolisches Lachen aus. »Diese Dreckschweine haben wirklich ganze Arbeit geleistet. Das muss man ihnen lassen.«

»Komm, Wolf, beruhige dich. Mit diesen neuen Informationen sollten wir jetzt erstmal versuchen, den Mord an der Studentin zu rekonstruieren.«

»Ich hab gar nicht gewusst, dass ich überhaupt einen derart hohen Überziehungsrahmen habe«, meinte Tannenberg, ohne zunächst auf Bennys Aussage einzugehen. Er senkte den Kopf zum Boden hin, durchfurchte sich mit beiden Händen die verschwitzten Haare. Plötzlich schien er sich dessen, was Benny gerade zu ihm gesagt hatte, zu erinnern.

»Gute Idee«, lobte Tannenberg. »Vielleicht entdecken wir ja irgendwo eine Schwachstelle, über die wir diesen elenden Mistkerlen auf die Schliche kommen können.«

»Am besten fangen wir mal ganz von vorne an.« Benny legte eine kurze Besinnungspause ein, bevor er fortfuhr: »Du bist also in dieses Studentenwohnheim gegangen, weil diese Leonie dir eine SMS geschickt …«

»*Angeblich* geschickt hat«, warf Tannenberg korrigierend ein.

»Richtig. Wir können schließlich nicht wissen, wer dir diese SMS wirklich geschickt hat, wenn es diese Frau nicht war. Das kann ja jeder gewesen sein. Jeder, der ihr Handy in der Hand hatte. Aber ich denke, wir können davon ausgehen, dass ihre Mörder sie abgeschickt haben. Wer sonst hätte ein Interesse daran gehabt, dich in ihre Wohnung zu locken?«

Sein Gegenüber nickte stumm.

»Wie viel Zeit lag eigentlich zwischen dem Eingang der SMS und deinem Eintreffen in ihrer Wohnung?«

Tannenberg stülpte die Unterlippe vor und zuckte die Achseln. »Na, vielleicht 15 Minuten. Höchstens.«

»Dann waren der oder die Killer sehr wahrscheinlich zu dem Zeitpunkt, als die SMS bei dir eingetroffen ist, schon in ihrer Wohnung.« Benny krauste die Stirn. »Woher hatten die eigentlich deine Handynummer?«

»Die habe ich Hornochse der Studentin doch selbst gegeben.«

»Keine Selbstvorwürfe, Wolf!«, mahnte Benny in bester Psychologenmanier. »Die bringen uns nicht weiter.«

»Gut.«

»Das mit deiner Handynummer ist nicht unwichtig. Denn wenn du sie ihr selbst gegeben hast, wissen wir schon mal, dass kein Dritter sie weitergegeben hat.«

Mit mehrmaligem Kopfnicken signalisierte Tannenberg abermals seine inhaltliche Zustimmung zu dieser logischen Schlussfolgerung.

»Ist dir irgendjemand aufgefallen, als du in diesem Wohnheim warst?«

Tannenberg wiegte monoton seinen Kopf hin und her. »Nein. Ich hab mein Auto abgestellt, bin schnell ins Gebäude reingerannt und dort gleich in den Aufzug. Da hab ich niemanden gesehen.«

»Und oben im Flur?«

»Nein, da war auch niemand.« Tannenberg schloss die Augen, versuchte sich in diese Situation zurückzuversetzen. »Da war'n zwar in mehreren Appartements, an denen ich vorbeigekommen bin, Geräusche – Musik, Stimmen. Aber sonst …«

»Gut. Und dann?«

»Na ja, dann stand ich eben vor ihrer Tür und hab gehorcht. Und als ich mein Ohr an die Tür gelegt habe, gab sie plötzlich nach. Sie muss wohl nur angelehnt gewesen sein. Ist mir aber in diesem Moment nicht aufgefallen.«

»Weiter!«, drängte Benny. »Los, streng dich an – denk zurück! Was ist *in* der Wohnung passiert?«

Erneut schob Tannenberg die Lider zusammen, versuchte sich in einen meditationsähnlichen Zustand zu versetzen. Allerdings konzentrierte er sich dabei nicht auf irgendein Mantra, sondern probierte sich krampfhaft in Erinnerung zu rufen, wie er sich gefühlt und was er wahrgenommen hatte, als er vor zwei Tagen das Studentenappartement betreten hatte. Aber in seinem Gedächtnis war nichts mehr vorhanden, alles war restlos gelöscht, keine auch noch so dünne Erinnerungsspur existierte – nichts, nur endlose Leere.

Nach einiger Zeit gab er resigniert auf. »Ich weiß, dass es total verrückt klingt, aber da ist einfach nichts. Ich muss sofort ohnmächtig geworden sein.«

»Das ist wirklich komisch«, entgegnete Benny verwundert. »Diese schnelle Bewusstlosigkeit kann eigentlich nur von einem KO-Gas ausgelöst worden sein.«

»Wovon sonst?«

»Ist jetzt auch egal. Die viel wichtigere Frage ist die, was sich anschließend, also direkt nachdem sie dich narkotisiert hatten, dort in der Wohnung abgespielt hat.« Er legte eine Pause ein und wartete augenscheinlich darauf, dass Tannenberg nun seinerseits das Wort ergriff.

Der allerdings war gedanklich wieder zu seinen

krampfhaften Erinnerungsbemühungen zurückgekehrt.

»Wolf, hast du gehört, was ich eben gesagt habe?«

»Was? – Ja, natürlich.« Tannenberg räusperte sich verlegen. »Während ich bewusstlos war, muss mich jemand auf Leonie gelegt haben und …«

»Wieso gelegt?«

»Na ja, im Stehen werden sie mir wohl kaum ihre Fingernägel über den Rücken und über mein Hemd gezogen haben.«

»Verstehe. Wegen der Hautpartikel und den Faserspuren unter ihren Fingernägeln, die eindeutig von dir stammen.«

»Das ist wirklich ein irres Szenario! – Wenn es denn so gewesen ist.« Tannenberg schob nachdenklich die Brauen aneinander. »Aber wie sollen diese eiskalten Typen es denn sonst gemacht haben?«

Fragend blickte er zu Benny, dem allerdings auch nichts Besseres einfiel. »Muss sich wohl alles ziemlich genau so zugetragen haben.«

»Ja, wahrscheinlich«, bemerkte Tannenberg mit resignierter Mimik. »Und anschließend hat dann einer meine Schuhe angezogen, die arme Studentin auf den Balkon getragen und von dort aus hinuntergeworfen.«

Plötzlich packte Tannenberg seinen jungen Freund am Arm und schmetterte ihm mit weit aufgerissenen Augen entgegen: »Mensch, Benny. Das ist möglicherweise der wunde Punkt: Vielleicht hat ja irgendjemand genau diese Szene beobachtet – zum Beispiel von einem der gegenüberliegenden Häuser aus.«

Benny ließ sich von dem unvermittelten Euphorieausbruch seines Freundes nicht im Geringsten anstecken. Seelenruhig gab er einen gewichtigen Einwand zum Besten: »Kann sein, Wolf. Aber hätte sich dieser Zeuge denn nicht schon längst bei der Kripo gemeldet? Deine Kollegen jedenfalls haben davon nichts gesagt.«

Tannenbergs Körperspannung verflüchtigte sich. Enttäuscht sackte er wieder in sich zusammen. »Du hast recht.«

»Komm, lass den Kopf nicht hängen. Vielleicht meldet sich ja doch noch jemand«, versuchte Benny ihn zu trösten.

Dann fuhr er mit der Tatrekonstruktion fort: »Anschließend hat man dir die Schuhe wieder angezogen. Und als sie damit fertig waren, sind diese Verbrecher weg. Vielleicht hat ja wenigstens jemand beobachtet, wie sie die Wohnung verlassen haben. Oder wie sie aus dem Wohnheim raus sind. Irgendwo müssen die ja auch ihr Auto geparkt haben.«

In tiefen Zügen sog Tannenberg die schwülwarme, stickige Luft ein, stieß sie seufzend wieder aus. »Ja, vielleicht, vielleicht … Aber meine lieben Kollegen ermitteln doch überhaupt nicht in diese Richtung. Für die ist doch alles sonnenklar! Die haben ja bereits ihren Täter. Warum sollen sie denn weitersuchen?«

Benny de Vries wirkte von der einen zur anderen Sekunde plötzlich sehr bedrückt. Nervös begann er an seinem Ehering herumzuspielen, ließ seinen Blick ruhelos im Wohnmobil herumwandern.

»Wolf, da ist noch etwas, das ich jetzt unbedingt tun muss.«

Über Tannenbergs Nasenwurzel zeigten sich zwei nahezu senkrechte Falten.

»Und was?«, fragte er irritiert. Trotz der enormen eigenen Anspannung war ihm die radikale äußerliche Veränderung seines holländischen Freundes nicht verborgen geblieben.

»Ich übernehme jetzt die Rolle der Staatsanwaltschaft und klage dich an.«

»Warum denn das?«

»Damit du dich schon mal auf das einstellen kannst, was so alles auf dich an Anschuldigungen zukommen wird«, er legte eine kurze Pause ein, während der er sich geräuschvoll die Nase schnäuzte. »Wenn man dich verhaftet, bevor wir herausbekommen haben, wer hinter dieser ganzen Sauerei steckt.«

»Gut, dann mach mal.« Plötzlich tauchte in Tannenbergs Bewusstsein ein Gedanke auf, den er sogleich in Worte packte: »Sag mal, Benny, wie haben die es eigentlich geschafft, mein Konto so zu manipulieren, dass ich eine Überweisung in Auftrag gegeben haben soll, von der ich überhaupt nichts weiß?«

Benny de Vries zuckte mit den Achseln. »Ich bin zwar kein Experte, aber ich denke, das geht eigentlich nur, wenn man einen direkten Zugang zu dem entsprechenden Bankserver hat. Nur wenn wir es hier wirklich mit dem organisierten Verbrechen zu tun haben – und danach sieht es ja leider aus.« Er seufzte laut auf. »Dann ist so was kein Problem. Die haben überall ihre Leute sitzen. Auch in den Banken. Denk nur mal an den Bereich der ›Geldwäsche‹. Was meinst du wohl, wer bei denen alles auf der Gehaltsliste steht.«

Tannenbergs Lippen glichen einem waagrechten Strich. »Wenn wir das nur wüssten.«

Mit einigen kurzen, hektischen Blicken aus den Fenstern vergewisserte sich Benny, dass sich gegenwärtig niemand in der Nähe des Reisemobils aufhielt. Dann legte er mit seinem Rollenspiel los: »Herr Hauptkommissar, wieso haben Sie dieser Studentin 5000 Euro überwiesen?«

Verblüfft starrte Tannenberg hinüber zu seinem holländischen Freund.

»Hat es Ihnen die Sprache verschlagen, Herr Hauptkommissar? Na, was ist? Gut, wenn Sie dazu nichts sagen wollen, die Staatsanwaltschaft gibt Ihnen gerne die Antwort: Weil diese beiden Studenten Sie erpresst haben!«

»Aber womit?«, flüsterte Tannenberg. »Sei doch nicht so laut!«

Sicherheitshalber sondierte Benny daraufhin nochmals die Umgebung. »Das fragen Sie mich?« Er lachte höhnisch auf. »Keiner weiß das doch besser als Sie selbst.«

Mit versteinerter Miene beobachtete Tannenberg die bühnenreife Vorstellung. »Ich hab keine Ahnung.«

Benny lief immer mehr zur Höchstform auf. »Tun Sie doch nicht so scheinheilig! Sie wissen doch ganz genau, um was es geht! Ich verspreche Ihnen, dass wir Ihr kleines, schmutziges Geheimnis, für das ja schließlich zwei junge Menschen sterben mussten, schon bald ans Tageslicht befördern werden.«

»Schmutziges Geheimnis?«

»Ja genau! Schauen Sie mich nicht so unschuldig an! Sie haben wohl gemeint, weil Sie jahrelang in einer Mordkommission gearbeitet haben, wären Sie in der Lage, zwei perfekte Verbrechen zu begehen? Den einen spurlos im Tierkrematorium verschwinden zu lassen und seine Freundin mit einem fingierten Selbstmord umzubringen? Na, was sagen Sie dazu?«

Mit stierem Blick und offenem Mund gaffte Tannenberg zu Benny hin.

»Und was präsentieren Sie uns zu Ihrer angeblichen Entlastung, Herr Hauptkommissar? Eine irre K.-O.-Tropfen-Story und eine alberne Verschwörungstheorie. Das sind doch nur die obskuren Hirngespinste eines Verrückten!«

»Komm, hör auf damit«, flehte Tannenberg und begann, wie von einer krankhaften Manie besessen, intensiv am unteren Glied seines linken Zeigefingers herumzunagen.

Als Benny diese stressbedingte Zwangshandlung bemerkte, legte er seinem Freund tröstend die Hand auf die Schulter. »Ist schon vorbei, Wolf.«

Tannenberg beendete umgehend sein merkwürdiges Verhalten, drehte sich zu ihm hin, fixierte ihn mit einem verklärten Blick. »Aber, du hast ja vollkommen recht. Mit dieser Überweisung hat man ein schlüssiges Tatmotiv für mich konstruiert: durch die beiden Morde habe ich mich meiner Erpresser entledigt.«

Benny schwieg, während er an einigen seiner Rasta-Zöpfchen herumzupfte.

»Die haben wirklich an alles gedacht, Benny. Nur, wieso haben die mir dieses komische Buch untergejubelt? Bloß um mir ihre Macht zu demonstrieren?« Er ließ ein paar Sekunden verstreichen. »Nach alldem, was die perfekt manipuliert haben, war das doch überflüssig. Ich kapier's einfach nicht.«

Der Venloer Kriminalbeamte fing Tannenbergs fragenden Blick auf. »Ich verstehe doch auch nicht, warum die das getan haben. Aber vielleicht steckt ja auch gar keine tiefere Bedeutung dahinter. Vielleicht war das nur ein Scherz.«

»Ein Scherz?«

»Ja, vielleicht hat da einer morgens die Zeitung aufgeschlagen und ist dort auf dieses Zitat gestoßen. Die drucken ja fast jeden Tag solche Sprüche ab. Und weil er eben deinen Vornamen kennt, hat er dir als Gag dieses Buch geschenkt.«

»Als Gag? Na, ich weiß nicht.«

»Oder es hat jemand absichtlich eine falsche Spur gelegt, eine, die dich in den Nebel führen soll.«

Plötzlich erblickte Benny die Plastiktüte mit den Einkäufen, die er vorhin achtlos neben der Sitzbank abgestellt hatte. Er bückte sich und nahm sie auf.

»Verdoemte Stront!«, schimpfte er auf holländisch los.

»Was?«, fragte Tannenberg stirnrunzelnd.

Die verständnislose Reaktion seines Gegenübers machte Benny bewusst, dass er sich gerade seiner Muttersprache bedient hatte – einer Sprache, der Tannenberg nicht mächtig war. Da er spontan den ausgestoßenen Fluch als nicht unbedingt übersetzenswürdig erachtete, entgegnete er lediglich mit einem eher beiläufig dahingehauchten »ach, nichts«.

Nachdem Benny die beiden Rotweinflaschen auf den Tisch gestellt und den Käse im Kühlschrank verstaut hatte, sagte er mit Blick auf die tagesaktuelle Ausgabe der *PALZ*, die er soeben unter dem Chiabatta in der Tüte entdeckt hatte: »Apropos Zeitung. Hätte ich ja fast vergessen.« Dann zog er sie heraus und reichte sie Tannenberg.

Der riss sie ihm regelrecht aus der Hand, faltete sie mit fahrigen Bewegungen auseinander, schob den überregionalen Teil beiseite – und sah sich gänzlich ohne Vorwarnung nicht nur mit seinem eigenen Antlitz konfrontiert, sondern darüber hinaus auch noch mit einer Schlagzeile, die ihn zutiefst schockierte. In dicken schwarzen Lettern stand da ›Tannenberg auf der Flucht – schwer bewaffnet und unberechenbar‹.

Mit gierigen Blicken fraß er sich in den Text hinein, las ihn zuerst am Stück, dann nochmals, nun langsam Zeile für Zeile. Dabei erweckte er den Eindruck, als ob er gerade mit Stromstößen gefoltert würde.

Benny hatte sich unterdessen hinter ihn gestellt und las nun ebenfalls den Artikel. »Damit musstest du aber rechnen, Wolf«, kommentierte er nüchtern das Gelesene.

Tannenberg drehte seinen Kopf über die Schulter. »Klar. Aber, dass die mich auch noch als extrem gemeingefährlichen Psychopathen bezeichnen, ist doch wohl ein bisschen zu viel des Guten.« Ein flehentlicher Blick traf Benny.

»So sind sie eben, diese Journalisten. Die Hauptsache, sie können ihre Auflage steigern. Egal mit was.«

Wieder vergruben sich Tannenbergs Augen in der Zeitung. »Aber woher wissen die denn bloß die Sache mit der Amnesie und dass ich nach dem Krankenhaus frühmorgens im K1 war? Und woher wissen die, dass ich außer meiner eigenen auch noch Geigers Waffe mitgenommen habe?«

8

Plötzlich fasste sich Tannenberg mit der linken Hand an den Hals und drückte seine Finger auf die Schlagadern. Sein Puls raste. Nahezu zeitgleich schlug er die andere Hand auf seine linke Brust und hakte sie dort fest, so als wolle er sich jetzt gleich eigenhändig das Herz aus dem Leibe reißen. Dabei rang er mit panisch aufgerissenen Augen und sperrangelweit geöffnetem Mund hechelnd nach Atemluft.

Zufällig blickte er genau in dieser Schrecksekunde in die Glastür des direkt ihm gegenüber befindlichen Hängeschränkchens. Als er dort sein eigenes, fratzenhaft entstelltes Spiegelbild sah, wurde dieses fürchterliche Vernichtungsgefühl, das gerade wie aus dem Nichts über ihn hergefallen war, noch intensiver.

Was ihn bei diesem Anblick so unglaublich erschreckte, war die Eindeutigkeit der Botschaft des Abbildes. Jeder Mensch, unabhängig von seiner Kulturangehörigkeit, wusste sie sofort zu erkennen: es war die ins Gesicht eingravierte Todesangst.

Merkwürdigerweise hatte Tannenberg diesen extremen Gesichtsausdruck bislang erst einmal in seinem Leben in einer realen Situation erlebt, und zwar nicht etwa in seinem kriminalistischen Berufsalltag, sondern an einem heißen Sommertag mitten in einem öffentlichen Freibad.

Tannenberg war auf dem Weg zur Cafeteria am Schwimmerbecken vorbeigekommen, in dem sich trotz der vielen dort herumtobenden Kinder unverdrossen eine Armada von Erwachsenen bemühte, in Formation ihre Bahnen zu ziehen. Fast der gesamte Beckenrand war mit Menschen besetzt, nur auf der Seite, auf der Tannenberg gerade entlangschlenderte, tat sich hinter einem heftigst miteinander turtelnden Pärchen eine Lücke von etwa fünf Metern Breite auf.

Schmunzelnd hatte er gerade den muskulösen Rücken des jungen Mannes passiert, als kaum zwei Schritte davon entfernt plötzlich sein versonnener Blick mitten hinein in die kreisrunden Augen eines Kleinkindes fiel, die ihm dicht unterhalb der Wasseroberfläche in Todesangst entgegenstarrten. Natürlich hatte er sofort das getan, was wohl jeder in seiner Lage getan hätte: geistesgegenwärtig ins Wasser gegriffen, die Kleine herausgezogen – und ihr damit quasi in letzter Sekunde das Leben gerettet. So lautete zumindest die Aussage des herbeigerufenen Notarztes.

Obwohl dieses traumatische Ereignis nun schon über zwanzig Jahre zurücklag, hatte sich das Bild dieses verzweifelten, hilflosen Mädchengesichtes so tief in sein Gedächtnis eingefräst, dass er es seitdem nie mehr vergessen konnte. Jedes Mal, wenn ihm sein Gehirn diese Szene nachts auf seine innere Leinwand projizierte, sah er dieses schreckverzerrte Kleinkindgesicht leibhaftig vor sich.

Als Benny de Vries Tannenbergs besorgniserregenden Zustand registrierte, war er einen kurzen Augenblick lang vollständig gelähmt, absolut handlungsunfähig. Er dachte unwillkürlich an einen Herzinfarkt. Doch dann schoss ihm der Gedanke ins Bewusstsein, dass es sich bei den körperlichen Problemen seines Freundes wohl eher um die Symptome einer stressbedingten Kreislaufschwäche handeln musste.

Deshalb schnappte er sich die Plastiktüte, mit der er vorhin seine Einkäufe transportiert hatte und stülpte sie Tannenberg über den Kopf.

Der reagierte verständlicherweise alles andere als begeistert. Reflexartig zerrte er die Tüte wieder vom Kopf, hielt sie Benny mit zitternder Hand entgegen. Entsetzt starrte er ihn an.

»Bist du … wahnsinnig … geworden?«, hechelte er ihm entgegen. Dabei hustete er ein paar Mal kurz hintereinander.

Derweil hatte Benny Tannenbergs Hand ergriffen und hielt ihm nun einen kleinen medizinischen Vortrag: »Wolf, beruhig dich. Du hyperventilierst. Das heißt, du nimmst durch deine schnelle Atmung zu viel Sauerstoff auf. Du musst jetzt vernünftig sein und eine Zeit lang die Luft aus der Tüte einatmen. Da ist weniger Sauerstoff drin. Dann normalisiert sich deine Atmung gleich wieder. Wenn du das nicht machst, bekommst du einen Kreislaufkollaps und wirst ohnmächtig!«

Diese nicht sonderlich erstrebenswerten Aussichten brachten Tannenberg schlagartig zur Besinnung. Mit einem stummen Nicken gehorchte er und schob sich die Tüte wieder über den Kopf.

Er fühlte am ganzen Körper ein starkes Kribbeln, so als ob gleichzeitig tausende Ameisen über seine Haut liefen. Der Schweiß lief ihm in Strömen übers Gesicht. Aber er hielt durch und wurde schon bald für seine eiserne Disziplin belohnt: die hektische, stoßartige Atmung normalisierte sich. Langsam zog er sich die Plastiktüte vom Kopf. Seine Verkrampfung löste sich und die Panikattacke verflüchtigte sich mehr und mehr.

»Woher hast du das denn gewusst? Das mit der Tüte?«, fragte er seinen zufrieden dreinblickenden jungen Freund.

»Da staunst du, was?«, erwiderte Benny. »Aber wieso weißt du das nicht? Müsst ihr denn nicht auch alle paar Jahre einen Sanitätskurs machen?«

»Eigentlich schon«, antwortete Tannenberg und räusperte sich verlegen. Er erinnerte sich nämlich gerade daran, dass er den letzten Erste-Hilfe-Kurs aus fadenscheinigen Gründen geschwänzt hatte. »Aber von diesem Trick hab ich noch nie etwas mitbekommen.«

»Hast wohl nicht richtig zugehört?«, meinte Benny mit spitzbübischem Lächeln.

Tannenberg antwortete nicht. Inzwischen ging es ihm zwar wieder ein klein wenig besser, aber er fühlte sich immer noch wie frisch durch die Mangel gedreht. Sein Schädel brummte, vom tiefen Rücken her breiteten sich die Schmerzen wieder aus. Er hatte Durst, wahnsinnigen Durst. Außerdem konnte er einfach nicht mehr sitzen.

Er stemmte sich auf der Tischplatte nach oben, richtete seinen Körper in voller Größe auf und dehnte vorsichtig die eingerosteten Glieder. Dann nahm er eine Flasche Mineralwasser aus dem Kühlschrank, schüttete in kurzer Zeit fast einen halben Liter die ausgedörrte Kehle hinunter. Während er sich anschließend geräuschvoll eines gewaltigen Rülpsers entledigte, ging er an die Spüle, drehte den Wasserhahn auf und hielt den Kopf darunter.

»Das ist ja warm – Pfui Teufel«, schimpfte er.

Dabei schüttelte er sich wie ein nasser Hund. Diese abrupte Bewegung verstärkte natürlich umgehend seine Kopfschmerzen. Reflexartig riss er die Hände empor zu den Schläfen und versuchte unbeholfen, mit den Fingerkuppen die hämmernden, nadelstichartigen Schmerzimpulse wegzumassieren.

»Ja, was hast du denn gedacht? Das Wasser kommt aus einem kleinen Tank und ist natürlich nicht gekühlt – du Stadtmensch, du!«, bemerkte der holländische Kriminalbeamte etwas angesäuert. Allem Anschein nach fühlte er sich in seiner Camperehre verletzt.

Recht unsensibel, wie Tannenberg sich nun einmal zeitweise seinen Mitmenschen gegenüber gebärdete, nahm er diese Reaktion überhaupt nicht wahr. Zu sehr war er mit sich selbst beschäftigt.

»Ich halt's hier drinnen einfach nicht mehr aus«, polterte er los. »Ich ertrag dieses verfluchte Eingesperrtsein nicht mehr. Und dann auch noch diese schrecklich stickige Luft. Ich muss unbedingt raus aus diesem Gefängnis, sonst dreh ich noch durch. Außerdem brauch ich endlich mal wieder frisches, kaltes Wasser!«

Benny unterdrückte seinen aufschäumenden Unmut, mahnte sich zur Gelassenheit. Schließlich befand sich sein deutscher Freund nach wie vor in einer existenzbedrohenden Ausnahmesituation, wurde als zweifacher Mörder europaweit gesucht.

»Wo willst du denn hier mitten im Wald kaltes Wasser herkriegen, Wolf?«

»Hast du schon mal was von stehenden Gewässern, Quellen und Brunnen gehört?«

»Doch. Ich erinnere mich dunkel. So was haben wir, glaube ich, sogar in Holland.« Mit einem unglaublich breiten Grinsen ergänzte er: »Du, ich habe mal gehört, dass es hier in der Nähe einen kleinen See geben soll, auf dem irgendwann mal ein stadtbekannter Hauptkommissar gemeinsam mit einem ausländischen Kollegen im Vollrausch die Internationale in einem Schlauchboot gegrölt hat.«

Tannenberg seufzte tief auf. »Ja, das waren noch Zeiten.«

Benny öffnete vorsichtig die Tür des Wohnmobils und inspizierte erneut die Umgebung. Weit und breit war niemand zu sehen. Er sprang hinunter auf die schwarzgraue Asphaltdecke und drehte sich um. Eigentlich hatte er Tannenberg mit einem Handzeichen signalisieren wollen, dass die Luft rein war und er sich ins Freie getrauen konnte. Aber als er zu ihm hinblickte, sah er, dass sein Freund ihm den Rücken zugewandt hatte und gerade seinen Rucksack vollpackte.

»Was machst du denn da?«, fragte Benny verwundert.

Tannenberg ignorierte die Frage. »Sag mal, du hast nicht zufällig einen Motorradhelm im Wagen?«

»Einen Motorradhelm? Wozu denn das?«

»Weil wir jetzt einen kleinen Ausflug mit Mariekes Roller machen. Und da wäre es eben besser, wenn auch du einen Helm tragen würdest.«

»Interessant! Und wohin fahren wir?«

»Aber Benny, das ist doch jetzt wirklich nicht mehr schwer zu erraten, oder?«

»Ich hab's: an einen See.«

»Hundert Punkte!«

»Gute Idee. Wolf, klapp mal die Sitzbank auf. Da liegt mein Helm drin. Wir Holländer fahren zwar normalerweise nur mit Fahrrädern oder mit Wohnwägen durch die Gegend. Aber der eine oder andere Kaaskop besitzt doch tatsächlich einen Scooter, den manche von uns sogar mit auf die Reise nehmen.«

»Logo! Deswegen ja auch der Gepäckträger.« Tannenberg schlug sich ohne nachzudenken an die Stirn. »Verdammtes Kopfweh!«, fluchte er sofort los.

»Dagegen hab ich was. Schau mal rechts unten im Kühlschrank nach.«

Tannenberg entdeckte an der angegebenen Stelle eine Flasche Grappa, die er ebenfalls flugs verstaute. Dann warf er Benny den Helm zu und schob sich seinen eigenen auf den schmerzenden Schädel. Anschließend kletterte auch er aus dem Reisemobil. Mit ein paar geschickten Handgriffen waren die Arretierungen gelöst und der Roller auf den Boden gehievt. Tannenberg startete den Scooter, während Benny sich den Rucksack überstreifte.

Als die beiden Männer mit ihrem feuerroten Motorroller losfuhren, dämmerte es bereits. Die schmale Asphaltstraße ging schon nach wenigen Metern in einen aschgrauen Schotterweg über. Tannenberg hatte seine liebe Mühe, den vielen Schlaglöchern auszuweichen und den Scooter sicher über den holprigen, losen Steinbelag zu manövrieren.

Den fernab der Durchgangsstraßen im malerischen Aschbachtal gelegenen Jagdhausweiher hatte Tannenberg ganz anders in Erinnerung gehabt: viel größer und romantischer. Enttäuscht bedachte er das tümpelähnliche Gewässer mit seiner schmutzigbraunen Brühe lediglich mit einem abschätzigen Blick.

Er stoppte den Roller, nahm seinen Helm ab und wandte sich zu seinem Sozius um, der gerade auf seinem Arm eine Bremse erschlug. »Das bringt's hier nicht. Wir fahren ein Stück weiter den Berg hoch.«

Plötzlich hörte er in unmittelbarer Kopfnähe das Surren einer sich gerade auf ihn herabstürzenden Stechmücke. Schnell zog er den Integralhelm auf und gab Vollgas. Zwar musste sich der Scooter mächtig anstrengen, um die beiden gewichtigen Männer die Anhöhe hinauf zum Rambachbrunnen zu transportieren, aber nach ein paar Minuten Schwerstarbeit war es endlich geschafft.

Großzügig gewährte Benny seinem Freund den Vortritt zu der von bemoosten Sandsteinquadern eingefassten Bergquelle. Tannenberg entledigte sich geschwind seiner Schuhe und Strümpfe, stieg vorsichtig auf den nassen, glitschigen Felsen, auf den das Quellwasser ohne Unterlass herniederprasselte. Er bildete mit seinen Handinnenflächen eine Schöpfkelle, die er mehrmals mit eiskaltem, klarem Wasser vollaufen ließ und benässte damit Gesicht, Kopf und Genick. Anschließend wusch er sich die Arme, bevor er zum Abschluss seinen ganzen Kopf unter den Wasserstrahl hielt.

»Ist das herrlich!«, prustete er begeistert. »Los, komm, jetzt bist du dran.«

Nachdem auch Benny de Vries sich erfrischt hatte, fuhren die beiden Freunde zu einer, nur ein paar hundert Meter von dieser Brunnenanlage entfernten Sitzbank, von der aus man normalerweise einen herrlichen Blick auf den östlichen Bereich des Aschbachtal genießen konnte.

Die bereits fortgeschrittene Abenddämmerung ließ diese beeindruckende Aussicht allerdings nur noch erahnen. Jedoch reichten die eingeschränkten Lichtverhältnisse völlig aus, um in aller Ruhe die mitgebrachten Speisen und Getränke zu verzehren. Dabei ließen sich die ausgehungerten Vesperer weder von fehlenden Gläsern oder Tellern noch von dem nicht vorhandenen Essbesteck ihren Sinnengenuss trüben.

Inzwischen war es fast Mitternacht geworden. Die beiden Flaschen Barbera lagen leer auf dem Waldboden, der Grappa stand angebrochen auf der Holzbank. Das Thema ›Wolfsfalle‹ wurde, nachdem es nochmals ausführlich erörtert worden war, auf den folgenden Morgen vertagt.

Je mehr Alkohol die beiden konsumierten, umso wortkarger wurden sie. Entweder blickten sie schweigend über die dunklen Baumwipfel hinweg in das eingeschwärzte Tal oder sie tauchten für eine Weile in die unendlichen Weiten des von fahlem Mondlicht beschienenen, sternenfunkelnden Himmelsgewölbes ein.

Als Benny eine Sternschnuppe am Horizont aufglimmen sah, murmelte er kopfschüttelnd: »Hast du dir auch schon mal etwas gewünscht, wenn du eine Sternschnuppe gesehen hast?«

Tannenberg reagierte zunächst nur mit einem dezenten Brummgeräusch. Erst nach ein paar Sekunden antwortete er: »Ja. Damals war ich sechzehn.« Er legte eine weitere kurze Bedenkpause ein, bevor er mit leiser Stimme fortfuhr: »Wir haben irgendwo in der Nähe eines Dorfes gezeltet. Und dort gab es ein kleines Geschäft, in dem wir immer eingekauft haben. Die Besitzerin hatte eine Tochter, die ihr oft im Laden half ...« Er seufzte, wiegte den Kopf gemächlich hin und her. »Das war meine erste große Liebe ...«

Benny schmunzelte, schien sich selbst für eine Weile mit diesem Thema zu befassen. In die andächtige Stille hinein fragte er dann: »Und wie ging's weiter?«

»Na ja, wie's einem eben in diesem Alter leider allzu oft geht«, meinte er vieldeutig. Doch kaum einen Wimpernschlag später konkretisierte er seine Andeutung: »Ich saß nachts am Lagerfeuer und träumte mit offenen Augen von ihr. Habe sie mir so sehnsüchtig herbeigewünscht. Mir ausgemalt, wie toll es wäre, wenn sie jetzt in meinen Armen läge.« Erneut stieß er einen leidgetränkten Stoßseufzer aus. »Und jedes Mal, wenn eine Sternschnuppe am Himmel auftauchte, habe ich mir nur eins gewünscht: dass sie mein inständiges Flehen erhören möge.«

Wieder brach Tannenberg ab, durchfurchte mit seinen Fingern die immer noch ein wenig feuchten Haare, streckte ächzend die Arme über seinen Kopf.

»Und wie ging's dann weiter?«, wollte Benny neugierig wissen.

»Wie ich schon gesagt habe: So wie's einem in diesem Alter leider fast immer ergeht. Ich habe sie wie wild angeschmachtet, bin ein paar Mal mit meinem Moped raus zu ihr aufs Dorf gefahren. Ja, ich habe ihr sogar anonyme, romantische Liebesgedichte geschickt.«

Benny lachte. »Du alter, sturer, gefühlloser Kerl hast früher Liebesgedichte geschrieben? Das kann ich nicht glauben!«

»Ha, ha.«

Als Benny registrierte, dass sein Freund ein wenig angesäuert wirkte, schob er sogleich nach: »Entschuldige, Wolf, war doch nur Spaß. Hat sie nun dein inständiges Flehen erhört, wie du es vorhin so schön genannt hast?«

»Quatsch!«, zischte Tannenberg in die nächtliche Stille hinein. »Eines Tages musste ich mitansehen, wie sie von einem Bauernprolo in seiner aufgemotzten Karre abgeholt wurde … Und wie er sie geküsst hat! Das war so schrecklich! Ich weiß noch ganz genau, wie beschissen ich mich damals gefühlt habe.«

»Och, mein armer, armer Wolf«, ließ ihm Benny de Vries schmunzelnd sein tiefempfundenes Mitleid zuteil werden. »So was ist natürlich schwer zu verkraften. Aber mal was anderes: Wie sieht's denn eigentlich zur Zeit mit den Frauen in deinem Leben aus? Gibts da irgendwas Neues?«

Das daraufhin direkt neben ihm ertönende Geräusch ähnelte stark dem eines knurrenden Hofhundes.

Benny ließ sich davon jedoch nicht abschrecken, sondern hakte nach: »Als ich dir bei unserem letzten Telefongespräch diese Frage gestellt habe, musstest du angeblich dringend weg und hast gleich aufgelegt.«

»Das ist ja auch so ein bescheuertes Thema!«, giftete Tannenberg scharf zurück.

»Wieso? Ich dachte immer, das sei die schönste Sache der Welt.« Benny stieß ihm sanft in die Seite. »Nach Fußball natürlich!«

Plötzlich zeriss ein unglaublich lauter Knall die friedliche Stille. Das explosionsartige Geräusch kam aus Richtung des Aschbacherhofs. Ein gewaltiger Halleffekt erschütterte das enge Tal. Einige in ihrer Nachtruhe gestörte Waldvögel begannen sofort mit einem wütenden Protestgezeter.

Beide Männer zuckten unwillkürlich zusammen. Natürlich wussten sie gleich, dass es sich dabei um einen Schuss gehandelt haben musste, und zwar um einen Gewehrschuss.

»Da geht wohl nur einer auf die Jagd«, überwand Benny als erster den Schrecken, der beiden Männern kräftig in die Glieder gefahren war. »Kein Wunder, bei den idealen Bedingungen: warm, hell, ruhig.«

»Ja«, stimmte Tannenberg erleichtert zu.

Benny legte ihm kurz die Hand auf seinen rechten Oberschenkel. »Wahrscheinlich hast du das mit diesem Förster oder Jäger vereinbart.«

»Was?«

»Na, dass er genau in dem Augenblick schießen soll, in dem ich dich nach deinen Frauengeschichten frage. Um mich abzulenken. Aber so einfach lasse ich mich davon nicht abbringen. Wolf Tannenberg und die Frauen – das ist ja schließlich ein unheimlich spannendes Thema.«

Der Kaiserslauterer Kriminalbeamte schluckte so hart, wie wenn ihm etwas Sperriges in der Kehle steckte. Er schnappte sich die Grappaflasche und nahm einen tiefen Schluck.

»Dieses Mal entkommst du mir nicht! Ich will es jetzt von dir wissen: Was macht die Liebe, mijnheer Commissar?«

»Frauengeschichten«, wiederholte Tannenberg mit sich überschlagender Stimme. Anschließend ließ er den Überdruck so heftig aus seinen Lungen entweichen, dass er mit diesem enormen Atemstoß garantiert alle Kerzen seiner Geburtstagstorte hätte ausblasen können.

Er nahm einen weiteren kräftigen Schluck aus der Grappaflasche, begleitete gedanklich den hochprozentigen, einen leicht brennenden Wundschmerz verursachenden Tresterschnaps auf dem Weg über die rebellierenden Schleimhäute hinunter in seinen Magen. Ohne zu antworten stierte er hinunter ins Tal.

»Los, fang jetzt endlich an!«, drängte Benny. »Ich will heute Nacht auch noch irgendwann mal ein bisschen schlafen.«

»Und wo soll ich anfangen?«, fragte Tannenberg pro forma nach, obwohl er noch immer nicht die geringste Lust hatte, sich zu diesem Thema zu äußern.

»Mann, stellst du dich so an. Zum Beispiel bei deiner Kriminalpsychologin.«

»Bei meiner Kriminalpsychologin«, äffte Tannenberg seinen holländischen Freund nach, wobei er recht stümperhaft versuchte, dessen landestypischen Akzent nachzuahmen. »Mit der läuft doch überhaupt nichts. Wir sind gute Freunde, mehr aber auch nicht. Außerdem hat die doch garantiert was mit Friedrich, diesem LKA-Beamten.«

»Hör ich da nicht gerade ein bisschen Eifersucht heraus?«

»Quatsch, wir sind wirklich nur gute Freunde.«

Aber Benny ließ nicht locker. »Na gut. Und sonst?«, drängte er weiter.

Man merkte Tannenberg deutlich an, dass er nicht willens war, sich weitergehend mit dieser Frage zu beschäftigen. »Ich hab jetzt einfach keine Lust auf diesen Kram. Ich hab im Moment wirklich andere Probleme.«

»Komm, stell dich nicht so an!«

Tannenberg drehte seinen Kopf ein wenig zu Benny hin, schaute ihn aus den Lidwinkeln heraus an. »Weißt du eigentlich, dass du mich die ganze Zeit über noch nicht ein einziges Mal gefragt hast, ob ich nicht doch die Tat bzw. die Taten begangen habe?«

»Mann, Wolf, das liegt daran, weil ich es nicht brauche. Das weiß ich einfach. – Aber du versuchst gerade schon wieder abzulenken.« Benny hob seinen linken Arm, streckte seinen Zeigefinger aus, richtete ihn auf Tannenberg, fixierte ihn dabei mit einem festen Blick. »Da gibts doch noch diese Frau, von der du mir vor einem Jahr bei meinem ersten Besuch bei euch hier unten andauernd vorgeschwärmt hast.«

»Andauernd? Blödsinn!«

»Doch, doch! Ich weiß das noch ganz genau. Du hast gesagt, dass sie dich von ihrem Aussehen her unheimlich an deine verstorbene Frau erinnert. Hatte die nicht in so 'ner Computerfirma gearbeitet, die mit einem Fall von dir zu tun hatte? Wie hieß diese Frau gleich noch mal?«

»Ellen. Die heißt übrigens immer noch so. – Ach, was. Das war nur so eine Schwärmerei.«

»War?«

»Vielleicht ist es das ja auch noch so. Ich weiß es nicht.« Er stöhnte auf. Die Gedanken an Ellen Herdecke schienen ihn stark zu belasten. »Ich weiß es doch wirklich nicht.«

»Hast du dich in den letzten Tagen mal bei ihr gemeldet?«

»Nein. Sie ist zum Glück gerade mit ihren Kindern in Australien. Die machen dort ein paar Wochen Urlaub.« Er brach ab, schloss die Augen. »Eigentlich wollte ich während dieser Zeit mal intensiv darüber nachdenken, ob das alles überhaupt eine Zukunft hat. Ich meine, das mit uns beiden.«

»Warum?«

»Wir sind irgendwie zu verschieden: sie ist so unheimlich kulturgeil, so schöngeistig, so kontrolliert, so …«

»Mann, bist du kompliziert!«, warf Benny dazwischen. »Denk doch einfach nicht so viel nach. Hör mehr auf deine Gefühle, auf deinen Bauch.« Er tippte Tannenberg an dessen Stirn. »Benutze dieses Ding nicht so oft. Lass dich einfach mal gehen.«

»Ach, Benny«, seufzte Tannenberg, »weißt du, in meinem Alter ist das alles nicht mehr so einfach wie in deinem. Es geht nicht mehr so locker wie früher. Jetzt ist alles viel komplizierter. Jeder hat seine eigenen Erfahrungen im Laufe seines Lebens gesammelt. Man wird vorsichtiger, aber auch verschrobener, man ist nicht mehr so anpassungsfähig – und auch nicht mehr so anpassungswillig.«

»Wolf, ich bin zwar durchaus ein paar Jahre jünger als du, aber ich kenne das auch. Bei einigen unserer Bekannten ist das nicht viel anders.«

Tannenberg war zu sehr gedanklich mit sich selbst beschäftigt, um sich mit dem Einwurf seines Freundes konstruktiv auseinanderzusetzen.

»Weißt du, Benny, wenn ich mich an die Gefühle erinnere, die ich damals als Sechzehnjähriger hatte, dieses unbeschreibliche Kribbeln im Bauch, wenn ich an dieses Mädchen dachte. Oder dieses tierische Herzklopfen, dieser unbändige Wunsch – oder vielmehr dieser Zwang –, die eigenen Gefühle, aber auch die grenzenlose Bewunderung für den anderen in einem Gedicht niederzuschreiben …«

Tannenberg brach ab, seufzte erneut, nagte nervös auf den Lippen herum. »Oder damals im Quartier Latin, als ich zum ersten Mal mit Lea geschmust hab …« Er zog sein Taschentuch hervor, schnäuzte sich geräuschvoll. »Ja, ja, es stimmt schon: Ellen sieht Lea unheimlich ähnlich, aber sie ist eben nicht Lea.«

»Du hängst noch sehr an deiner Frau, stimmt's?«

Tannenbergs Mund glich einem waagrechten Strich, er nickte stumm, sein Kinn bebte ein wenig. »Das war einfach alles ganz anders. Nicht so verkrampft und – ach, was weiß denn ich. Komm wir fahren runter und gehen schlafen.«

Benny erhob sich. »Wolf, du musst nur Geduld haben. Du wirst schon sehen: Wenn die Richtige kommt, haut's dich wieder genauso aus den Stiefeln wie früher. Egal wie alt du bist. Ich glaube, du klammerst dich zu sehr an deine Lea. Du suchst sie in einer anderen Frau. Das kann nicht funktionieren.«

»Wahrscheinlich hast du recht.«

Inzwischen hatte sich Tannenberg ebenfalls aufgerichtet. Er stemmte mit einem Stoßseufzer seine Hände in die Hüften. »Ach, Gott, ich weiß ja auch nicht, was mit mir los ist. Ich glaube einfach, ich kann nie mehr eine Frau richtig lieben.«

Plötzlich hörten die beiden Männer ein ohrenbetäubendes Detonationsgeräusch. Sie duckten sich reflexartig, blickten hinunter ins Tal. Sie sahen einen hellgelben, leuchtenden Feuerball, der dort gerade in die Höhe schoss. Nur wenig später verwandelte er sich bereits in bläulich züngelnde, prasselnde Flammen, aus denen eine schwarzgraue Rauchsäule zum gespenstisch erhellten Nachthimmel aufstieg.

»Das war diesmal kein Gewehrschuss, das war eine Explosion!«, schlussfolgerte Tannenberg. »Und zwar genau dort, wo dein Wohnmobil steht.«

»Verdoemte Stront!«, schimpfte Benny mit sich überschlagender Stimme.

»Das war ein Anschlag auf uns. Verflucht!«

Tannenberg setzte sich auf die Bank, zog seinen Freund am T-Shirt auf den Platz neben sich. Er fasste Benny am Arm. »Junge, wenn wir da drin gewesen wären …« Er schluckte mehrmals, räusperte sich ergriffen. Dann begann er zu zittern. Er blickte auf seine nackten Arme, auf der die Gänsehaut aufsprießte. Kälteschauder durchfluteten ihn, seine Zähne fingen an zu klappern.

»Wolf, was machen wir jetzt?«, fragte Benny leise.

Tannenberg sprang auf, begann auf der Stelle herumzutrippeln und schüttelte dabei die Arme. »Mir ist so saukalt.«

Nun erhob sich auch der holländische Kriminalbeamte von der Holzbank. »Mir auch. Das ist der Schock … und die Angst.«

»Benny, du musst sofort zurück zu deiner Familie! Das hier ist viel zu gefährlich! Ich fahr dich jetzt gleich an den Bahnhof. Du musst sofort weg von hier!«, sagte er hastig. »Warum habe ich Idiot dich auch in die Sache reingezogen?«

Nun konnte er sich nicht weiter beherrschen. Er setzte sich wieder hin, schlug die Hände vors Gesicht und begann hemmungslos zu weinen.

»Wolf, das konntest du doch nicht ahnen. Ich hätte doch auch niemals gedacht, dass die so weit gehen würden.« Benny nahm wieder neben ihm Platz. Er legte seinen Arm um Tannenbergs bebende Schultern, versuchte ihn zu trösten. »Aber woher konnten die nur wissen, dass wir hierhergefahren sind?«

»Verdammt, verdammt«, jammerte Tannenberg. »Irgendjemand muss dir vom Kommissariat aus gefolgt sein.«

»Aber es hat doch niemand vorher gewusst, wann ich in deiner Dienststelle aufkreuzen werde.«

»Dann ist dir eben einer meiner lieben Kollegen gefolgt. Denn die waren ja direkt vor Ort, konnten direkt reagieren. Also gibt es nur eine logische Schlussfolgerung: einer meiner Kollegen steht beim organisierten Verbrechen auf der Gehaltsliste.«

»Mann, Mann, Mann, ist das alles irre!«

»Benny, ich habe keine Chance gegen diese Typen. Die sind mir total überlegen. Ich fahre jetzt in die Stadt und stelle mich.« Er zog sein T-Shirt aus der Hose und trocknete damit die Tränen ab. »Dann kann wenigstens euch nichts mehr passieren. Wer weiß denn, auf wen diese Schweine es als Nächstes abgesehen haben.« Wieder übermannte ihn ein Weinkrampf. »Vielleicht Heiner …, Tobi … Max … oder Marieke. Die ist doch schwanger!« Nun brachen bei ihm endgültig alle Dämme.

Ein paar Sekunden lang verhielt sich Benny völlig

ruhig, dann aber ergriff er das Wort: »Wolf, ich glaub, es ist besser, wenn ich jetzt die Feuerwehr anrufe, sonst brennt hier noch der ganze Wald ab.«

»Um Gottes willen, natürlich«, entgegnete Tannenberg schniefend, dem die enorme Waldbrandgefahr erst jetzt bewusst zu werden schien.

»Wo sind wir denn hier eigentlich?«

»An der ›Alten Schmelz‹. Sag das einfach. Die wissen schon, wo das ist.«

Benny tippte die Notrufnummer der Feuerwehr in sein Handy ein und teilte dem diensthabenden Beamten mit, was passiert war.

Die Scooterfahrt hinunter ins Tal und am Jagdhausweiher vorbei gestaltete sich aufgrund des übermäßigen Alkoholkonsums der beiden Freunde recht waghalsig. Zur Sicherheit streckte Benny die ganze Zeit über seine Beine wie Stützräder knapp über den Schotterboden, während Tannenberg krampfhaft versuchte, die Schlangenlinienfahrt zu begradigen, was ihm allerdings über weite Strecken hinweg einfach nicht gelingen wollte.

Kurz vor der Einmündung auf die schmale Asphaltstraße schaltete er die Beleuchtung des Rollers aus, verlangsamte die Fahrt und stoppte sofort, als er das lichterloh brennende Reisemobil sah. Einige der nahestehenden Bäume hatten bereits Feuer gefangen.

Als Tannenberg seinen Helm vom Kopf zog, stieg ihm sogleich ein scharfer, beißender Geruch in die Nase. Er drehte sich zu Benny um, der gerade einen wehmütigen Blick hinüber zu seinem geliebten Luxus-Campingbus warf. »Ich denke, es ist besser, wenn man uns nicht zusammen sieht. Vielleicht wars ja doch nur ein Unfall, eine Gasexplosion oder so was.«

»Das glaubst du doch selbst nicht«, flüsterte Benny,

schob sich von der Sitzbank herunter und stellte sich neben seinen Freund. »Wolf, ich weiß nicht, ob das wirklich eine gute Idee ist, wenn du dich nachher stellst. Denk noch mal darüber nach. Ich gehe jetzt und warte vorne an der Straße auf die Feuerwehr.«

Er beugte sich zu Tannenberg herunter, umarmte ihn, drückte ihn fest an sich. »Versprichst du mir, dass du dich bei mir meldest, egal was du tust?«

»Ja, Benny, mach ich.« Geräuschvoll zog er die Nase hoch. »Es tut mir alles so unheimlich leid!«

»Was solls! Du kannst ja nichts dafür.« Er warf einen Arm hin zu seinem fast völlig zerstörten Wohnmobil. »Und das Ding da vorne ist ja zum Glück vollkaskoversichert. – Mann, alter Junge, lass dich bloß nicht unterkriegen!«

Tannenberg wartete noch so lange, bis sein holländischer Freund in gebührendem Sicherheitsabstand zum Brandherd im Gestrüpp verschwunden war. Dann setzte er den Integralhelm auf und fuhr los in Richtung des laut knisternden Feuers. Er hatte kaum zehn Meter auf dem Weg dorthin zurückgelegt, als er von Ferne her Feuerwehrsirenen hörte, die schnell näher kamen und schriller wurden.

Plötzlich begann seine innere Stimme, deren Existenz er in den letzten hektischen Tagen schon fast vergessen hatte, wüst auf ihn einzuschimpfen: Was bist du doch für ein jämmerliches Weichei! Willst jetzt schon aufgeben. Und blöd bist du auch noch! Du kapierst nämlich die einfachsten Dinge nicht! Wenn du dich jetzt festnehmen lässt, hast du überhaupt keine Chance mehr! Wie willst du denn diesen hinterhältigen Komplott aufklären, wenn du im Knast sitzt? Die sind doch so mächtig, dass sie dich dort ruckzuck plattmachen.

Der undisziplinierbare Quälgeist tief in ihm drinnen neigte zwar manchmal zu einer etwas rustikalen, unverblümten Sprache. Inhaltlich lag er jedoch meist gar nicht so falsch.

9

Tannenberg gab sich geschlagen. Als Dank dafür zündete in seinem alkoholvernebelten Hirn sogleich eine folgenreiche Idee.

Nachdem er von seiner sicheren Spähposition aus das nächtliche Geschehen noch ein paar Minuten lang beobachtet hatte, wendete er den unbeleuchteten Motorroller und fuhr vorsichtig über den nur von fahlem Mondlicht beschienenen Schotterweg zurück zum Jagdhausweiher. Seiner Erinnerung nach existierte nur unweit des westlichen Uferrandes eine schmale Holzbrücke, auf der man den Aschbach überqueren konnte.

Ein fast durchgängig mit niedrigem Gras bewachsener Waldweg führte ihn auf der anderen Seite des engen Tals entlang zur Landstraße. An der Weggabelung kurz vor der L 503 stoppte er den Scooter und warf einen letzten Blick hinüber zu dem von mehreren Halogenstrahlern in gleißendes Licht getauchten, ehemaligen Reisemobil. Eine dicke Schaumschicht bedeckt die Überreste des Luxus-Campingbusses. Die meisten der Feuerwehrleute hatten sich von dem Reisemobil abgewandt und kämpften nun gegen die Ausbreitung des Feuers in dem trockenen Sommerwald an.

Als Wolfram Tannenberg hinter diesem gespenstischen Szenario einen mit Blaulicht und Sirenengeheul heranrasenden Streifenwagen entdeckte, schleuderte er ihm in einer spontanen Trotzreaktion den ausgestreckten Mittelfinger entgegen.

Ihm war klar, dass er in seinem angetrunkenen Zustand keinerlei Aufmerksamkeit erregen durfte. Deshalb entschied er sich dazu, für seine Fahrt zu dem von ihm als Unterschlupf auserkorenen Versteck nicht die weitaus komfortablere Landstraße zu benutzen, sondern sicherheitshalber im Wald zu bleiben.

Schon nach ein paar hundert Metern hatte er sein Ziel erreicht: die nördlich der Gemeinde Stelzenberg gelegenen Höhlen. Da er früher mit Lea oft von der Alten Schmelz aus über diesen Höhenweg zum Naturfreundehaus im Finsterbrunnertal gewandert war, kannte er sich in dieser Gegend so gut aus, dass er sogar bei Nacht die etwas abseits des Wanderpfades und ziemlich versteckt an einem steilen Berghang gelegenen Sandsteinhöhlen fand.

Er stieg vom Roller und lehnte ihn an eine mächtige Buche. Anschließend zog er seinen Rucksack ab, suchte seine Taschenlampe und leuchtete damit kurz in Richtung der größten Höhle, konnte sie aber auf den ersten Blick nicht entdecken.

Urplötzlich wurde er von einem überfallsartigen Schlafbedürfnis überrumpelt. Er legte sogleich sein ursprünglich gefasstes Vorhaben, die Nacht in der Höhle zu verbringen, ad acta. So wie er war, bettete er sich einfach neben dem Scooter auf den mit einer dicken Laubschicht bedeckten Waldboden. Seinen Rucksack benutzte er als Kopfkissen.

Nach einem traumlosen Erschöpfungsschlaf wurde Tannenberg in den frühen Morgenstunden von einem Waldameisen-Spähtrupp geweckt, der in den ersten wärmenden Sonnenstrahlen eine Erkundungsexpedition zu dieser etwa fünf Meter von ihrem Domizil entfernt liegenden Riesengestalt unternahm.

Im ersten Moment war er völlig perplex, hatte keine Ahnung, wo er sich befand und wieso er im Wald und nicht zu Hause in seinem Bett aufwachte. Aber natürlich benötigte er kaum mehr als einen Augenblick, um sich die dramatischen Ereignisse der letzten Nacht in Erinnerung zu rufen.

Nachdem er die Ameisen angewidert von sich abgeschüttelt hatte, blickte er auf seine Armbanduhr: es war ziemlich genau 5 Uhr 30. Er drehte sich nach allen Richtungen um. Direkt neben ihm stand Mariekes feuerroter Scooter.

Der muss unbedingt weg!, schoss es ihm blitzartig ins Bewusstsein.

Nach ein paar Minuten hatte er den Roller den Abhang hinunter zu einer etwa ein Meter breiten und drei Meter langen, geländerlosen Holzbrücke geschoben, die nur ein paar Schritte von der Höhle entfernt, eine kleine Bodensenke überspannte. Obwohl ihre Querbretter dicht aneinandergefügt waren und man von oben den Scooter nicht erkennen konnte, verkleidete er die zum Tal hin gelegene, offene Seite sicherheitshalber noch mit Reisig und grünbelaubten Ästchen.

Anschließend ging er zurück auf den Weg und blickte sich erst einmal in aller Ruhe um. In dem von der aufgehenden Sonne unbeschienenen Tal waberten milchigtrübe Feuchtigkeitsschleier und hüllten die taubesetzte Wiesenlandschaft in diesiges Dämmerlicht.

Oben am Berg dagegen, dort wo Tannenberg stand, hatte die Sonne den Wald bereits in mildes Morgenlicht getaucht. An den Stellen, an denen die wärmenden Strahlen auf die Dunstschleier trafen, lösten sich die Nebeltröpfchen umgehend in Wasserdampf auf, der in dicken Schwaden in die Höhe quoll.

Die Stämme des älteren Mischwaldbestandes um ihn herum zerteilten das einfallende Sonnenlicht in scharf voneinander abgegrenzte Strahlenbündel, die man meinte einzeln mit den Händen greifen zu können. Links neben ihm auf dem festgetretenen, nahezu laublosen Waldweg hinterließ diese Mischung aus hellem Lichtschein und dem dunkleren Schattenwurf der Baumstämme ein Muster, das ihn unwillkürlich an die auf Lebensmitteln abgedruckten Scannerfelder erinnerte.

Regungslos und andächtig wohnte Tannenberg dieser eindrucksvollen Naturästhetik bei, ließ seine Augen in dem farbenprächtigen Wechselspiel der verschiedenen Grün- und Brauntöne schwelgen, welche die Natur an diesem frühen Sommermorgen dem dafür empfänglichen Betrachter darbot.

Für ein paar Minuten schien er die extrem existenzbedrohliche Situation, in der er ja nach wie vor steckte und die durch den Anschlag auf Bennys Wohnmobil eine weitere Verschärfung erfahren hatte, völlig vergessen zu haben. Aber mit einem Male kam Leben in seinen scheinbar tiefgefrorenen Körper. Mit einem tiefen Seufzer wandte er sich um, schnappte sich den am Boden liegenden Rucksack und machte sich auf zu der ein paar Meter über dem Weg befindlichen Sandsteinhöhle.

Sein Unterschlupf war nicht schlecht gewählt. Vom Wanderweg aus war der Eingang zur Höhle nämlich nicht zu sehen. Ein natürlicher Sichtschutzzaun, der vorwiegend aus Farnen und Himbeersträuchern bestand, verhinderte neugierige Blicke.

Nach wenigen Schritten hatte er ein vielleicht zwei Quadratmeter großes Podest direkt vor der Höhle erreicht, auf der parallel zum Berghang ein oberarmdicker Baumstamm lag. Er sah aus wie ein überdimensionaler Zahnstocher. Unter einem verwitterten und zum Teil mit einer dicken Moosschicht überzogenen, mächtigen Sandsteinfelsen entdeckte er den etwa 1,5 m breiten und etwa 80 cm hohen Höhleneingang. Am unteren Ende des überhängenden Felsdurchlasses war der Sandstein merkwürdig ausgefranst. Mit ein wenig Phantasie erinnerte der gezackte Randbereich an ein geöffnetes Haifischmaul.

Zuerst schob Tannenberg seinen Rucksack in die Höhle hinein, dann kroch er ihm nach. Das Außergewöhnliche an dieser Buntsandsteinhöhle war die Tatsache, dass sie im Innern mit einem komfortablen, kuppelartigen Hohlraum aufwartete, in dem sich sogar ein großgewachsener Mann ohne Mühe aufrichten konnte. Tannenberg allerdings begnügte sich mit der Einnahme der Hocke.

Er wartete einen Moment, bis sich seine Augen an die neuen Sichtverhältnisse gewöhnt hatten. Dabei sog er in tiefen Zügen die kühle, feuchte, ein wenig salzig riechende Luft ein. Der Höhlenboden war in diesem Bereich mit einer dicken, rötlichen Sandschicht bedeckt. Tannenberg schob seine flache rechte Hand in den feinkörnigen, staubtrockenen Sand hinein. Dann krümmte er seine Finger ein wenig, schuf sich dadurch eine kleine Kelle, mit der er sich eine Handvoll davon schöpfte.

Tief in der Welt seiner Erinnerungen versunken, ruhte sein andächtiger Blick für eine Weile auf den zartroten Sandkörnern in seiner Hand. Ganz langsam streckte er nun die Finger und beobachtete den feinen Sand dabei, wie er gemächlich durch die aufgespreizten Fingerschlitze auf den Boden hinabrieselte.

Schon einmal war er in dieser Höhle gewesen.

Er wusste noch sehr gut, wie lange er damals gezögert hatte, in diese Sandsteinhöhle hineinzukriechen. Schließlich wurde er manchmal, besonders in Aufzügen, von

Platzangst geplagt. Lea hatte ihn wortreich davon zu überzeugen versucht, dass er die Frage, ob seine anfallsweise Klaustrophobie auch für Höhlen Geltung besitze, erst dann beantworten könne, wenn er sich in eine derartige Situation begeben habe.

Aber Tannenberg zeigte sich von diesen Argumenten zunächst völlig unbeeindruckt. Erst als Lea ihm eine ausgesprochen verführerische Belohnung in Aussicht stellte, keimte in ihm eine spontane Wagnisbereitschaft auf. Mit einem Male war er kaum mehr zu bremsen. Mutig kletterte er sogleich in die Höhle hinein und stellte dort erstaunt fest, dass er wider Erwarten überhaupt kein Beklemmungsgefühl empfand, sondern sich sogar ausgesprochen wohl, ja regelrecht geborgen fühlte.

Lea hatte ihr süßes Versprechen sofort bereitwillig in die Tat umgesetzt und dabei ihrem Mann irgendwann lachend gesagt, was er sowieso schon wusste: »Du bist wirklich ein Phänomen.« Während er aus dem Rucksack die Stabtaschenlampe herausfischte und in der Höhle herumzuleuchten begann, klingelte ihm dieser Satz noch immer in seinem Ohr.

Im ersten Moment, als er den stockfinsteren Tunnel rechts vor sich entdeckte, fuhr er erschrocken zusammen. Dieses unheimliche schwarze Loch, hinter dem sich ein langer Stollen weit in den Berg hineinbohrte, hatte er völlig vergessen. Aber jetzt erinnerte er sich daran, dass ihm irgendjemand einmal davon berichtet hatte, dass im Krieg einige Stelzenberger Bürger bei Luftangriffen hierher geflüchtet seien.

Da ihn dieser Anblick ziemlich gruselte, entfernte er den kegelförmigen Leuchtstrahl wieder aus dem Tunneleingang und richtete ihn auf den wild zerklüfteten, ausgeschwemmten Felsen, der diesen lukenähnlichen Einstieg von allen Seiten her umrahmte.

Plötzlich verspürte er das dringliche Bedürfnis, diesen unangenehmen Zustand schnellstmöglich grundlegend zu verändern. Er benötigte etwa zehn Minuten, um in einer regelrechten Gewaltaktion mit Knüppelholz und Laubwerk den Stollenzugang so zu verbarrikadieren, dass von dem molochartigen Loch fortan kaum mehr etwas zu erkennen war.

Er robbte aus der Höhle, klopfte sich den Sand von der Kleidung, zog die Schuhe aus und ließ die feinen Sandkörnchen auf den Waldboden rieseln. Dann setzte er sich auf einen nur wenige Meter schräg unterhalb des Höhleneingangs befindlichen Baumstumpf.

Konzentriert begann er über sein weiteres Vorgehen nachzugrübeln. Viele Möglichkeiten blieben ihm nicht. Schließlich konnte er jetzt nicht einfach in die Stadt fahren, ins Kommissariat hineinschneien und die Ermittlungen übernehmen. Er war ja suspendiert, stand sogar auf der Fahndungsliste – und zwar als gemeingefährlicher Mörder.

Aber nicht nur die Polizei jagte ihn, sondern zusätzlich auch noch irgendwelche gedungenen Berufskiller. Das war ihm spätestens nach dem Anschlag auf Bennys Reisemobil klar.

Nur wer hat sie beauftragt? Und warum bin ausgerechnet ich ins Visier dieser skrupellosen Verbrecher geraten? Es ist zum Verrücktwerden! Aber das Allerschlimmste an der ganzen Sache ist die Tatsache, dass ich absolut nicht weiß, wem ich denn überhaupt noch vertrauen kann. Außerdem hab ich nicht die Spur einer Idee, wer der vermeintliche Maulwurf sein könnte, der diese Schweine anscheinend mit topaktuellen Informationen versorgt.

Tannenberg kam nicht weiter. Während er sich mit diesen quälenden Gedanken beschäftigte, hämmerte er leicht mit einem dürren Stock auf einem Baumstamm herum.

»Verflucht! Woher weiß die Zeitung das eigentlich alles?«, schimpfte er plötzlich wütend los. Dabei schlug er so fest mit seinem Stöckchen auf den Holzstamm ein, dass dieses krachend auseinanderbrach. »Vielleicht ist das ja ein Ansatzpunkt.«

»Ich brauch sofort die neue Zeitung«, zischte er.

Parallel dazu klatschte er sich mehrmals mit beiden Händen synchron auf die Schenkel. Dann wendete er seine großen, kräftigen Pranken nach außen, streckte sie nach oben und blickte dabei beschwörend zu den Baumkronen empor.

Plötzlich wusste er, wie er das dringliche Problem lösen konnte. Mit einem kleinen Klaps schlug er sich an die Stirn.

»Ich Idiot!«, beschimpfte er sich selbst. »Was brauche ich denn ein Kiosk, wenn in Stelzenberg in jedem Briefkasten eine *PALZ* steckt.«

Tannenberg erhob sich etwas zu schnell von seinem Natursitz. Sofort verspürte er einen stichartigen Schmerz im unteren Rückenbereich. Er stöhnte laut auf.

»Verdammter Ischias!«, fluchte er den unbarmherzigen Peinigern in seinem Körper zornig entgegen.

Er kletterte vorsichtig hinunter auf den Waldweg, kontrollierte noch einmal das Scooterversteck und machte sich anschließend auf den Weg in den nur ein paar Steinwürfe von den Höhlen entfernten Randbereich des Dorfes.

Bereits am ersten, unmittelbar am Wald angrenzenden Haus wurde er fündig. Mit rasendem Pulsschlag blickte er sich hektisch nach allen Seiten um. Alles war ruhig.

Kein Mensch war zu sehen oder zu hören, nicht einmal ein Hund kläffte.

Zum Glück schlafen die alle noch, dachte er erleichtert. Kein Wunder, es ist ja auch Samstag!

Gleich nachdem ihm der Wald wieder Sichtschutz bot, rollte er im Gehen die *Pfälzische Allgemeine Zeitung* auseinander und warf einen eiligen Blick auf die Titelseite des überregionalen Teils: ›Neue spektakuläre Enthüllungen im Fall Tannenberg – ausführlicher Bericht im Lokalteil‹, war dort zu lesen.

Er blieb stehen, ließ sich auf einem am Wegrand liegenden Langholzstapel nieder und blätterte mit fahrigen Fingern so lange in der Tageszeitung herum, bis er die entsprechende Stelle schließlich gefunden hatte. Geschwind hatte er den reißerischen Text quergelesen.

»Das gibts doch einfach nicht«, brabbelte er leise vor sich hin. »Woher wissen die denn schon wieder die Sache mit den 5000 Euro? Und woher wissen die das mit meinen Hautpartikeln?«

Deprimiert ließ er die aufgeschlagene Zeitung neben sich auf den Boden sinken. Kopfschüttelnd vergrub er sein Gesicht in den Innenflächen beider Hände. Erneut keimte in ihm Hilflosigkeit und totale Resignation auf. Dieses Gefühl schien in Windeseile immer mehr Macht über ihn zu erlangen.

Seine Widerstandskräfte erlahmten zusehends.

Er dachte darüber nach, ob es nicht besser wäre, all dem nun ein Ende zu bereiten, hinunter in die Höhle zu gehen, seine Waffe gegen sich zu richten – und damit auch die eigene Familie, die Freunde zu schützen …

Bist du jetzt völlig bescheuert geworden? Du elender Hosenscheißer, du Schlappschwanz!, schmetterte ihm plötzlich seine innere Stimme außer sich vor Wut entgegen.

Dieser energische Rüffel zeigte sogleich Wirkung. Tannenberg faltete die Zeitung zusammen und erhob sich von dem rauen Buchenstamm.

Als er ein paar Minuten später wieder an seinem Unterschlupf eintraf, bestand seine erste Handlung zwar auch darin, den Rucksack aus der Höhle zu ziehen und in ihn hineinzugreifen. Allerdings nicht etwa um eine der beiden Waffen herauszufischen und sich an Ort und Stelle zu erschießen, sondern um mit Maximilians Handy ein dringliches Telefonat zu führen.

Zuerst musste er allerdings noch das Impressum der *PALZ* suchen. Er hatte sich nämlich kurzentschlossen in den Kopf gesetzt, den Chefredakteur der Lokalzeitung, den er von seinem letzten Fall her persönlich kannte, anzurufen und ihn ohne Umschweife nach dem Namen des mysteriösen Informanten zu fragen.

Wie schon des Öfteren in seinem Leben frönte Tannenberg nun ohne nachzudenken einem aufschäumenden Aktionismus, der ihn u.a. völlig vergessen ließ, welche Uhrzeit gerade herrschte. Als er die in der Zeitung abgedruckte zentrale Redaktionsnummer eingetippt hatte, war er zunächst ziemlich erstaunt darüber, dass sich nur der Anrufbeantworter meldete. Erst als er die synthetisch klingende Stimme der Bandansage hörte, die ihm mit monotonem Timbre verkündete, dass er außerhalb der Kerngeschäftszeiten anrief, warf er einen entgeisterten Blick auf seine Armbanduhr.

Das Tonband war noch nicht zu Ende, als sich plötzlich eine durchaus real klingende weibliche Stimme meldete. Nachdem Tannenberg der jungen Frau mitgeteilt hatte, um wen es sich bei dem frühmorgendlichen Anrufer handelte, verstummte sie schlagartig.

Die junge *PALZ*-Mitarbeiterin war erkennbar verunsichert. Sie wusste allem Anschein nach nicht so recht, ob sie diesem ominösen Anrufer die Privatnummer ihres Chefredakteurs wirklich mitteilen sollte. Schließlich konnte sie ja nicht wissen, ob sie tatsächlich den per Haftbefehl gesuchten, suspendierten Leiter der Kaiserslauterer Mordkommission an der Strippe hatte.

Nachdem sie eine Weile unsicher herumgedruckst hatte, lehnte sie Tannenbergs Wunsch zunächst ab. Dies allerdings derart zögerlich und halbherzig, dass es nicht sehr viel Überzeugungsarbeit bedurfte, um sie schließlich doch noch zur Herausgabe der Telefonnummer zu bewegen. Ausschlaggebend war die Mitteilung Tannenbergs, dass er sich in einer psychischen Ausnahmesituation befände und er sich gleich nach dem Gespräch mit dem Chefredakteur der Polizei stellen wolle.

Eberhard Richter meldete sich mit einem gegähnten und unwirsch dahingeknurrten »Ja«. Als er aber hörte, dass es sich bei seinem unsichtbaren Gesprächspartner angeblich um einen der zur Zeit meistgesuchten Schwerverbrecher Deutschlands handelte, war er von der einen zur anderen Sekunde plötzlich hellwach.

»Tannenberg, sind Sie das wirklich?«

»Ja.«

»Das kann ich gar nicht glauben. Entschuldigen Sie, aber ich muss erst mal testen, ob Sie's überhaupt sind. Behaupten kann das ja schließlich jeder.«

»Dann machen Sie mal! Aber schnell, mein Akku hält nicht ewig!«

»Erinnern Sie sich an unser Gespräch bei mir im Büro, etwa vor einem Jahr? Das waren die Ermittlungen …«

»Ja, natürlich«, warf Tannenberg ungeduldig dazwischen.

»Wo hatte die ermordete Charlotte damals den Skandal ausgelöst?«

»In Bremen«, kam es wie aus der Pistole geschossen, denn Tannenberg erinnerte sich noch sehr gut an seinen Auftritt in der *PALZ*-Redaktion.

»Dann sind Sie es also wirklich! Wo stecken Sie denn? Was sagen Sie zu der eindeutigen Indizienlage, die ...«, legte Eberhard Richter in bewährter Journalistenmanier los.

»Langsam, langsam, Herr Chefredakteur!«, würgte Tannenberg ihn erneut brüsk ab. »Ich rufe Sie nicht an, um Ihnen ein Interview zu geben. Ich will von Ihnen nur eins: Erfahren, von wem Sie Ihre Insider-Informationen zugespielt bekommen. Woher wissen Sie zum Beispiel von dieser angeblichen 5000-Euro-Überweisung von meinem Konto auf ...?«

»Angeblich?«, warf nun Richter nun seinerseits dazwischen.

»Ja, angeblich! Verdammt noch mal, das ist doch alles erstunken und erlogen – von vorne bis hinten!«

»Behaupten Sie! Aber Sie wissen doch genau, dass ich Ihnen das nicht sagen kann: Informantenschutz!«

»Informantenschutz, dass ich nicht lache! Gilt das auch dann, wenn diese vermeintlichen Beweise überhaupt nicht stimmen? Und wenn damit ein völlig Unschuldiger zum gemeingefährlichen Mörder abgestempelt wird? Man ihn zur Hetzjagd freigibt und sogar einen Mordanschlag auf ihn ausübt?«

»Wieso glauben Sie denn, dass man Sie ermorden will?«, wollte der *PALZ*-Chefredakteur wissen. »Übertreiben Sie da nicht ein wenig? Man will Sie vielleicht verhaften und anklagen, aber ermorden?«

Tannenberg scharrte aufgeregt mit den Füßen im Laub

herum. Er wurde immer verzweifelter. »Verflucht, wieso glaubt mir denn keiner, dass ich mit beiden Mordfällen nicht das Geringste zu tun habe?«

»So, Sie sind also völlig unschuldig«, wiederholte Richter mit deutlich vernehmbarem, höhnischem Unterton.

»Natürlich! Ich hab doch diese beiden Studenten nicht umgebracht! Ich jedenfalls nicht! Das ist doch alles manipuliert! Von all dem, was in Ihrer Zeitung steht, ist nichts wahr – aber auch rein gar nichts!«

»So, das ist ja interessant. Ich will ja dem, was Sie sagen, gerne Glauben schenken«, flötete Eberhard Richter in sein Telefon. »Wo sind Sie denn eigentlich? Ich kann Ihnen bestimmt helfen, alles aufzuklären. Können wir uns nicht treffen?«

Von wegen! Das würde dir wohl so passen, du scheinheiliger, auflagengeiler Fatzke, wütete es in Tannenberg.

Allerdings sprach er seine abschätzigen Gedanken nicht aus, sondern sagte etwas anderes: »Nein. Jetzt noch nicht. Aber vielleicht später mal.«

»Sind Sie wieder hier in der Gegend?«

»Quatsch! Ich bin doch nicht verrückt!«

»Aber ich höre Sie genauso deutlich, als wenn Sie nur ein paar Häuser von mir entfernt wären. Woher wissen Sie denn eigentlich schon, was heute Morgen in unserer Zeitung steht?«

Tannenberg fuhr der Schreck in alle Glieder. Fieberhaft suchte er nach einer glaubhaften Erklärung.

»Ich hab mir die *PALZ* gerade eben hier im Bahnhof gekauft«, sagte er, allerdings eine Spur zu zaghaft.

Der berufserfahrene Journalist schien den Braten zu riechen. Schnell hakte er nach: »Wo sind Sie denn nun? Etwa in Kaiserslautern?«

»Quatsch, ich bin doch nicht wahnsinnig!«

»Ja, wo denn dann?«

»Meinen Sie wirklich, ich bin so blöd und sag Ihnen das jetzt?«

»Ach, wissen Sie was, Tannenberg, kommen Sie doch einfach so schnell es geht zu mir, dann trinken wir zwei erstmal in aller Ruhe ungestört Kaffee. Und Sie erzählen mir die ganze Angelegenheit mal aus Ihrer Perspektive.«

Tannenberg verlor zusehends die Fassung.

»Labern Sie mich nicht voll! Kapieren Sie doch endlich: Mich will irgendjemand vernichten! Und Sie und Ihre Scheiß-Zeitung machen diese Sauerei auch noch mit – Pfui Teufel!«, schrie er mit bebender Stimme ins Handy hinein.

Zur Untermauerung dessen, was er gerade lautstark zum Besten gegeben hatte, spuckte er etwa einen Meter rechts neben sich auf den laubbedeckten Waldboden. Erst danach drückte er mit seinem zitternden Daumen die Unterbrechertaste.

Wolfram Tannenberg benötigte eine ganze Weile, bis er sich so beruhigt hatte, dass er wieder in der Lage war, wenigstens einigermaßen klare Gedanken zu fassen. Erneut zog er nüchtern Bilanz, kam aber zu keinem anderen Ergebnis als bisher.

Er begann auf der kleinen Freifläche vor der Höhle im Kreis herumzuwandern. Ab und an blieb er stehen, legte von hinten seine Hände auf den Nierenbereich und zog mit verknitterten Gesichtszügen die Schultern nach oben. Dann setzte er sich wieder schlurfend in Bewegung.

Was kann ich denn bloß machen? Wem kann ich denn überhaupt noch trauen?, zermarterte er sich sein Hirn.

Er grübelte und grübelte, ging dabei weiter im Kreis umher. Kopfschüttelnd blickte er hinunter zu seinen Füßen, betrachtete die Spur, welche die Schuhabdrücke auf dem lockeren Waldboden hinterlassen hatten.

Plötzlich konnte er die verborgene Symbolik entschlüsseln, die er sich selbst gerade vor die Augen gemalt hatte.

Hast du's jetzt endlich kapiert?, höhnte sein innerer Quälgeist. Du drehst dich immer nur im Kreis herum! So kommst du nicht weiter! Du musst endlich etwas tun!

Tannenberg zog das Handy aus der Tasche und tippte mit fahrigen Händen Maximilian Heidenreichs Nummer ein.

»Kannst du reden?«, fragte er sofort, nachdem sich Max gemeldet hatte.

»Nein.«

»Geht es in zehn Minuten?«

»Ja.«

»Gut, dann melde ich mich gleich noch mal bei dir.«

In diesen schier endlos dahinkriechenden Minuten kontrollierte Tannenberg zuerst erneut das Scooterversteck, dann versuchte er zur Ablenkung ein wenig in der Zeitung zu lesen. Jedoch konnte er sich nicht darauf konzentrieren und legte sie deshalb wieder zur Seite.

Während er den Sekundenzeiger eine Weile auf seinem stumpfsinnigen Schleichweg über das kreisrunde Ziffernblatt begleitete, sinnierte er darüber, ob die von ihm für sein Treffen mit Max ausgewählte Stelle auch tatsächlich so ideal war, wie er die ganze Zeit über gedacht hatte.

Er hatte auf seinem Weg vorhin nach Stelzenberg in Gedanken lange nach einem geeigneten Treffpunkt gesucht. Ein schwieriges Unterfangen, musste der Platz doch mehrere Kriterien gleichzeitig erfüllen: Zum einen musste er von seinem gegenwärtigen Standort aus relativ einfach zu erreichen sein, und zum anderen musste er, falls es nötig sein sollte, mehrere Fluchtmöglichkeiten bieten.

Irgendwann war in seinem ruhelosen Gehirn plötzlich der Begriff ›Wolfskaut‹ aufgetaucht. Wie schon so oft in seinem bisherigen Leben, wusste er zwar nicht, wieso diese ebenso faszinierende, wie unergründliche graue Masse hinter seiner Schädeldecke ausgerechnet in seiner gegenwärtigen Situation mit dieser schier unheimlichen Assoziation aufwartete.

Als er dann aber auf der Wanderkarte den ihm bekannten Ort ausfindig gemacht und diesen merkwürdig klingenden Namen gelesen hatte, konnte er seine Bewunderung für seine geheimnisvolle Denkmaschine nicht länger verhehlen – wusste er doch, dass das Wort ›Kaut‹ das gleiche bedeutete wie ›Grube‹ oder ›Falle‹.

Bei der ›Wolfskaut‹ handelte es sich um eine sagenumwobene Stelle mitten im südlichen Teil des Kaiserslauterer Stadtwaldes, wo ein mit diesem wunderlichen Namen beschrifteter Sandsteinfindling in einer kleinen Senke zwischen zwei hohen Bergrücken eingegraben stand – und zwar genau am Schnittpunkt von neun, sternenförmig in alle Himmelsrichtungen wegführenden Waldwegen. Eine bessere Fluchtmöglichkeit konnte es wahrlich kaum geben.

Tannenbergs Vater war jedes Jahr im Herbst mit seinen beiden Söhnen von der Beethovenstraße aus in diese herrliche Gegend zum Pilzsammeln gewandert. Und jedes Mal, wenn sie an diesem geheimnisumwitterten Ort vorbeigekommen waren oder dort eine Rast eingelegt hatten, musste er ihnen immer und immer wieder ein und dieselbe Geschichte erzählen.

Einem ungeschriebenen Ritual folgend präsentierte er stets nur eine kurze Eingangspassage: »Der Sage nach wird diese Stelle deshalb ›Wolfskaut‹ genannt, weil genau hier an diesem Stein irgendwann im 17. Jahrhundert der letzte Wolf des Pfälzer Waldes in einer Grube gefangen und anschließend getötet worden ist.«

Aber mit diesen wenigen Sätzen hatten sich seine an solchen abenteuerlichen Geschichten äußerst interessierten Jungs natürlich nie abspeisen lassen. Auf ihr inständiges Betteln hin erzählte er ihnen schließlich weitere Details: Zum Beispiel, dass die Jäger damals mit Ästen, Reisig, darüber gestreutem Laub und einem schmackhaften Köder den hungrigen Wölfen eine heimtückische Falle gebaut hatten und sie danach nur abzuwarten brauchten, bis irgendwann ein gieriges Raubtier in das Loch fiel, aus dem es aus eigener Kraft nicht mehr herausklettern konnte.

Besonders andächtig lauschten sie immer dann den wohlgeformten, mit abgesenkter Stimme vorgetragenen Worten des Vaters, wenn er ihnen davon erzählte, wie man den bösen, aggressiven Wolf mit Steinen und angespitzten Stöcken so lange malträtierte, bis er endlich tot war und man ihm das graue Fell über die Ohren ziehen konnte. Als krönender Abschluss wurde die Jagdtrophäe dann in die Stadt gebracht, wo man stets das freudige Ereignis mit einem rauschenden Fest feierte.

Tannenberg wusste bis heute nicht, ob sich sein Vater diese Geschichte damals nur ausgedacht hatte, ob es sich dabei um eine Legende handelte, oder ob hier an dieser Stelle tatsächlich irgendwann einmal ein Wolf erlegt worden war.

»Ich bin bei Marieke – also bei deinem Bruder im Haus. Wir sind mitten beim Frühstück«, flüsterte Maximilian Heidenreich so leise, dass Tannenberg ihn nur schwerlich verstehen konnte.

»Kannst du nicht ein wenig lauter reden?«

»Nein, ich bin auf der Toilette.«

»Gut. dann mach ich's kurz: Ich muss dich unbedingt treffen. Kannst du …« Er legte eine minimale Pause ein, während der er auf seine Uhr blickte. »Sagen wir um neun Uhr an der Wolfskaut sein?«

»Wo?«

»An der Wolfs-kaut«, antwortete Tannenberg gedehnt. »Weißt du etwa nicht, wo das ist?«

»Nein.«

Tannenberg brummte nachdenklich. »Macht aber auch nichts. Das ist wirklich nicht schwer zu finden: Du fährst einfach die Straße am Warmfreibad stadtauswärts in Richtung Hungerbrunnen.«

»Ja, da kenn ich mich aus«, sagte Max, »und weiter?«

»Gut. Nach der Eisenbahnbrücke hinter der Entersweiler Mühle biegst du dann in den zweiten Waldweg ab. Da kannst du dein Auto hinstellen. Von dort aus muss du nur einfach dem Weg folgen. Nach etwa zwanzig Minuten immer bergauf kommst du an die Wolfskaut. Da steht ein Gedenkstein. Kannst du überhaupt nicht verfehlen.«

»Gut. Aber zehn Uhr ist besser!«

»Okay, dann zehn Uhr.«

»Was soll ich dir mitbringen?«

Tannenberg musste nicht lange überlegen: »Proviant. Und eine Kanne Kaffee, wenn's geht – mit viel Milch und ohne Zucker. Ich hab so Lust auf 'ne Tasse Kaffee.«

»Gut mach ich. Sonst noch was?«

»Nee. – Doch, natürlich: Ich brauche unbedingt neue Klamotten – auch Unterwäsche und Strümpfe.«

»Gut, dann bis nachher.«

»Danke, Max«, sagte Tannenberg, aber der Freund seiner Nichte hatte die Verbindung bereits unterbrochen.

10

Tannenberg wusste zwar noch ziemlich genau, über welchen Fußweg man vom Stadtgebiet aus zur Wolfskaut gelangte, aber von den Stelzenberger Höhlen aus? Und dann auch noch mit einem Scooter? Um diese Fragen eindeutig zu klären, musste er gezwungenermaßen seine Wanderkarte zu Rate ziehen, die er sich in weiser Voraussicht zu Hause in den Rucksack gesteckt hatte.

Seine Schleichroute führte ihn zunächst mitten durch einen aufgeheizten, staubigen Sommerwald hinunter zum Aschbacherhof. Von dort aus benutzte er ein Stück weit die Landstraße. Nach etwa zwei Kilometern bog er nach links ab ins Große Heckental, wo ihn laut Karte der Waldweg direkt hinauf zur Wolfskaut geleiten sollte.

Der breite Fahrweg bestand aus zwei festgefahrenen Spuren, die ein buschiger Grasstreifen trennte. Tannenberg passierte zunächst ein Spalier turmhoher Fichten, dann eine ausgedehnte, sattgrüne Eichenschonung.

Auf beiden Seiten wurde der schnurgerade Waldweg von langstieligen, mit fächerartigen Tellern gekrönten Farngewächsen besäumt. An manchen Stellen ragten mannshohe Prachtexemplare des roten Fingerhuts wie schiefe Wunderkerzen in den Weg hinein. Einige von ihnen streifte Tannenberg gar während seiner zügigen Vorbeifahrt.

Aber er würdigte diese eindrucksvollen Naturschönheiten verständlicherweise keines einzigen Blickes. Er war zu diesem Zeitpunkt gedanklich ausschließlich damit beschäftigt, so schnell wie möglich – und vor allem unerkannt – zum vereinbarten Treffpunkt zu gelangen. Umso größer war sein Unmut, als er nach einer Wegkehre plötzlich erkennen musste, dass dieser recht komfortable Fahrweg entgegen den Angaben in der Wanderkarte mitten in einer Wildwiese endete.

Er stoppte den Scooter, schaute sich verzweifelt nach allen Richtungen hin um. Das Einzige, was seine suchenden Augen erspähten, war ein ehemaliger Forstweg, der direkt hinter einem Hochsitz begann, aber bereits nach ein paar Metern in der Wildnis endete. Er war völlig zugewuchert und mit querliegendem Gehölz derart versperrt, dass er dort mit seinem Motorroller unmöglich weiterfahren konnte.

Ein kurzer Blick auf seine Armbanduhr ließ ihn aufschrecken, denn er war bereits einige Minuten über der verabredeten Zeit. Hektisch wendete er den Roller und knatterte mit Vollgas los.

Unten an der Straße nahm er den nächsten breiten Forstweg, der ihn schließlich auch ohne weitere Hindernisse direkt zur Wolfskaut hinaufführte. Ein paar Meter bevor er das kleine Plateau erreichte, hielt er an und lehnte seinen Scooter an eine Böschung. Den Helm behielt er vorsichtshalber auf dem Kopf.

Inzwischen zeigte seine Uhr bereits Viertel nach zehn, aber von Max war weit und breit noch nichts zu sehen.

Tannenberg wurde von extremer innerer Unruhe gemartert. Wie ein nervöser Sprinter lief er mehrmals um den verwitterten Sandstein herum, auf dem der mattgelbe Schriftzug ›Wolfskaut‹ prangte. Die Rinde der dicken, alten Buchenstämme war mit wulstig aufgebrochenen Runen übersäht, die Besucher im Laufe der Jahre in die schutzlosen Bäume eingeritzt hatten.

Vielleicht hat er sich ja auch irgendwo versteckt und wartet, bis ich auftauche. Soll ich mal nach ihm rufen?, fragte Tannenberg sich selbst, verwarf die Idee aber sogleich wieder: Quatsch, das ist doch viel zu gefährlich! – Und außerdem: Warum sollte Max denn solch einen Blödsinn machen?

Während der Kriminalbeamte die verschiedenen, auf diesem markanten Punkt sich vereinigenden Forstwege abermals sondierte, zählte er sie durch: es waren aber nicht neun, es waren nur sieben!

Sieben – Die magische Zahl! Das wäre wieder mal was für Heiner. Der mit seinem verrückten Zahlen-Spleen, flackerte in Tannenbergs Hirn eine kurze Erinnerung an seinen geliebten Bruder auf.

Plötzlich registrierte er aus den Augenwinkeln heraus eine schattenhafte Bewegung. Sie war scharf links von ihm am Rande seines Gesichtsfeldes aufgetaucht. Er warf sofort den Kopf in diese Richtung, wobei seine rechte Hand nahezu zeitgleich die Waffe aus seinem Hosenbund zerrte.

Unwillkürlich hielt er den Atem an.

Im ersten Augenblick, als er das Tier entdeckte, meinte er doch tatsächlich, einen leibhaftigen Wolf zu sehen.

Aber bereits Sekundenbruchteile später hatte er nicht nur das Untier, sondern auch die gesamte Situation so wahrgenommen, wie sie sich auch einem unbefangenen Beobachter dargestellt hätte: Es handelte sich nämlich bei diesem vermeintlichen Wolf um nichts anderes als um den tannenbergschen Familienhund Kurt.

Augenscheinlich konnte der imposante Schäferhund-Leonberger-Mischling von seinem Begleiter nur mit allergrößter Mühe einigermaßen gebändigt werden. Oder in anderen Worten ausgedrückt: Eigentlich wurde eher der arme, mit einem vollgepackten Rucksack beladene Max an der Leine ausgeführt, als man dies von dem bärenartigen vierbeinigen Wesen hätte behaupten können.

Gleich nachdem Tannenberg seinen Hund erblickt hatte, vergaß er sämtliche Vorsichtsmaßnahmen, an die er sich bis zu diesem Zeitpunkt eisern gehalten hatte. Er zog den Helm vom Kopf, legte die Dienstwaffe hinein und stellte den Integralhelm auf dem Boden ab. Anschließend ging er dem bereits auf ihn zustürmenden Kurt zwei Schritte entgegen.

Da er schon genau wusste, was ihn erwartete, setzte er seinen linken Fuß ein Stück weit nach vorne, so dass er dem mit flatternden Ohren und weit aus dem Maul heraushängenden Zunge heranbreschenden Hund weniger Angriffsfläche bot.

Kurt war so außer sich vor Freude, dass er doch tatsächlich nicht nur das Herz Tannenbergs im Sprung erobern wollte, sondern am liebsten gleich seinen ganzen Herrn. Aber der kannte natürlich inzwischen die emotionalen Amokläufe dieses ebenso gewichtigen, wie bärenstarken vierbeinigen Familienmitglieds. Deshalb machte er genau im richtigen Moment einen kleinen Schritt zur Seite und ließ Kurt ins Leere springen. Sofort danach übernahm Tannenberg seinerseits die Initiative und stürzte sich von hinten auf das zottige, löwenfarbige Rückenfell.

»Ha, ha, mein Freund. Jetzt hab ich dich«, triumphierte er.

Knurrend warf Kurt den Kopf herum, schnappte nach Tannenberg. Der aber griff ins Halsband und drückte damit den Hundekörper auf die Seite. Kurt drehte sich auf den Rücken, wälzte sich wild auf dem trockenen Waldboden hin und her. Dabei wedelte er hilflos mit Vorderpfoten und Hinterläufen.

»Und was nun, du alter Tollpatsch, du?«, rief Tannenberg, ohne seinen Griff zu lockern.

Er wusste aus den vielen Raufereien, die er im Laufe des letzten Jahres mit Kurt veranstaltet hatte, dass man diesen träge wirkenden, zuweilen aber recht temperamentvollen Mischlingshund, egal wie wild er war, mit einem ganz einfachen Mittel sofort ruhigstellen konnte: Man musste nur die seidenweiche, mit kleinen Kuhflecken betupfte Haut unterhalb der Zitzen streicheln, schon war Kurt von der einen zur anderen Sekunde sanft wie ein Lämmchen.

Die Dynamik wich gänzlich aus seinem Körper. Er ließ die Pfoten schlapp herabbaumeln, den Kopf streckte er weit nach hinten über und bot damit eine weitere Kraulstelle zur Liebkosung an: die fellbesetzte Haut, die den Unterkiefer von den Vorderzähnen bis zum Hals hin überspannte. Dabei grunzte und brummte er zufrieden. Ohne Probleme konnte Kurt solche Verwöhnaktionen stundenlang ertragen.

An diesem Tag musste er sich allerdings mit weitaus weniger Schmusezeit begnügen. Tannenberg kraulte zwar wie üblich mit seinen Händen die beiden exponierten Stellen des genusssüchtigen Hundekörpers gleichzeitig, aber bereits nach ein oder zwei Minuten beendete er abrupt die Streicheleinheiten und kniete auf dem Waldboden nieder.

Woraufhin Kurt sich tapsig auf seine krummen Beine stellte und nun seinerseits das eingespielte Begrüßungsprogramm abspulte: Zuerst rammte er seine nasse, kalte Hundeschnauze in Tannenbergs Brustbereich. Dann zog er den Kopf wieder ein Stück zurück, hob ihn leise brummend an und durfte seinem Herrn nun mit der langen, rauen Zunge über die Wange schlecken – jedoch wie immer nur ein einziges Mal.

»So, Kurt, jetzt reichts. – Platz!«

Tannenberg versuchte es immer mal wieder aufs Neue, den störrischen Vierbeiner mit Erziehungsmaßnahmen zu konfrontieren, die er sich eigens aus mehreren Hundebüchern zusammengeschrieben hatte. Aber wie stets zeigte sich Kurt auch an diesem heißen Sommermorgen davon ausgesprochen unbeeindruckt. Er blieb einfach stehen und wartete geduldig, bis sein Herrchen sich erhoben und Max mit einer kräftigen Umarmung begrüßt hatte. Dann trottete er direkt neben Tannenberg und lehnte seinen Körper an dessen Bein. Anscheinend hatte er beschlossen, fortan nicht mehr von dessen Seite weichen zu wollen.

»Wolf, es tut mir leid, dass ich ein paar Minuten zu spät komme. Aber ich hab mich doch tatsächlich verlaufen.«

»Macht ja nichts. Ich bin ja auch eben erst gekommen. Hast du aufgepasst, dass dir niemand gefolgt ist?«

Erneut sondierte Tannenberg mit hektischen Blicken die Umgebung.

»Ja, natürlich.« Max wiegte entschieden seinen Kopf hin und her. »Da war weit und breit niemand. Da bin ich mir ganz sicher.«

»Komm, wir gehen rüber zur Bank«, sagte Tannenberg und nahm den immer noch am Boden liegenden Helm mit der darin befindlichen Pistole auf. Mit seiner freien Hand half er Max dabei, den schweren Rucksack zu der schon sichtlich betagten Holzbank zu tragen, an der die Querstreben der Rückseite fehlten.

»Das sind zwar meine Sachen, aber passen müssten sie dir schon«, meinte Max, während er eine Plastiktüte mit frischer Wäsche aus dem Rucksack herauszog.

In Windeseile entkleidete sich Tannenberg und streifte die neue Kleidung über. Max kramte derweil eine Thermoskanne und eine große Henkeltasse hervor, die er sogleich befüllte.

Tannenberg hatte noch nicht einmal das T-Shirt in Maximilians Leinenhosen gesteckt, als er sich schon über den Kaffee hermachte. Max zauberte eine Tüte mit frischen Croissants aus dem Rucksack und hielt eines davon seinem väterlichen Freund hin.

Als Kurt die Leckereien entdeckte, fing er sofort an zu winseln. Parallel dazu begann er im Intervalltakt abwechselnd zu hecheln und laut zu schmatzen. Sabber lief ihm über die Leftzen, tropfte von der Zunge. Nachdem sich jedoch die von ihm gewünschte Reaktion nicht umgehend einstellte, legte er Tannenberg eine Pfote auf dessen Knie, kratzte ein paar mal fest darauf herum. Als sich aber immer noch nichts tat, stieß er einen hohen Quietschton aus, dem lautes, forderndes Bellen folgte.

»Aus!«, befahl Tannenberg.

Diesmal gehorchte Kurt. Ob aus Zufall oder Kalkül sei dahingestellt.

Jedenfalls blickte er seinen Herrn anschließend mit schiefem Kopf und todtraurigen, dunklen Knopfaugen so herzzerreißend an, dass Tannenberg nicht anders konnte, als die hehren Erziehungsgrundsätze einmal mehr über Bord zu werfen und dem Charme dieses bärenartigen Wesens abermals widerstandslos zu erliegen.

Vom zweiten Croissant bekam Kurt die Hälfte ab. Das nächste, und vorläufig letzte, schlang Tannenberg wieder alleine hinunter.

»Mensch, war das gut, Max. – So, jetzt aber zu den weitaus ernsteren und unangenehmeren Dingen.«

»Ja, leider, Wolf.« Maximilian seufzte. Er wischte sich mit seinem marineblauen T-Shirt ein paar Schweißperlen von der Stirn und schüttelte den Kopf, bevor er schließlich deprimiert fortfuhr: »Das ist alles so traurig.« Er schniefte. »Diese Hetzjagd auf dich. Das ist doch fürchterlich.«

Tannenberg legte seinen Arm um die Schultern des muskulösen jungen Mannes. »Ja, natürlich ist das furchtbar.« Er ließ geräuschvoll den Atem aus seiner Nase entweichen. Ein kurzes, trauriges Lächeln huschte über seine Lippen. »Aber ich habe die Hoffnung noch nicht aufgegeben. Man sagt ja immer: die Hoffnung stirbt zuletzt.«

»Du hast mir doch gesagt, dass ich mich nicht aktiv einmischen darf …« Er verstummte einen Augenblick, korrigierte sich. »Außer wenn du mir einen Auftrag erteilst.«

»Genau, Max. Und daran hältst du dich auch bitte, klar?«

Wortlos und mit fest zusammengekniffenen Lippen nickte Max.

»Schließlich wirst du Vater. Wie geht's denn Marieke?«

»Körperlich ganz gut«, gab er zurück, stieß anschließend einen Stoßseufzer aus. »Aber sonst gehen die bei dir zu Hause natürlich alle ganz schön auf dem Zahnfleisch. Sogar dein Hund vermisst dich so arg, dass er, seitdem du weg bist, fast nichts mehr gefressen hat. Der liegt nur noch traurig in der Ecke rum.«

Allem Anschein nach wollte Tannenberg sich nicht näher mit diesem traurigen Thema beschäftigen. Diese Sache ging ihm viel zu sehr an die Nieren. Also knüpfte er nochmals an das Vorherige an. Dabei betrachtete er von der Seite Maximilians sonnengebräuntes, glattrasiertes Gesicht.

»Du hältst dich da bitte ganz raus! Das ist nämlich viel zu gefährlich. Eigentlich ist das, was wir hier machen, schon viel zu gefährlich. Wenn da jetzt einer vorbeikäme und uns sehen würde.«

Max fing seinen Blick auf, machte eine beschwichtigende Handbewegung. »Ach was, bei der Hitze geht doch niemand freiwillig in den Wald. Die liegen alle im Schwimmbad rum oder sitzen zu Hause auf der Terrasse im Schatten. – Kann ich denn Marieke und den anderen nicht wenigstens sagen, dass es dir gut geht?«

»Nein, um Himmels willen. Damit würdest du doch nur alle in Gefahr bringen. Nein, mir reicht wirklich schon, dass ich den armen Benny in diesen Schlamassel mit hineingezogen habe.«

»Benny?«

Da Maximilian weder etwas von Tannenbergs Reise zu seinem holländischen Freund wusste, noch bislang von dem Anschlag auf dessen Reisemobil erfahren hatte, klärte er ihn in Kurzfassung über den aktuellen Stand der Dinge auf. Er vermied dabei aber jeglichen Hinweis auf den Ort seines Unterschlupfes.

Während Max immer noch mit versteinerter Miene diese schier unglaubliche Geschichte zu verarbeiten versuchte, hatte Tannenberg sich von der Bank erhoben und direkt vor ihn postiert.

»Max, wir müssen von hier weg. Wir sitzen hier genau auf dem Präsentierteller. Du machst dich jetzt auf die Socken. Ich meld mich demnächst wieder bei dir. Und du sagst niemandem ein Sterbenswörtchen. Klar?«

»Klar.«

Nachdem Max sich aufgerichtet hatte, drückte er ihn fest an sich. »Mach's gut, Junge. Und pass ja auf dich auf!«

Tannenberg verfrachtete noch schnell den mitgebrachten Proviant in seinen eigenen Rucksack, zog sich den

Integralhelm auf den Kopf und ging zu Mariekes Scooter.

Allerdings hatte er die Rechnung ohne Kurt gemacht. Denn der war allem Anschein nach nicht bereit, sich schon von seinem Herrchen zu verabschieden. Mit wedelndem Schwanz trottete er neben ihm her und ließ sich von Maximilians Befehlen nicht die Bohne beeindrucken. Als Tannenberg den Roller bestieg, begann Kurt unvermittelt so laut und hysterisch zu bellen, dass man seine deutlichen Unmutsbekundungen bestimmt kilometerweit hören konnte.

»Aus! Aus!«, schimpfte Tannenberg wütend.

Kurt reagierte auf diese Befehle, allerdings anders als von seinem Herrn beabsichtigt: Zwar verstummte er sogleich, dafür schlug er aber seine Zähne in den Hosensaum und begann wild daran herumzuzerren.

»Das hat so keinen Sinn«, gab sich Tannenberg geschlagen. »Komm, Max, nimm dieses schreckliche Monster hier mal an die Leine. Dann fahr ich dich eben runter an dein Auto und helfe dir, dass du diesen …« Er packte Kurt mit beiden Händen hinter den Ohren und schüttelte ihn, »anhänglichen Braunbären da ins Auto reinkriegst.«

Nach ein paar Minuten hatten sie den kleinen Parkplatz in unmittelbarer Nähe der zum Hungerbrunnen führenden Landstraße erreicht. Tannenberg hatte natürlich nicht vor, sich hier länger als nötig aufzuhalten. Deshalb setzte er alles daran, den keuchenden Mischlingshund so schnell wie möglich auf die Rückbank von Maximilians Corsa zu verfrachten.

Doch der schien den Braten zu riechen, denn er legte sich einfach neben der Beifahrertür ab. Tannenberg packte ihn am Halsband, zog ihn nach oben, schaffte es aber nicht, das widerborstige Tier ins Auto zu ziehen.

Anschließend versuchten beide Männer gemeinsam, Kurt hochzuheben.

Das war aber nun allerdings zu viel des Guten, fand Kurt jedenfalls. Aus Protest begann er furchterregend zu knurren, so als brodelte ihm etwas in der Kehle. Gleichzeitig sträubten sich bedrohlich seine Nackenhaare und die gelbbraune Rute richtete sich auf.

Was tun? Tannenberg grübelte. Plötzlich hatte er eine Eingebung. Er ging auf die andere Seite des Kleinwagens, zog den Rucksack ab, fischte den Ring Fleischwurst heraus, der ihm Max eingepackt hatte, schnitt ein Stück davon ab, befreite es von der undurchdringlichen Pelle, öffnete die Fahrertür, drückte den Sitz nach vorne – schwups, schon lag Kurt erwartungsvoll schmatzend auf der Rückbank.

»Wenn er weiter Sehnsucht nach mir hat, leg ihm einfach mein verschwitztes T-Shirt in seinen Korb«, sagte Tannenberg aus dem Auto heraus. »Das hilft. So steht's jedenfalls in einem meiner Hunderatgeber.«

Er schloss vorsichtshalber die Fahrertür und legte die Arme auf dem Dach ab. »Ach, noch was. Das hätte ich ja fast vergessen: Ihr dürft euch von der *PALZ* oder irgendeiner anderen Zeitung unter keinen Umständen zu einem Interview breitschlagen lassen. Egal wie viel Geld die euch dafür bieten.«

»Nein, das machen wir natürlich nicht.«

»Gut. Aber sag das bitte noch mal Heiner. Er soll das vor allem unserem Vater eindringlich klar machen.«

»Sicher, mach ich.« Max warf die Stirn in Falten. »Aber wieso kommst du denn eigentlich auf so was?«

»Vielleicht deshalb, weil ich heute Morgen den Chefredakteur der *PALZ* angerufen habe, diesen arroganten, schleimigen Widerling.«

»Und warum?«

»Na, weil ich von ihm wissen wollte, woher die ihre detaillierten Infos über die internen Ermittlungen gegen mich haben.«

Plötzlich hörte Tannenberg ein sich schnell näherndes Auto. Reflexartig hechtete er hinter die Heckklappe des Corsas, duckte sich.

Max kam zu ihm, kauerte sich neben ihn.

Verwundert über dieses merkwürdige Gebaren, bedachte ihn Tannenberg sogleich mit einem staunenden, fragenden Blick. »Warum machst du das?«

»Weil ich lieber ein wenig zu vorsichtig bin. Nach diesem hinterhältigen Anschlag auf dich und Benny muss man wohl wirklich mit allem rechnen.«

Während Tannenberg stumm nickte, rauschte das Auto mit zügiger Fahrt an dem Waldweg vorbei.

»Wolf, ich glaub, das war wirklich keine gute Idee.«

»Was?«

Max richtete sich auf. »Wenn dieser Zeitungsmensch eine Rufnummernanzeige an seinem Telefon hat, was bei einem Journalisten sehr wahrscheinlich ist, besitzt er jetzt die Nummer von meinem Handy.«

»Ach, du Scheiße!«, brach es aus Tannenberg heraus.

Mühsam richtete er sich auf. Er begann am ganzen Körper zu zittern, kalte Schweißperlen benetzten seine Stirn. Ihm war mit einem Male schwindelig, leichte Übelkeit breitete sich von der Magengegend her aus. Sein Gesicht wurde bleich. Er nahm den Helm ab, legte ihn aufs Autodach. Seine Atmung beschleunigte sich, wurde kürzer, stoßartiger.

In seinem Inneren hörte er plötzlich Bennys Stimme »Langsam atmen – sonst wirst du gleich ohnmächtig!« sagen.

Max bemerkte selbstverständlich sofort Tannenbergs veränderten körperlichen Zustand. Mit einem festen Griff versuchte er ihn zu stützen.

Tannenberg befreite sich, ging einen Schritt rückwärts. »Es geht schon, Max. Aber du hast vollkommen recht: Ruckzuck hat der mit seinen Kontakten rausgekriegt, dass ich von deinem Handy aus angerufen habe. Und wenn der das weiß, wissen es die anderen vielleicht auch schon. Verdammt!«

Er machte wieder den Schritt nach vorne, packte Max bei den Schulterblättern. »Du musst sofort zu mir nach Hause. Die sind dort alle in Lebensgefahr. Vielleicht planen diese Verbrecher ja auch schon einen Anschlag auf euch oder eine Entführung. Um Gottes willen!«

Während Tannenberg diese Worte stakkatoartig ausstieß, riss er sich den Rucksack vom Körper, zerrte die Verschlusskordel auf, kramte darin herum, fischte Geigers Dienstwaffe heraus und wollte sie Max überreichen. Der aber reagierte mit einem entsetzten Gesichtsausdruck, wehrte mit den Händen ab.

»Los, nimm das Ding«, befahl Tannenberg in scharfem Ton. »Zur Sicherheit. Für alle Fälle.«

Mit offenem Mund nahm Max nun die Pistole entgegen. Unterdessen ließ Tannenberg das Telefongespräch mit dem *PALZ*-Chefredakteur im Zeitraffer in seinem Kopf Revue passieren.

»Verdammt! Außerdem ist mir dabei die Sache mit dem Mordanschlag rausgerutscht.«

»Was?«

»Ja, ich Vollidiot hab ihm das heute Früh gesagt! Der ist doch nicht blöd. Der kann doch zwei und zwei zusammenzählen. Woher soll ich denn wissen, was dort passiert ist, wenn ich nicht selbst dabei war?«

Tannenberg drehte sich um, lehnte nun mit dem Rücken am Corsa. »Dadurch wissen die natürlich auch, dass ich wieder hier bin.« Er brach ab, schöpfte tief Luft, bevor er ergänzte: »Und sie wissen auch, dass ich gemeinsam mit Benny zurückgekehrt bin. Hoffentlich sitzt Benny schon im Zug!«

Ich muss sofort weg von hier. Ich muss nachdenken. Ich muss Sabrina anrufen!, gab Tannenberg sich selbst kommandoartige Befehle.

Er hechtete auf Mariekes Roller und brauste ohne Abschiedsgruß davon. Er hörte zwar, dass Max ihm noch irgendetwas hinterherrief, aber die Worte drangen nicht zu seinem Bewusstsein vor.

Oder soll ich jetzt nicht besser sofort in die Beethovenstraße fahren? Und ihnen versuchen zu helfen? Quatsch! Das würde meine Familie bestimmt noch mehr in Gefahr bringen. Soll ich mich nicht besser stellen? Dann sind die wenigstens alle außer Gefahr.

Ohne auch nur einen Moment über eine alternative Fahrtroute nachgedacht zu haben, hatte er denselben Weg eingeschlagen, auf dem er vorhin hierher gekommen war. Die Angst um seine Familie beschäftigte ihn gedanklich derart, dass er wie in Trance seine Umwelt nur noch als peripheres Rauschen wahrnahm.

Mit Vollgas sauste er über den sonnenbeschienenen, ausgedörrten Forstweg hinweg, dicht gefolgt von einer kleinen Staubwolke. Er legte sich in eine langgezogene Rechtskurve hinein. Ausgetrocknete Grashalme schlugen wie kleine Peitschenhiebe an die Frontverkleidung des Scooters und verursachten dadurch ein trommelndes, hochtönendes Geräusch.

Plötzlich sah er ihn. Er war direkt vor ihm, höchstens fünf Meter vor ihm entfernt: ein dunkelgrüner Geländewagen. Aber es war nicht irgendeiner, sondern es war exakt derselbe, in dem Tannenberg schon einmal gesessen hatte. Damals als er gerade die Leitung des K1 übertragen bekommen hatte. Es war sein erster Fall gewesen, und zudem ein ausgesprochen mysteriöser: Ein psychopathischer Serienmörder hatte die von ihm bestialisch getöteten Frauen mit Waldschmuck dekoriert und auf markanten Sandsteinfelsen aufgebahrt der Kriminalpolizei präsentiert.

Und im Zuge eben dieser Mordermittlungen hatte er es auch ein paar mal mit Förster Kreilinger zu tun gehabt. Es waren keine positiven Erinnerungen, die er mit diesem unsympathischen Waidmann verband. Er wusste noch sehr genau, dass dieser selbsternannte Hilfssheriff damals nicht nur einen völlig unschuldigen Spanner in den Selbstmord getrieben, sondern sogar seine Waffe eingesetzt hatte.

Tannenberg riss den Motorroller aus der Schräglage nach oben und versuchte ihn irgendwie links an Kreilingers Jeep vorbeizumanövrieren. Für einen winzigen Moment trafen dabei die entsetzten Blicke der beiden Männer aufeinander. Mit viel Glück gelang es Tannenberg, eine Kollision des Scooters mit dem breiten, chromfarbenen Stoßfänger des Geländewagens zu verhindern.

Zwar musste er dazu einen betonharten Erdwulst überwinden und ein paar Meter über dicke Schottersteine hinwegrattern, aber er trudelte nur, stürzte nicht. Gleich nachdem die dicken, kleinen Räder wieder den Fahrweg unter sich spürten, bremste er scharf ab, schleuderte zornig eine Faust in Richtung der aufgeflammten Bremsleuchten. Dabei streifte er zufällig seinen Kopf.

Ach du Scheiße! Ich hab ja gar keinen Helm auf!, schoss

ihm eine grelle Erkenntnis-Rakete ins Hirn. Dann hat der Kerl mich ja erkannt. Verdammt – nichts wie weg!

Kreilingers Rückfahrscheinwerfer leuchteten auf, der Wagen setzte sich in Richtung des Scooters in Bewegung. Tannenberg stemmte beide Beine auf den festgefahrenen Wegbelag und drückte sich ab, während er gleichzeitig den Gasgriff bis zum Anschlag drehte. Das bedrohliche Geräusch des ihn verfolgenden Geländewagens ließ Tannenbergs Rollerfahrt immer waghalsiger werden.

In der nächsten Linkskurve passierte es dann: Tannenberg neigte sich so stark zur Seite, dass das Hinterrad auf den Mittelstreifen geriet und dort die Bodenhaftung verlor. Er rutschte gemeinsam mit dem Roller über die Grasnarbe hinweg auf die andere Fahrrinne und schlitterte dort noch ein Stück, bis er endlich liegen blieb. Er lag unter dem Roller.

Mit einem unbändigen Überlebenswillen ausgestattet, zog er sein linkes Bein unter der Scooterkarosserie hervor und rappelte sich wieder auf. Das Hosenbein war großflächig aufgerissen, die ganze linke Beinseite war mit Schürfwunden übersäht, die gerade zu bluten anfingen. Er biss die Zähne zusammen, richtete den Roller auf. Der Motor lief noch. Er quälte sich auf die Sitzbank und fuhr wieder los.

Hinter ihm hörte er Kreilingers Geländewagen. Dem Fahrgeräusch nach zu urteilen, war er inzwischen gewendet worden. Das Motorengeräusch wurde lauter. Tannenberg blickte sich erschrocken um. Er sah den Jeep in etwa 50 Metern Entfernung am Ausgang der Wegkehre. Vor ihm tauchte bereits die Wolfskaut auf. Mit Höchstgeschwindigkeit fuhr er darauf zu.

Verdammt! Was machen denn die vielen Leute hier?, schockte ihn plötzlich der völlig unerwartete Anblick einer um den Gedenkstein versammelten, etwa zwanzigköpfigen Seniorengruppe, deren Mitglieder anscheinend gerade einem Vortrag lauschten.

»Verschwindet! Aus dem Weg!«, schrie er so laut er nur konnte.

Er fuhr mit Vollgas direkt darauf zu. Entsetzt flüchteten sich die älteren Leute zu den in der Mitte des kleinen Plateaus stehenden riesigen Rotbuchen. Tannenberg schoss rechts an dem Pulk vorbei. Hysterische Frauenschreie und wütende Männerstimmen loderten auf.

Er hatte gehofft, dass diese unvermittelt aufgetauchte Menschengruppe Kreilingers Verfolgungsfahrt abrupt beenden würde. Dem war allerdings nicht so, denn in dem aufdringlichen Revierförster war anscheinend das Jagdfieber erwacht. Zwar reduzierte er kurzzeitig die Geschwindigkeit, aber gleich nachdem er die aufbrausende Menge passiert hatte, beschleunigte er wieder seinen Geländewagen.

Es gibt nur einen Weg, auf dem mir dieser Mistkerl nicht mehr folgen kann: der gelbe Strich, entschied sich Tannenberg geistesgegenwärtig für einen schmalen, markierten Wanderpfad, der Kaiserslautern mit Mölschbach verband.

Er hatte diesen Waldweg noch sehr gut in Erinnerung, schließlich war es der, den sein Vater immer benutzt hatte, um gemeinsam mit seinen Söhnen hierher zu gelangen. Es war der Einzige der sieben Wege, den man unmöglich mit einem Auto befahren konnte.

Tannenberg hatte kaum mehr als hundert Meter auf dem engen, welligen und sehr kurvigen Fußweg zurückgelegt, als sich das kurzzeitig in ihm aufgekeimte Sicherheitsgefühl spontan wieder verflüchtigte. Ihm war nämlich urplötzlich klar geworden, dass der Förster sich in dieser Gegend natürlich noch weit besser auskannte als er selbst – und er deshalb genau wusste, an welcher Stelle der Pfad wieder auf einen Fahrweg mündete.

Wahrscheinlich ist der Mistkerl in der Zwischenzeit außenrum gefahren und wartet bereits oben an dem kleinen Unterstand, bis ich komme, pulsierte es schockwellenartig in Tannenbergs Hirn. Der erwartet mich bestimmt mit seiner Knarre im Anschlag!

Er stoppte, blickte sich zur Sicherheit nach allen Seiten um. Dann stieg er von Mariekes Scooter, lehnte ihn an einen Felsen und machte sich zu Fuß auf den Weg. Bereits nach wenigen Meter querfeldein fing sein linkes Bein derart zu schmerzen an, dass er eine Pause einlegen musste.

Wo soll ich denn jetzt nur hin?, fragte er sich verzweifelt. In die Höhle kann ich nicht mehr zurück. Die werden schon sehr bald anfangen, mit Hundertschaften, Hubschraubern und Spürhunden systematisch den Wald zu durchkämmen. Kreilinger hat mich erkannt, dann weiß es heute noch die ganze Stadt. Und morgen steht es dann ganz dick in der Sonntagszeitung. – Die Hetzjagd ist eröffnet!

11

»Sabrina, wo bist du gerade?«, flüsterte Tannenberg in sein Handy.

»Wolf … Wolf, bist du es wirklich?«

»Ja. Wo bist du?«

»Im K1, in meinem Zimmer.«

»Bist du allein?«

»Ja.«

»Ich muss dich unbedingt treffen. Kannst du heute Abend in den Volkspark kommen?«

»Volkspark? – Du bist also wieder hier?«

»Geht das?«

»Ja.«

»Punkt 20 Uhr – am Reiterdenkmal!«

»Ja.«

»Du darfst unter keinen Umständen irgendeinem deiner Kollegen etwas davon sagen. Auch deinem Mann nicht!«

»Auch Michael nicht?«

»Nein! Geht das klar?«

»Ja, du kannst dich darauf verlassen!«

»Versprochen?«

»Ja, versprochen. – Noch etwas anderes, Wolf: Max hat vorhin bei mir angerufen. Er wollte, dass einer von uns sofort zu dir nach Hause geht und dort Wache schiebt. Warum denn das?«

»Erklär ich dir alles nachher. Hast du schon jemanden hingeschickt?«

»Ja, Albert fängt an und wechselt sich mit Geiger ab.«

»Gut gemacht, Sabrina. Bis später.«

Tannenberg drückte die Unterbrechertaste und erhob sich ächzend von dem morschen Baumstamm, auf dem er völlig erschöpft und von starken Schmerzen gepeinigt eine kurze Rast eingelegt hatte. Er ging ein paar Schritte. Plötzlich blieb er wieder stehen. Mit sorgenvoller Miene blickte er hinunter zu seinem linken Bein. Er stellte den Fuß auf einen kleinen Felsen, knickte das lädierte Bein ein wenig nach innen und damit zum Boden hin ab.

An der durch den Sturz freigelegten Stelle, unter welcher der dreieckige Stofffetzen wie eine schlaffe Wetterfahne herabhing, hatten sich in den Hautabschürfungen hellrote Blutschlieren mit Schmutzpartikeln und kleinen Steinchen vermischt. Die Ränder des Hosenlochs klebten bereits daran fest.

Ich muss so schnell wie möglich die Wunde reinigen und desinfizieren. Sonst entzündet sich das alles noch und ich krieg vielleicht ’ne Blutvergiftung!, zog er für sich selbst die Schlussfolgerungen aus diesem unappetitlichen Anblick. Außerdem brauch ich dringend ’ne andere Hose. Aber woher?

Zuerst dachte er an seinen alten Schulkameraden Kai Bohnhorst, der in der Innenstadt eine Arztpraxis betrieb.

Quatsch! Wenn ich in dem Aufzug durch die Fußgängerzone marschiere, kann ich ja auch gleich ins Präsidium gehen. Außerdem ist Kai jetzt bestimmt nicht mehr in seiner Praxis. Und wo er wohnt, weiß ich nicht. Die Telefonnummer hab ich auch nicht. Verdammt! Sonst könnte ich mich ja auch irgendwo anders mit ihm treffen.

Plötzlich leuchteten auf seiner inneren Leinwand zwei Worte auf: ›Flocke‹ und ›Betzenberg‹.

Tannenberg wusste natürlich sofort, dass mit dieser Eingebung nicht das Fußballstadion des 1. FCK gemeint war, sondern das gleichnamige Wohngebiet, wo seine Sekretärin in der Spinozastraße eine kleine Eigentumswohnung besaß. Er war dort schon mehrfach zu Gast gewesen. Jedes Mal, wenn Petra Flockerzie mit einer neuen Diät ihr Gewicht mühevoll um ein paar Kilogramm reduziert hatte, lud sie anschließend ihre Kollegen zu einem kleinen Festschmaus ein.

Er konnte zu diesem Zeitpunkt natürlich nicht wissen, ob sich seine Mitarbeiterin überhaupt zu Hause aufhielt, schließlich war Samstag und Petra Flockerzie konnte sonstwo sein.

Obwohl er sicherlich nicht gerade erschöpfend über das Privatleben seiner Sekretärin informiert war, so glaubte er doch zu wissen, dass sie sich nach dem Tode ihres Mannes bislang nicht mit einem neuen Partner eingelassen hatte. Seinem bescheidenen Kenntnisstand zufolge pflegte sie allerdings einen großen Bekanntenkreis, mit dem sie regelmäßig Freizeitaktivitäten unternahm.

Um die Frage zu klären, ob sie zu Hause war, hätte natürlich ein Anruf genügt. Aber er war nicht im Besitz ihrer Telefonnummer. Und für eine Nachfrage bei der Fernsprechauskunft reichte die Kapazität des Akkus nicht mehr aus. Maximilians Handy hatte schon am Ende des kurzen Telefonats mit Sabrina durch schrille Piepstöne auf die Dringlichkeit einer umgehenden Ladung hingewiesen.

Als Tannenberg sich vom südöstlichen Stadtwald herkommend der Spinozastraße näherte, roch er bereits von weitem den urtypischen Geruch von gegrilltem Fleisch.

Sofort lief ihm das Wasser im Mund zusammen.

Jetzt ein gutes Steak, Salat und ein, zwei, drei kalte Gläser Weizenbier – hmh, was gäb ich jetzt dafür!

Hinter den eingezäunten Grundstücken hörte man Musik, johlende Kinderstimmen, laute Gespräche – mithin alles Anzeichen dafür, dass ausgelassene, fröhliche Menschen den bilderbuchmäßigen Sommertag im Kreise ihrer Familien und Freunde in vollen Zügen genossen.

Die verhalten sich so, als ob alles ganz normal wäre, dachte Tannenberg, während ein bitteres Lächeln seinen Mund umspielte. So, als ob sich hier in ihrer Stadt in jüngster Zeit überhaupt nichts Dramatisches ereignet hätte.

Als er die Häuser und Gärten in seiner näheren Umgebung mit hektischen Blicken sondierte, erinnerte er sich plötzlich an die Bemerkung eines ehemaligen Lehrers, die dieser einmal bei einem Klassentreffen hatte verlauten lassen: ›Wenn die Schüler wüssten, dass sie meistens nur deshalb beim Spicken erwischt werden, weil sie sich dabei so unglaublich auffällig verhalten, würden wir Lehrer es viel schwerer haben, ihnen auf die Schliche zu kommen. Also merkt euch Jungs: Wenn ihr irgendwann in eurem Leben noch einmal spicken müsst, dann benehmt euch dabei so, als ob es sich bei dem, was ihr gerade tut, um das Normalste auf der Welt handeln würde.‹

Damit hatte er vollkommen recht, der alte Herr, dachte Tannenberg bei sich. Das kann ich aus meiner eigenen Erfahrung nur bestätigen: Geschnappt werden von uns doch meistens nur die Verbrecher, die sich durch ihr auffälliges Verhalten selbst entlarven. Und denen man beim Verhör sofort anmerkt, und vor allem auch ansieht, dass sie lügen. Aber die ganz coolen …

Also benahm er sich fortan genauso unauffällig wie ein

Spaziergänger, der hier in der Nähe des Wildparks eine kleine Abendwanderung unternahm.

Eigentlich hatte er vor, sich über das direkt an den Wald grenzende, parkähnlich angelegte Gelände dem viergeschossigen Wohnblock zu nähern, in dem Petra Flockerzie im Parterre eine Eigentumswohnung besaß. Aber aufgrund dieses anregenden Erinnerungsschubs ging er erhobenen Hauptes über einen asphaltierten Weg um die Wohnanlage herum.

Er brauchte nicht zu läuten, denn die Eingangstür stand sperrangelweit offen. Petra Flockerzie saugte gerade von ihm abgewandt den Flur. Tannenberg wartete geduldig, bis sie sich schließlich nach ein paar Sekunden zu ihm umdrehte. Als sie ihren Chef im Treppenhaus stehen sah, traf sie fast der Schlag. Sie starrte ihm mit offenem Mund ungläubig entgegen. Dabei tastete sie mit dem Fuß nach dem Ausschaltknopf des Staubsaugers. Sie fand ihn jedoch nicht. Aber anstatt einfach nach unten zu schauen, um besser zielen zu können, zog sie, ohne ihren bohrenden Blick auch nur einen Deut zu verändern, den Stecker neben der Eingangstür heraus.

Das Einzige, was ihr über die Lippen kam, war ein leise dahingehauchtes »Ach Gott, Chef.« Danach verstummte sie schlagartig, warf die Hand vor die kreisrunde Mundöffnung. Tannenberg schob sie sanft in den Flur hinein und schloss behutsam die Tür.

»Komm, Flocke, wir gehen in die Küche.« Er hakte seine Sekretärin unter und führte sie wie eine Schwerkranke zum Küchentisch.

Petra Flockerzie ließ sich in Zeitlupentempo auf den Stuhl niedersinken. Sie trug eine leichte, mehrfarbige Sommerbluse und einen knielangen hellen Rock. Ihre schulterlangen, mittelblond gefärbten Haare waren an der Seite gescheitelt, leicht gewellt. Sie war ungeschminkt. Ihre rosige Gesichtshaut glänzte ein wenig, die Oberlippe zierten ein paar kleine Schweißperlen.

Plötzlich erspähte sie Tannenbergs zerrissene Hose und dadurch natürlich auch die große Wunde an seinem Bein.

»Um Gottes willen, Chef, was ist denn mit Ihnen passiert?«, rief sie erschrocken aus.

»Nicht so schlimm, Flocke, das war nur'n kleiner Unfall. Kannst du mir bitte Wasser und einen Waschlappen bringen? Und wenn's geht auch irgendwas zum Desinfizieren?«

»Selbstverständlich, Chef.« Ihre Augen füllten sich mit Wasser, dicke Tränen quollen aus den Winkeln hervor. »Chef, das ist alles so schrecklich. Was können wir denn nur tun, um Ihre Unschuld zu beweisen?« Sie fixierte ihn mit einem energischen Blick. »Ich würd doch alles für Sie tun!«

Tannenberg legte seine Hand auf die etwas feuchte, teigige seiner Sekretärin, tätschelte sie liebevoll. »Das weiß ich doch, Flocke, du treue Seele! Aber mach dir mal keine Sorgen. Ich weiß zwar noch nicht wie, aber irgendwie schaffen wir das schon. Was haben die Spontis früher doch immer gesagt: Du hast keine Chance, also nutze sie.«

»Aber wie denn nur, Chef? Ihre Kollegen vom K1 dürfen Ihnen doch gar nicht helfen.« Ihr Gesicht rötete sich immer stärker. »Die sind doch völlig draußen aus dem Fall.«

»Ich weiß, Flocke, ich weiß«, entgegnete Tannenberg mit trauriger Stimme. »Wenn ich bloß wüsste, wer hinter dieser verdammten Sauerei steckt.« Er brach ab, räusperte sich. »Und vor allem möchte ich gerne wissen, wer der Maulwurf ist.«

»Welcher Maulwurf?«

»Flocke, es muss jemanden geben, der ganz eng am K1 oder der Staatsanwaltschaft dran ist und der ...«

»Glauben Sie wirklich, das ist einer von uns?«, warf die Sekretärin energisch dazwischen. Mit Vehemenz schüttelte sie den Kopf und ließ ein entschiedenes »Nein!« verlauten. »Das glaub ich nicht! Wer denn?«

»Ich weiß es doch nicht. Aber irgendeiner muss der Maulwurf sein.«

»Warum?«

»Woher sollen diese Verbrecher denn sonst ihre Informationen haben? Und die Presse, woher wissen die immer alles?«

Petra Flockerzie drückte sich mit ihren etwas zu kurz geratenen, schwabbeligen Armen auf der Tischplatte nach oben und erfüllte nun nacheinander die von Tannenberg geäußerten Wünsche.

Darüber hinaus legte sie ihm gleich noch drei Sommerhosen ihres verstorbenen Gatten zur Auswahl vor. »Chef, Sie müssen Ihre Hose ausziehen. Sie brauchen keine Angst zu haben, ich dreh mich auch um.«

»Quatsch, Flocke, wir sind doch erwachsene Menschen«, antwortete Tannenberg und entledigte sich vorsichtig seines zerrissenen Beinkleides.

Während er anschließend mit schmerzverzerrtem Gesicht an der Wunde herumzutupfen begann, erklärte Petra Flockerzie mit unverhohlenem Stolz: »Übrigens, Chef, selbstverständlich ermitteln alle Ihre Mitarbeiter trotzdem weiter. Ohne dass der Herr Kriminaldirektor und der Herr Oberstaatsanwalt etwas davon mitbekommen.«

»Sehr gut, Flocke, sehr gut«, lobte Tannenberg.

»Aber diese Schnüffler aus Pirmasens nerven vielleicht, kann ich Ihnen flüstern! Chef, ich mein die, die mit den

Ermittlungen gegen Sie beauftragt sind. Das haben Sie doch noch mitbekommen, bevor Sie geflohen sind?«

»Ja, ja, das hab ich. Aber diese Kollegen sind wirklich nicht zu beneiden. Die müssen einen Job machen, zu dem sie bestimmt nicht viel Lust haben«, antwortete Tannenberg gelassen. Dann unterbrach er seine Reinigungsaktion. »Und was haben nun meine Kommissariats-Kollegen in der Zwischenzeit herausbekommen?«

»Al-so, Chef«, begann sie gedehnt. Allem Anschein nach musste sie zuerst einmal gedanklich die verschiedenen Ermittlungsergebnisse sortieren. »Sabrina hatte mit den Eltern der beiden ermordeten Studenten gesprochen – erinnern Sie sich?«

»Natürlich, Flocke.«

»Sie hatte auch gesagt, dass sie die Kollegen an den Wohnorten der jeweiligen Eltern gebeten hat, Erkundigungen anzustellen.«

»Und, haben die etwas ergeben?«

»Ja, Chef.« Petra Flockerzies Gesicht leuchtet auf. »Die kommen beide nicht aus reichen Familien. Sie haben von ihren Eltern entweder gar keinen oder nur einen geringen Zuschuss zum Studium erhalten. Angeblich sollen beide Bafög gekriegt haben.«

»Das ist ja wirklich hochinteressant«, entgegnete Tannenberg nickend. »Das heißt ja dann wohl, dass diese Leonie definitiv gelogen hat, als sie uns erzählte, sie und ihr Freund würden großzügig von ihren Eltern unterstützt. – Nur, wo hatten die bloß das viele Geld her, um sich diesen ganzen Luxus zu leisten?«

»Chef, der Student hat doch in diesem Werkstoffhof gearbeitet und ...«

»Und hat aus den alten Kästen, die dort abgegeben wurden, neue Computer zusammengebastelt«, vollendete Tannenberg. Er schüttelte den Kopf, stieß Luft geräuschvoll durch die Nase. »Aber damit allein verdient man doch nicht so viel. Die hatten garantiert noch eine andere Geldquelle, da bin ich mir ganz sicher. Vielleicht ist diese komische Sache mit der 5000-Euro-Überweisung ein versteckter oder vielleicht sogar auch ein ungewollter Hinweis darauf, dass die beiden irgendwelche Leute erpresst haben.«

»Aber womit denn, Chef?«

»Keine Ahnung, Flocke. Vielleicht hat der geheimnisvolle Student ja in diesem angeblichen Computerschrott geheime Dateien entdeckt. Was weiß denn ich? – Sag mal, hatte der Mertel nicht gemeint, dass die in den beiden Wohnungen keine einzige Diskette oder CD gefunden haben?«

Die Sekretärin nickte. »Das war so, Chef. Das weiß ich ganz genau. Ich hab ja selbst die Berichte getippt.«

»Gut, Flocke. Und was haben die Kollegen sonst noch herausgefunden?«

»Da war noch die Befragung der LKW-Fahrer, die Schlachtabfälle zu dieser Tierkörper-Dingsbums gebracht haben. Das waren ja nur 'ne Handvoll Leute. Die hat der Michael Schauß alle angerufen – aber denen ist angeblich bei ihren Fuhren nichts Besonderes aufgefallen.«

»Schade. Sonst noch was?«

»Ja, aber das ist so streng geheim, Chef«, sagte sie. Bevor sie fortfuhr, senkte sie ihre Stimme und flüsterte: »Dass ich es eigentlich niemandem sagen darf. – Aber Ihnen kann ich's ja wohl sagen.«

Tannenberg brummte auf, zog die Brauen nach oben. »Los, mach schon!«

»Die Kollegen haben den Verdacht, dass irgendeiner«, sie stockte, riss erschrocken die Augen auf, hob entschieden ihren rechten Zeigefinger, »aber keiner von uns, hinter dieser Schweinerei steckt.«

»Und wer?«

»Vielleicht ein anderer Kommissariatsleiter. Die werden in den Dienstbesprechungen immer aktuell informiert. Oder der Hollerbach oder der Kriminaldirektor oder sogar unser neuer Polizeipräsident.«

»Tja, wer weiß, Flocke. Es kann ja so ziemlich jeder sein. Aber eine konkrete Spur haben meine Kollegen bislang noch nicht entdeckt?«

Die Sekretärin seufzte. »Nein, Chef, leider nicht. Aber sie versuchen alles. Nur sie müssen eben auch sehr vorsichtig dabei sein.«

»Klar.«

»Ach, Gott, Chef, was meinen Sie, was los ist, wenn irgendwer davon Wind bekommt, dass wir vom K1 ...?« Sie brach ab, seufzte abermals tief auf und schaute Tannenberg mit einem herzerweichenden, todtraurigen Blick an.

»Ach, Chef, das ist alles so furchtbar: Die, die Ihnen helfen wollen und Ihnen vielleicht auch helfen könnten, dürfen Ihnen nicht helfen. Und die, die gegen Sie ermitteln müssen, wollen Ihnen gar nicht helfen, weil für die eben die Faktenlage so eindeutig ist. Für die steht fest, dass Sie die beiden Morde begangen haben. Und zu allem Übel sind Sie auch noch geflüchtet. Das hat Sie für die noch verdächtiger gemacht.«

Während Petra Flockerzies verzweifelten Worten hielt Tannenberg seinen Blick auf die beige Kunststoff-Arbeitsplatte gerichtet, die mit Diätratgebern, Medikamentenpackungen und Diätdrinks reichlich bestückt war. Diese Utensilien waren ihm bei seinen vorangegangenen Besuchen überhaupt nicht aufgefallen. Nun schwenkte er seinen Blick wieder hinüber zu seiner deprimierten Mitarbeiterin.

»Aber was hätte ich denn anderes machen sollen, Flocke?«

Die Sekretärin biss die Zähne zusammen, ihr Kinn begann zu zittern. Sie kämpfte mit den Tränen. »Ich weiß es doch auch nicht, Chef.«

Tannenberg erhob sich, legte seiner Sekretärin tröstend eine Hand auf die Schulter. »Sag den Kollegen, dass sie ja vorsichtig sein sollen. Und, liebe Flocke: Du sagst bitte niemandem etwas davon, dass ich hier bei dir war – klar?«

»Jawohl, Chef.«

»Ich verlasse dich jetzt auch gleich wieder.«

»Aber warum denn? Wohin denn?«

»Das kann ich dir beim besten Willen nicht sagen.«

Petra Flockerzies Miene glich einem fleischgewordenen Kummerkasten. »Das ist doch viel zu gefährlich, Chef«, jammerte sie. »Bleiben Sie bitte, bitte bei mir. Hier sind Sie sicher. Da kommt bestimmt keiner drauf, dass Sie sich bei mir verstecken.«

»Und wenn doch? Ich will dich nicht noch stärker in die Sache hineinziehen, wie ich's leider schon dadurch getan habe, indem ich hier aufgekreuzt bin.«

So wie Benny, der arme Kerl, dachte Tannenberg. Er überlegte einen Moment, ob er ihr über den Mordanschlag berichten sollte, entschied sich aber dafür, dies besser nicht zu tun. Petra Flockerzie war nach seinem Eindruck emotional bereits angeschlagen genug.

»Bleiben Sie doch bitte hier, Chef«, jammerte sie noch einmal.

»Nein, nein, ich mach mich jetzt auf die Socken.«

»Chef, das geht nicht!« Mit ihrer gesamten Körperfülle baute sie sich bedrohlich vor ihm auf. »Sie kommen mir hier nicht weg, bevor Sie etwas gegessen und getrunken haben! Sie sehen ja aus wie der Tod von Basel: eingefallene Wangen – völlig ausgehungert. Sie haben bestimmt in den letzten Tagen ein paar Kilo abgenommen.« Es folgte ein kurzer Stoßseufzer. »Eigentlich beneidenswert – aber in Ihrer Lage geht das nicht! Sie brauchen doch Kraft!«

Tannenberg kam dieser befehlsartig vorgetragene Einwurf seiner Sekretärin nicht ungelegen, nagte doch schließlich seit dem vorhin eingesogenen, verführerischen Grillgeruch ein hartnäckiges Hungergefühl in seiner Magengegend.

Zwar konnte Petra Flockerzie nur mit Schwartenmagen belegten Schnittchen und Exportbier aufwarten, aber trotzdem mundete es ihm in diesem Augenblick weitaus besser als jedes noch so teure Feinschmeckermenue.

12

Wolfram Tannenberg benutzte für seine Fahrt zum Volkspark den Golf seiner Sekretärin. Obwohl er nicht bereit war, ihr seine weiteren Pläne zu offenbaren, überließ ihm die treue Seele trotzdem bereitwillig ihr Auto.

Er parkte den zwar betagten, jedoch ausgesprochen gepflegten Golf auf dem direkt unterhalb der Jugend-Verkehrsschule gelegenen, unbefestigten Parkplatz, der bereits von mehreren Dutzend anderer PKWs belegt war. Tannenberg betrat den Park durch ein, in einem dichten Zaungestrüpp verstecktes grünes Metalltürchen, das man von der Entersweilerstraße aus kaum erkennen konnte. Mit wenigen Schritten durchquerte er den sich unmittelbar daran anschließenden, labyrinthähnlichen Parkteil, in dem auch einige weitverstreute Sitzbänke standen.

Dieser zugewucherte, uneinsichtige Bereich wurde von den Parkbesuchern allerdings weitgehend gemieden. Ganz im Gegensatz zu den Obdachlosen, die sich gerade bei einbrechender Dunkelheit oft hierher flüchteten, Gelage feierten und anschließend hier nächtigten. Er wusste aus vielen Polizeiberichten, wie ausgesprochen beliebt dieser Treffpunkt und Schlafplatz unter den Berbern war. Unweit von der Stelle, an der er sich gerade befand, war vor einiger Zeit ein Obdachloser mit eingeschlagenem Schädel aufgefunden worden.

Er hatte nun den asphaltierten Rundweg innerhalb des eigentlichen Parkgeländes erreicht. Mit einem Male war er mitten in einer vollkommen anderen Welt. Er blickte sich um. Links neben ihm ruhten sich einige ältere Leute auf Parkbänken aus. Von der anderen Seite her näherte sich ihm gerade eine junge Familie mit Kinderwagen und einem angeleinten Golden Retriever.

Sein Blick schwenkte von rechts kommend über die weitläufige Parkanlage, die von altem Baumbestand und ausladenden Rasenflächen geprägt wurde. Auf dem anscheinend erst vor kurzem frisch gemähten Gras tobten eine Unzahl Kinder herum. Eine Handvoll Jugendliche spielten Volleyball und eine Gruppe älterer Menschen warfen Boulekugeln. An mehreren Stellen waren bunte Decken ausgebreitet, auf denen einige Zeitgenossen entweder faul herumlagen und die letzten Sonnenstrahlen des Tages genossen, lasen oder sich aus einem mitgebrachten Picknickkorb verköstigten.

Etwas verdeckt hinter den mächtigen Laubbäumen, die vom Schwanenweiher her lange Schatten auf den gelblich gebleichten Rasen warfen, entdeckte er einen muschelförmig geöffneten Musikpavillon, in dem gerade ein Bläserkonzert stattfand.

Da seine Eltern bei schönem Wetter häufig zu diesen Freiluftveranstaltungen pilgerten, wusste Tannenberg zwar, dass diese Konzerte meist recht gut besucht waren, aber dass derart viele Menschen sich an diesem bilderbuchmäßigen Sommerabend hier einfinden würden, hätte er nicht gedacht.

Etwa zehn Meter rechts neben zwei Container-Kiosken, an denen sich lange Menschenschlangen gebildet hatten, erspähte er endlich das, was er eigentlich suchte, was er allerdings die ganze Zeit über nicht gesehen hatte – weil er es gar nicht sehen konnte, denn das Reiterdenkmal war vollständig unter einer schmutziggrauen Bauplane versteckt.

Von Sabrina war weit und breit nichts zu sehen.

Er schaute auf seine Armbanduhr: 19 Uhr 50.

Es ist ja auch noch etwas Zeit, sagte er sich. Dann aber wurde er plötzlich unsicher. Vielleicht ist sie ja auch wieder gegangen, als sie kein Reiterdenkmal entdeckt hat. Quatsch! Sabrina ist doch nicht blöd. Außerdem ist sie hier in der Stadt aufgewachsen, wohnt sogar in der Nähe. Vielleicht steht sie ja hinter dem Denkmal.

Um auf seinem Weg zu dem verhüllten Denkmal möglichst wenigen Parkbesuchern zu begegnen, nahm er nicht den asphaltierten Spazierweg, sondern lief querfeldein über die kurzgeschorene Wiese. Kaum war er mehr als ein paar Meter gelaufen, als plötzlich seine junge Mitarbeiterin links hinter dem Reiterdenkmal auftauchte. Er beschleunigte sofort seinen Schritt.

Sabrina trug eine hellblaue, knielange Caprihose. Über dem gebräunten Bauchstreifen umschloss ein enges, luftiges Tank-Top ihren durchtrainierten Oberkörper. Die locker von den Schultern herabhängende, schneeweiße Baumwoll-Trainingsjacke allerdings schien nicht unbedingt den hochsommerlichen Temperaturen angemessen und störte deshalb ein wenig den von jugendlicher Sportlichkeit geprägten Gesamteindruck. Aber Tannenberg wusste natürlich genau, was die Jacke verbergen musste: Sabrinas Dienstwaffe, die jederzeit durch den geöffneten Reißverschluss der Jacke zu erreichen war.

Die junge Kriminalbeamtin erweckte einen sehr nervösen, abgespannten Eindruck. Zwar begrüßte sie ihren Chef, Trauzeugen und väterlichen Freund mit einer innigen Umarmung, aber der Körperkontakt der beiden währte nur kurz. Mit einer abrupten Bewegung befreite sie sich aus seinen langen Armen und trat einen Schritt zurück. Nun stand sie ein wenig seitlich versetzt von ihm.

Tannenberg versuchte ihren Blick aufzufangen, aber der wanderte hektisch in der Gegend umher. Aus ihrem ansonsten so lebensfrohen, freundlichen Gesicht, das von einem großen, dunklen Augenpaar beherrscht wurde, war ihre jugendliche Unbeschwertheit gänzlich verschwunden.

»Oh je, Wolf, was ist das bloß für ein blöder Treffpunkt hier! Gleich nachdem du weg warst, hab ich mir gesagt: das geht nicht. Im Volkspark können wir uns nicht treffen. Da sieht uns doch gleich jeder. Aber ich konnte dich ja nicht mehr erreichen.«

»Ach, Sabrina, so schlecht ist der Platz doch gar …«, wollte Tannenberg gerade die Bedenken seiner jungen Mitarbeiterin ein wenig zerstreuen.

Weiter kam er jedoch nicht.

Denn genau an dieser Stelle seines Satzes sah er plötzlich einen leuchtendroten Laserpunkt auf Sabrinas heller Jacke auftauchen.

Er wusste sofort, um was es sich dabei handelte.

Er hatte zwar solch einen brennenden Punkt bislang nur ein einziges Mal mit eigenen Augen gesehen, und zwar als Heiner ihm irgendwann einmal den von ihm erbeuteten Laserpointer eines Schülers vorgeführt hatte.

Aber natürlich war Tannenberg augenblicklich klar, dass der Punkt auf Sabrinas Jacke nicht von einem Laserpointer, sondern mit hoher Wahrscheinlichkeit von der Zielortung eines Präzisionsgewehrs stammte.

Er reagierte blitzschnell: Ein reflexartiger Ruck ging durch seinen Körper. Er drehte die linke Schulter nach vorne, nahm den Oberkörper ein wenig zurück und riss parallel dazu die Hände nach oben.

Er wollte Sabrina gerade zur Seite stoßen, als er einen peitschenartigen Gewehrschuss hörte.

Das Projektil verfehlte Tannenbergs Brust nur um wenige Zentimeter.

Sabrina dagegen wurde in den rechten Oberarm getroffen. Wie im Vollrausch torkelte sie mit wilden, unkoordinierten Bewegungen nach hinten.

Geistesgegenwärtig machte er einen Satz auf sie zu, packte sie dort, wo er sie gerade greifen konnte, drückte sie auf den Rasen.

Ein weiteres Schussgeräusch ertönte, diesmal aber war es heller und spitzer. Akustisch untermalt wurde es von hysterischen Menschenschreien, die aus Richtung des Musikpavillons zu ihm herüberdrangen.

Aber Tannenberg nahm dies alles nicht bewusst war, er reagierte quasi vollautomatisch, wie ferngesteuert.

In einer geradezu akrobatischen Bewegungsfolge, in der er sich duckte und, um dem Schützen kein allzu leichtes Ziel zu bieten, gleichzeitig ruckartige Körperbewegungen durchführte, gelang es ihm, seine am Boden liegende junge Kollegin in Windeseile hinter das verhüllte Denkmal zu zerren und sie damit in Sicherheit zu bringen.

Ein schneller Blick auf Sabrinas sich rot einfärbenden Oberarmbereich genügte: Ihre Verletzung war allem Anschein nach nicht lebensbedrohlich. Er schrie lauthals nach einem Notarzt. Dabei saß er in der Hocke, Sabrinas Kopf auf seine Oberschenkel gebettet. Zärtlich streichelte er ihren Kopf.

Plötzlich ertönte ein schrilles, abgehacktes Hupgeräusch.

Erschrocken warf er den Blick nach oben.

Direkt vor ihm stand ein Geländemotorrad, dessen behelmter Fahrer nervös am Gashebel herumspielte, die

Maschine im Leerlauf aufheulen ließ. Mit einer eindeutigen Geste forderte er Tannenberg auf, das Motorrad zu besteigen.

»Los, fahr mit!«, schrie Sabrina. »Du musst hier weg!«

»Und du?«

»Ich bin O.K.«

Tannenberg nickte. Obwohl er das Gesicht des Fahrers hinter dem silberfarbenen Spiegelvisier nicht erkennen konnte, zögerte er keine weitere Sekunde.

Er sprang auf die Sitzbank, umklammerte den Bauch des unbekannten Helfers. Der Biker gab Vollgas. Das grobstollige Profil des Hinterreifens riss Grasbüschel und Erdbrocken aus der Wiese, die in weitem Bogen nach oben schleuderten.

In rasender Fahrt schoss das Geländemotorrad an verängstigten Menschen vorbei, die hinter dicken Baumstämmen Schutz gesucht hatten und nun die Fortsetzung dieses Spektakels mit aufgerissenen Mündern begafften. Sie begleiteten mit ihren staunenden Blicken das Motorrad, wie es auf den nördlichen Rand des Volksparks zusteuerte, in dem sich ein riesiger Kinderspielplatz befand. Mit einem etwa zwei Meter breiten Wasserlauf war dieser Bereich vom anderen Teil des Parks abgetrennt.

Der Fahrer verringerte kurz davor die Geschwindigkeit, so als wolle er sich zuerst Klarheit über die Tiefe des Wassergrabens verschaffen. Dann aber preschte er zügig mitten hindurch. Hohe Wasserfontänen schossen auf beiden Seiten des Motorrads schräg nach außen. Die rechte Fontäne spritzte sogar bis hinüber zu einer kleinen Schutzmauer aus aufgetürmten Felsbrocken, hinter der einige Mütter ihre schreienden Kinder fest an den Körper gepresst hielten.

In waghalsiger Manier ging es nun direkt neben einer chromfarbenen Rutschbahn eine kleine Anhöhe hinauf, dann über eine nahezu waagrecht verlaufende, holprige Kopfsteinpflaster-Passage und anschließend querfeldein den Abhang hinunter zu einer unbelebten Seitenstraße.

Das Motorrad kam zum Stillstand, der Fahrer drehte sich zu Tannenberg um, klappte das Visier nach oben.

»Na, wie geht's, du alter Wahnsinniger?«, fragte Benny de Vries mit einem unglaublich breiten Grinsen, das in voller Pracht sein makelloses, strahlendweißes Gebiss zum Vorschein brachte. »Hast du dir nicht denken können, dass das 'ne Falle ist?«

»Nee … doch … eigentlich … aber … Sabrina …«, suchte Tannenberg stammelnd nach Worten.

Benny wollte die verbalen Strukturierungsbemühungen seines Freundes nicht abwarten. Er war anscheinend sehr in Eile. »Wo geht's von hier aus zum Hochspeyerer Strich – oder wie das heißt?«

»Stich, nicht Strich!«, korrigierte Tannenberg.

»Egal! Wie muss ich fahren?«

»Was willst du denn dort?«

»Frag nicht, gib mir 'ne Antwort! Wir haben keine Zeit zu verlieren. Dort soll ein Weg zu einer alten Burg abzweigen. Genau da müssen wir hin.«

Als Tannenberg zögerte, schlug Benny fest auf dessen rechten Oberschenkel.

»Los, Mann, mach schon«, giftete er.

Mit einem Mal gehorchte Tannenberg. »Fahr jetzt einfach los! Immer weiter geradeaus am Busbahnhof vorbei.«

Mit einem scharfen Ruck setzte sich die Geländemaschine in Bewegung. Tannenberg erschrak, griff Benny ins T-Shirt, hielt sich daran fest. Er drückte seinen Körper nach vorne, und richtete sich auf, so dass er Benny über die Schulter blicken konnte. Seine schweißnassen Haare flatterten im warmen Fahrtwind. Die notwendigen Kommandos schleuderte er abgehackt an Bennys rechtes Ohr.

Auf direktem Wege erreichten die beiden Männer die gesuchte Abzweigung zur Burgruine Beilstein. Als Tannenberg das Auto Dr. Schönthalers auf dem Waldparkplatz erspähte, war ihm schlagartig klar, wo Benny, der ja augenscheinlich nicht zurück zu seiner Familie gefahren war, Unterschlupf gefunden hatte.

Ohne das ansonsten obligatorische Begrüßungsritual herrschte der Rechtsmediziner seinen alten Freund ohne Vorwarnung an. Dabei warf er einen Arm in Richtung seines alten E-Klasse-Mercedes: »Los, Wolf, leg dich auf die Rückbank. Dort findest du eine Decke. Und unter der verschwindest du sofort, wenn ich's dir sage.«

Während der Gerichtsmediziner gemeinsam mit Benny das Motorrad einen kleinen Abhang hinunterschob und mit ein paar Zweigen notdürftig abdeckte, nahm Tannenberg derweil im Auto Platz. Aber störrisch, wie er nun einmal von Natur aus war, legte er sich natürlich nicht auf die Bank, sondern wartete im Sitzen auf die Rückkehr seiner beiden Freunde.

Knapp eine halbe Stunde später saßen die drei Männer in einem alten Jagdhaus am Fuße des Donnersbergmassivs. Die abgelegene Hütte gehörte einem Kollegen Dr. Schönthalers, der sich vor ein paar Tagen gemeinsam mit Freunden zu einer Amerikareise aufgemacht hatte.

»Sagt mal, woher habt ihr denn eigentlich gewusst, wann und wo ich mich mit Sabrina treffen werde?«, fragte Tannenberg mit einem Gesichtsausdruck, der seinen beiden Freunden verdeutlichte, dass er die dramatischen Ereignisse noch nicht einmal ansatzweise verarbeitet hatte.

Der Rechtsmediziner schmunzelte kurz. Dann verlor sich dieses Mienenspiel plötzlich vollständig und wurde von einem kummervollen Ausdruck ersetzt. Er seufzte tief auf, bevor er antwortete:

»Sabrina war vorhin bei mir zu Hause. Sie war total mit den Nerven runter. Weil du ihr doch das Versprechen abgetrotzt hast, dass sie niemanden informieren darf.«

Tannenberg nickte stumm.

»Ich hab mal ein bisschen darüber nachgedacht und bin dann zur Gewissheit gelangt, dass du mit dem Begriff ›niemanden‹ nur Sabrinas Kollegen gemeint haben kannst. Ich kenne dich ja schließlich schon lange genug, um dies beurteilen zu können.«

Wieder huschte ein leichtes Schmunzeln über Dr. Schönthalers Lippen, verflüchtigte sich aber ebenfalls gleich wieder. »Aber da ich glücklicherweise nur dein Freund und nicht dein Kollege bin, haben wir entschieden, dass sie sich sehr wohl an mich wenden kann, ohne dass sie dadurch gleich ihr Versprechen dir gegenüber bricht.«

»Ihr seid ganz schön schlau«, anerkannte Tannenberg.

»Dazu ist man bei dir ja auch gezwungen.« Er bohrte den Blick unerbittlich in sein Gegenüber, hob anklagend die Stimme. »Warum hast du dich nicht bei mir gemeldet?«

Tannenberg räusperte sich verlegen und erwiderte leise: »Weil ich dich nicht in Gefahr bringen wollte, Rainer.« Er blickte schuldbewusst zu Benny hinüber. »So wie den armen Kerl hier.«

Der Rechtsmediziner sprang von seinem Stuhl auf. Kopfschüttelnd stützte er seine Arme direkt vor Tannenberg auf die Tischplatte.

»Nein, nein – und nochmals nein, mein lieber Wolfram!«, begann er mit einer Klangfärbung, die unweigerlich an ein mahnendes Gespräch mit einem ungezogenen Kleinkind erinnerte. »Du hast dich deshalb nicht bei mir blicken lassen oder dich wenigstens telefonisch bei mir gemeldet, weil du auch mich im Verdacht hattest, ein Verräter und Intrigant zu sein.«

Tannenberg krauste die Stirn, wiegte den Kopf entschieden hin und her. »Quatsch! Du doch nicht.«

Der Rechtsmediziner hob die Augenbrauen. Seine weit aufgerissenen Augen funkelten bedrohlich. Er streckte Tannenberg den linken Zeigefinger entgegen, bewegte ihn auf und ab. »Wolf, du solltest mich jetzt nicht weiter anlügen. Das hat unsere alte Freundschaft wirklich nicht verdient!«

Nur zu gut wusste Tannenberg, dass Dr. Schönthaler mit dem, was er eben gerade gesagt hatte, vollkommen ins Schwarze getroffen hatte. Er schniefte, warf die Hände vors Gesicht, rieb sich Stirn und Augen.

»Rainer, entschuldige, du hast ja recht«, stimmte er jammernd zu. »Das tut mir alles so unendlich leid.«

Der Gerichtsmediziner schien auf diesen Augenblick nur gewartet zu haben, denn er setzte sich neben Tannenberg, schlug ihm ein paar mal kräftig auf den Rücken.

»Komm, alter Junge, du musst dir doch darüber keinen Kopf machen«, versuchte er seinen Freund aufzumuntern. »In deiner Situation hätte jeder genauso gedacht und gehandelt, wie du es getan hast. Ich garantiert auch.«

Ein ergriffener, dankbarer Blick lugte schüchtern hinter den sich gerade voneinander entfernenden Händen hervor.

»Wirklich, Rainer?«

»Natürlich. Das war doch der reinste biologische Selbsterhaltungstrieb. Du musstest schließlich jeden verdächtigen. Was die mit dir veranstalten, ist ja auch der blanke Albtraum. Vor dem, was dir passiert ist, fürchtet sich doch wohl jeder Mensch. – Nur für dich ist das leider kein Albtraum, sondern knallharte, erbarmungslose Realität.«

»Aber das schaffen wir gemeinsam«, sprach nun auch Benny de Vries Tannenberg ein wenig Mut zu. »Wir sind ja schon ein Stückchen weitergekommen. Vor allem durch den Anschlag auf dich und Sabrina eben im Park.«

»Wieso?«

»Ganz einfach, Wolf. Sabrina hat geschworen, außer uns beiden niemandem etwas von eurem Treffen gesagt zu haben. Keine Andeutung, gar nichts. Und ich meine, das sollten wir ihr glauben.«

In Tannenbergs angeschlagenem Gemüt erwachten allmählich wieder die Lebensgeister. »Dafür gibt es nur zwei mögliche Erklärungen. – Korrigiert mich bitte, wenn ich da falsch liege.«

Beide Männer signalisierten stumm ihre Bereitschaft.

»Entweder wurde Sabrinas Handy abgehört …«

»Von wem?«, warf Benny dazwischen.

»Gute Frage – auf den ersten Blick jedenfalls. Denn bei näherem Hinsehen gibt es eigentlich nur *eine* denkbare Variante: eine richterlich genehmigte Telefonüberwachung. So etwas illegal zu veranstalten ist viel zu aufwändig und gefährlich – auch für das organisierte Verbrechen. Von solch einer Aktion bekämen zudem viel zu viele Leute etwas mit. Und genau daran ist denen garantiert nicht gelegen.«

»Aber, entschuldige mal, Wolf, das ist doch totaler Blödsinn«, höhnte Dr. Schönthaler. »Du glaubst doch nicht im Ernst, dass sich ein Richter finden lässt, der für das Handy einer unbescholtenen Polizeibeamtin eine Abhörgenehmigung erteilt.«

»Das weiß ich doch selbst, alter Freund«, entgegnete Tannenberg schmunzelnd.

»Und was soll dann dieses ganze Theater?«, bekundete der Gerichtsmediziner seinen Unmut.

»Ach, Gott, Rainer, ich will euch doch nur auf die zweite, weitaus wahrscheinlichere Möglichkeit hinstoßen. Die da wäre?«, fragte er mit herausforderndem Gesichtsausdruck.

»Da bleibt eigentlich nur noch die klassische Wanzen-Variante übrig«, bemerkte Dr. Schönthaler nach einer kleinen Besinnungspause.

»Sehr gut, Herr Hobbydetektiv«, lobte Tannenberg. »Und genau die erscheint mir persönlich am naheliegendsten. Das würde nämlich einiges erklären.«

»Und wer soll diese Wanzen in euren Diensträumen installiert haben?«

»Na, Rainer, ich denke dafür kommen doch wohl einige Personenkreise in Betracht: Putzfrauen, Boten, Sekretärinnen usw. Aber natürlich auch alle Kollegen von unserer Dienststelle oder die Kollegen vom LKA, vom BKA, BND, MAD …«

»Ach, übrigens, Wolf, apropos LKA. Heute morgen hat sich Eva bei mir gemeldet. Ihr Freund, dieser Friedrich, hat sich mal intensiv im LKA umgehört. Die haben vor ein paar Tagen Mitglieder einer rumänischen Bande festgenommen. Und die haben zugegeben, dass sie für ihre

Überfälle auf schlafende Urlauber dieses sogenannte KO-Gas verwendet haben. Diese Bande ist zwar anscheinend mafiamäßig organisiert, aber bislang gibt es noch nicht einmal die Spur eines Hinweises darauf, dass es irgendeine Verbindung zu uns hier runter in die Pfalz gibt.«

»Schade.«

»Na ja, Wolf, vielleicht kriegen die ja noch ein paar interessante Informationen aus diesen Gangstern raus. Die LKA-Beamten stehen laut Eva erst am Anfang der Befragungen. Sag, mal, warum hängt sich dieser Friedrich denn eigentlich so für dich rein?«

»Ganz einfach: Weil Friedrich ein unheimlich lieber Mensch ist«, bemerkte Tannenberg nickend.

»So. Also jedenfalls war er sogar beim BKA in Wiesbaden und hat sich dort in die Akten über den Fall mit der Organmafia damals in der Schlossklinik reingekniet.«

Tannenberg drehte sich zu Dr. Schönthaler hin. »Gibts wenigstens dort einen Hinweis oder eine Spur?«

»Nein, Wolf leider auch nichts. Die BKA-Ermittlungen bezüglich dieses Falls sind noch immer nicht abgeschlossen. Das ist eben eine internationale Angelegenheit mit allen möglichen Komplikationen. Und das ...«

»Verdammt!«, unterbrach ihn Tannenberg und warf einen beschwörenden Blick hinauf an die Holzdecke der Hütte. »Irgendwo muss doch wenigstens ein kleiner Hinweis auf eine Querverbindung zwischen den Studentenmorden und dem organisierten Verbrechen zu finden sein.«

Der Rechtsmediziner warf die Stirn in Falten, kniff die Augen zusammen. »Weißt du, was auch mehr als merkwürdig ist?«

Tannenberg ließ lediglich ein undefinierbares Geräusch verlauten, das eindeutig aus dem animalischen Bereich kam und dort irgendwo zwischen Brummen und Knurren einzuordnen war.

Dr. Schönthaler fuhr fort: »Sabrina hat uns vorhin davon berichtet, dass unser allseits geschätzter Herr Kriminaldirektor alle Mitarbeiter des K1 dazu genötigt hat, ein Diensttagebuch zu führen.«

»Ein Diensttagebuch?«, fragte Tannenberg verwundert nach.

»Ja. Und das kontrolliert er sogar höchstpersönlich – und zwar täglich! Die müssen darin jeden einzelnen Schritt, den sie tun, genau dokumentieren. Außerdem hat er sie so mit Arbeit überschüttet, dass sie überhaupt nicht mehr wissen, wo ihnen der Kopf steht.«

»Der Eberle bezweckt doch damit eindeutig, dass die Kollegen keine Zeit haben, mir zu helfen.«

»Natürlich, Wolf«, pflichtete Benny de Vries bei. »Das ist bestimmt der Grund.«

»Sabrina hat aber gesagt, dass sie sich davon nicht beeindrucken ließen und seitdem eben außerhalb ihrer Dienstzeit weiterermitteln würden. Dezent versteht sich. Diese Todesmutigen sparen bei ihren Privatrecherchen noch nicht einmal den Herrn Kriminaldirektor und unseren lieben neuen Polizeipräsidenten aus. Beide leben ja auf recht großem Fuß, wie man …«

»Was? Sind die denn wahnsinnig geworden? Was meinst du wohl, was die beiden veranstalten, wenn sie rauskriegen, was da hinter ihrem Rücken abläuft?«

Tannenberg griff Dr. Schönthalers Handy, das neben dessen Schlüsselbund direkt vor ihm auf dem Holztisch lag. »Ich ruf jetzt sofort meine Kollegen an. Und zwar einen nach dem anderen. Ich muss doch diese Irren zurückpfeifen. Die setzen schließlich alle ihren Job auf's Spiel!«

Der Gerichtsmediziner legte behutsam seine Hand auf die Tastatur. »Nichts tust du, Wolf. Lass die ruhig mal machen. Die sind garantiert sehr vorsichtig. Vielleicht werden deine Freunde dadurch ja auch ein wenig nervös und begehen einen kleinen Fehler. Vielleicht ist genau das unsere Chance.«

»Aber, Rainer, nun mal ohne Witz: Du kennst doch den Eberle auch schon so lange wie ich. Kannst du dir wirklich vorstellen, dass der hinter der ganzen Sache steckt? Oder etwa der neue Polizeipräsident?«

»Konntest du dir denn bis vor ein paar Tagen vorstellen, dass man dich einmal als zweifachen Mörder suchen würde?«

Mit einem bitteren, stakkatoartigen Lachen entgegnete Tannenberg: »Nein, das konnte ich mir wirklich nicht vorstellen.«

»Wolf, wenn wir nun einmal davon ausgehen, dass das K1 tatsächlich mit Mikros verwanzt worden ist – was wir ja bis jetzt noch nicht definitiv wissen –, dann drängen sich uns doch wohl zwei entscheidende Fragen auf. Die erste lautet: Wer hat ein Interesse daran, die Wanzen anzubringen?«

Dr. Schönthaler hatte diese Frage, während er sich von seinem Stuhl in die Höhe schraubte mitten in den Raum hineingeworfen.

Benny antwortete zuerst: »Na, selbstverständlich diejenigen, die ein starkes Interesse daran haben, unserem lieben Wolf zwei Morde in die Schuhe zu schieben.«

»Genau, Benny, das liegt ja offensichtlich auf der Hand«, bestätigte der Rechtsmediziner. »Deshalb ist die zweite Frage auch viel interessanter.«

»Du meinst: Wer hatte die Gelegenheit dazu?«, fragte nun Tannenberg.

»Richtig, Wolf. Also, wir schließen mal die Kollegen des K1 aus.«

»Warum?«

»Na, weil sie dir sonst wohl kaum so engagiert helfen würden.«

Tannenberg ließ sich von diesem Argument nicht so leicht überzeugen. »Aber genau das könnte doch auch die Ablenkungsstrategie dieses Verräters sein.«

»Wolf, jetzt hör doch endlich mal auf mit diesen abstrusen Verdächtigungen. Das glaubst du doch auch gar nicht wirklich, oder?«

Für wenige Sekunden kehrte Stille in der Jagdhütte ein.

»Nein, eigentlich nicht«, brummelte Tannenberg.

»Na, endlich. – Wer bleibt dann noch?«

»Na ja, ich hab ja vorhin schon angefangen, die Leute aufzuzählen. Aber du hast mich ja abgewürgt.«

»Ich weiß, aber jetzt darfst du.«

»Also gut, Rainer, dann eben noch einmal: Da wären zum Beispiel Putzfrauen, Handwerker, Kollegen aus anderen Kommissariaten, Staatsanwälte, Praktikanten, Fensterputzer, Zeugen, Verdächtige, Einbrecher, Hausmeister.«

»Und nicht zu vergessen: die Herren Kriminaldirektor und Polizeipräsident.«

»Rainer, du nervst!«

»Aber, wo er recht hat, hat er recht«, meinte Benny.

»Leider«, seufzte Tannenberg. »Aber was solls. Wir müssen zunächst einmal abklären, ob unsere Wanzen-Theorie überhaupt stimmt.«

Dr. Schönthaler streckte den erhobenen Zeigefinger empor, bewegte ihn anschließend im Takt seiner Worte auf und ab. »Nur wenn diese Theorie tatsächlich zutreffen sollte, würde sie uns eine ausgesprochen interessante Möglichkeit eröffnen.«

Tannenberg wusste genau, auf was sein alter Freund hinauswollte. »Du meinst: Wenn wir die Mikros nicht ausbauen und einfach so weitermachen, wie wenn wir nichts davon wüssten, dann könnten wir sie strategisch für unsere Zwecke nutzen – weil wir damit endlich einen direkten Draht zu den netten Herrschaften hätten?«

Der Rechtsmediziner stimmte lächelnd zu.

»Weißt du, was ich irgendwann mal von Sabrina gelernt habe? Sie …«

»Was hast du eben gesagt? Ich glaub es einfach nicht!«, fuhr Dr. Schönthaler rücksichtslos seinem alten Freund in die Parade.

»Benny, hast du das gehört? Du bist gerade Zeuge eines extrem außergewöhnlichen Ereignisses geworden: Hauptkommissar Wolfram Tannenberg hat nämlich gerade zugegeben, dass er von jemand anderem etwas gelernt hat.« Er faltete die Hände, warf sie betend gen Himmel: »Hab Dank, oh Herr, dass ich das noch erleben durfte!«

»Ha, ha. Sabrina ist Kampfsportlerin. Und da heißt es doch: Nutze die Kräfte deines Gegners für dich selbst.«

Als Tannenberg den Vornamen seiner Kollegin aussprach, tauchte plötzlich vor seinem geistigen Auge die Szene am verhüllten Reiterdenkmal auf. Er hielt das Mobiltelefon des Gerichtsmediziners immer noch in seiner Hand. Seine Finger begannen damit, Sabrinas Handynummer einzutippen.

»Wen willst du denn jetzt schon wieder anrufen?«, fragte Dr. Schönthaler mit besorgter Miene.

Tannenberg unterbrach daraufhin die Tastaturbedienung, blickte ihn gedankenversunken an. »Ich will mich nur bei Sabrina erkundigen, wie's ihr geht.«

Anschließend fuhr er mit der Nummerneingabe fort. Er lauschte dem Rufton. Aber niemand meldete sich. Er zog das kleine silberne Handy vom Ohr, legte es aber nicht auf dem Tisch ab, sondern hielt es mit angewinkeltem Arm in etwa dreißig Zentimeter Abstand vor sein Gesicht.

»So siehst du aus wie die Freiheitsstatue vor Manhattan, nur dass die eine Fackel in der Hand hält.«

Tannenberg nahm diesen albernen Einwurf des Rechtsmediziners nur am Rande wahr. Zu tief war er in die Welt seiner Gedanken versunken. Er schien unschlüssig zu sein, was er nun tun sollte, knetete mit der anderen Hand nachdenklich sein Kinn. Dann tippte er abermals auf den weichen Zifferntasten herum. Den fragenden Blick Dr. Schönthalers beantwortete er lediglich mit einem einzigen Wort: »Max.«

»Gott sei Dank, rufst du endlich an«, meldete sich Maximilian Heidenreich

»Wa... wa... was ... ist denn los?«, stammelte Tannenberg, dem die Angst um seine Familie wie ein Stromschlag in alle Glieder gefahren war.

Max interpretierte die Reaktion seines Gesprächspartners intuitiv richtig. Sogleich schob er nach: »Wolf, um uns musst du dir keine Sorgen machen. Hier ist alles ruhig. Ich hab nur noch mal über unser Treffen nachgedacht. Meinst du nicht, dass die Sorge um deine Familie etwas übertrieben ist?«

»Nein, Max, das meine ich ganz und gar nicht«, erwiderte Tannenberg mit unüberhörbarer Schärfe in der Stimme. »Außerdem hat ein bisschen zu viel Vorsicht noch niemandem etwas geschadet. – Ist einer meiner Kollegen bei euch?«

»Ja. – Oder vielmehr: nein.«

»Ja, was denn nun?«

»Kommissar Fouquet war da, ist jetzt aber nicht mehr da.«

»Und … und wo ist er?«

»Im Seniorenheim.«

»Was? Im Seniorenheim? Wieso, ist was mit meinen Eltern?«

»Nein, Wolf. Um sie musst du dir wirklich keine Sorgen machen. Mit ihnen ist alles in Ordnung. Nein, es geht um etwas anderes.«

»Was anderes? Ich kapier überhaupt nichts mehr.«

»Deswegen versuche ich dich ja schon die ganze Zeit über anzurufen. Aber …«

»Ja, der blöde Akku ist leer. Aber was ist denn nun? Los, sag schon!«

»Dein Vater hat womöglich eine heiße Spur entdeckt.«

»Oh je, mein Vater und seine heißen Spuren.« Tannenberg schlug sich leicht mit seiner freien Hand auf den Kopf. »Im Seniorenheim. Ist das alles?«

»Hör doch einfach mal zu«, forderte Max.

Tannenberg konnte sich nicht beruhigen. »Und deshalb lässt euch der Fouquet im Stich? Im Senioren –«

»Wolf, wenn du mir jetzt nicht sofort zuhörst und mich ausreden lässt, drück ich die Unterbrechertaste.«

Diese unerwartet energisch vorgetragene Drohung des jungen Mannes verfehlte ihre Wirkung nicht. Tannenberg war sichtlich beeindruckt und verstummte augenblicklich.

»Es ist nur eine vage Theorie«, fuhr Max fort, »aber vielleicht haben wir ja Glück und es ist wirklich eine heiße Spur. Du wirst es nicht glauben, aber deine Familie macht seit deinem plötzlichen Verschwinden nichts anderes mehr, als sich das Hirn darüber zu zermartern, wer diese Morde tatsächlich begangen haben könnte und wer hinter dieser ausgemachten Sauerei wohl steckt.«

Tannenberg merkte, wie sich seine Augen mit Flüssigkeit füllten. Schnell zog er sein Taschentuch hervor und schnäuzte sich, wobei er gleichzeitig versuchte, sich die Feuchtigkeit aus den Augenwinkeln zu tupfen.

Unterdessen sagte Maximilian: »Tobi hat heute Morgen im Internet eine Webcam entdeckt, die auf dem Unigelände installiert ist. Er hat sie gleich deinem Vater gezeigt. Und der ist dann ohne ein Wort zu sagen in die Stadt zu seinem Tchibo-Stammtisch …«

»Warum denn das?«

»Weil er sich plötzlich daran erinnert hat, dass irgendeiner seiner Kumpels mal erzählt hat, dass es in dem Seniorenheim, das oben auf dem kleinen Berg vor den Uni-Sporthallen steht. – Weißt du, wo ich meine?«

»Klar, natürlich. Und? Weiter!«

»Unter den alten Knackern scheint es eine beliebte Freizeitbeschäftigung zu sein, nachts die jungen Studentinnen im roten und blauen Wohnheim zu beobachten.«

»Was, die spannen?«

»Das behauptet jedenfalls dein Vater. Und die filmen und fotografieren das angeblich auch noch, tauschen das Material sogar untereinander aus.«

»Dann hat da ja einer in dieser Nacht vielleicht irgendwas gesehen – oder sogar aufgenommen.«

Für einen Augenblick verstummte Maximilian. Er räusperte sich verlegen.

»Wolf, leider muss ich deine Euphorie gleich wieder dämpfen«, sagte er mit belegter Stimme.

»Wieso?«

»Die Frage ist doch: Wenn da tatsächlich irgendwer etwas gesehen oder gefilmt hat von dem, was in dieser

Nacht passiert ist, warum hat der Mann sich dann noch nicht bei der Polizei gemeldet? Fouquet und die anderen wissen jedenfalls nichts von einer solchen Zeugenaussage.«

»Keine Ahnung«, antwortete Tannenberg. »Vielleicht hat der Mann ja einfach nur Angst, aufzufliegen. Oder … – Ach, was weiß denn ich. Jedenfalls muss das alles gründlich abgecheckt werden.«

»Und genau das machen Fouquet und dein Vater gerade«, erklärte Maximilian.

Nachdem Tannenberg seinen beiden Freunden in wenigen Worten den Inhalt dessen geschildert hatte, was Max ihm gerade mitgeteilt hatte, versuchte er seinen Kollegen Albert Fouquet telefonisch zu erreichen. Der meldete sich auch direkt. Er teilte seinem Chef mit, dass er sich gerade in einem Zimmer der Seniorenresidenz aufhalte, von dem aus man einen wunderbaren Blick auf die beiden Studentenwohnheime genießen könne.

13

Dr. Schönthaler war von der Idee Tannenbergs, umgehend zu diesem Seniorenheim aufzubrechen, verständlicherweise alles andere als begeistert. Schließlich war es ihm ja gerade erst gelungen, seinen Freund in Sicherheit zu bringen. Da er jedoch aus leidiger Erfahrung wusste, dass es aussichtslos war, Tannenberg von irgendeinem seiner Vorhaben mit kritischen Einwänden abbringen zu wollen, gab er sich auch diesmal ohne ernstliche Gegenwehr geschlagen.

Nach einer halsbrecherischen Fahrt über die Dörfer erreichten die drei Männer in einer guten halben Stunde den mit Kommissar Fouquet vereinbarten Treffpunkt auf dem Parkplatz vor der Barbarossahalle. Im Anschluss an eine kurze Begrüßung berichtete der junge Kriminalbeamte, dass der nun aufzusuchende alte Herr beharrlich schwieg.

Während Benny, falls aus irgendwelchen Gründen eine schnelle Flucht nötig werden sollte, sicherheitshalber im Wagen zurückblieb, eilte Fouquet mit seinem Vorgesetzten und dem Gerichtsmediziner über einen Schleichpfad zum Hintereingang des mehrstöckigen, schmucklosen Gebäudes.

Bereits im Treppenhaus des Seniorenheims stieg Tannenberg eine eigenartige Geruchskomposition in die Nase. Er hatte die einzelnen Bestandteile ziemlich schnell erschnüffelt. Es handelte sich dabei eindeutig um eine Mischung aus scharfen Reinigungsmitteln und Großküchenodeur – unterlegt mit einem allgegenwärtigen süßlich-modrigen Geruch, der ihm aus der Parterrewohnung seiner Eltern hinlänglich bekannt war.

Als Kommissar Fouquet die Zimmertür im 3. Obergeschoss öffnete, saßen der Senior der Familie Tannenberg und ein älterer Herr namens Bornschein gemeinsam schweigend am Tisch. Gleich nachdem die Tür aufgegangen war, erhoben sie sich von ihren Stühlen.

»Junge, Junge, was machst du bloß für Sachen«, begrüßte Jacob Tannenberg kopfschüttelnd seinen jüngsten Sohn.

Die Erleichterung darüber, dass sich sein Filius augenscheinlich bester Gesundheit erfreute, stand ihm deutlich ins Gesicht geschrieben. Aber er getraute sich nicht, seine Emotionen offen zu zeigen. Deswegen begrüßte er seinen Sohn lediglich mit einem festen Handschlag.

»Vater, ich kann doch wirklich nichts dafür«, entgegnete Tannenberg, der die Hand seines Vaters gar nicht mehr loslassen wollte. »Ich bin absolut unschuldig an diesem ganzen verfluchten Kram.«

»Das glauben wir dir ja auch alle«, sagte Jacob.

Er drehte sich um und wies dabei mit ausgestrecktem Arm auf den etwa gleichaltrigen Mann, der seitlich versetzt hinter ihm stand. Der alte Herr war mit einem ausgebeulten grauen Jogginganzug bekleidet, der genauso verschlissen und armselig aussah wie dieser verwelkte Mensch selbst. An den Füßen trug er ausgefranste Filzpantoffeln.

»Das ist der Wilhelm Bornschein. Wir kennen uns von früher«, stellte Jacob seinen Bekannten vor.

Tannenberg schüttelte ihm kurz die Hand und forderte ihn auf, wieder am Tisch Platz zu nehmen. Da in diesem kleinen, trostlosen Zimmer lediglich zwei Stühle vorhanden waren, setzte sich Tannenberg dem alten Mann gegenüber, während die anderen stehen blieben.

Wilhelm Bornscheins Antlitz wurde von zwei dick aufgequollenen, prall gefüllten Tränensäcken dominiert, die unter nahezu wimpernlosen Augen den radikalen optischen Gegensatz zu der ansonsten extrem faltigen, gräulichen Gesichtshaut bildeten. Die zerfurchte Stirnpartie, über der nur noch ein spärlicher, silbergrauer Haarbesatz zu erkennen war, legte beredtes Zeugnis über ein leidvolles Leben ab. Der alte Mann hielt den Blick zur Tischplatte hin gesenkt und kratzte sich nervös am Arm. Die Angelegenheit schien ihm sehr unangenehm zu sein.

Seinem Gegenüber erging es nicht anders, wusste dieser doch aus eigener Erfahrung, wie leicht man es sich durch eine unbedachte Äußerung mit einem älteren Menschen verderben konnte. Er hatte in der Vergangenheit schon so oft erlebt, wie schnell sein Vater sich von ihm angegriffen, beleidigt oder veralbert gefühlt hatte. Jacob reagierte stets mit demselben Verhaltensmuster: Entweder verschanzte er sich grummelnd hinter seiner Zeitung und redete fortan mit niemandem mehr ein Wort oder er verzog sich wütend in sein Zimmer.

Wolfram Tannenberg zögerte. Er wusste allem Anschein nach nicht so recht, wo er bei seiner Befragung anfangen sollte. Schließlich handelte es sich bei dem, was er nun ansprechen musste, um ein an und für sich schon ziemlich heikles Thema. Und dann auch noch gegenüber einem alten Menschen …

Fouquet schien die Unsicherheit seines Chefs intuitiv zu spüren. Er ging hin zu dem angespannt wirkenden Alten und legte ihm eine Hand auf die Schulter.

»Herr Bornschein, Sie brauchen wirklich keine Angst zu haben«, begann er mit ruhiger, freundlicher Stimme. »Was Sie uns jetzt sagen, bleibt unter uns. Wir sind nicht daran interessiert, dass von dem Hobby – wenn ich das mal so nennen darf –, mit dem Sie und Ihre Freunde sich hier abends die Zeit vertreiben, irgendjemand etwas erfährt. Das versprechen wir Ihnen.«

Tannenberg fand die Zusage seines jungen Kollegen zwar durchaus gewagt, aber er nickte trotzdem eifrig.

Nun hob der alte Mann langsam seinen Kopf, verengte dabei die Augen. Ein ängstlicher, gequälter Blick traf Tannenberg. Der legte daraufhin kurz seine Hand auf Bornscheins Arm, tätschelte ihn aufmunternd.

»Mein Kollege hat recht. Ihnen und Ihren Freunden passiert nichts. Dafür verbürge ich mich.«

Wilhelm Bornschein strich sich mit den Fingern seiner geöffneten linken Hand über die mit einem bläulichen Adergeflecht verzierte Hakennase. Dann wanderte seine Hand über die eingefallenen Wangen hinunter zu seinem dürren Hals, der von einem knorpeligen Adamsapfel dominiert wurde.

Währenddessen schweiften Tannenbergs Augen ein wenig durch das deprimierend triste Zimmer. Er musterte die kahlen Wände und das schmale Bett davor, den abgetretenen Teppichboden zu seinen Füßen, den Fernseher, der das einzig luxuriöse in diesem eher an einen Abstellraum als an einen Lebensmittelpunkt erinnernden Raum darstellte.

In einer Gefängniszelle sieht es auch nicht schlimmer aus, dachte Tannenberg. Da hängen wenigstens noch ein paar bunte Bilder an der Wand.

Mit einem Ruck erhob er sich wortlos von seinem Stuhl. Bornschein zuckte erschrocken zusammen. Tannenberg ging zum Fenster, zog den vergilbten Vorhang zur Seite. Draußen hatte es zu dämmern begonnen. In dem kaum mehr als einen Steinwurf entfernten Studentenwohnheimen waren bereits einige Räume hellerleuchtet, ein weiteres Licht flammte gerade auf.

Unwillkürlich blickte er in das vorhanglose Appartement hinein, das just in diesem Augenblick von einer Studentin betreten wurde. Ein stichartiger Schmerz fuhr ihm in die Magengegend. Plötzlich war alles wieder da: Die Erinnerung an Leonies SMS, an seine rasende Fahrt hierher ins rote Wohnheim, an seinen mysteriösen Blackout, an Kollege Krummenacker, der an ihm rüttelte, ihn mit drängenden Fragen bombardierte – und an Leonie, wie sie unten am Eingang in ihrem eigenen Blut lag.

Tannenberg wandte sich wieder zu dem wie ein Häuflein Elend am Tisch kauernden Alten um.

»Herr Bornschein, Sie werden vielleicht verstehen, dass ich nicht sehr viel Zeit habe. Sie haben bestimmt die Berichte über mich in der Zeitung gelesen, oder?«

Ein stummes Kopfnicken gab die Antwort.

»Dann wissen Sie ja auch, dass mir das Wasser bis zum Halse steht. Ich werde zweier Morde bezichtigt, die ich nicht begangen habe. Deshalb meine dringende Bitte an Sie: Erzählen Sie mir jetzt endlich, ob Sie in dieser Nacht hier von Ihrem Fenster aus irgendetwas gesehen haben, das mich entlasten könnte.«

Tannenberg drehte abermals seinen Körper um 90 Grad, warf einen ausgestreckten Arm hinüber zum roten Wohnheim. »Dort drüben hat irgendein skrupelloser Verbrecher Mittwochnacht eine arme Studentin über den Balkon geworfen. Haben Sie davon etwas mitbekommen?«

Wilhelm Bornschein schüttelte den Kopf. »Nein«, kam es gepresst aus dem zuckenden Mund des alten Mannes.

»Und einer Ihrer Freunde?«

»Weiß ich nicht.«

»Jetzt reichts mir aber, Herr Bornschein!«, schimpfte Tannenberg mit sich erhebender Stimme los.

»Nicht so laut, Wolf«, mahnte Kommissar Fouquet.

Nun sah sich auch Jacob zum Eingreifen genötigt: »Mensch, Willi, die ganze Stadt weiß doch, dass ihr hier die jungen Frauen beobachtet. Da ist ja auch nix dabei. Aber jetzt erzähl doch endlich!«

Der Alte schien einen schwierigen inneren Kampf auszufechten. Er leckte sich nervös über die dünnen, blutleeren Lippen, schwieg aber weiter.

Nun wechselte Tannenberg die Befragungsstrategie. Er baute sich direkt vor Wilhelm Bornschein auf, stemmte die Hände in die Hüften.

»Mein Kollege hat Ihnen zwar gesagt, dass uns diese Spannerei, die ihr altersgeilen Säcke hier abends abzieht, nicht interessiert. Im Moment ist das auch noch so. Das kann sich aber schlagartig ändern. Kapieren Sie das?«

Keine sichtbare Reaktion.

»Was uns aber interessiert, und wo wir euch gewaltig Feuer unter den Schwanz machen werden, ist die Tatsache, dass Sie und Ihre feinen Freunde Beweismaterial in einem Mordfall unterschlagen.«

Tannenberg griff Bornschein an der dürren Schulter, drückte ihn fest nach hinten.

»Los, schauen Sie mich an!«, blaffte er ihn an.

Wilhelm Bornschein gehorchte, blickte Tannenberg mit aufgerissenen, blutunterlaufenen Augen an.

»Was ist nun? Wissen Sie irgendwas?«

Sein Gegenüber antwortete lediglich mit einem stummen Kopfschütteln.

Mit einem Male wich die Spannung aus Tannenbergs Körper. Wie ein nasser Mehlsack sank er schlaff auf den anderen Stuhl. Mit einem herzerweichenden Gesichtsausdruck faltete er die Hände, streckte sie flehentlich in Richtung des alten Mannes, bewegte sie dabei auf und ab.

»Mensch, Herr Bornschein, sagen Sie doch endlich, was Sache ist«, bettelte er. »Es geht um Leben und Tod! Und Sie sind doch meine letzte Hoffnung.«

Tannenberg riss die Hände auseinander, schlug sie vors Gesicht. Er sackte noch mehr in sich zusammen, schluchzte.

Auf Wilhelm Bornschein hatte dieser Anblick gewaltigen Eindruck gemacht. Ächzend wie eine sturmgeplagte Eiche erhob er sich. »Kommen Sie mal mit. Wir gehen jetzt ein paar Türen weiter zu einem Mitbewohner.« Er räusperte sich. »Egal, was der davon hält.«

Der ältere Herr, den Tannenbergs Vater ausnahmsweise einmal nicht kannte, war erst nach der Vorlage von Fouquets Dienstausweis zu überzeugen, den späten Besuchern Zutritt zu seinem bescheidenen Refugium zu gewähren.

Nachdem die Männergruppe einen ähnlichen, allerdings etwas wohnlicher eingerichteten Raum betreten hatten, stach ihnen sogleich der Grund für das abweisende Verhalten des ehemaligen DDR-Bürgers ins Auge: Hinter einem in den Vorhang eingelassenen Guckloch stand eine, auf einem Stativ montierte, im Vergleich zu den modernen Digitalkameras recht antiquiert wirkende, klotzige Videokamera. Rechts davon befand sich auf einem kleinen Tischchen ein Fernsehgerät mitsamt Videorecorder.

Wilhelm Bornschein klärte seinen Spannerkumpanen

über den Grund des überraschenden Besuchs auf. Der reagierte sehr ungehalten über den offenkundigen Vertrauensbruch, titulierte seinen Flurkollegen gar mehrfach als »elenden Verräter«.

Seit Jacob Tannenberg vor ein paar Sekunden den Raum betreten hatte, starrte er gebannt auf die große Hammer- und Sichel-Flagge an der Wand, die wirklich kaum zu übersehen war. Als er nun auch noch die mit sächsischem Dialekt ausgestoßenen Beschimpfungen hörte, sah er sich spontan zu einer geharnischten Reaktion veranlasst:

»Ruhe!«, schrie er laut. »Sie beantworten uns jetzt sofort die folgende Frage: Haben Sie in der Nacht von Mittwoch auf Donnerstag Ihre Kamera laufen lassen?«

Der Ostdeutsche verstummte schlagartig.

»Los, beantworten Sie sofort die Frage meines Vaters oder wir nehmen Sie direkt mit ins Kommissariat.«

Diese Drohung zeitigte umgehende Wirkung.

»Nein, nein … Leider nicht. Ich bin erst gestern aus Dresden zurückgekommen, wo meine Tochter …«

»Scheiße, verdammte!«, fluchte Tannenberg sogleich los. »Ist das wirklich wahr?«

»Ja, Herr Kommissar.«

Aus lauter Wut trat Tannenberg an einen vermeintlichen Kleiderschrank, der rechts von ihm stand. Die Tür war nur angelehnt und öffnete sich nun quietschend ein paar Zentimeter breit. Durch den Spalt konnte man Videokassetten erkennen.

Fouquet hatte dies ebenfalls bemerkt. Er schob die Türen auseinander. Eine feinsäuberlich mit Datumsangaben versehene Kassettensammlung empfing die staunenden Betrachter. Mit einem schnellen Blick hatten sich Fouquet ebenso wie sein Chef davon überzeugt, dass genau für den Zeitraum, in der Leonie auf so dramatische Weise ums Leben gekommen war, keine Kassette vorhanden war. Im Videorecorder steckte die aktuellste, mit dem gestrigen Datum beschriftete.

»Aber, Wilhelm, du hast doch genau gewusst, dass ich in der Zeit gar nicht da war. Warum hast du denn dann die Leute überhaupt zu mir gebracht?«, fragte der gebürtige Sachse vorwurfsvoll.

»Nicht deswegen … Nicht wegen dir …«

Tannenberg, dessen Stirn an ein zerknittertes Hemd erinnerte, verstand nun überhaupt nichts mehr. »Könnten die Herren vielleicht bitte mal Klartext reden?«

Die beiden alten Männer blickten sich tief in die Augen. Nach ein paar Sekunden angespannter Stille sagte schließlich der alte Mann mit dem näselnden Dialekt: »Wilhelm, du weißt, was das bedeuten würde, wenn wir etwas darüber verraten?«

Bornschein presste die Lippen zusammen, schluckte, nickte stumm.

»Der macht uns fertig – fix und fertig!«

»Wer macht Sie fertig?«, wollte Kommissar Fouquet wissen.

Bornschein und der Sachse schienen unter einem gewaltigen Leidensdruck zu stehen.

»Ich garantiere Ihnen, dass die Polizei Sie beschützen wird, egal wovor und vor wem Sie solche Angst haben«, versprach Tannenberg, dessen eigene Situation ihm in den letzten Tagen eigentlich vom genauen Gegenteil überzeugt haben musste.

»Der Hausmeister«, übersprang nun Bornschein mit einem mutigen Satz die Mauer des Schweigens. »Der hat oben unterm Dach ein Studio, wo er alles filmt, was die dort drüben so alles an Sauereien treiben. Mit mehreren Kameras. Dass ihm ja nichts entgeht.«

Nun wurde auch sein Spannerkumpel auskunftsfreudiger. »Der verkauft die Sachen auch. Übers Internet.«

»Und der hat uns auch schon so Sauereien mit Kindern angeboten. Pfui Deibel!«

»Was Kinderpornos?«, rief Fouquet entsetzt, war aber gleich selbst erschrocken über die Lautstärke seines Auswurfs und legte kurz die Hand auf den Mund.

Tannenberg schaltete sofort. »Wenn das stimmt, was Sie sagen, sind Sie aus dem Schneider. Dann verständigen wir jetzt die Kollegen. Die nehmen diesen Kerl direkt fest. Haben Sie diese Kinderpornos denn mit eigenen Augen gesehen?«

Beide Männer nickten, der Sachse sagte: »Ja, wir waren schon oben in seiner Kammer. Der ist auch noch ganz stolz drauf und hat damit angegeben, wie viel Geld er damit verdient, dieses Schwein.«

»Sehr gut!« Tannenberg senkte die Stimme ab. »Wissen Sie, ob dieser Saukerl jetzt zu Hause ist?«

»Ja, sicher ist der zu Hause. Der ist Abends immer zu Hause. Entweder unten in seiner Wohnung oder aber oben in seiner Kammer.«

»Meistens ist er um diese Zeit oben«, erklärte Wilhelm Bornschein. »Und er war auch die letzte Woche über da. Also wenn einer etwas davon mitgekriegt hat, was da drüben in dieser Nacht passiert ist, dann der.«

»Hoffentlich, hoffentlich«, flehte Tannenberg mit abermals gefalteten Händen und kurzzeitig verschlossenen Augen. »Dieser Dreckskerl würde seine Beobachtungen auch garantiert nie der Polizei melden.«

Ein zartes Pflänzchen der Zuversicht keimte in Tannenbergs geknechtetem Gemüt auf. Aber sofort meldete sich sein innerer Quälgeist zu Wort und mahnte ihn eindringlich, seine Euphorie umgehend wieder zu bremsen. Denn die Wahrscheinlichkeit, dass er nun endlich einen stichhaltigen Beweis für seine Unschuld gefunden haben könnte, war schließlich immer noch äußerst gering.

Angestrengt dachte er über sein weiteres Vorgehen nach. Ihm war klar, dass er sich den Kollegen von der Sitte noch nicht zu erkennen geben durfte, wollte er die ganze Sache durch deren möglicherweise übereiltes Eingreifen nicht verderben.

Gleichzeitig durften sie nicht lange zögern, denn es konnte nicht ausgeschlossen werden, dass der Hausmeister auf irgendeinem Wege Wind von seiner bevorstehenden Enttarnung bekam und dann natürlich so schnell wie möglich versuchen würde, alles brisante Material zu vernichten – mit dramatischen Folgen für Tannenberg.

Falls es denn überhaupt solche Aufzeichnungen gibt, die deine Unschuld beweisen, gab seine innere Stimme zu bedenken.

Albert Fouquet wartete derweil mit einem interessanten Vorschlag auf: »Wolf, was hältst du davon, wenn ich den Karl Mertel anrufe? Der soll mit irgendeiner Streife hier aufkreuzen. Der kennt sich ja mit dem ganzen technischen Zeug bestens aus und findet garantiert etwas in den Aufzeichnungen – wenn da was ist.«

»Wenn da was ist«, wiederholte Tannenberg seufzend. »Aber das ist 'ne gute Idee. Dann warte ich einfach hier unten, bis die Kollegen von der Streife diesen perversen Typ weggeschafft haben. So bekommt niemand etwas davon mit, dass ich hier bin. Und wenn die dann alle weg sind, komm ich zu euch hoch und wir durchforsten gemeinsam das Material. Vielleicht haben wir ja wirklich Glück und finden etwas.« Mehr an sich selbst gerichtet, ergänzte er: »Die Kollegen von der Sitte können wir ja auch noch anschließend verständigen.«

14

Nach Abschluss der von seinen Kollegen durchgeführten Festnahmeaktion erschien Tannenberg in dem mit modernen Gerätschaften vollgestopften kleinen Raum. Karl Mertel hatte bereits damit begonnen, das diverse Material zu sichten. Er war inzwischen von Fouquet über Tannenbergs Anwesenheit im Seniorenheim informiert worden. Folglich hielt sich die Überraschung des Kriminaltechnikers über Tannenbergs Auftauchen in engen Grenzen. Kriminalhauptmeister Geiger war mit spurensicherenden Maßnahmen beschäftigt. Er war gemeinsam mit Mertel irgendwo beim Billardspielen gewesen und von ihm kurzentschlossen zum Hilfs-Kriminaltechniker umfunktioniert worden.

»Chef, haben Sie noch meine Dienstwaffe?«, war das Erste, was Geiger über die Lippen kam, als er Tannenberg sah.

»Komm, nerv mich jetzt bloß nicht mit solch einem Quark«, gab der Angesprochene kurz angebunden zurück.

Er ging gleich zu Mertel, der an einem Computer saß und angestrengt Dateien durchforstete. Er legte ihm die Hand auf die Schulter.

»Hallo, Karl, altes Schlachtross!«

Mertel drückte nur kurz Tannenbergs Hand, dann schoss sie gleich wieder zurück auf die Keyboard-Tastatur.

»Hallo, Wolf, schön, dass du wieder bei uns bist«, sagte

er, während er mit hektischen Augenbewegungen und nervösen Fingern seine Arbeit fortsetzte.

»Hast du schon was entdeckt?«

Der berufserfahrene Kriminaltechniker schüttelte den Kopf. »Nein. Aber ich hab ja auch erst vor ein paar Minuten damit angefangen. Zum Glück hat dieser Saubatzi an seinem PC gesessen als wir hier reingekommen sind. Dieser Perversling hat nicht einen Ton gesagt. Der hätte uns seine Passwörter wohl nie verraten. Und dann hätten wir eine Zeit lang ziemlich ernste Probleme gehabt.«

»Gott sei Dank bist du ja drin in seinem System«, stöhnte Tannenberg.

»Aber das wird schwer genug, Wolf«, entgegnete Mertel, ohne auch nur eine einzige Sekunde den Blick von dem Flachbildschirm zu entfernen. »Dieses Dreckschwein hat nämlich ein totales Chaos auf seiner Festplatte. Ich schätze, der hat nichts chronologisch geordnet, sondern alles, wie es eben kam, gleich in bestimmte Dateien hineingeschoben. Völlig ohne Systematik.«

Unweigerlich starrte Tannenberg auf den Monitor. Er sah einen nackten oder halbnackten Frauen- bzw. Männerkörper nach dem anderen. Aber irgendwie gewann er den Eindruck, dass es sich bei den in entwürdigenden Posen dargestellten jüngeren Menschen nicht um Studenten handelte. Die nächsten Fotos verstärkten die Vermutung, dass professionelle Pornodarsteller ihre harte Arbeit verrichteten.

Mertel klickte auf die nächste, nur mit Zahlen- und Buchstabenfolgen benannte Datei.

Was Tannenberg jedoch nun erblickte, war so fürchterlich, dass er sich reflexartig vom Monitor abwandte. Bereits das erste Bild dieser Datei hatte ihm den Atem geraubt und spontane Übelkeit ausgelöst. Nur mit Mühe konnte er sich aus dem stickigen Raum schleppen.

Draußen im Flur wartete geduldig sein Vater.

»Um Gottes willen, Wolfram, was ist denn los mit dir? Du siehst ja aus wie ein Leintuch«, rief er ihm sogleich geschockt entgegen.

Tannenberg setzte sich wortlos auf den Boden, den Rücken an der weiß gekalkten Wand gelehnt, die Beine angewinkelt.

»Diese verfluchten Kinderschänder …« Er brach ab, griff sich in sein T-Shirt, zog es, heftig nach Luft ringend, von seinem Hals weg. »Ich kann mir das nicht anschauen.« Er atmete stoßartig. »Das ist das Schlimmste, was es überhaupt gibt. Das sind doch Kinder! Solche perversen Schweine!«

»Was ist das nur für eine Welt? Sodom und Gomorra! Das sind doch keine Menschen mehr. Die sind doch schlimmer als jedes Tier!« Der Senior seufzte, stieß pfeifend Luft durch seine falschen Zähne.

Sein Sohn kauerte weiter fassungslos am Boden. Er wiegte seinen Kopf immerfort hin und her, hielt die Augen verschlossen.

»Sag mal, Wolfram, kann es denn eigentlich nicht sein, dass irgend so ein Kinderschänderring hinter dem Mordkomplott gegen dich steckt? Man liest ja dauernd in der Zeitung, dass die auf der ganzen Welt diese Sauereien machen. Vielleicht bist du einem von denen auf die Füße getreten. Vielleicht ohne es zu merken.«

Tannenberg stöhnte auf. »Kann schon sein, Vater.« Ein müder Blick arbeitete sich an Jacobs Hosen empor. »Es ist durchaus möglich, dass dieser Student auf irgendeinem alten Computer eine brisante Datei gefunden hat.« Er zuckte die Schultern und senkte den Blick wieder auf den staubigen Boden hinab. »Vielleicht hat er diese Typen ja erpresst ... Und die haben ihn und seine Freundin dann ermordet.«

»Hier direkt gegenüber?«, warf Dr. Schönthaler von der Tür her ein. Er hatte das Gespräch der beiden Tannenbergs die ganze Zeit über interessiert verfolgt. »Irgendwie kann ich mir das nicht so richtig vorstellen. Das ist doch ein viel zu hohes Risiko.«

»Ja und, Rainer? Vielleicht ist das gerade der Kick an der ganzen Sache. Vielleicht geilt die gerade so ein Risiko erst richtig auf.« Er zog die Nase hoch, schluckte. »Ich habe mal davon gehört, dass es einen regelrechten Handel mit Aufnahmen gibt, auf denen reale Ermordungen von Menschen zu sehen sind. Auch von Kindern.«

»Das habe ich auch schon mal gelesen«, pflichtete Jacob seinem Sohn bei.

»Ja, ich weiß. Pervers genug dazu ist dieser Hausmeister ja anscheinend«, sagte Dr. Schönthaler.

»Wolf, ich glaub, ich bin jetzt einigermaßen richtig«, rief der Kriminaltechniker vom Inneren des Raums her. »Da ist ein Ordner, in dem hat dieser Saukerl anscheinend die Aufnahmen von den Studenten gesammelt.«

»Welche Aufnahmen, von welchen Studenten?«, gab Tannenberg begriffsstutzig zurück. Er haftete gedanklich immer noch an den eben aufgeworfenen Ungeheuerlichkeiten.

»Na, diese Voyeur-Aufnahmen eben.«

Plötzlich war Tannenberg wieder hellwach. Geschwind erhob er sich und eilte zurück zu seinem Kollegen an den Monitor.

»Aber bitte keines dieser schrecklichen Bilder mehr«, flehte er vorsichtshalber auf dem Weg dorthin.

»Ich denke, in diesem Ordner sind vor allem diejenigen Filme, die von hier aus aufgenommen worden sind.« Mertel zeigte dabei mit einer Hand auf die beiden Studentenwohnheime, in deren Betonfassade inzwischen deutlich mehr Fenster leuchteten, als vorhin, als Tannenberg nur wenige erhellte Parzellen gesehen hatte.

»Kannst du die Aufnahmen irgendwie zeitlich ordnen?«

»Das ist nicht so einfach auf die Schnelle.«

»Wieso? Ich dachte immer, dass diese modernen Digitalkameras automatisch Tag und Uhrzeit angeben.«

»Nein, Wolf, nur dann, wenn du das auch einprogrammierst. Und dieser Hausmeister hat das offensichtlich nicht getan.« Er seufzte tief auf. »Ach, wenn wir nur genügend Zeit hätten, um ...«

»Haben wir nun mal aber nicht!«, bemerkte Tannenberg mit unüberhörbarer Schärfe in der Stimme.

»Die sind schon irgendwie geordnet, vielleicht sogar chronologisch, aber leider ohne Zeitangaben«, murmelte der angepflaumte Kriminaltechniker gelassen, während er eine unfreiwillige Stripperin sah, die sich gerade auszukleiden begann.

Mertel riss seinen Blick davon los und betätigte den Schnelldurchlauf. Die Kamera schwenkte ein Stockwerk tiefer zu einem anderen Fenster. Mertel schloss die Datei, öffnete die nächste.

Ein zunächst menschenleeres Appartement tauchte auf. Wenige Sekunden später betrat eine halbnackte junge Frau, die anscheinend kurz zuvor geduscht hatte, den Raum. Plötzlich zuckte ein greller Blitz auf, es begann wolkenbruchartig zu regnen.

»Das war am letzten Sonntag vor einer Woche«, rief Jacob plötzlich, der sich unauffällig zu den auf den Monitor stierenden Männern gesellt hatte. »Das weiß ich ganz genau. Da saßen Mutter und ich bei Jungmanns im Garten. Es hat dann auch gleich angefangen zu hageln. Ganz dicke Körner. Die haben mit einer zentimeterdicken Schicht alles bedeckt – wie im Winter.«

Der Senior hatte dies gerade ausgesprochen gehabt, als sich ein grauer Körnerschleier vor die Kamera schob, die auch sogleich abgeschaltet wurde.

»Vielleicht ist das ja wirklich ein Anhaltspunkt – wenn's nicht gerade ein Gewitter vom letzten Sommer war.«

Mertel rechnete die Tage bis zum Todessturz der Studentin nach, zählte mit dem Zeigefinger die nächsten zehn Dateien ab und öffnete auf gut Glück die vermeintlich richtige Filmsequenz. Dass es sich dabei aber um einen Fehlgriff handelte, zeigte der Schnelldurchlauf. Man konnte zwar keine Einzelheiten erkennen, aber die Tatsache, dass auf keinem der ab und an im Bild auftauchenden Balkone irgendetwas passierte, war für alle Betrachter klar ersichtlich.

»Verdammt! Nimm mal die nächste!«, befahl Tannenberg, der immer ungeduldiger wurde.

Auch die Sichtung dieser Datei verlief ohne greifbares Ergebnis, ebenso wie die der beiden nächsten.

»Wolf, du darfst jetzt nicht gleich die Flinte ins Korn werfen. Wir packen hier alles zusammen und dann schauen wir nachher bei mir im Labor alles der Reihe nach durch. Dort können wir parallel an mehreren Computern arbeiten«, versuchte der Kriminaltechniker Tannenberg zu trösten. »Und wenn da irgendwo auch nur das Geringste drauf ist, was dich von diesen bescheuerten Verdächtigungen entlasten könnte, finden wir es auch. Das verspreche ich dir.«

»Nein, Karl, du machst jetzt hier noch eine Weile weiter!«, sagte Tannenberg in Kasernenhofton. Doch von der einen zur anderen Sekunde wich plötzlich die Aggressivität aus seinem Gesicht und wurde von einem Ausdruck enormer Verzweiflung ersetzt. »Bitte, Karl, bitte tu mir den Gefallen«, bat er eindringlich.

»Schon klar, Wolf, natürlich.« Mertel öffnete die nächste Datei, ließ den Film im Zeitraffer ablaufen.

»Stopp!«, schrie plötzlich Kriminalhauptmeister Geiger, der schräg versetzt hinter Mertel stand und ebenfalls die ganze Zeit über seine Augen gebannt auf den Bildschirm gerichtet hatte. »Da war was!«

»Karl, los, spul zurück, ich hab's auch gesehen«, forderte Tannenberg.

»Ich doch auch, Leute. Ich bin ja schließlich nicht blind«, bemerkte der Kriminaltechniker

In normaler Abspiel-Geschwindigkeit sahen die Männer nun etwas, das sie für eine Weile gänzlich ihrer Sprachfähigkeit beraubte: Mitten während eines Schwenks hin zu einem anderen Spannerobjekt wurde die Kamera vor Erreichen ihres Ziels plötzlich wieder zurückdirigiert. Sie verhakte sich an einem Balkon, dessen zweiflügelige Verandatür weit offenstand. Das dahinterliegende Appartement war unbeleuchtet, aber der Lichtschein der auf der Gerhart-Hauptmann-Straße aufgestellten Laternen reichte aus, um die auf dem Balkon gerade stattfindenden Ereignisse recht gut erkennen zu können.

Die unbestechlichen Kamerabilder zeigten eine dunkel gekleidete Gestalt, die einen menschlichen Körper auf beiden Armen trug. Kurz vor dem Balkongeländer wurde der Körper hochgestemmt und dann über die Brüstung geworfen. Nach einem schnellen, prüfenden Blick nach unten wandte sich der Mörder um und verschwand im Dunkel des Appartements.

Tannenberg fand als erster seine Sprache wieder: »Ach, du Scheiße!«

»Mensch, Wolf, das ist ja …, das ist ja Wahnsinn!«, stotterte Kommissar Fouquet.

»Lass noch mal laufen!«, forderte Tannenberg. »Wenn's geht langsamer.«

Mertel gehorchte aufs Wort.

Tannenbergs Augen fraßen sich regelrecht in den Bildschirm hinein. »Verflucht, man sieht aber das Gesicht nicht!« Er raufte sich die Haare, begann verzweifelt im Zimmer umherzustapfen.

»Stopp, zurück!«, schrie plötzlich Geiger. »Da, da, da … in der Scheibe.«

Tannenberg hechtete zurück zu Mertel, drückte ihn dabei mit dem Bauch an die Schreibtischkante. »Kannst du das vergrößern?«

»Sicher, Wolf.«

Der mit modernen Bildbearbeitungs-Programmen bestens vertraute Kriminaltechniker zoomte das Standbild auf. Nun konnte man ein etwas trübes, aber trotz allem noch recht deutliches Spiegelbild erkennen.

»Das ist der, der – das ist der Carlo, der Carlo Weinhold!«, stammelte Geiger erneut.

»Was, du kennst den Kerl?«

»Natürlich kenn ich den, Chef.«

»Woher?«

»Das war doch mein Mentor damals bei *Midas*.«

Tannenberg schnappte sich seinen Mitarbeiter am Kragen, drehte die kräftigen Riesenpranken in Geigers Hemd hinein und hob ihn ein wenig an. Mit einem Blick, den jeder klinische Psychologe sofort als das Mienenspiel eines Wahnsinnigen deklariert hätte, fixierte er ihn.

»Bist du dir ganz sicher?«

»Ja, Chef, ja doch!«

Wolfram Tannenberg löste mit einem Mal seinen schraubstockartigen Griff, umfasste Geigers Glatze von beiden Seiten und drückte ihm einen geräuschvollen Schmatz auf die wie eine Speckschwarte glänzende Stirn.

»Karl, druck's mir mal aus. Und mach sofort 'ne Sicherungskopie. Was sag ich *eine*? – Mach besser gleich mal fünf!« Er schlug Mertel von hinten so fest auf den Rücken, dass dieser vor Schmerz laut aufschrie. »Mensch, Karl, das ist endlich der Beweis für meine Unschuld.«

Tannenberg wandte sich zu den anderen Männern um. »Yeah, yeah, yeah! Mensch, Leute, wir haben's geschafft!« Nun klatschte er jeden einzelnen in Sportlermanier ab. Er bedachte mit seinem Gefühlsausbruch sogar seinen darin etwas ungeübten Vater, bei dem er allerdings drei Versuche benötigte.

Dann setzte er sich direkt neben Mertel auf die Schreibtischplatte, ließ die Beine baumeln. »Gott sei Dank! Ich hatte schon fast aufgegeben. Und jetzt dieser Glückstreffer. Er ballte die Fäuste. »Whow!«

»Das war doch dieser Fall mit der Softwarefirma …«, begann Dr. Schönthaler.

Tannenberg lachte. »Namens *FIT.net.* Genau! Wisst ihr noch, wie ich mich damals bis auf die Knochen blamiert habe, als ich den werten Herrn Professor mitten in einer Vorstandssitzung festgenommen habe?« Er kniff die Augenbrauen zusammen. »Aber was hat die Firma *FIT.net* denn mit dem organisierten Verbrechen zu tun?«

Geiger rollte die Augen. »Doch nicht die, Chef«, wandte er mit höhnischem Unterton versehen ein. »Der Carlo hat doch bei *Midas-Power-Investments* gearbeitet, nicht bei *FIT.net*.«

»Ja, das weiß ich schon noch. Aber die beiden Unternehmen waren doch schließlich eng miteinander verbandelt.«

»Natürlich. Nur hat man, jedenfalls so viel ich weiß, dieser Softwarefirma nichts Illegales nachweisen können. Die sind von *Midas* nur ausgebeutet worden.«

»Ist im Moment auch wurscht, Geiger. Viel wichtiger ist die Frage, wie wir nun am geschicktesten vorgehen.« Tannenberg klatschte in die Hände, die er gleich danach freudig aneinanderrieb. »Im ersten Augenblick habe ich natürlich gedacht: Sofort die Fahndung rausgeben für diesen Weinhold, diesen Drecksack. Aber vielleicht sollten wir erstmal nichts übereilen.«

»Sehe ich auch so, Wolf«, stimmte Kommissar Fouquet zu. »Zumal wir bis jetzt weder wissen, warum die beiden Studenten ermordet wurden, noch wer hinter der ganzen Sache steckt, noch wer der Maulwurf in unseren eigenen Reihen ist. Denn eines ist sicher: dieser Weinhold ist wohl nur der ›Mann fürs Grobe‹.«

Tannenberg nickte. »Sicher. Und wenn wir den jetzt schon hochnehmen, sind die anderen gewarnt und können sich absetzen.«

»Genau das sollten wir unter allen Umständen vermeiden.«

»Ja, Albert. Und was schlägst du vor?«

»Ich denke, wir sollten diesen Weinhold sofort beschatten.«

»Ob das wirklich eine gute Idee ist«, warf Dr. Schönthaler eine Frage in den Raum, die er sich jedoch sogleich selbst beantwortete. »Ich habe da meine Zweifel. Wenn unsere Vermutung mit diesem *Midas*-Killer richtig ist …«

»Was heißt denn hier Vermutung, Doc?«, beschwerte sich Geiger und hämmerte dabei auf den Computermonitor. »Sie sehen hier den Carlo mit Ihren eigenen Augen. Zum Donnerwetter, das ist doch keine optische Täuschung!«

»Komm, Geiger, jetzt reg dich mal wieder ab«, versuchte Tannenberg seinen aufgebrachten Kollegen zu besänftigen. Dann wandte er sich wieder an den Rechtsmediziner: »Auf was willst du hinaus, Rainer?«

»Ganz einfach: Das ist ein Profi – der merkt garantiert ziemlich schnell, dass er beschattet wird. Und vor allem: Wer sollte ihn denn observieren? Der kennt doch viele unserer Kollegen. Die haben schließlich damals ihr Geld bei ihm angelegt. Und Kollegen vom LKA oder was weiß denn ich, woher? Nein, das geht auch nicht. Denn so was müsstest du dann wohl an die große Glocke hängen.«

»Du hast mit deinen Einwänden sicherlich recht«, musste Tannenberg zugeben. »Eine derartige Maßnahme ist wirklich nicht sinnvoll. Die scheucht diese Verbrecher nur auf. – Also ich denke, wir helfen Karl jetzt zuerst einmal, den ganzen Kram hier ins Auto zu packen. Dann verzieht ihr euch ins K1 und helft ihm dabei, das Material zu sichten. Vielleicht findet ihr ja noch andere interessante Informationen. Möglicherweise hängt dieser Weinhold auch in dieser Sauerei hier mit den Kinderpornos drin.«

Mertel stülpte die Unterlippe vor, schüttelte den Kopf. »Von meinem Gefühl her glaube ich das eher weniger.«

»Ist jetzt auch egal. Wir werden sehen. Karl, ich muss dir noch etwas sehr Wichtiges sagen.«

»Na, dann mach mal!«, forderte Mertel, dem die Erleichterung über die unerwartete Wendung im Fall ›Tannenberg‹ ins Gesicht geschrieben stand.

»Rainer, Benny und ich haben die starke Vermutung, dass die Diensträume des K1 …« Er bedachte den Leiter der Spurensicherung mit einem scharfen Blick. »Und vielleicht sogar die Kriminaltechnik mit Wanzen verseucht sind. Denn das würde erklären, wieso die immer über alles genau Bescheid gewusst haben.«

»Nicht über alles«, korrigierte Dr. Schönthaler grinsend. »Über das hier nicht.«

Mertel schmunzelte zufrieden. »Mach dir mal keine Sorgen, Wolf. Wenn wir im K1 sind, werden wir uns zu allererst mal eingehend mit diesem Thema beschäftigen. Und zwar wortlos. Das versprech ich dir.«

»Das ist wirklich ganz, ganz wichtig, Karl. Ihr dürft die Wanzen auch nicht anrühren oder gar abmontieren, die brauchen wir nämlich noch. Ist das klar?«

»Natürlich. Mensch, Wolf, du hast es doch hier nicht mit Anfängern zu tun.«

»Genau, Karl, sondern mit Profis – und zwar auch auf der anderen Seite.«

»Aber, mein lieber Wolf, gerade wir zwei sind doch auch Profis – Strategieprofis. Weißt du, was ich meine?«, fragte der Gerichtsmediziner nebulös.

Tannenberg verstand nicht, worauf sein alter Freund hinauswollte: »Ehrlich gesagt, nein.«

»Dann pass mal auf. Wir beide sind doch Spieler, Strategiespieler. Betrachten wir also die ganze Angelegenheit mal aus der Perspektive eines guten Schachspielers.«

Tannenberg nickte. Ein verschmitztes Lächeln zeigte sich in seinem Gesicht, die Augen leuchteten erwartungsvoll auf. »Mach mal. Ich bin ganz Ohr.«

»Wenn wir uns einmal die Gesamtsituation, in der wir uns alle, also auch unsere Gegner, befinden, nüchtern vor Augen führen, dann können wir objektiv feststellen, dass wir über einen unglaublichen strategischen Vorteil verfügen. Denn wir besitzen Informationen, von denen unser Gegner nicht weiß, dass wir sie besitzen. Das heißt: wir sind am Zug. Und was machen wir nun?«

Wolfram Tannenberg brauchte nicht lange zu überlegen. »Wir nutzen das Tempo zu unseren Gunsten aus und …«

»Und erhöhen massiv den Druck, um …«, unterbrach Dr. Schönthaler, konnte aber ebenfalls den begonnenen Satz nicht zu Ende führen, denn Tannenberg ergriff nun seinerseits die Initiative:

»Um unseren Gegner zum Reagieren zu zwingen. Vielleicht sogar zu Fehlern.«

»Richtig: *Wir* bestimmen ab jetzt das Spiel. Das ist das Entscheidende. Und wie du weißt, gewinnt man die meisten Schachspiele nicht durch die eigene Genialität, sondern durch die Fehler des Gegners.«

»Ja, stimmt. Also folgt daraus, dass wir sofort handeln müssen.«

»Du hast es kapiert, alter Junge«, lobte der Rechtsmediziner und gab seinem besten Freund einen anerkennenden Klaps auf die Schulter.

»Ich hab da auch schon eine Idee«, verkündete Tannenberg und hob dabei vielsagend die Augenbrauen.

Während Mertel und Geiger wie verabredet die Räume des K1 mit der gebotenen verbalen Zurückhaltung nach den dort möglicherweise installierten Abhörgerätschaften untersuchten und sich zudem Gewissheit über die Adresse Carlo Weinholds verschafften, warteten Tannenberg, Fouquet, Benny de Vries und Dr. Schönthaler ungeduldig im alten Benz des Rechtsmediziners auf dem Parkplatz vor dem Seiteneingang des Westpfalz-Klinikums.

Aber es dauerte nicht lange, bis der dunkelgrüne Privat-PKW des Kriminaltechnikers am verabredeten Treffpunkt auftauchte. Mertel fuhr sein Auto eng an das seiner Kollegen heran. Geiger hatte bereits die Scheibe heruntergekurbelt.

»Chef«, rief er ins Wageninnere hinein.

»Mensch, plärr hier nicht so rum!«, schimpfte der Angesprochene.

Geiger flüsterte nun. »Wir haben die Wanzen entdeckt. Die sind wirklich überall, sogar unten bei Mertel im Labor.«

»Gut. Dann wäre das schon mal abgeklärt. Und was ist mit der Wohnung von diesem Weinhold?«

»Kettelerstraße 55«, kam es wie aus der Pistole geschossen.

»Wo ist'n das?«

»Im Uniwohngebiet, Wolf«, antwortete Mertel.

»Karl, hast du dein Zeug dabei?«

»Natürlich.«

»Also dann, nichts wie hin!«

Tannenberg hatte schon des Öfteren auf die schier unglaubliche Einbruchskompetenz des Kriminaltechnikers zurückgegriffen. Eigentlich durfte er ja gar nicht wissen, dass sein Kollege zu solch illegalen Aktionen überhaupt fähig war. Und noch weniger durfte er sich natürlich dessen Qualifikationen bedienen. Aber zum einen hatte ihm Mertels Fingerfertigkeit im doppelten Wortsinne schon manch eine verschlossene Tür geöffnet und zum anderen konnte man ja immer noch behaupten, dass der Hausherr oder der Wohnungsinhaber wohl in der Hektik vergessen habe, die Tür zu schließen.

In Windeseile war die massive Eingangstür des Reiheneckhauses geöffnet. Tannenberg hatte zunächst vehement darauf bestanden, ganz alleine in das Haus einzudringen. Er wollte sich in aller Ruhe und vor allem ohne Zeugen *den* Menschen zur Brust nehmen, der maßgeblich an den dramatischen Ereignissen der letzten Tage beteiligt gewesen war.

Erst der energische Verweis des Gerichtsmediziners auf einige Unwägbarkeiten vermochte ihn umzustimmen. Notgedrungen willigte er ein, dass Mertel und Fouquet ihn begleiten durften.

Auf Zehenspitzen und sich nur mit Handzeichen verständigend, schlichen die drei Kriminalbeamten mit gezogenen Waffen in das schmucke Einfamilienhaus hinein. Die ganze Angelegenheit war nicht ungefährlich, schließlich konnte zu diesem Zeitpunkt keiner der Eindringlinge wissen, wie viele Personen sich in diesem Haus denn tatsächlich aufhielten.

Während Tannenberg und Fouquet im Flur zurückblieben, betrat Mertel nacheinander die offenen Parterreräume, leuchtete mit seiner großen Stablampe vorsichtig in sie hinein. Das – von allen mehr erhoffte, als erwartete – Ergebnis der Inspektionstour dokumentierte er wenig später mit einem schwachen Kopfschütteln. Dann wies er mit der schweren Taschenlampe in Richtung einer Marmortreppe, die ins Obergeschoss hinaufführte.

Die Eindringlinge getrauten sich kaum zu atmen, als sie Schritt für Schritt die Treppe emporschlichen. Drei der vier Zimmertüren, die an den schmalen Korridor angrenzten, waren sperrangelweit geöffnet. Zur Sicherheit kontrollierte Mertel nacheinander die Räume, bei denen es sich um ein Bad, einen Fitnessraum und ein Arbeitszimmer handelte. Vor der vierten, verschlossenen Tür bauten sie sich so auf, wie sie es in ihrer Ausbildung trainiert und im Einsatz schon oft durchgeführt hatten.

Mertel drückte blitzschnell die Tür nach innen, richtete den Leuchtkegel der Lampe suchend in das Zimmer hinein, während Fouquet nahezu zeitgleich nach dem Lichtschalter tastete. Die Deckenstrahler leuchteten auf.

»Keine Bewegung! Sonst blas ich dir dein Spatzenhirn weg!«, schrie Tannenberg in bester Hollywoodmanier, noch bevor die Glühbirnen ihre volle Leuchtkraft entfaltet hatten.

Die drei hereingestürmten Kriminalbeamten sahen direkt auf einen sonnengebräunten Mann in einem breiten Futonbett. Er lag auf dem Bauch, hatte sein linkes Bein seitlich angewinkelt. Sein Oberkörper war nackt. Langsam drehte er seinen Kopf nach hinten. Dabei streifte sein Blick ein neben dem Bett stehendes, niedriges Schränkchen, auf dem eine schwarze Pistole griffbereit lag.

»Denk besser erst gar nicht dran«, schrie Fouquet, machte einen Satz dorthin und nahm die Waffe an sich.

Tannenberg verlor nun völlig die Selbstbeherrschung. »Weißt du, was ich jetzt mit dir mache, du verdammter Drecksack?«, blaffte er mit sich überschlagender Stimme dem Mann entgegen.

Carlo Weinhold schwieg. Er nahm seinen Kopf wieder nach vorne und bettete ihn demonstrativ gelassen auf eines der beiden roten Seidenkissen, die einen scharfen optischen Kontrast zu dem blütenweißen Laken bildeten.

Plötzlich hechtete Tannenberg zu Fouquet und riss ihm Weinholds Pistole aus der Hand. Mit seinem zitternden Finger am Abzug richtete er sie auf den im Bett liegenden Mann.

»Ich mach jetzt das Gleiche mit dir, was du mit mir gemacht hast«, brüllte er mit hochrotem Kopf. »Ich mach dich fertig! Und weißt du wie?«

Keine Antwort.

»Ich erschieß dich jetzt mit deiner eigenen Waffe und dann drehen wir das so, dass es aussieht, als ob du Selbstmord begangen hättest. Was ihr könnt, können wir schon lange!«

Plötzlich spürte Tannenberg Mertels Hand auf seiner Schulter. »Wolf, komm beruhige dich. Der Kerl ist es nicht wert. Der bringt uns lebend viel mehr.«

»Den kochen wir uns richtig schön weich. Ich freu mich schon drauf«, frohlockte Fouquet mit einem geradezu diabolischen Lachen. »Dem wird seine Coolness schon noch vergehen, Wolf. Der erzählt uns alles, was er weiß.«

Während sein Kollege dies sagte, ging der Kriminaltechniker einen Schritt nach vorne, so dass er nun seitlich neben Tannenbergs ausgestrecktem Arm stand. Seine Hand wanderte ruhig zu Weinholds Waffe hin, legte sich auf sie und drückte sie sanft nach unten.

Tannenbergs Verkrampfung löste sich, er ließ die Pistole in Mertels Hand gleiten. Sein aufgeschäumter Zorn reduzierte sich ein wenig.

Karl und Fouquet haben recht. Ich muss jetzt kühlen Kopf bewahren. Sonst verderbe ich noch alles, versuchte er sich selbst zu disziplinieren. Den brauchen wir unbedingt, um an die Hintermänner ranzukommen.

Er blickte sich im Schlafzimmer um.

Teuer, aber irgendwie zu protzig, dachte er. Überhaupt nicht mein Geschmack.

Während seine Kollegen den anscheinend völlig übertölpelten und deshalb handlungsunfähigen Carlo Weinhold weiter in Schach hielten, begann Tannenberg in den vor dem Bett auf einem chromfarbenen Metallstuhl abgelegten Kleidungsstücken herumzuwühlen.

»Wo ist dein Handy, du elender Saukerl?«, schrie er zu dem noch immer auf dem Bauch liegenden Mann.

Carlo Weinhold schwieg unverdrossen weiter.

Tannenberg schaltete im Flur das Licht an und ging schnellen Schrittes ins Arbeitszimmer. Direkt vor dem Fenster stand ein großer gläserner Schreibtisch. Auf der rechten Seite stand ein PC. Am anderen Ende des Schreibtischs lag ein Stapel Hochglanzprospekte.

»IF – Internationale Finanzanlagen. Der richtige Weg in Ihre finanzielle Unabhängigkeit«, las er sich murmelnd vor. »Aha, die *Midas*-Herren haben den Namen gewechselt – Respekt!«

Kopfschüttelnd drehte er sich um und machte sich auf den Rückweg zu seinen Kollegen. Plötzlich sah er auf einem Regal, das sich direkt neben der Eingangstür befand und das er beim Eintritt in den Raum nur als Seitenwand wahrgenommen hatte, ein schwarzes Handy liegen. Er nahm es an sich, schaltete es ein. Nach wenigen Sekunden hatte sich auf dem farbigen Display das Startmenue aufgebaut.

Tannenberg betätigte die Taste für den Schnellzugriff auf das Telefonbuch, in dem die am häufigsten benutzten Nummern abgespeichert waren. Bei einem ersten Schnelldurchgang entdeckte er allerdings nur zu jeder Nummer einen anderen Großbuchstaben, keinen einzigen vollständigen Namen.

»Wolf, was machen wir denn jetzt mit diesem netten, auskunftsfreudigen Herrn hier?«, rief plötzlich Kommissar Fouquet aus Richtung des Schlafzimmers.

»Was? – Ach so. Dasselbe, was ich mit Geiger gemacht habe.«

»Versteh nicht, was du meinst.«

»Fesselt ihn mit euren Handschellen an die Heizung

im Bad. In zwei, drei Stunden verständigen wir die Zentrale. Die können dann eine Streife losschicken, um diesen Verbrecher hier abzuholen.«

»Und warum sollen die ihn nicht gleich abholen?«, fragte der junge Kommissar.

»Mach's jetzt einfach. Ich erklär's dir nachher.«

Während seine Kollegen Carlo Weinhold ins Bad brachten und ihn dort an die Heizungsrohre anketteten, drückte Tannenberg nacheinander alle fünf eingespeicherten Rufnummern.

»Ich glaub es einfach nicht. Ich glaub es einfach nicht«, brummelte Tannenberg immer und immer wieder vor sich hin.

»Ja, aber was denn, Wolf?«, wollte Mertel wissen, als er im Türrahmen erschien.

Dieser Satz riss Tannenberg aus seinem litaneienartigen Selbstgespräch. Ohne auf die Frage zu antworten, ließ er Weinholds Handy mit einer fahrigen Bewegung in seiner Hosentasche verschwinden.

Er hatte nun endlich gefunden, was er die ganze Zeit über gesucht hatte und was im Augenblick noch viel wichtiger war, als Carlo Weinhold hinter Gitter zu bringen: die Namen des potentiellen Maulwurfs und des vermeintlichen Hintermannes, der sich selbst als Leviathan und Alphawolf bezeichnete – Namen, die er nun kannte, die er aber noch niemandem mitteilen wollte.

Das Endspiel hatte begonnen.

Die Anzahl der Zentralfiguren hatte sich merklich reduziert.

Und er war weiter am Zug.

15

Tannenberg ließ es sich nicht nehmen, den Daimler seines besten Freundes eigenhändig durch das Uniwohngebiet zu steuern. Die bohrenden Fragen der Fahrzeuginsassen nach dem genauen Zielort der frühmorgendlichen Tour beantwortete er mit der orakelhaften Bemerkung, dass es sich um eine Überraschung handele und ergänzte schmunzelnd: »Es wird übrigens heute nicht die Letzte bleiben.«

Nach der Einfahrt in den neuen Verkehrskreisel, der das westlich des Universitätsgeländes angesiedelte Mischbaugebiet erschloss, bog Tannenberg urplötzlich in eine augenscheinlich gesperrte Baustellenzufahrt ab. Das massive Bügelschloss, welches zwei Felder eines metallenen Bauzauns miteinander verband und den sogenannten Unbefugten den Zutritt zu dem weitläufigen Baugelände verwehren sollte, stellte für Mertel kein ernstzunehmendes Hindernis dar.

Die Fahrt führte sie auf direktem Wege hinunter zu dem etwas tiefer gelegenen Rohbau des Fraunhofer-Instituts.

»Los, Jungs, raus, und zwar alle«, kommandierte Tannenberg, nachdem er das Auto zum Stillstand gebracht hatte.

Mürrisch befolgten die Männer seine Anweisung.

»Ja, und du?«, fragte Dr. Schönthaler, der erstaunt registrierte, dass sein Freund keinerlei Anstalten machte, ebenfalls den Wagen zu verlassen. »Was ist mit dir? Kommst du nicht raus?«

»Nee«, erwiderte Tannenberg grinsend. »Ich muss erst noch schnell etwas erledigen. Aber ich bin gleich wieder bei euch. Versprochen!«

»Und was sollen wir hier?«, grummelte Fouquet.

Tannenberg beantwortete die Frage nicht. Von verwundert dreinblickenden Gestalten beim Wenden des betagten E-Klasse-Mercedes beobachtet, fuhr er zurück zum Kreisel, wo er aber schon nach einer einzigen Runde wieder zurück in die Baustellenzufahrt einschwenkte, aus der er gerade gekommen war. Etwa hundert Meter oberhalb des Standortes seiner Kollegen stoppte er und verließ den alten Benz.

Es dämmerte bereits. Hinter den sich in östlicher Himmelsrichtung abzeichnenden Wohnhaus-Silhouetten des Lämmchesberges erwachte gerade ein wolkenloser Sommertag. Die Baukräne ragten wie unwirkliche Skelette aus dem roten Sand der Riesenbaustelle hervor und verliehen diesem Szenario ein wahrhaft gespenstisches Antlitz.

Tannenberg atmete tief durch. Dann kramte er aus seiner Hosentasche Weinholds Handy hervor. Seine Hände zitterten. Mit fahrigen Tippbewegungen suchte er aus dem elektronischen Telefonbuch die gewünschte Rufnummer heraus. Er drückte die grüne Verbindungstaste.

Er hatte diese Nummer vor gut einer halben Stunde schon einmal gewählt. Bis in die Knochen war er erschrocken, als der Teilnehmer am anderen Ende seinen Namen genannt hatte. Die verschlafene Männerstimme war problemlos zu identifizieren gewesen. Ohne selbst auch nur einen einzigen Ton verlauten zu lassen, hatte er sofort die Telefonverbindung unterbrochen.

»Ja, ich habe vorhin schon mal angerufen«, sagte Tannenberg, nachdem sich sein Gesprächspartner gemeldet hatte. »Ich weiß über alles Bescheid. Und ich habe Material, um die ganze Sache auffliegen zu lassen ... Doch, es gibt einen Ausweg. Aber nur dann, wenn keine Kontaktaufnahme zur Organisation erfolgt, kein Telefongespräch, nichts. Nur dann gibt es die Chance, einigermaßen heil aus der Sache rauszukommen. Aber nur dann. Alle Telefone werden überwacht. Wenn irgendjemand mitkommt, ist die Sache gestorben ... In zehn Minuten an der Baustelle des Fraunhofer-Instituts ... Ja, genau, direkt gegenüber der Uni. Einfach in den neuen Kreisel rein und von dort aus in die Baustellenausfahrt ... Doch, doch, das ist zeitlich zu schaffen ... Sicher, ich komme allein ... Ja, mein Ehrenwort.«

Anschließend sprang Tannenberg in den alten Mercedes und preschte mit Vollgas hinunter zu seinen verdutzten Kollegen. Er gab an, jetzt keine Zeit für Erklärungen zu haben. Der Verräter befinde sich bereits auf dem Weg hierher. Deshalb sei nun höchste Eile geboten. Benny und den Gerichtsmediziner wies er an, den Benz hinter eine Container-Siedlung zu fahren und sich dort so lange versteckt zu halten, bis man den Maulwurf festgenommen habe.

Gemeinsam mit Fouquet und Mertel spurtete Tannenberg die Betontreppe hinauf auf die Deckenplatte über dem 5. Geschoss, von dem aus man die gesamte Umgebung bestens im Blick hatte. Im darunterliegenden Stockwerk boten die bereits errichteten Zwischenwände und diverse großformatige Baumaterialien ideale Deckungsmöglichkeiten. Dieser Ort erschien ihm geradezu wie geschaffen für das von ihm geplante Finale Grande, erster Teil.

Es erfolgte eine kurze strategische Lagebesprechung, in

deren Verlauf er seinen beiden Kollegen auch den Namen des geheimnisvollen Informanten mitteilte. Obwohl er sich diesen Überraschungseffekt liebendgerne bis zum Schluss aufbewahrt hätte, entschloss er sich schweren Herzens zu diesem Schritt. Ihm erschien das Risiko einfach zu hoch. Die Gefahr, dass Fouquet und Mertel angesichts dieses ihnen bestens bekannten Herrn unbedacht reagieren würden, war schließlich nicht von der Hand zu weisen.

Er verließ seine fassungslosen Kollegen und begab sich eine Etage höher auf seine Spähposition. Er brauchte nicht mehr lange zu warten. Etwa fünf Minuten später tauchte auf der völlig unbelebten Theodor-Heuss-Straße ein Auto auf, das sich von Osten her mit zügiger Geschwindigkeit dem Verkehrskreisel näherte.

Aufgrund der beträchtlichen Entfernung und der eingeschränkten Sichtverhältnisse konnte Tannenberg zwar den Wagentyp nicht erkennen, aber als das Auto nach der Einfahrt in den Kreisel sogleich in die Baustellenzufahrt einbog, war ihm klar, dass es sich bei dem Insassen mit hoher Wahrscheinlichkeit um den erwarteten Besucher handelte.

Der dunkle Wagen stoppte in ungefähr zwanzig Metern Entfernung vor dem Fraunhofer-Gebäude. Ein etwa 45-jähriger Mann kletterte aus einem schwarzen CLK-Cabrio, blickte sich sondierend um, ging ein paar Schritte in Richtung des fenster- und dachlosen Rohbaus, blieb stehen, ließ seine Augen suchend die hellgrauen Wände emporklettern. Mit Erleichterung registrierte Tannenberg, dass der vermeintliche Verräter sich allem Anschein nach tatsächlich ohne Begleitung hierher aufgemacht hatte.

»Ich bin hier oben«, rief Tannenberg.

»Wo? Ich seh dich nicht!«

Tannenberg hatte sich die ganze Zeit über geduckt gehalten. Nun richtete er sich in voller Körpergröße auf und ging noch einen Schritt nach vorne zur Gebäudekante hin. Nun konnte ihn der Mann erkennen.

»Hallo, Cherry. Komm zu mir hoch. Einfach die Treppe rauf.«

Gregor Kirsch, wegen seines Nachnamens allseits ›Cherry‹ genannt, war Kommissariatsleiter des K4, zuständig für Straftaten, welche die Wirtschaftskriminalität betrafen. Die beiden Hauptkommissare kannten sich zwar schon ewig, aber ihr persönliches Verhältnis war nie über das des Kollegenstadiums hinausgewachsen. Dafür unterschieden sich die beiden Männer in ihrem Wesen viel zu sehr.

Obwohl Tannenberg seinen etwas jüngeren Kollegen stets als penetrant gut gelaunten, leichtfüßigen Zeitgenossen erlebt hatte – solche Menschen waren Tannenberg von Natur aus überaus suspekt – hätte er es doch nie und nimmer für möglich gehalten, dass Gregor Kirsch bestechlich sein könnte und als Informant für das organisierte Verbrechen arbeiten würde.

Wie jedem anderen seiner Kollegen war zwar auch ihm nicht verborgen geblieben, dass der Leiter des K 4 ein teures Auto fuhr und vor kurzem ein stattliches Eigenheim bezogen hatte, zu dessen Einweihung er alle Kripo-Mitarbeiter eingeladen hatte. Aber er hatte diesen Dingen, genauso wenig wie der Tatsache, dass Gregor Kirsch stets in Designerkleidung in ihrer Dienststelle am Paffplatz erschien, keine sonderliche Bedeutung beigemessen.

Zumal der allgegenwärtige und über den Multiplikator Petra Flockerzie stetig an ihn herangetragene Kollegenklatsch besagte, dass der Kommissariatsleiter aufgrund seines lebenslustigen, sympathischen Auftretens bei Frauen einen gewaltigen Stein im Brett hatte – wie seine Sekretärin einmal wörtlich hatte verlauten lassen. Von daher hatte es ihn auch nicht verwundert, dass dieser dauersmilende Sunnyboy vor ein paar Jahren eine reiche Fabrikantentochter zum Altar geführt hatte.

Während Gregor Kirsch die staubige Betontreppe hinauftrippelte, eilte Tannenberg eine Etage tiefer, dorthin, wo sich seine Mitarbeiter versteckt hielten. Er war auf alles gefasst, auch darauf, dass Kirsch ihm mit gezogener Waffe entgegentreten würde.

Dem war aber nicht so. Der Leiter des K 4 schien zwar nicht in Stimmung, seinem Kollegen freundschaftlich die Hand zu reichen, aber mit einer Waffe bedrohte er ihn auch nicht.

»Tanne, lass uns hochgehen aufs Dach«, sagte Kirsch. »Hier unten im Gebäude ist es mir zu dunkel.«

»Okay«, antwortete Tannenberg und schritt mit gebührendem Abstand voran.

Etwa in der Mitte der Dachterrasse, die ja eigentlich nur eine weitere Bodenplatte für das nächste Stockwerk war, drehte er sich um. Gregor Kirsch kletterte gerade aus dem lukenähnlichen Treppenschacht. Er ging ein paar Schritte auf seinen Kollegen zu, blieb dann aber unvermittelt stehen.

Die beiden Männer standen sich nun wie zwei Duellanten gegenüber, allerdings ohne ihre Waffen gezogen zu haben. Für Tannenberg stellte die Konfrontation mit dem Leiter des K 4 eine unglaubliche emotionale Belastung dar. Schließlich handelte es sich bei Gregor Kirsch um jemanden, der für seinen albtraumhaften Horrortrip mitverantwortlich war.

Verständlicherweise brodelte es in ihm wie in einem Vulkan, der kurz vor dem Ausbruch stand. Aber er musste dem enormen inneren Druck standhalten, galt es doch die Hintermänner dingfest zu machen. Und ohne einen hochkarätigen Insider konnte dies wohl kaum gelingen. Also musste er sich am Riemen reißen und konzentriert auf nichts anderes, als auf dieses eine Ziel hinarbeiten.

Trotzdem konnte er sich einen kleinen Seitenhieb nicht verkneifen: »Cherry, ich will auf diese ganze Sauerei, die ihr mit mir dort drüben«, er warf seinen Arm in Richtung des etwa zweihundert Meter entfernten roten Studentenwohnheims, »veranstaltet habt, gar nicht eingehen. Ich will dir vielmehr entgegenkommen und dir großzügig eine letzte Chance geben. Auch wenn's mir ziemlich schwerfällt, das kannst du mir glauben.«

Während Tannenberg sprach, war ihm nicht entgangen, dass sich seine Mitarbeiter Mertel und Fouquet zwischenzeitlich die Treppe hinaufgeschlichen hatten und nun Kirsch von dort aus ins Visier nahmen.

Gregor Kirsch machte eine betretene Miene. Er schien sehr unsicher und nervös zu sein. Er nagte immerfort auf den Lippen herum, presste sie zusammen, leckte ein paar Mal darüber. Nach einem Räuspern fragte er mit belegter Stimme: »Und wie soll diese letzte Chance aussehen, Tanne?«

»Es gibt für dich nur einen einzigen denkbaren Weg, wenigstens einigermaßen heil aus dieser Sache rauszukommen.«

»Und der wäre?«

»Cherry, das weißt du doch selbst ganz genau. Du musst einen Deal mit der Staatsanwaltschaft machen und dich als Kronzeuge …«

Bei diesem Wort zuckte Gregor Kirsch unwillkürlich zusammen.

»… zur Verfügung stellen. Du hast ja bisher niemanden umgebracht – hoffe ich jedenfalls für dich …«

»Nein, nein, wo denkst du hin, Tanne«, unterbrach der rothaarige Kriminalbeamte. Er ging einen Schritt auf Tannenberg zu, machte eine entschuldigende Geste, blieb dann aber wieder stehen. »Es tut mir ja auch unheimlich leid, dass es so gelaufen ist. Das habe ich wirklich nicht gewollt. Das musst du mir glauben.«

»Ist schon okay, Cherry. Also zurück zum Deal: Ich habe bereits mit Hollerbach gesprochen«, log Tannenberg weiter munter drauf los.

Vorhin, als ihn seine innere Stimme als hinterlistigen Lügenbold beschimpft hatte, nur weil er Kirsch am Telefon sein Ehrenwort gegeben hatte, sich hier am vereinbarten Treffpunkt ebenfalls alleine einzufinden, hatte er seinen Quälgeist mit dem Spruch ›in diesem Fall heiligt der Zweck wohl jedes Mittel‹ augenblicklich zum Verstummen gebracht.

»Na, was ist, Cherry, wie sieht's aus damit?«, setzte Tannenberg nach.

Obwohl sich seine Lippen bewegten, antwortete Gregor Kirsch nicht. Er schwitzte so stark, dass sich unter den Achseln und auf seiner Brust Schweißflecken abzuzeichnen begannen. Unruhig trippelte er auf der Stelle.

»Junge, du hast keine andere Wahl«, erhöhte Tannenberg weiter den Druck. Plötzlich wechselte er das Thema: »Sag mal, wie hast du es eigentlich geschafft, die Wanzen zu installieren?«

»Die Wanzen?« Ein bitteres Lächeln huschte kurz über sein bleiches Gesicht. »Das war wirklich kein großes Problem.«

»Stimmt, du hattest ja die beste Gelegenheit dazu. Du

musstest ja nur außerhalb der Dienstzeit eine Etage tiefer gehen.«

»Du hast es erraten«, erwiderte Gregor Kirsch mit einer leicht aggressiven Klangfärbung.

Damit war für Tannenberg diese Frage erledigt. Er wandte sich nun einem anderen Themenbereich zu, der ihn ebenfalls brennend interessierte: »Wie bist du eigentlich in diesen ganzen Schlamassel reingeraten? Du …«

»Ach Gott, Tanne, wie gerät man in sowas rein, fragst du?«, warf Gregor Kirsch dazwischen. »Bist du so naiv oder tust du nur so?« Kirschs Tonfall wurde schärfer, seine Mimik urplötzlich bedrohlicher. »Ich habe den Hals nicht vollgekriegt, wollte immer mehr Kohle machen …« Er brach ab, blickte kopfschüttelnd zum blaugrauen Himmelsgewölbe empor. »Du hast es doch damals selbst mitbekommen.«

»Was?«, fragte Tannenberg verständnislos.

»Erinnerst du dich denn nicht mehr?« Er stemmte seine Hände in die Hüften. »Du warst doch damals ein paar Mal beim mir, wegen diesem *Midas*-Fall.«

»Ja, klar, weil ich mir von dir Informationen besorgt habe über diese undurchsichtigen Beziehungen zwischen den Firmen. Aber was hat das …«

»Alles mit mir zu tun, willst du wissen?«, vollendete Kirsch.

Tannenberg nickte.

»Ganz einfach: Ich habe im Börsenboom bei *Midas* investiert. Und obwohl du mir ja damals gesagt hast, dass ihr gegen einige *Midas*-Mitarbeiter ermittelt, hab ich verdammter Idiot meine Investments nicht verkauft …«

»Ja, ja, jetzt habe ich das Bild wieder genau vor mir«, erinnerte sich Tannenberg: »Du hast dich sogar bei mir für diese Informationen bedankt. Und du hast damals gesagt, dass du so schnell wie möglich alles verkaufen würdest, weil ...«

»Aber genau das habe ich Idiot dann doch nicht gemacht.« Er hämmerte sich mit beiden Fäusten an die Stirn, »sondern bin in die klassische Anlegerfalle getappt. Ich habe nämlich gemeint, schlauer als der Markt zu sein und habe statt zu verkaufen weiter zugekauft. Habe bei vermeintlichen Kaufgelegenheiten dem schlechten Geld gutes hinterhergeworfen. Immer mehr gekauft, mit immer mehr Geld, sogar mit dem meiner Frau, habe Kredite aufgenommen. Verdammte Scheiße!«

Wütend trat er an einen direkt vor ihm liegenden kleinen Stein, der wie ein Geschoss über die Betonplatte jagte. »Und als ich aus diesem Albtraum wachgeworden bin, war plötzlich alles Geld weg und ich hatte nur noch einen riesigen Schuldenberg vor mir. Meine Frau hat mir die Hölle heiß gemacht, mit Scheidung gedroht. Ich habe mir dann weiteres Geld geliehen und angefangen zu zocken ...«

»Und dann war plötzlich einer da und hat gesagt: Ach, lieber Herr Kirsch, wir übernehmen Ihre Schulden und bessern Ihr bescheidenes Beamtengehalt ein wenig auf. Sie müssen uns dafür nur ein paar kleine Informationen zukommen lassen. – War es so?«

Gregor Kirsch bewegte den Kopf in der Vertikalen ein paar Sekunden stumpfsinnig auf und ab. Plötzlich ging ein Ruck durch seinen Körper, wie ein Stromschlag.

»Natürlich war es so!«, zischte er zornig vor sich hin. »Es war ganz einfach: viel Geld für ein paar schnelle Informationen. Und dann steckte ich mittendrin in dieser verdammten Scheiße. Habe den Kopf nicht mehr aus der Schlinge rausgekriegt. Es war ja auch sehr leicht verdientes Geld. Und du hast das jetzt alles kaputt gemacht.«

»Wieso denn ich?«

Gregor Kirsch antwortete nicht. Er griff hinter seinen Rücken, zog seine Dienstwaffe hervor, richtete sie direkt auf Tannenbergs Kopf.

»Cherry, mach jetzt bloß keinen Scheiß«, schrie Tannenberg zu Tode erschrocken. »Du hast wirklich noch eine realistische Chance.«

»Realistische Chance – Dass ich nicht lache. Du Träumer!«, spottete Kirsch.

»Doch, Cherry, wirklich. Du musst sie nur nutzen. Du steckst das Ding jetzt sofort wieder weg. Ich mache dir einen Vorschlag: Wir vergessen das hier alles und du gehst zur Staatsanwaltschaft.«

»Staatsanwaltschaft? Du bist mir vielleicht ein armer Irrer! – Aber du hast schon recht: Es gibt tatsächlich noch eine Chance für mich. Allerdings ist das eine, die dir überhaupt nicht gefallen wird.«

»Wieso, was hast du vor?«

»Ganz einfach: Du begehst jetzt Selbstmord!«

»Selbstmord?« Obwohl ihm danach wirklich nicht zu Mute war, musste Tannenberg unwillkürlich kurz auflachen. »Wie willst du denn das anstellen?«

»Auch das ist ganz einfach: Du gehst jetzt ein paar Schritte nach hinten an die Kante und dann springst du hinunter in deinen sicheren Tod.«

Plötzlich schnellten Fouquet und Mertel hinter ihm in die Höhe.

Mertel schrie: »Kirsch, lass sofort die Waffe fallen!«

Gregor Kirsch drehte sich kurz zu ihnen um: »Das könnt ihr vergessen! Mein Finger ist am Abzug. Ihr bleibt dort stehen, wo ihr seid. Keinen einzigen Schritt vor, sonst ist euer Chef tot.«

»Cherry, komm, das Spiel ist aus«, versuchte Tannenberg die Situation zu deeskalieren. »Aber ich gebe dir wirklich noch diese eine Chance. Es ist wirklich deine Einzige. Du kannst mir vertrauen.«

Kirsch antwortete mit einem lauten, höhnischen Lachen: »Tanne, dir kann ich vertrauen? Wer hat mir denn vorhin sein Ehrenwort gegeben, dass er hier alleine aufkreuzt? Vergiss es! Du bist eine hinterhältige, gemeine Ratte!«

»Komm, beruhig dich, Cherry.«

»Beruhigen? Wahrscheinlich hast du auch gar kein Belastungsmaterial gegen mich in der Hand. So wie du vorhin am Telefon behauptet hast.«

»Nein, Cherry, das hatte ich wirklich nicht, als ich dich vorhin anrief. Das war nur ein Trick, um dich hierher zu locken. Aber jetzt hab ich's, denn meine Kollegen haben sehr gute Ohren. Und dein Geständnis ist viel mehr wert als das beste Belastungsmaterial.«

Vor Zorn verengten sich Gregor Kirschs Augen zu einem Schlitz. »Du bist wirklich das Allerletzte.«

»Cherry, bitte schau jetzt endlich einmal der Realität ins Auge. Mein Angebot steht weiterhin. Du musst nur einschlagen. Wenn du als Kronzeuge …«

»Als Kronzeuge? Ich lache mich gleich kaputt! Was meinst du wohl, was die mit mir veranstalten, wenn sie Wind davon bekommen?«

»Junge, wir stecken dich doch ins Zeugenschutzprogramm.«

Gregor Kirsch zog die Brauen nach oben, stieß zischend einen Schwall Luft durch die Zähne. »Zeugenschutzprogramm – dass ich nicht lache! Als ob das etwas bringen würde. Die finden mich garantiert überall.«

»Quatsch! Dann lassen wir dich eben ins Ausland bringen.«

»Tanne, du weißt ganz genau, wies um mich steht: Es

gibt keinen Ausweg mehr für mich. Ich hab mich an diese Verbrecher verkauft und bin dafür gut bezahlt worden. Und jetzt bin ich für sie wertlos: ein Sicherheitsrisiko. Ich stehe bei denen ganz oben auf der Abschussliste.« Er fasste sich zitternd an die Stirn. »Was für ein Wort.«

Gregor Kirsch senkte für einen Moment seinen traurigen Blick. Dann schloss er die Augen. Zitternd legte er die Pistole an seine rechte Schläfe.

»Nein«, schrien drei Männerstimmen wie aus einem Munde.

Aber es war schon zu spät, er hatte bereits abgedrückt.

Sofort rannten die Kriminalbeamten zu ihrem schwerverletzten Kollegen. Tannenberg kniete neben ihm nieder. Fouquet zückte sein Handy und verständigte den Notarzt.

Mertel zog seine Jacke aus, legte sie Gregor Kirsch vorsichtig unter den blutenden Schädel. Er tastete an der Halsschlagader nach dem Puls. Nach ein paar Sekunden schüttelte er sanft den Kopf.

Tannenberg erhob sich, wandte seinen beiden Mitarbeitern den Rücken zu und blickte hinüber zu den beiden Studentenwohnheimen.

»Wahnsinn. Was für ein Wahnsinn!«, murmelte er seufzend vor sich hin.

16

Die Adresse der nächsten Zielperson, die Tannenberg aufgrund der unfreiwilligen Hilfe Carlo Weinholds mit dessen Handy identifizieren konnte, war ihm noch bestens geläufig. Diesem werten Herrn galt es nun einen überraschenden Besuch abzustatten, und zwar einen Besuch, der dem hochsommerlichen Morgen-Grauen alle Ehre machen sollte.

Während Dr. Schönthaler seinen alten Mercedes durch die ausgestorbenen Straßen der Stadt steuerte, dachte Tannenberg an einen Fall zurück, bei dem er schon einmal mit diesem, seiner Meinung nach überaus unsympathischen Zeitgenossen zusammengetroffen war. Bereits bei ihrem Erstkontakt war damals eine spontane gegenseitige Aversion aufgekeimt, die sich im Laufe der Ermittlungen noch weiter verstärkt hatte.

In einem Gewerbepark am nordöstlichen Rand des Stadtgebietes war im Gebäude einer renommierten Softwarefirma ein weiblicher Leichnam aufgefunden worden. Die Ermittlungen gestalteten sich anfänglich recht erfolgversprechend, geriet doch der Vorstandsvorsitzende dieses Unternehmens schon bald in dringenden Tatverdacht.

Da der mit einem Professorentitel dekorierte, potentielle Mörder bzw. Totschläger im Besitz der Gebäudeschlüssel war, hätte er die beste Gelegenheit gehabt, den am Wochenende verschlossenen und mit einer Alarmanlage gesicherten, modernen Firmenkomplex unauffällig zu betreten. Die Indizienlage wurde immer erdrückender, zumal bereits nach kurzer Zeit ein mögliches Tatmotiv aufleuchtete.

Leider hatte die ganze Sache einen entscheidenden Haken gehabt: Der Hauptverdächtige wartete mit einem hieb- und stichfesten Alibi auf, das ihm der Justiziar der Firma, ein Rechtsanwalt mit Namen Dr. Frederik Croissant, geliefert hatte.

Vor etwa zwei Jahren hing in Tannenbergs Dienstzimmer über mehrere Wochen hinweg eine Geländekarte an der Wand, die einen detaillierten Überblick über die nähere Umgebung der Softwarefirma ermöglichte. Nahezu täglich stand er davor und betrachtete sie intensiv. Immer und immer wieder maß er die kürzeste Entfernung vom Firmengebäude zum Wohnhaus des Anwalts auf der Eselsfürth ab, berechnete die dafür zu Fuß oder mit dem Fahrrad benötigte Zeit …

»Wolf«, polterte plötzlich der Rechtsmediziner in Tannenbergs Erinnerungsreise hinein. »Da vorne an der Tankstelle stehen Schauß und Geiger.«

»Ja und? Da habe ich sie ja auch hinbestellt«, knurrte er übellaunig zurück. Er konnte es einfach nicht ausstehen, wenn man ihn bei seinen gedanklichen Exkursionen störte.

»Hallo, Wolf, schön, dass es dir gut geht und sich die Sache jetzt bald aufklärt«, empfing ihn Michael Schauß mit einem strahlenden Gesichtsausdruck.

»Wie geht's Sabrina?«, war das Erste, was Tannenberg von ihm wissen wollte.

»Ich soll dir liebe Grüße von ihr bestellen. Sie ist noch in der Klinik. Aber es ist zum Glück nur eine Fleischwunde.«

»Gott sei Dank!«, atmete Tannenberg erleichtert auf. Dann stieg er aus dem Wagen und führte eine kurze

Dienstbesprechung durch, bei der die weitere Vorgehensweise besprochen wurde.

»Sollen wir nicht besser das SEK verständigen oder wenigstens noch ein paar Kollegen von der Streife?«, fragte Geiger, dem das geplante Vorhaben anscheinend nicht sonderlich geheuer war. »Wer weiß denn schon, wie viele dieser Gangster sich in der Villa befinden.«

»Keine Zeit«, stellte Tannenberg kurz und bündig fest. »Wir müssen sofort los und den Überraschungseffekt für uns ausnutzen. Wir schaffen das schon. Geiger, hast du dir inzwischen 'ne neue Waffe besorgt?«

»Ja, Chef. Aber, wo ist denn meine alte?«

Tannenberg reagierte nicht auf diese Frage. Mit einem Wink signalisierte er seinen Kollegen den Beginn des frühmorgendlichen Einsatzes. Nur Geiger zögerte in Erwartung einer verbalen Reaktion seines Chefs. Fouquet stieß ihn unsanft von hinten an und drückte ihn in das vor ihm stehende Auto.

Dr. Schönthaler und Kommissar Schauß parkten ihre PKWs unweit der Bahnstrecke auf einem uneinsichtigen kleinen Waldparkplatz. Tannenberg kannte diese Gegend nicht nur aufgrund seines intensiven Kartenstudiums wie die eigene Westentasche, er hatte sich in seiner Jugend oft mit seinen Freunden auf den damals obligatorischen Bananensattel-Fahrrädern hierher aufgemacht. An den vom Parkplatz nur einen Steinwurf entfernt gelegenen Fischweihern hatten sie ihre Zelte aufgeschlagen und manch ein feuchtfröhliches Gelage veranstaltet.

Dr. Croissants herrschaftliche Jugendstilvilla stand etwas versteckt im hinteren Teil des idyllisch gelegenen Eselsbachtals. Von der B 40 aus war sie über eine schmale Asphaltstraße zu erreichen. Vom Wald her durch einen parallel zu den Eisenbahnschienen verlaufenden Forstweg. Dieser von der Villa aus nicht einsehbare Schleichpfad ermöglichte eine gefahrlose Annäherung an den rückwärtigen Bereich des noblen Gebäudes.

Zwar war das Grundstück auch auf dieser Seite von einer hohen Backsteinmauer eingefriedet und mit einem massiven Metalltor gesichert, aber auch dieses Hindernis entlockte Karl Mertel lediglich ein dezentes Schmunzeln. Mit ein paar geschickten Handgriffen entriegelte er das Zylinderschloss und setzte damit auch gleichzeitig die Alarmanlage außer Gefecht.

Tannenbergs logistisch ausgefeilte Planung sah einen bilderbuchmäßigen Überraschungsangriff über die Gartenterrasse vor. Schauß und Fouquet schnappten sich einen massiven Hartholztisch, der in unmittelbarer Nähe zur doppelflügeligen Verandatür ideal postiert war. In Sekundenschnelle wurde er zum Rammbock umfunktioniert. Die kräftigen jungen Männer benötigten lediglich einen einzigen Versuch, um die wenig widerstandsfähigen Holzpfosten der Tür zur sofortigen Kapitulation zu zwingen.

Mit einem lauten Krachen, dem sogleich hochtönendes Klirren folgte, durchdrang der Gartentisch die Verandatür und kam im Wohnzimmer erst kurz vor einem wertvollen Perserteppich zum Stillstand.

Bis auf Dr. Schönthaler, der als einziger Unbewaffneter von Tannenberg zum Ausharren am Eingangstor vergattert worden war, huschten alle über hell knackende Glasscherben hinweg in das Gebäudeinnere. Schauß, Geiger, Fouquet und Benny de Vries – der es sich nicht hatte verbieten lassen, an der Aktion teilzunehmen – rannten empor zu den im Obergeschoss vermuteten Schlafzimmern der Villa.

Tannenberg und Mertel dagegen blieben im Parterre

und durchsuchten die dort befindlichen Räume. Aber hier war niemand, keine Menschenseele. Anschließend eilten sie in Richtung des Treppenhauses, von wo aus sie ihre Kollegen lauthals Kommandos schreien hörten. Mit einem Male wurden die Stimmen merklich leiser.

»Ihr könnt jetzt alle raufkommen«, rief plötzlich Michael Schauß. »Hier oben ist alles sauber. Außer dem feinen Herrn Anwalt und seiner Gattin ist hier niemand.«

Noch bevor Tannenberg das luxuriöse Schlafgemach der Eheleute Croissant betreten konnte, wurde er von seinem wie ein Honigkuchenpferd strahlenden holländischen Freund empfangen. Triumphal grinsend hielt er ihm ein kleines gelbes Büchlein entgegen.

»Schau mal, was Mijnheer Advocaat vorm Schlafen Schönes liest.«

»Was sehen denn da meine entzündeten Äuglein: den Leviathan. Ich glaube es nicht. Der feine Herr ist wohl ein Bildungsbürger«, entgegnete Tannenberg ironisch.

Dann schritt er würdevoll hinein in das hell erleuchtete Schlafgemach der Eheleute. Genüsslich begann er nun damit, den zweiten Teil des von ihm inszenierten Finale Grandes zu zelebrieren.

»Ach, wen haben wir denn da? Das ist ja der werte Herr Dr. Frederik Croissant nebst seiner verehrten Gattin, deren Vorname mir leider entfallen ist. Welch eine Freude, Sie zu sehen«, flötete er in Richtung des Ehepaares.

Der Rechtsanwalt hatte sich ebenso wie seine etwas zerzaust wirkende Gemahlin im Bett aufgerichtet. Nun saßen beide mit dem Rücken an die von Deckenstrahlern in grelles Licht getauchte Wand gelehnt.

»Sie lesen gerade den Leviathan, Herr Anwalt. Respekt!

Gehe ich recht in der Annahme, dass Sie der Auffassung sind, ein Alphawolf zu sein?«

Man merkte Dr. Croissant sehr wohl an, dass er es gewohnt war, seine Emotionen im Zaum zu halten und betont kühl auf alle Situationen zu reagieren. Nur der grimmige Blick, mit dem er Tannenberg ins Visier genommen hatte, verriet etwas von seinem derzeitigen Gemütszustand.

»Sagen Sie mal, Herr Hauptkommissar, ich dachte, Sie werden per internationalem Haftbefehl gesucht?«, fragte er mit eisiger Stimme. »Und jetzt überfallen Sie mich am frühen Sonntagmorgen in meinem Haus. Gemeinsam mit Ihren Kollegen. Wie soll ich denn das verstehen?«

Tannenberg blieb gelassen. »Och, Herr Anwalt, seien Sie doch bitte nicht so abweisend. Ich bin schließlich extra zu Ihnen gekommen, um mich mit Ihnen ein bisschen über dieses überaus interessante und anregende Büchlein hier zu unterhalten.« Demonstrativ blätterte er ein wenig darin herum, hielt es ihm entgegen.

Dr. Croissant lachte. »Also wissen Sie, Tannenberg, Sie sind mir schon ein komischer Vogel. Ich bin ja durchaus humoristisch veranlagt. Aber wie ich finde, überstrapazieren Sie gegenwärtig mein Toleranzvermögen ein wenig zu arg.« Sein Mienenspiel verfinsterte sich weiter, nahm einen immer bedrohlicheren Charakter an. »Mal etwas ganz anderes: Sind Sie im Besitz eines gültigen Haftbefehls?«

Für einen Moment traf Tannenberg dieser Satz wie ein Keulenschlag ins Genick. Er zögerte mit einer Antwort.

»Na, was ist meine Herren?«, wandte sich der Anwalt unvermittelt an die anderen Kriminalbeamten. »Muss ich Sie jetzt etwa alle über die rechtlichen Grundlagen der

Polizeiarbeit aufklären?« Er machte Anstalten, zum Telefonhörer zu greifen.

»Finger weg!«, stellte Kommissar Fouquet unmissverständlich klar.

Langsam zog Dr. Croissant seine Hand zurück. »Meine Herren, wissen Sie eigentlich, wie viele Gesetzesübertretungen Sie hier gerade begehen? Nun, was ist mit dem Haftbefehl?«

»So etwas brauchen wir nicht«, erwiderte Tannenberg trotzig.

»Ach, so etwas brauchen Sie nicht. Das ist wirklich bemerkenswert: Ein Hauptkommissar vertritt öffentlich die Meinung, dass man ab sofort in einem Rechtsstaat keinen Haftbefehl mehr braucht.«

»Bei Gefahr im Verzug brauchen wir keinen Haftbefehl!«, konterte Fouquet augenblicklich.

Abermals lachte Dr. Croissant auf, diesmal allerdings weitaus höhnischer. »Gefahr im Verzug. Es wird wirklich von Sekunde zu Sekunde interessanter, meine Herren. Findest du nicht auch, Liebling?«

Die Anwaltsgattin wusste anscheinend nicht so recht, ob sie lieber weinen oder es ihrem Mann gleichtun und lachen sollte. Ihr ungeschminktes, leichenblasses Gesicht zuckte abwechselnd an mehreren Stellen. Nervös spielte sie an einem Zipfel ihres seidenen Nachtgewandes herum.

Dr. Croissant hob die Schultern an, seine Hände öffneten sich zu einer fragenden Geste. »Aber nun mal im Ernst, meine Herren. Wo soll denn hier eine Gefahr sein?« Er schickte seine Augen auf eine kurze Reise durchs Schlafzimmer. »Also ich sehe keine. Oder stellt neuerdings etwa schon die Lektüre eines staatsphilosophischen Buches einen sofortigen Inhaftierungsgrund dar?«

»Ihnen wird Ihre Arroganz schon noch im Halse stecken bleiben«, schimpfte Michael Schauß, der vor zwei Jahren ebenfalls eindrucksvolle Erfahrungen mit dem aalglatten und gewieften Rechtsanwalt gemacht hatte.

»Wissen Sie was, Herr Hauptkommissar, mir reichts jetzt. Ich rufe nun meinen alten Golfpartner an, den Ihnen allen wohl bestens bekannten Herrn Oberstaatsanwalt Dr. Hollerbach. Ich bin mal sehr gespannt, was er von dieser, von ihm garantiert nicht autorisierten Aktion hält.«

Tannenberg war still geworden. Die blanke Verzweiflung hatte ihn während der letzten Minuten wie ein mächtiges Raubtier im Genick gepackt, ließ ihn nicht mehr los. Schockwellenartige Panik durchflutete ihn.

Hab ich mich etwa getäuscht, mich verrannt? Ich hab mich schon einmal bis auf die Knochen diesem Croissant gegenüber blamiert!, pochte es unaufhörlich hinter seiner Schädeldecke. Quatsch! Der ist der Drahtzieher. Da bin ich mir ganz sicher. Der muss hinter der ganzen Sache stecken.

Aber wie willst du ihm das denn nachweisen?, meldete sich seine innere Stimme plötzlich zu Wort. Gerade du weißt doch ganz genau, dass dieser Mistkerl mit allen Wassern gewaschen ist. Der ist doch wie eine Feuerqualle: du kannst ihn nicht greifen, weil er dir immer durch die Finger flutscht. Aber du kannst dir fürchterlich die Finger an ihm verbrennen!

Verdammt, verdammt – meine armen Kollegen. Die haben doch alles für mich aufs Spiel gesetzt.

Sein Mund wurde trocken, er wollte schlucken, aber dazu war nicht mehr genügend Spucke vorhanden.

Er griff sich an die Stirn, massierte sie mit fahriger Hand.

Was soll ich jetzt nur machen? Dieser Carlo Weinhold sagt garantiert nichts. Und Cherry ist tot. Ich brauch unbedingt Beweise!

»Los, Jungs, wir durchsuchen das ganze Haus so lange, bis wir die Beweise für die kriminellen Machenschaften dieses verdammten Winkeladvokaten gefunden haben. Albert, du bleibst hier oben und bewachst mir die Herrschaften.«

Als Tannenberg die geschwungene Treppe hinuntergetrippelt war, wurde er von Dr. Schönthaler empfangen.

»Ich habe mich hier mal ein wenig umgeschaut.« Er warf einen Arm in Richtung der Haustür. »Dort vorne ist eine Treppe, über die man hinunter in den Keller kommt. Aber die Tür ist verschlossen.

Das Erste, was die Kriminalbeamten entdeckten, nachdem Mertel das Schloss geknackt hatte, war rechts von ihnen ein mit Neonröhren beleuchteter langer Flur. Linker Hand entdeckten sie eine geöffnete Außentür, die direkt in den zwischen Villa und Straße gelegenen parkähnlichen Garten hinausführte.

»Da sind bestimmt welche getürmt«, bemerkte Kommissar Schauß, ohne allerdings den geringsten Beweis für diese Vermutung zu besitzen.

Für einen Augenblick kehrte Ruhe ein.

»Habt ihr das eben gehört?«, flüsterte Benny de Vries.

»Was?«, fragte Geiger.

»Ich habe gemeint, da hätte jemand gerufen. Es kam von da hinten.«

Angestrengt lauschten nun alle Ermittler.

»Ja, ich hab's auch gehört«, bestätigte Schauß. »Da ruft einer.«

Er wollte sich direkt in Bewegung setzen.

»Stopp!«, befahl Tannenberg. »Vielleicht ist das eine

Falle. Wir checken jetzt zuerst mal nacheinander jeden einzelnen Kellerraum durch.«

Die Aktion ging ebenso routinemäßig wie unspektakulär über die Bühne. Nur wenig später standen die Kriminalbeamten vor einer massiven Metalltür, wie man sie als Feuerschutz von Heizungskellern her kennt.

Mertel wollte sofort dem Schloss zu Leibe rücken, aber Tannenberg hielt ihn zurück. »Karl, warte, das kann eine Sprengfalle sein.«

»Du hast recht.«

Mit voller Stimmkraft schrie Tannenberg gegen die mausgrau gestrichene Tür: »Können Sie mich hören?«

»Ja«, antwortete eine stark gedämpfte Männerstimme. »Helfen Sie mir. Ich bin hier eingesperrt.«

»Gleich. Zuerst sagen Sie uns, ob innen an der Tür eine Sprengladung angebracht ist.«

»Eine was?«

»Eine Spreng-la-dung«, schmetterte er so laut er nur konnte.

»Nein«, kam es leise zurück.

»Gut. Können Sie uns die Tür öffnen?«

»Nein, ich bin gefesselt.«

»Karl, dann mach mal auf«, forderte Tannenberg.

Außer dem mit seinem filigranen Kunst-Handwerk beschäftigten Kriminaltechniker und dem unbewaffneten Gerichtsmediziner zogen alle ihre Pistolen, auch Benny de Vries, der natürlich genau wusste, dass er in Teufels Küche kommen könnte, wenn herauskäme, dass er im Ausland seine Dienstwaffe benutzte. Aber das war ihm, seitdem ihn sein Freund um Hilfe gebeten hatte, sowieso egal.

»Ist auf«, verkündete Mertel stolz.

Er zog nun ebenfalls seine Waffe, drückte die Klinke nach unten und gab dem schweren Türblatt einen kräftigen Schubs. Leicht quietschend öffnete sich die Tür und gab den Blick frei auf einen mit Kunstlicht durchfluteten Raum, der den staunenden Eindringlingen wie eine Mischung aus Gefängniszelle und Hightech-Büro erschien: Direkt in ihrer Blickrichtung waren auf einem riesigen Schreibtisch mehrere Computer und die obligatorischen Peripheriegeräte aufgebaut.

In dem fensterlosen, extrem schallgedämmten Kellerraum stand an der linken Seite an der weißgekalkten Wand ein pritschenähnliches Bett, auf dem ein an Händen und Füßen gefesselter und an einem in der Wand eingelassenen dicken Metallring angeketteter jüngerer Mann saß.

Tannenberg war völlig sprachlos.

»Wer sind Sie denn?«, fragte Geiger.

»Ich heiße Lukas Steiner. Man hat mich entführt und hier unten eingesperrt.«

»*Wann* hat man Sie entführt? *Wer* hat Sie entführt?«

»Komm, Geiger, lass mal gut sein«, pfiff Tannenberg seinen ungewohnt eifrigen Kollegen zurück. »Befreit erst mal den armen Kerl von seinen Fesseln.« Dann wandte er sich an Schauß, nahm ihn zur Seite und wies ihn an, zwei Streifenwagen und einen Krankenwagen zur Villa zu beordern.

Anschließend drehte er sich wieder Lukas Steiner zu und bedachte ihn mit einem prüfenden Blick. Der von den Toten wiederauferstandene Informatikstudent wirkte zwar verständlicherweise psychisch etwas angeschlagen, aber er erweckte keinesfalls einen verwahrlosten Eindruck. Er war mit kurzen blauen Sporthosen bekleidet. Sein eng anliegendes, weißes T-Shirt bedeckte seinen durchtrainierten Körper.

»Entschuldigen Sie, Herr Steiner, wir haben uns noch gar nicht vorgestellt: Mein Name ist Wolfram Tannenberg, ich bin Hauptkommissar. Und das hier sind meine Mitarbeiter.« Ohne einen weiteren Kommentar präsentierte er seine Kollegen mit einer ausladenden, halbkreisförmigen Armbewegung.

»Ach, wissen Sie was, mir ist es völlig egal, wer Sie sind, die Hauptsache, Sie holen mich hier endlich raus«, entgegnete Steiner, dessen Erleichterung jeder Beobachter aus seinem Gesicht ablesen konnte.

Absichtlich hatte Tannenberg bei seiner Vorstellung auf den Zusatz ›Mordkommission‹ verzichtet. Schließlich war durchaus davon auszugehen, dass Lukas Steiner von der Ermordung seiner Freundin noch nichts wusste. Er entschied sich, diesen Umstand auszunutzen und ihm ein wenig auf den Zahn zu fühlen, die Wahrheitsliebe des Studenten einem kleinen Test zu unterziehen.

»Wieso wurden Sie eigentlich entführt? Was hat man denn damit bezweckt? Wollte man etwa ein Lösegeld erpressen?«, fragte Tannenberg mit gespielter Naivität.

Lukas Steiner antwortet zunächst nicht, sondern zuckte lediglich ein paarmal mit den Achseln. Er rieb sich dabei die schmerzenden Handgelenke, erhob sich vom Bett und reichte nacheinander jedem der Kriminalbeamten dankbar die Hand. Dann stellte er sich vor Tannenberg, dem er besonders lange die Hand drückte.

»Das weiß ich doch auch nicht, Herr Hauptkommissar«, sagte er schließlich. »Es kann sich nur um eine Verwechslung handeln.«

»Verwechslung?«, platzte es aus Michael Schauß heraus. »Haben diese Typen denn nicht gesagt, was sie von Ihnen wollen?«

Lukas Steiner spielte weiter den Unwissenden. »Nein«,

entgegnete er gedehnt. »Die haben mich hier eingesperrt. Aber mir nicht gesagt, warum. Mit keinem Wort.«

Schauß warf die Stirn in Falten, schürzte ungläubig die Lippen. »Wie lange sind Sie denn schon hier eingesperrt?«

»Seit ein paar Tagen«, verlautete es prompt.

»Ja, und was haben Sie die ganze Zeit über hier unten gemacht?«

Lukas hob die Schultern, machte eine geradezu entschuldigende Geste. »Ach, eigentlich nichts Besonderes.«

»So, nichts Besonderes«, wiederholte Mertel, der sich inzwischen mit den Computern beschäftigte. »Wahrscheinlich wollen Sie uns jetzt auch noch weißmachen, dass Sie nicht wissen, um welche Geräte es sich hier handelt.«

»Wie recht du hast, Karl, das ist alles sehr unglaubwürdig«, meinte Tannenberg schmunzelnd. »Zumal der junge Herr hier Informatikstudent ist und in einem Wertstoffhof arbeitet, wo er aus alten Computerkisten fleißig neue Hochleistungsrechner zusammenbastelt. Und so weiter.«

Entsetzt riss Lukas die Augen auf. »Woher wissen Sie das denn alles?«

Tannenberg ging auf die Frage nicht ein, sondern stellte seinerseits eine: »Herr Steiner, was fällt Ihnen eigentlich zu meinem ›und so weiter‹ ein?«

»Ähm, … ähm«, stammelte Lukas. »Ich weiß nicht, was Sie meinen.«

»Na, was halten Sie denn davon, wenn ich behaupte, dass Sie Ihren, für einen Studenten doch wohl ausgesprochen luxuriösen Lebensstil mit kriminellen Machenschaften finanziert haben?«

»Was soll ich?«

»Ja, ja, Herr Steiner, Sie haben schon richtig gehört. Und Sie wissen natürlich auch ganz genau, was ich damit meine.«

»Nein, das weiß ich ganz und gar nicht«, warf der Student kopfschüttelnd ein.

Wolfram Tannenberg reagierte betont gelassen auf diese neuerliche Unschuldsbekundung: »Dann sag ich es Ihnen eben: Sie sind durch die Restaurierung alter Festplatten und/oder durch Hacker-Aktivitäten an brisante Daten gelangt. Und mit diesen delikaten Informationen haben Sie dann die betreffenden Leute erpresst.«

Lukas schien weitaus abgebrühter zu sein, als Tannenberg erwartet hatte, denn er zeigte sich von den geäußerten Vorwürfen völlig unbeeindruckt:

»Jetzt soll ich plötzlich jemanden erpresst haben?«, fragte er mit spöttischem Unterton. »Herr Hauptkommissar, haben Sie denn irgendwelche Beweise für Ihre haltlosen Spekulationen?«

Eigentlich hatte Tannenberg vorgehabt, dem Studenten den Tod seiner Freundin etwas schonender beizubringen. Als er aber den ziemlich überheblichen Gesichtsausdruck des jungen Mannes wahrnahm, konnte er sich nicht länger zurückhalten.

»Sie denken wohl, Sie sind die Cleverness in Person, was?«, verschärfte Tannenberg nun die Gangart.

Lukas zuckte scheinbar teilnahmslos mit den Schultern.

»Sie haben gedacht: Was das berühmte Gaunerpärchen Bonnie and Clyde kann, können Leonie und ich schon lange. Stimmt's?«

»Was hat denn Leonie damit zu tun? Soll sie etwa auch eine Kriminelle sein?«

Abermals ignorierte Tannenberg die an ihn adressierte Frage. »Sie haben mit dem Feuer gespielt, mein junger Freund – und sich dabei fürchterlich die Finger verbrannt!« Er ging auf Lukas zu, packte ihn am T-Shirt, fixierte ihn mit einem stechenden Blick. »Ihre Freundin ist tot! Brutal ermordet von einem Profikiller.«

Mit einem Schlag wich die rosige Farbe aus Lukas Steiners Gesicht. Er sperrte den Mund weit auf, warf eine Hand davor. Er wankte. Tannenberg lockerte seinen Griff, entfernte seine Hände vom T-Shirt, legte ihm eine Hand tröstend auf die Schulter.

Auf einmal tat ihm der junge Mann fürchterlich leid. Er machte sich Vorwürfe, weil er ihm die schreckliche Nachricht nicht behutsamer beigebracht hatte. Er hakte ihn unter und führte ihn hinüber zum Bett, auf dem sich Lukas sogleich schlaff niedersinken ließ.

»Wie … ist … das … passiert?«, fragte er stockend.

»Wollen Sie es wirklich wissen? Ich weiß nicht, ob das gut ist«, antwortete Tannenberg mit sanfter, mitfühlender Klangfärbung seiner Stimme.

Lukas hob den Kopf an, blickte Tannenberg mit flehender Mimik entgegen, nickte stumm.

»Na gut.« Tannenberg nahm einen tiefen Atemzug, bevor er die schreckliche Wahrheit verkündete: »Irgendeiner dieser skrupellosen Verbrecher ist in Ihre Wohnung eingedrungen, hat Ihre Freundin betäubt und sie anschließend über den Balkon hinunter in die Tiefe geworfen.«

Um die ganze Angelegenheit nicht unnötig zu verkomplizieren, entschloss er sich dazu, von seiner unfreiwilligen Beteiligung an diesem brutalen Mord besser nichts zu erwähnen.

Tannenberg wartete ab, bis Lukas sich ein wenig beruhigt hatte, dann konfrontierte er ihn mit einer ihn brennend interessierenden Frage: »Wie konnten diese Gangster denn eigentlich wissen, dass Leonie an den Erpressungen beteiligt war?«

Nun verlor der junge Student vollends die Fassung. Er jammerte sich seine Selbstvorwürfe von der Seele: »Weil ich es ihnen gesagt habe. Sie wollten aus mir rauskriegen, ob ich einen Mitwisser habe. Und dann hab ich es ihnen halt gesagt …«

»Wieso denn das?«, sprudelte es aus Michael Schauß ungewollt heraus.

Eigentlich hatte er sich nicht an der Befragung beteiligen wollen. Jedem in dieser Hightech-Gruselkammer war unausgesprochen klar, dass man Tannenberg unter keinen Umständen ins Handwerk pfuschen, sprich: ihm den Triumph nehmen durfte, diesen Fall ganz alleine zum Abschluss zu bringen.

»Sie haben mich doch gefoltert, diese Schweine!«

Tannenberg setzte sich neben dieses schluchzende Häuflein Elend, tätschelte ihm ein wenig den Oberschenkel. »Sie können doch nichts dafür, Lukas. Diese Mistkerle haben Methoden, mit denen sie alles, aber auch wirklich alles, aus einem herausholen können.«

Ein dankbares, gepresstes ›Ja‹ verließ den bebenden Mund des Informatikstudenten. »Die haben ja auch aus mir rausgeprügelt, dass ich eine Sicherungskopie gemacht hatte. Und wo ich sie versteckt hatte.«

»Und wo?«

»In unserer Wohnung. Die haben mir meine Schlüssel abgenommen und mir dann später gezeigt, dass sie alle meine CDs und Disketten aus der Wohnung geholt haben.«

Plötzlich erschienen mehrere uniformierte Polizisten im Flur. Sie waren durch die offenstehende Kellertür ins

Gebäude gelangt. Michael Schauß fing sie rechtzeitig ab und klärte sie über den aktuellen Stand der Dinge auf. Die Streifenbeamten waren sehr irritiert, denn schließlich war Tannenberg noch immer zur Fahndung ausgeschrieben. Erst als Schauß und der hinzugeeilte Mertel ihnen glaubhaft versicherten, dass der Leiter des K1 inzwischen wieder vollständig rehabilitiert wäre und man gerade dabei sei, die eigentlichen Mörder festzunehmen, gaben sie sich zufrieden.

»Herr Steiner, ich denke, Ihnen ist jetzt klar, dass mit diesen Leuten nicht zu spaßen ist«, fuhr Tannenberg fort. »Deshalb schlage ich vor, dass Sie uns nun alles sagen, was Sie wissen. Ich verspreche Ihnen auch, dass ich mich persönlich für Sie einsetzen werde. Wenn Sie uns jetzt helfen, diese Verbrecherorganisation zu zerschlagen, kommen Sie sicherlich mit einer Bewährungsstrafe davon.« Nach einer kurzen Denkpause ergänzte er: »Wenn Sie außer diesen Erpressungen nichts auf dem Kerbholz haben.«

Lukas presste schniefend die Lippen zu einem dünnen Strich zusammen, während er dabei den Kopf schüttelte.

Tannenberg war erleichtert. Irgendwie fühlte er sich diesem jungen Menschen verbunden. »Gut. Sehr gut, Herr Steiner.«

Auf einmal spielte ihm sein Gehirn, das immer für eine Überraschung gut war, die Szene ein, mit der alles angefangen hatte: Er saß an seinem Schreibtisch im K1, drehte einen wertvollen Platinring und sang dazu ›Ring of fire‹.

»Sagen Sie mal, wissen Sie eigentlich, wo Ihr Ring abgeblieben ist?«

»Mein Ring?« Lukas fasste automatisch an den Ringfinger seiner linken Hand. »Nein. Irgendeiner meiner Bewacher hat ihn mir abgezogen. Und zwar schon bald nachdem sie mich hierher gebracht hatten. Mehr weiß ich nicht.«

Tannenberg betrachtete allem Anschein nach die Klärung dieser Frage als zur Zeit nicht dringlich, denn er wechselte das Thema: »Warum wurden Sie denn nun eigentlich entführt? Das ist mir ehrlich gesagt immer noch nicht klar.«

»Weil ich beim Hacken in ihr System eingedrungen bin und plötzlich alle möglichen Finanztransaktionen auf dem Bildschirm hatte. Das war'n zwar nur ein paar Minuten, aber es hat gereicht, um die Daten abzuspeichern.«

»Ja, aber woher wussten Sie denn, von wem diese Daten stammten?«

»Die Kontobewegungen waren doch genau aufgelistet: mit den Bankinstituten, der Höhe der Überweisungen …«

Tannenberg schoss ein greller Geistesblitz ins Hirn. »Dann haben Sie garantiert auch diese Überweisung durchgeführt.«

»Welche Überweisung?«

»Na, die von meinem Konto auf das Ihrer Freundin Leonie.«

»Ja, klar. Das ist ganz einfach, wenn man den Zugang zu dem entsprechenden Bankrechner hat«, antwortete Lukas nicht ohne Stolz.

»Aber wieso haben diese Verbrecher denn Zugang zu meinem Konto?«, fragte Tannenberg mit gekrauster Stirnpartie.

»Weil Ihre Hausbank eng mit dieser Organisation zusammenarbeitet. Über diese Bank laufen die ganzen Transaktionen ab.« Nach einer kurzen Pause, in der er sich die Nase putzte, ergänzte Lukas: »Und natürlich über die Investmentgesellschaft der Organisation. Die haben nämlich eine eigene.«

»*IF – Internationale Finanzanlagen*«, murmelte Tannenberg vor sich hin.

»Ja, genauso heißt diese Firma«, bestätigte Lukas. »Und wenn ich das, was ich in den letzten Tagen hier auf den Rechnern gesehen habe, einigermaßen richtig verstanden habe, geht es dabei um Geldwäsche im ganz großen Stil.«

»Aber wieso haben die Ihnen denn erlaubt ...«

»Erlaubt?«, warf der Informatikstudent empört dazwischen. »Von wegen! Diese Schweine haben mich gezwungen. Die hatten nämlich ganz schnell kapiert, wie fit ich bin. Die haben einen eigenen Computerexperten, der sofort meine Genialität erkannt hat. – Der ist übrigens vorhin mit seinem Kumpel abgehauen.«

Lukas blies die Backen auf und entließ geräuschvoll die Luft nach draußen. »Die haben mir sogar angeboten, dauerhaft bei ihnen mitzuarbeiten. Aber dafür musste ich ihnen zuerst einmal beweisen, was ich wirklich draufhabe. Ich habe ihnen dann ein Projekt angeboten, mit dem man übers Internet Unternehmen erpressen kann.« Als ihm klar wurde, was er eben gesagt hatte, schob er schnell nach: »Natürlich nur deshalb, damit ich für sie unentbehrlich werde und sie mich am Leben lassen.«

»Was? Wie soll denn das funktionieren?«, fragte Mertel, der genau wie alle anderen gebannt den Äußerungen des jungen Studenten gelauscht hatte, ungläubig nach.

»Passen Sie mal auf: Nehmen wir an, Sie besitzen irgendeine Firma. O. K?« Die Zuhörer nickten. »Ihre Firma besitzt natürlich auch ein Webportal, also einen

Internetauftritt. Das hat ja inzwischen jede. Und jetzt meldet sich jemand bei Ihnen, der behauptet, dass er Ihren Internetauftritt lahmlegen kann.«

»Und wie soll das gehen?«, fragte Tannenberg neugierig. »Das funktioniert doch nie. Die haben doch alle diese Firewalls oder wie das Zeug heißt.«

»Firewalls. Dass ich nicht lache! Die sind doch so löchrig wie Schweizer Käse.«

»Und Sie glauben wirklich, dass so etwas funktioniert?«, wollte Mertel wissen.

»Natürlich! Es hat sogar schon funktioniert.«

»Wie? Sie haben das schon …?«

»Ja, Herr Hauptkommissar. Und zwar vorgestern bei einem ersten Probelauf: Ich habe ein Programm geschrieben, das die Webadresse einer großen Bank mit einer Flut von E-Mails bombardiert. Und das hat funktioniert: In kürzester Zeit ist dort alles zusammengebrochen.« Lukas wartete einen Augenblick, so als wolle er seinen Zuhörern die Möglichkeit zum Applaudieren geben. »Haben Sie das denn nicht gestern in der Zeitung gelesen?«

»Nein«, antwortete Tannenberg.

»Aber ich«, bemerkte der Kriminaltechniker.

»Das verursacht doch einen enormen wirtschaftlichen Schaden.«

»Richtig, Herr Hauptkommissar. Das ist ja auch Sinn der ganzen Sache.«

Tannenberg reagierte nur mit einem leisen, unverständlichen Grummeln.

»Jetzt wird's aber erst richtig spannend: Denn jetzt meldet sich jemand bei Ihnen, der Ihnen zusichert, Ihr Webportal vor solchen Angriffen schützen zu können.« Er wartete wieder einen Moment, bis er schließlich fortfuhr: »Und gleichzeitig droht er Ihnen, falls Sie diesen Schutz nicht wollen, selbst Attacken auf Ihr Rechnersystem durchzuführen.«

»Schutzgelderpressung im Internet. Ich glaub es einfach nicht«, meinte Karl Mertel kopfschüttelnd.

»Aber wieso hat man Sie denn dann immer noch gefesselt und hier unten in diesem Verlies gefangen gehalten?«, fragte Tannenberg.

Lukas Steiner war für einen Moment so tief in seine Hackerwelt abgetaucht, dass er anscheinend eine Weile den Bezug zur Realität verloren hatte. Diese Frage jedoch katapultierte ihn mit einem Male zurück in die traurige Wirklichkeit.

Er räusperte sich. »Ich hab diesen Leuten ihre Versprechen sowieso nicht abgenommen. Mir war sonnenklar, dass ich keinen Tag länger mehr am Leben sein werde, wenn die mich nicht mehr brauchen. Deshalb habe ich ja auch versucht, auf Zeit zu spielen.«

Plötzlich leuchteten Tannenbergs Augen auf. »Sagen Sie mal, wenn Sie hier in der Schaltzentrale dieser Organisation an den Computern gearbeitet haben, dann wissen Sie doch auch bestimmt die Passwörter, mit denen man in ihr System hineingelangt.«

»Passwörter?« Lukas zog abschätzig die Augenbrauen nach oben. »Die waren sich anscheinend so sicher, dass ihnen keiner auf die Schliche kommen kann, dass sie sich überhaupt keine Mühe gegeben haben, den Zugang zu sichern.«

»Ist ja auch kein Wunder, wenn man einen Spitzel in den höchsten Polizeikreisen sitzen hat«, murmelte Tannenberg vor sich hin.

»Bitte?«

»Ach, nichts, Herr Steiner. Wo waren wir? – Passwörter.«

»Es gibt keine Passwörter, es gibt nur ein einziges Passwort. Wenn Sie ›*Midas*‹ eingeben, stehen Ihnen alle Datenbanken zur Verfügung.«

Tannenberg schmunzelte. »*Midas* – da hat vor über 2000 Jahren schon einmal einer den Hals nicht vollkriegen können!«

Er nahm Michael Schauß am Arm, zog ihn nach draußen in den Flur. »Michael, du sorgst bitte dafür, dass dieser arme Kerl nicht zu hart angepackt wird. Der ist durch den Tod seiner Freundin schon genug gestraft.«

»Geht klar, Wolf.«

»Komm, gib mir mal dein Notizbuch.«

Tannenberg wusste, dass darin alle wichtigen dienstlichen Telefonnummern verzeichnet waren. Höchstpersönlich benachrichtigte er nacheinander Kriminaldirektor Eberle und Oberstaatsanwalt Dr. Hollerbach. Verständlicherweise reagierten diese beiden Herren zunächst ausgesprochen wortkarg auf das, was ihnen der Leiter des K1 da in wenigen Sätzen am Telefon berichtete, zumal sie erst vor kurzem mit dem schockierenden Freitod eines Kommissariatsleiters konfrontiert worden waren.

»Was? Dieser Student lebt? Und Dr. Croissant soll ein Mafia-Boss sein? Sind Sie etwa schon wieder betrunken?«, fragte Dr. Hollerbach, nachdem er sich ein wenig von seinem Schock erholt hatte.

Ohne zu antworten reichte Tannenberg das Handy des Rechtsmediziners an seinen neben ihm stehenden jungen Kollegen weiter. Dieser wiederholte die Ausführungen seines Vorgesetzten mit eigenen Worten. Danach gab er das Handy wieder seinem Chef zurück.

Aber Tannenberg drückte nicht die Unterbrechertaste, schließlich hatte er seinem Busenfreund noch etwas mitzuteilen: »Ach, übrigens, Herr Oberstaatsanwalt, ich soll Ihnen von Dr. Croissant viele liebe Grüße bestellen. Er wollte sich schon vor einer halben Stunde mit seinem geschätzten Golfpartner in Verbindung setzen. Aber ich habe ihm dann gesagt, dass der Herr Oberstaatsanwalt am Sonntagmorgen gerne ausschläft und ...«

Dr. Hollerbach hörte die letzten Worte schon nicht mehr, er hatte die Verbindung bereits unterbrochen. Schmunzelnd bat Tannenberg die uniformierten Beamten, ihm nach oben in die noblen Schlafgemächer des Rechtsanwaltes zu folgen.

»Na, wie benimmt sich denn unser lieber Herr Dr. Croissant, dieses kleine aufgeblasene Frühstücksteilchen?«, spottete Tannenberg an Albert Fouquet gerichtet. Dann wandte er sich dem noch immer gemeinsam mit seiner Gattin im Bett sitzenden Anwalt zu:

»So, und nun mal zu Ihnen, mein lieber Alphawolf.« Wolfram Tannenberg ging zu dem Nachttischschränkchen, auf dem der Leviathan ein unbeachtetes Dasein fristete. Mit der linken Hand nahm er das gelbe Büchlein auf und hielt es Dr. Croissant entgegen.

Dann hämmerte er mit seinem rechten Zeigefinger auf den abgebildeten Kupferstich: »So sehen Sie sich also selbst? Als riesenhafter Fürst, der mit Schwert und Zepter sein Land beherrscht.« Tannenberg warf kopfschüttelnd seinen Blick an die Decke. »Sogar die Polizei ...« Er brach ab, nahm den Kopf wieder nach unten. »Was haben Sie sich eigentlich dabei gedacht?«

»Wobei?«, fragte Dr. Croissant, der ziemlich gelangweilt schien. Nur die zu schmalen Schlitzen verengten Augen und seine verkrampfte Körperhaltung verrieten die enorme innere Anspannung, unter der er litt.

»Mich abschlachten zu lassen«, schrie Tannenberg

der arroganten Miene des Anwalts entgegen. »Sie elendes Dreckschwein!«

Fouquet legte seinem Chef von hinten die Hand auf die Schulter. »Wolf, komm beruhig dich. Der ist es nicht wert.«

Tannenberg atmete ein paar mal kräftig durch. »Du hast recht, Albert. Dieser Typ hier ist es wirklich nicht wert. Das ist der letzte Abschaum. Ein ängstlicher Hosenscheißer, der andere vorschickt und die Drecksarbeit für sich erledigen lässt.«

Fouquets Druck auf seine Schulter wurde stärker.

Tannenberg befreite sich vom Arm seines Kollegen, warf den Leviathan auf die Bettdecke unmittelbar vor Dr. Croissants Bauch: »Da haben Sie schon mal das erste Buch. Sie werden ja wohl jetzt genügend Zeit zum Lesen haben.«

Anschließend wandte er ihm den Rücken zu. »Los, Kollegen, schafft mir endlich den Kerl vom Hals.«

»Und wohin?«, fragte ein groß gewachsener Beamter schulterzuckend.

»Ist mir egal. Die Hauptsache, weg von hier.« Plötzlich hatte Tannenberg eine Eingebung. »Nein, Jungs, wir machen das genau umgekehrt. Der feine Herr bleibt hier in seinem feinen Haus. Dafür gehe ich. Ich habe nämlich einfach keinen Bock mehr auf diesen Kotzbrocken.«

Anschließend wandte er sich an Kommissar Fouquet: »Albert, du verständigst jetzt gleich das LKA. Die sollen alle verfügbaren Leute zusammentrommeln und hierher kommen. Und vor allem sollen sie ihre Computerexperten nicht vergessen. Ich denke, die werden ihre helle Freude an dem Material im Keller haben.«

Dann zog er seinen jungen Mitarbeiter am Arm nach draußen. Vor der Treppe flüsterte er ihm zu: »Ich hätte nie gedacht, dass ich mich mal darauf freuen würde, dem LKA einen Fall zu übergeben.« Feixend knetete er seine Hände.

Noch bevor Kriminaldirektor Eberle und der ranghöchste Vertreter der Kaiserslauterer Staatsanwaltschaft in der Villa eintrafen, hatte Tannenberg gemeinsam mit Dr. Schönthaler und Benny de Vries den Ort des Geschehens auf demselben Weg wieder verlassen, auf dem sie dorthin gelangt waren.

Auf einer Sitzbank unweit des Waldparkplatzes legten sie eine Verschnaufpause ein.

»Hoffentlich ist das eine Chance, endlich mal an die Hintermänner der organisierten Kriminalität ranzukommen«, sagte Dr. Schönthaler, während er seine Beine ausstreckte.

Benny seufzte. »Ich weiß nicht. Bei denen ist das irgendwie wie bei dieser Schlange bei den alten Griechen: Wenn man der einen Kopf abgeschlagen hat, ist sofort an einer anderen Stelle ihres Körpers ein neuer nachgewachsen.«

»Da liegst du wahrscheinlich gar nicht so falsch«, stimmte Tannenberg zu. »Dieser Croissant ist ja nur ein kleiner Provinzfürst, der sich viel zu wichtig genommen hat und dessen Tage durch diesen Alleingang wohl gezählt sein werden.«

»Ach, du glaubst also, dass dieser Mordkomplott allein seine Idee war und ihm nicht etwa von ganz oben befohlen worden ist?«

»Ja, Rainer, genauso ist es gelaufen, denke ich. Dieser Croissant hatte mit mir seit dem *Midas*-Fall anscheinend noch eine Rechnung offen.«

»Aber wieso haben sie dich denn nicht gleich in der Wohnung der Studentin umgebracht?«

Tannenberg klopfte ihm freundschaftlich auf den Oberschenkel. »Rainer, alter Freund, jetzt erstaunst du mich aber ein wenig«, sagte er lächelnd. »Kein Wunder, dass du im Schach kein ernstzunehmender Gegner mehr für mich bist.«

»Ha, ha, ha.«

»Die Antwort liegt doch wohl direkt auf der Hand. Mit diesem genialen Schachzug hatten sie schließlich zwei Fliegen mit einer Klappe erschlagen können: Erstens hatten sie dadurch, dass sie den Tatverdacht auf mich gelenkt haben, einen wichtigen Gegner aus dem Verkehr gezogen.«

»Das hätten sie ja aber auch erreicht, wenn sie dich gleich aus dem Weg geräumt hätten«, konterte der Gerichtsmediziner schlagfertig.

Tannenberg krauste nachdenklich die Stirn.

»Und zweitens?«, fragte Dr. Schönthaler in die entstandene Pause hinein.

»Und zweitens hatten sie nun für ihre kriminellen Aktivitäten vollkommen den Rücken frei. Denn was konnte ihnen eigentlich Besseres passieren, als dass die Polizei sich mit einem Skandal in ihren eigenen Reihen beschäftigen musste. Wenn sie mich dagegen umgebracht hätten, hätten sie doch eine für sie sehr gefährliche Jagd nach einem Polizistenmörder ausgelöst.«

Der Rechtsmediziner nickte zustimmend. »Das hingegen leuchtet mir nun ein, du alter Logikexperte«, sagte er mit unverhohlenem Triumph.

»Klugscheißer!«, blaffte Tannenberg kurz zurück. Dann seufzte er tief auf. »Aber eins muss man diesem Winkeladvokaten wirklich lassen: Als er mit der Erpressungsgeschichte konfrontiert wurde, hat er blitzschnell geschaltet. Sein Plan war ja gar nicht von schlechten Eltern gewesen. Mit seinem fiesen Spielchen hat er uns seine Macht demonstriert und gleichzeitig den Verdacht von sich weggelenkt. Auf einen Kripobeamten, der von seinen eigenen Leuten gejagt wurde.«

»Außerdem haben sie sich mit diesem genialen Plan auch gleich ihrer Erpresser entledigt«, bemerkte Dr. Schönthaler. »Dann war also der Ring, den man in dieser Tierkörperbeseitigungsanlage gefunden hat, nur der Köder für dich.«

Tannenberg zog die Schultern hoch. »Ja, es sieht wohl ganz danach aus.«

Am Abend dieses bilderbuchmäßigen Hochsommertages hatten sich Tannenbergs beste Freunde sowie seine gesamte Familie im Innenhof der beiden Häuser zu einer spontanen Geburtstagsfeier eingefunden.

Natürlich wusste jeder der Anwesenden, dass Wolfram Tannenberg eigentlich erst zwei Wochen später Geburtstag hatte. Aber niemand hatte protestiert, als er in seiner ihm ureigenen, autoritären und starrköpfigen Art verkündet hatte, den von ihm normalerweise nicht sonderlich zelebrierten Ehrentag in diesem Jahr vorzuverlegen.

Seine Begründung lautete schlicht und ergreifend: »Ich fühle mich heute wie noch einmal geboren. Und das ist ja wohl genügend Anlass, um eine spontane Jubelfeier abzuhalten.«

Jeder, der Tannenberg kannte, wusste aus leidiger Erfahrung, dass es keinen Sinn machte, gegen irgendeine seiner manchmal doch recht ungewöhnlichen Ideen zu opponieren. Denn entweder setzte er sie durch, oder aber – was allerdings nur selten vorkam – die Widerstände waren so stark, dass er sie nicht durchsetzen konnte.

Dann war er beleidigt. Aber nicht einfach nur beleidigt, sondern total beleidigt. Dies gestaltete sich in der Praxis dann so, dass er schlagartig verstummte, sich schmollend in seine Wohnung zurückzog und dort seine Stereoanlage derart aufdrehte, dass jeder, der diese demonstrative Protestbekundung mitanhören musste, sofort ein schlechtes Gewissen bekam.

Selbstverständlich hatte er auch Petra Flockerzie über den Grund seiner umterminierten Geburtstagsfete informiert. Sie hatte vor Freude fast in den Telefonhörer gebissen und sich zur Feier des Tages umgehend eine Diätpause verordnet. Weil sie wusste, dass ihr Chef leidenschaftlicher Erdbeerfan war, hatte sie in der teuersten Konditorei der Stadt drei Erdbeerkuchen nebst einer Megaportion Schlagsahne gekauft – und während einer anschließenden Fressorgie mindestens einen halben davon gemeinsam mit dem selbstdefinierten Geburtstagskind verspeist.

Irgendwann in den späten Nachmittagsstunden meldete sich Mertel telefonisch bei Tannenberg. Er teilte ihm mit, dass die LKA-Beamten angesichts des in Dr. Croissants Kellerraum vorgefundenen Datenmaterials hellauf begeistert seien und sich sicher wären, dass den Ermittlungsbehörden damit ein gewaltiger Schlag gegen das organisierte Verbrechen ermöglicht werde.

Des weiteren informierte er ihn darüber, dass man im Hause Carlo Weinholds neben einem kleinen Sprengstofflager ein Präzisionsgewehr gefunden habe, mit dem aller Wahrscheinlichkeit nach der Anschlag im Volkspark verübt worden sei. Abschließend übermittelte er im Auftrag des Oberstaatsanwalts und Kriminaldirektor Eberles beste Grüße. Man sei sehr erleichtert über die erfreuliche Wendung in diesem spektakulären Fall.

Als Tannenberg von seiner überglücklichen Mutter den Telefonhörer mit den gewisperten Worten »Wolfi, es ist jemand von der ›*PALZ*‹« überreicht bekam, weigerte er sich zunächst, das Gespräch entgegenzunehmen. Aber der Gesichtsausdruck der alten Dame war derart leidend, dass er sich schließlich doch geschlagen gab.

Es war der Chefredakteur höchstpersönlich. Er verkündete, dass man gerade an einer Sonderausgabe für den morgigen Tag arbeite. Der Aufmacher stehe bereits fest: ›Tannenberg – ein wahrer Held.‹ Eberhard Richter bat höflichst um ein Interview – das Tannenberg jedoch mit dem Verweis darauf, dass er gerade vor ein paar Minuten für viel Geld die Exklusivrechte an seiner Story an einen privaten Fernsehsender verkauft habe, leider ablehnen musste. Diese Aussage entsprach zwar nicht der Wahrheit, dafür aber war das Gespräch umgehend beendet.

Schadenfroh grinsend nahm Wolfram Tannenberg einen tiefen Schluck aus seinem Weizenbierglas. Während er sich den Schaum von den Lippen leckte, ließ er seinen zufriedenen Blick über die Menschen hinwegschweben, die ihm so unendlich viel bedeuteten.

Sabrina hatte den in einer schwarzen Schlinge stabilisierten Arm auf dem Gartentisch abgelegt und unterhielt sich angeregt mit Benny de Vries. Unmittelbar daneben saß Dr. Schönthaler und bedachte Tannenberg gerade mit einem konspirativen Augenzwinkern, das er zwar nicht einzuordnen vermochte, auf das er aber trotzdem mit einem freundlichen Nicken reagierte.

An der Gartenmauer stand unter einem weißblühenden Zierstrauch eine Holzbank, auf der Max gerade seine Freundin anschmachtete. Marieke trug ein bordeauxfarbenes, luftiges Sommerkleid. In ihrem kastanienbraunen

Haar spiegelte sich das milde Sonnenlicht des sich verabschiedenden Tages.

Schmunzelnd blickte Tannenberg rechts neben sich, wo ihn ein tapsiges Wuscheltier mit großen, treuen Knopfaugen beobachtete. Er zog Kurt am Halsband zu sich und kraulte zärtlich den schwarzen Hundekopf, der mit wohligen Lauten antwortete, so als ob es in seiner Kehle brodelte. Schon lange hatte er sich nicht mehr derart wohl und geborgen gefühlt.

ENDE

Website des Autors:
www.tannenberg-krimis.de

Weitere Krimis finden Sie auf den folgenden Seiten und im Internet: www.gmeiner-verlag.de

BERND FRANZINGER
Familiengrab

371 Seiten, Paperback.
ISBN 978-3-8392-1173-1.

VOLLTREFFER Bei einer Geburtstagsfeier wird auf die Familie des Pfälzer Parkettfabrikanten Anton Denzer ein heimtückischer Mordanschlag verübt, bei dem mehrere Menschen sterben. Die Tatwaffe ist eine mannshohe Felsenkugel, die in einem Berghang gelöst und auf ihren todbringenden Weg ins Tal geschickt wurde. Die Ermittlungen gestalten sich schwierig, denn Kommissar Wolfram Tannenberg und sein Team treffen auf eine Mauer des Schweigens. Familie Denzer hat in der Vergangenheit ihre Probleme selbst geregelt, doch es folgen weitere Anschläge. Die Lösung des Falls liegt seit Jahrzehnten in den Wäldern des Moosalbtals verborgen ...

BERND FRANZINGER
Zehnkampf

368 Seiten, Paperback.
ISBN 978-3-8392-1086-4.

UNTER BESCHUSS Tannenbergs Neffe nimmt an einem Zehnkampf teil. Während des 100m-Laufs wird ein Sprinter von der Kugel eines Heckenschützen niedergestreckt. Am nächsten Tag entdeckt man in einer Weitsprunggrube einen Sportler, der ebenfalls mit einem Präzisionsschuss getötet wurde. Der heimtückische Killer hat sich offenbar zum Ziel gesetzt, innerhalb eines engen Zeitfensters zehn Menschen mit jeweils nur einem einzigen Schuss zu töten. Plötzlich gerät Kommissar Tannenberg selbst ins Fadenkreuz ...

GMEINER

Wir machen's spannend